KB199721

플루타르크 영웅전

플루타르코스 지음 / 김병철 옮김

B범우

차 례

총목차

▨ 그리스 로마 명칭 대조표

그리스와 로마에서 거의 동일시되고 있는 주요 신과 인물들의 명칭을 대조하여 표시했다.

〈예〉

그리스 어 명칭	라틴 어 명칭	그 밖의 명칭
데메테르	케레스/셀레스	
디오니소스	바코스	바카스
아레스	마르스	
아르테미스	디아나	다이아나
아테네	미네르바	
아폴론	아폴로	
아프로디테	베누스	비너스
에로스	큐피드	
제우스	유피테르	주피터
크로노스	사투르누스	
포세이돈	넵투누스	넵 튠
하이데스	플루톤	플루토
헤 라	유 노	주 노
헤르메스	메르쿠리우스	머큐리
헤스티아	베스타	
헤파이스토스	불카누스	
플루타르코스		플루타르크
	알렉산드로스	알렉산더
	안토니우스	안토니
	카이사르	
호메로스		호 머
오디세우스	율리시스	
오디세이아		오디세이

리 산 데 르

기원전 445년 ? ~395년

델포이에 있는 아칸티아 인들이 바친 보물실에는 다음과 같은 제명이 있다.

'브라시다스와 아칸티아 인들이 아테네 인들로부터 빼앗은 전리품'

그러므로 보물실 안의 문 옆에 서 있는 대리석 초상이 브라시다스의 초상이라고 생각하는 사람이 많다. 그러나 그것은 리산데르의 초상이며, 옛 풍속에 따라 머리를 길게 늘어뜨리고 있을 뿐 아니라 수염도 길게 기르고 있다. 어떤 설에 의하면 아르기베 인들이 전쟁에서 크게 패한 후에 슬픔의 표시로 삭발하였을 때, 스파르타 인들은 이와 반대로 승리를 거둔 데 교만해져 그들의 머리를 기르게 하였다고 하는데 이것도 사실이 아니다. 또 바키아다이 인들이 코린트에서 스파르타로 도주해 왔을 때, 삭발한 것이 보기에 초라하고 꼴사나웠기 때문에 스파르타 인들은 머리를 길게 기르고자 하는 야심을 갖게 되었다는 설도 있지만 이것 역시 사실이 아니다. 일설에 의하면 그것은 리쿠르고스가 법으로 제정한 것 중의 하나라는 설이 정설이며, 그는 늘 긴 머리는 잘생긴 사람들을 보다 더 아름답게 보이게 하고, 못생긴 사람들을 보다 더 사납게 보이게 한다고 하였다고 말한다.

리산데르의 아버지는 아리스토클리투스였다고 하며, 정말로 왕족출신은 아니었으나 헤라클리다이의 후예였다고 한다. 가난한 집에서 자라났으나, 다른 스파르타 인 못지 않게 나라의 습관을 잘 지키고 그것에 순종하였다. 또한 씩씩한 기상의 소유자였으며, 그들의 훌륭한 행동, 사회에서 성공을 거둔 훌륭한 사람들에게 허용되는 쾌락이 아니라면 그들은 이를 모두 경멸하였다. 스파르타의 청년들에게 허용된 쾌락이란 이것뿐이었다. 왜냐하면 스파르타 인들은 그들의 청년들이 날 때부터 세평에 민감하고, 불명예스러운 일을 당했을 때에는 고통을 느끼고, 국가의 부름을 받았을 때에는 이에 응하여 자기들의 목숨을 바치게끔 행동하기를 바랐다. 이러한 모든 점에 관심이 없는 자는 큰 뜻을 품고 있지 않은, 덕행을 행할 능력이 없는 자라고 생각되었다.

공명심에 대한 야심과 정열은 이렇듯 리산데르의 성격 속에 스파르타식 교육에 의하여 이식되었으므로, 야심과 정열이 아직도 상존한다 하더라도 그것 때문에 그의 천성을 탓할 것은 못 된다. 그러나 그는 스파르타 인의 기질에 어울리지 않게 권세 있는 사람들에게 아첨하였으며, 어쨌든 자기에게 이가 되는 일이면 그들의 오만한 태도에도 꾹 참았다. 이러한 그의 태도에 대하여 정치적으로 적지 않게 신경을 쓴 소치라고 보는 견해도 있다. 모든 위대한 인물들은 많건 적건 간에 우울증이 있다고 지적하고는, 그 예로서 소크라테스, 플라톤, 헤라클레스를 들고, 리산데르도 젊었을 때에는 그렇지 않았지만 나이가 들면서부터는 그런 경향을 띠었다고 하였다.

그의 성격의 특징은 가난을 아주 잘 참고, 부의 노예가 되었다거나 그것에 부패된 적이 없었지만, 그의 나라를 부나 부를 사랑하는 마음으로 가득 채우고 물질적인 풍요를 중요시하는 마음을 그들의 마음 속에 넣어주었다. 아테네와의 전쟁 후 자기는 동전 한 닢도 가지지 않았지만, 시민을 위하여 막대한 금과 은을 끌어들였다. 폭군 디오니시우스가 그의 딸들에게 시칠리아산의 값비싼 옷을 보내 왔을 때, 그는 그것을 입으면 자기 딸들은 더 밉게 보일 것이라고 말하며 받지 않았다고 한다. 그러나 얼마 후 사절단의 일원이 되어 디오니시우스에게 갔을 때, 왕이 그에게 두 벌의 옷을 주며 그 중 마음에 드는 것을 하나 골라서 딸에게 갖다 주라고 하였을 때, 그는 이렇게 대답하였다.

"그 애가 자기에게 맞는 것을 더 잘 고를 수 있을 것입니다."

그리고는 두 벌을 다 가지고 갔다고 한다.

펠로폰네소스 전쟁이 오래 끌다가 시칠리아에서 참패한 아테네 군은 오래지 않아 제해권을 잃고 도처에서 패주가 잇달아 일어나 그 이상 더 싸움을 지탱해 나갈 것 같아 보이지 않았다. 그리하여 스파르타 군은 크게 방심하고 있었다. 그러나 이때 추방되었던 알키비아데스가 돌아와서 아테네 군 사령관이 됨으로써 큰 변화를 이룩한 아테네 군을 또다시 바다에서 그의 적과 맞서게 하였다. 이에 크게 놀란 스파르타 군은 우선 유능한 사령관과 강력한 병력의 부족을 느꼈다. 그들은 용기와 열성을 일신하여 다시 한 번 싸워볼 생각으로, 리산데르에게 사람을 보내어 해군제독이 되어달라고 요청하였다.

리산데르가 에페소스에 와 보니 시민들은 자기를 환영해주고 스파르타 군에게도 친절을 아끼지 않았으나 시민생활은 말이 아니었다. 그리고 페르시아의 풍습을 받아들임으로써 시민들의 사기는 땅에 떨어질 위기에 처해 있었다. 이 곳은 리디아와 접경을 이루고 있어 오랫동안 페르시아 군의 본거지가 되어 있었기 때문에 페르시아 인들이 다수 살고 있었고, 군사시설도 잘 보존된 상태였다. 리산데르는 이 곳에 군본부를 두고 상선들은 모두 이 곳으로 입항하라고 명령하였다. 그리고 조선소를 설치하여 군함제조에 착수하였다. 이렇듯 항구는 또다시 복구되어 많은 선박들이 드나들었고, 시장에는 할 일이 많아졌다. 이로써 개인이나 공장은 부자가 되었으므로 그때부터 에페소스는 번영으로 자라날 어떤 희망을 갖기 시작하였다.

페르시아 왕의 아들 키루스가 사르디스에 왔다는 소식을 들은 리산데르는 왕자를 만나 담화를 나누고 티사페르네스를 비난하였다. 군사령관이 된 티사페르네스는 스파르타 군을 도와서 아테네 군을 바다에서 소탕하기로 되어 있었으나, 알키비아데스의 사주를 받고 아주 미온적인 태도를 취했다. 또 수병들의 봉급을 아주 적게 줌으로써 함대를 멸망에 몰아넣고 있었다. 이 말을 듣고 키루스 왕자는 반색을 하며 티사페르네스야 말로 비난을 받아 마땅하고, 그런 언짢은 소문이 떠돌 만한 작자라고 하였다. 그 이유인즉슨 과연 인물이 정직하지 못한데다가 그와는 사적으로 사이가 나빴기 때문이다.

이러한 인연으로 함께 날마다 담화를 나누는 가운데 리산데르는 특히 예의 그 굽실거리는 그의 태도에 의하여 이 젊은 왕자의 신임을 사게 되고, 왕자를 크게 움직여 마침내 전쟁을 수행케 하였다. 그리하여 그가 떠나려고 하자 왕자는 그를 위하여 연회를 베풀었다. 그리고 자기의 호의를 사양치 않기를 바란다며 무엇이든지 청이 있으면 들어줄 테니 말해보라고 하였다. 이에 리산데르는 기다렸다는 듯이 이렇게 대답하였다.

"왕자님께 진지하게 간청드리는 바는, 현재 저의 수병들이 받고 있는 일급 3펜스에 1펜스를 더 주어 4펜스를 받게 해주셨으면 합니다. 이 말씀은 왕자님께서 그렇게까지 고마운 말씀을 하시니 감히 청을 드리는 바이옵니다."

키루스는 병사들을 생각하는 리산데르의 충정을 기쁘게 생각하여 1만 다리크를 그에게 주었다. 그 돈으로 리산데르는 실제 수병들의 일급을 1페니씩 더 올려주었다. 이 소문이 세상에 퍼지자 적의 배들은 삽시간에 텅 빌 지경이었다. 왜냐하면 많은 적의 수병들이 봉급이 많은 쪽으로 몰려들었기 때문이다. 남은 수병들은 실의에 젖어 폭동을 일으킬 기세였으므로, 적의 장군들에게는 날로 고민이 더해 갔다. 그런데 리산데르는 적을 이렇게 뒤숭숭하게 하고 약화시켰음에도 불구하고 선뜻 싸우려고 하지 않았다. 그 까닭은 알키비아데스가 여전히 막강한 수의 배를 가지고 있었고, 아직까지 해전이건 육전이건 싸움에서 한 번도 져본 일이 없는 정력적인 명장이기 때문이다.

그러나 나중에 알키비아데스는 그의 모든 군지휘권을 선장 안티오코스에게 일임하고 사모스에 있는 포카이아로 떠났다. 그러자 이 안티오코스는 리산데르를 모욕하기 위하여 갤리군선 두 척을 이끌고 에페소스 항으로 와서 닻을 내리고 있는 스파르타 해군 앞을 왔다갔다하면서 조소를 퍼부었다. 이에 격노한 리산데르는 처음에는 배 몇 척만 내보내어 그를 추격하였으나, 아테네 군의 증원부대가 오는 것을 보자 자기도 배 몇 척을 더 보냈다가 결국엔 전면전쟁이 되고 말았다. 결국 리산데르가 승리를 거두어 적의 군선 15척을 나포하고 기념비를 세웠다. 이것을 보고 아테네 시민들은 노발대발하여 알키비아데스로부터 사령관직을 박탈하였다. 사모스의 군대들도 자기를 욕하는 것을 본 알키비아데스는 군을 떠나 케르소네세로 갔다. 이 전투는 그 자체에 있어선 중요하지 않았지만 알키비아데스에게 끼친 영향력은 놀라운 바가 있었다.

그러는 동안 리산데르는 여러 도시에 있는, 그가 보기에 그 중 대담하고 도도한 사람들을 에페소스에 초청하여 10인 과두 정치의 기초를 닦기 시작하였다. 그리고 나중에 일어날 혁명은 이 10인을 자극하고 격려해서 여러 단체를 형성하여 정사를 담당케 하고, 아테네가 함락되는 그 즉시 민주정부를 타도하고 몇 개 도시에다 10인에 의한 독재정권을 세우게 할 작정이라고 그는 말하였다.

그는 이 곳 주민들에게도 장군으로서의 위신을 보여 이러한 것들을 믿게 하였다. 그리고 그의 측근들을 이미 요직에 앉혀 그들의 탐욕을 만족시켰으며, 그 자신도 정의건 부정이건 가리지 않고 한몫 끼었다. 그 결과 모두가 그에게로 모여들어, 그가 집권하고 있는 한 자기들이 바라는 가장 큰 희망도 충족될 수 있으리라고 믿고 아첨하며 비위를 맞추기에 급급하였다.

그러므로 칼리크라티다스가 리산데르의 후임제독으로 부임해 왔을 때, 애당초부터 그들은 칼리크라티다스를 달갑게 생각하지 않았다. 그가 대단히 고상하고 정의로운 사람이라는 인상을 그들에게 주었지만, 그들은 그의 통치방식과 도리아 인다운 성실성과 정직한 성격이 마음에 들지 않았다. 어떤 영웅의 초상을 존경하였듯이 그들은 그의 인품은 존경하였지만 그를 따르지는 않았다. 그들의 생각은, 리산데르가 그의 측근과 그 일당들의 이익을 열심히 그리고 유리하게 돌봐주는 데 있었으므로, 리산데르가 그들과 헤어질 때 그들은 눈물을 흘리며 끝내 이별을 아쉬워하였다.

리산데르는 그들이 칼리크라티다스에게 반감을 가지게 하기 위하여 그가 키루스에게서 받은 군자금 중 쓰다 남은 잔액을 다시 사르디스에 있는 키루스에게 반환하였다. 그리고 병사들에게는 신임사령관에게 급료를 맡겼으니 원한다면 얼마나 주나 받아보면 알 것이라고 말하였다. 그리고 마지막으로 떠나면서 칼리크라티다스에게 자기는 천하의 무적함대를 놓고 떠난다고 선언하였다. 그러나 칼리크라티다스는 그의 콧대를 꺾어놓으려는 생각에서 이렇게 대답하였다.

"그렇다면 사모스를 왼편에다 끼고 밀레투스까지 가서 거기서 군을 이양해주시오. 우리 해군이 바다의 왕자라면 사모스에 있는 적의 옆을 항해해도 별로 무서워할 이유가 없을 테니까요."

이에 리산데르는 이 곳의 사령관이 이젠 자기가 아니라는 대답을 남기고 펠로폰네소스로 떠남으로써 칼리크라티다스를 크게 난처하게 만들었다. 왜냐하면 칼리크라티다스는 부임할 때 본국에서 군자금을 가지고 온 것도 아니고, 곤궁에 빠져 있는 이 지방의 시민들에게서 그것을 차마 강제로 갹출할 수도 없었기 때문이다. 그러므로 그에게 남은 유일한 길이라고는 리산데르가 이미 한 것처럼 페르시아 왕의 장군들을 찾아가서 사정해 보는 수밖에 없었다.

그러나 그는 기질이 관대하고 고매한 성격의 사람이었고, 또 돈밖에는 자랑할 것이라고는 아무것도 가지고 있지 않은 야만인들의 문 앞에서 아첨이나 하며 기다리고 있기보다는 그리스인들끼리 서로 싸우다가 차라리 죽는 편이 그리스 인들에게는 더 어울린다고 생각하는 사람이었으므로 이런 일에는 정말 부적당한 사람이었다. 하지만 궁지에 몰린 칼리크라티다스는 리디아로 떠나 곧 키루스 궁전으로 가서, 제독인 칼리크라티다스가 왕자와 의논할 일이 있어 그 곳에 와 있다고 전하라고 하였다. 문을 지키고 있던 사람 중 하나가 그를 힐끗 쳐다보고는

"외국 양반이시군요. 전하께선 지금 주연을 베풀고 계시니

짬이 없으십니다."
라고 대꾸하였다.

이 말에 칼리크라티다스는 천진난만하게 대꾸하였다.

"좋소. 그럼 한 순배가 끝날 때까지 기다리겠소."

그들이 그를 시골뜨기로 오인하고 비웃자 그는 일단 물러섰다. 그러나 나중에 또다시 궁전 문 앞에 왔을 때에도 역시 거절당하자 그는 화를 내고 에페소스로 떠나버렸다. 그리고는 애당초에 이런 야만인들한테 모욕을 당하게 처신한 자신과 돈이면 제일이라는 것을 가르친 자들을 저주하고, 스파르타로 돌아가면 그 즉시 그리스 인들을 화해시키는 데 전력을 기울여 그들의 힘을 빌려 야만인들을 위압하고 동족끼리 싸우는 일을 그치게 하겠다고 친구들 앞에서 맹세하였다.

그러나 이렇듯 스파르타 인다운 목표를 세우고, 정의감과 고매한 정신과 용기에 있어 그리스의 누구 못지 않음을 보여주었던 칼리크라티다스는, 그 후 얼마 있다가 아르기누사이 해전에서 전사하고 말았다. 이로 인하여 사태가 불리해진 동맹국들은 사신을 스파르타로 보내어 리산데르를 그들의 제독으로 다시 임명해달라고 요청하며, 만일 그가 사령관이 된다면 훨씬 더 열심히 전쟁을 완수할 수 있는 마음의 준비가 될 것이라고 말하였다. 키루스도 똑같은 내용의 서한을 보내 왔다.

그런데 스파르타에서는 두 번 제독이 되는 것을 국법으로 금하고 있었다. 그러므로 동맹국을 만족시키기 위하여 아라쿠스라는 사람에게 제독이라는 명목상의 지위만 주고, 리산데르에게는 부제독이라는 직함을 주되 실은 제독의 전권을 그에게 부여하여 전지로 내보냈다. 이렇게 되자 민주정부가 도처에서 파괴되면 리산데르의 시책에 의하여 자기들의 세력이 커지기를 은근히 기대한 여러 동맹국들의 대부분 주요 인사들과 지도자들은 이 조처에 환영의 뜻을 표명하였다.

그러나 자기들 사령관의 정직하고도 고상한 행동을 좋아하는 사람들에게는 리산데르가 칼리크라티다스와 비교해볼 때 교활하고도 음흉한 것 같았다. 전쟁할 때 리산데르는 대부분 속임수를 썼고, 공정한 수단은 유리할 때에만 사용했다. 그렇지 않을 때에는 선한 것은 제쳐놓고 편리한 것만을 사용하며, 진실이 본질에 있어 허위보다 낫다고 생각하지 않고, 진실이건 허위건 이익에 따라 그것에다 가치를 부여하는 사람이라고 여겨졌다. 헤라클레스의 후손은 전쟁에서 속임수를 써서는 안 된다고 생각하는 사람들에게 그는 웃으며 이렇게 대답하였다.

"사자의 가죽이 없으면 여우의 가죽이라도 대신 써야지."

이러한 것은 그가 밀레투스에서 한 행동에서도 여실히 나타났다. 그는 그의 친구들과 지인들에게 그들이 민주정부를 억압하는 일을 돕겠다고 약속하였고, 또 그들의 정적들을 추방하는 일을 돕겠다고 약속했다. 그러나 그들이 그 태도를 표변하여 그들의 적과 화해하였을 때, 겉으로는 환영하는 척하며 본인도 화해분위기를 조성하는 데 더욱 박차를 가하였다. 그러면서 그는 사적으로 그들을 지탄하고 욕하며 그들을 선동하여 대중을 억압하도록 압력을 가하였다. 그리고 또다시 내분이 일어날 것 같은 징조를 직감하자, 그는 즉각 군대를 이끌고 시내로 들어가 그가 우연히 만난 최초의 음모자를 엄벌에 처할 듯이 견책하는 척하며 꾸짖었다. 그러는 한편 민주파를 만나서는 두려워하지 말고 용기를 내라고 격려하였다.

이러한 모든 행동과 속임수는 민주파의 많은 사람들이 도망치지 않고 그대로 안심하고 시내에 있게 하였다가 죽이자는 목적으로 이루어진 것이었다. 그리고 실제로 그것이 실현되고 말았다. 그를 믿고 있던 민주파의 사람들이 일망타진되어 사형을 당하고 말았으니 말이다.

또 하나 안드로클리데스가 전하는 이야기에 의하면, 리산데르는 맹세를 해놓고도 지키지 않는 예가 비일비재하였다고 한다. 이 기록에 의하면 리산데르의 주장은

'아이들은 주사위로 속이고, 어른들은 맹세로 속인다.'

라는 것이었다. 이것은 사모스의 폭군 폴리크라테스의 말을 흉내낸 것으로서, 정당한 절차에 의하여 선출된 장군치고 폭군을 본받는다는 것은 대단히 창피스러운 일이라고 하지 않을 수가 없다. 신들을 원수 대하듯 대하는 것도, 다시 말하면 훨씬 더 성실치 못한 방법으로 신을 섬기는 것도 스파르타의 관습에 걸맞지 않은 행동이었다. 지나친 맹세를 하는 사람은, 한편 그의 신을 경멸하는 동시에 그의 적을 두려워한다는 것을 인정하는 태도이기 때문이다.

키루스 왕자는 사자를 보내어 다시 리산데르를 사르디스로 불러 군자금을 얼마쯤 주고 그를 지지했다. 왕자는 젊은 혈기만 믿고, 부왕이 주지 않는다면 자기의 사재라도 댈 것이며, 그것도 모자라면 자기가 앉아 있는 금은으로 만든 왕좌마저 처분하여 대주겠다고 약속하였다. 그리고 마침내 그가 부왕을 만나러 메디아로 갈 때 여러 도시에서 거두어들이는 권한을 모두 리산데르에게 주기로 하고, 그의 통치권마저 그에게 이양하였다. 그리고 자기가 본국에 갔다 돌아올 때까지는 아테네와 바다에서 싸우지 말 것이며, 돌아올 때에는 포이니키아와 킬리키아에서 많은 군선을 가지고 오겠다는 약속을 남기고 부왕을 만나러 본국으로 떠났다.

리산데르의 군선은 아테네와 싸우기에는 그 수가 부족하였다. 그러나 놀려두기에는 그 수가 너무 많았으므로, 출동하여 아테네의 몇몇 도시를 함락시키고 아이기나와 살라미스를 황폐

화시켰다. 그런 다음 거기서부터 아티카에 상륙하여 데켈레아에서 그를 만나러 온 아기스 왕을 알현하고, 자기가 원하는 곳이라면 어디든지 갈 수 있는 바다의 왕자라는 듯이 자기 함대와 힘을 아기스 왕의 지상군에게 자랑하였다. 그러나 아테네 군이 자기를 추격해 오고 있다는 소식을 듣자, 다른 길로 섬을 빠져 나와 아시아 쪽으로 도망쳐버렸다.

도망치던 리산데르는 헬레스폰트 섬의 방비가 허술한 것을 보고 람프사쿠스를 공격하는 한편, 토락스로 하여금 그에 협력하여 지상군을 이끌고 와서 성을 공격하도록 하였다. 이렇듯 기습공격으로 람프사쿠스를 점령한 그는 병사들로 하여금 약탈을 자행하게 하였다.

한편 리산데르 해군을 추격하던 180척의 아테네 함대는 케르소네세 섬의 엘라이우스에 방금 도착하여 람프사쿠스가 파괴되었다는 소식을 들었다. 이에 아테네 군은 곧 세스토스로 와서 식량을 마련하고는 아직도 람프사쿠스 근처에 정박 중인 적이 잘 보이는 아이고스 포타미로 전진하였다. 이때 아테네 전군을 지휘하는 장군 중에 필로클레스라는 장군이 있었다. 그는 시민들을 설득하여, 노는 저을 수 있지만 창은 잡지 못하도록 전쟁에서 잡은 포로들의 엄지손가락을 자르는 법을 제정하여 통과시킨 인물이다.

아이고스 포타미에 정박한 필로클레스는 그 날 밤을 쉬고 나서 다음날 아침에 싸워야겠다고 생각했었다. 리산데르도 같은 생각이었지만, 그의 머릿속에는 또 다른 계획을 하고 있었다. 그는 날이 밝으면 싸우겠다는 계획을 세우고 있는 듯이, 수병들과 선장들에게 모두 배에 올라 새벽에 명령을 받을 때 외에는 조용히 질서정연하게 배 안에 앉아 있으라고 명령했다. 똑같이 지상부대도 조용히 대열을 지어 바닷가에 대기하고 있으라고 명령하였다.

해가 뜨자 아테네 군은 전 함대를 동원하여 질서정연하게 그에게 도전해 왔다. 그러나 리산데르는 해가 뜨기 전에 싸울 준비는 다 갖춰놓고 있었으면서도 꿈쩍도 하지 않았다. 그는 다만 맨 앞에 나가 있는 함대 앞으로 조그마한 배 몇 척만을 내보내어 싸우지는 말고 적의 정세를 가만히 감시만 하고 있으라고 명령하였다.

저녁때가 되어 아테네 함대가 물러갔을 때, 그가 미리 감시하기 위하여 내보낸 두서너 척의 군선이 적이 완전히 하선하였나를 확인하고 돌아온 다음에야 비로소 수병들을 하선시켰다. 그들은 싸우지 않고 이런 식으로 나흘을 보냈다. 그러므로 아테네 군은 적이 겁에 질려 벌벌 떨고만 있는 줄 알고 극히 자신이 생겨 적을 깔보게 되었다.

이때에 케르소네세 지방의 자기 성에서 은신 중이던 알키비아데스가 말을 타고 아테네 군을 찾아와 몇 가지 결점을 지적하였다. 첫째, 장군들이 함대가 상륙하기에 아주 불리할 뿐 아니라, 위태롭기 짝이 없는 노출된 바닷가에 진을 치고 있고, 둘째로는 그들이 필요로 하는 모든 물자를 그들이 있는 진지에서부터 상당히 멀리 떨어져 있는 세스토스에서 가지고 와야 하는 부담을 안고 있다고 하였다.

그러므로 진지를 세스토스 항구로 옮겨 간다면, 단일 장군의 명령하에 자기들의 군사행동을 지켜보고 있고, 그의 위신에 눌려 모든 명령이 질서정연하게 수행되고 있는 적으로부터 비교적 보다 더 안전을 유지할 수 있게 되리라는 것이었다. 그러나 아테네 장군들은 이 충고에 귀를 기울이려고도 하지 않았다. 그 중에서 티데우스 같은 장군은 이제 아테네 군의 사령관직을 맡고 있는 사람은 그가 아니고 자기들이라고 경멸조로 윽박지르기까지 하였다.

그리하여 알키비아데스는 자기에게 무슨 모략까지 꾸미고 있는 것만 같아 겁이 나서 즉시 그 곳을 떠나고 말았다.

닷새째 되는 날도 아테네 함대는 그들 쪽으로 왔다가 여전히 늘 하던 대로 돌아가버렸다. 그러자 리산데르는 언제나처럼 군선 몇 척을 내보내어 감시케 하고는, 그 선장들에게 아테네 군이 상륙하는 것을 확인한 다음 전속력으로 돌아오다가 절반쯤 와서 앞갑판 위에다 청동방패를 내걸라고 명령하였다. 청동방패는 곧 공격신호였다. 그리고 본인은 일일이 각 군선을 돌아다니면서 키잡이들과 선장들을 격려하여 부하들을 각기 자기 부서에 배치시키도록 하였다. 노 젓는 잡부들과 수병들도 마찬가지로 부서에 돌아가 자기 위치에 있게 한 다음, 신호가 떨어지는 그 즉시로 용감하게 적의 군선을 향하여 돌진해 나가라고 명령하였다.

이윽고 청동방패가 배들의 앞갑판 위에 오르고, 장군선으로부터 싸우라는 신호의 나팔소리가 울려퍼졌다. 그러자 군선들은 일제히 저어 나갔고, 보병들도 각자 무기를 앞세우고 고함을 지르며 바닷가를 따라 곶 쪽으로 힘있게 전진해 갔다. 양 대륙 사이의 거리는 불과 15퍼얼롱밖에 되지 않았다. 군선들은 경쾌하게 달려 삽시간에 횡단하였다. 아테네 장군의 하나인 코논이 육지로부터 적의 함대가 접근해 오는 것을 맨 먼저 발견하고 어서 배에 오르라고 외쳤다. 어느 배에는 어서 병사들을 배에 태우라고 명령도 하고, 어느 배에는 애원도 하고, 또 어느 배에는 강요도 하느라 당황하는 꼴은 이만저만이 아니었다.

그러나 병사들은 사방으로 흩어져 있었기 때문에 그의 그러한 수고는 아무런 소용이 없었다. 왜냐하면 이러한 일이 일어날 줄은 꿈에도 몰랐던 병사들은 배에서 나오자 물건을 사러

시장에 가기도 하고, 바람을 쐬러 이리저리 거닐기도 했다. 또 그들의 막사에서 낮잠을 자기도 하고, 식사준비를 하기도 했다. 사령관들의 전략 부족으로 무슨 일이 일어날지 전혀 몰랐기 때문이다. 그런 상황에 적이 함성을 지르며 갑자기 밀어닥쳤기 때문에 우왕좌왕하던 코논은 간신히 여덟 척의 군선을 이끌고 빠져 나와 키프로스의 왕 에바고라스에게로 도망쳐 갔다.

스파르타 군이 밀어닥치자 나머지 군선은 텅 빈 채로 나포되는가 하면, 올라타고 있는 병사들이 채 몸도 가누기 전에 파괴되기도 하였다. 그러는 동안 병사들은 무장도 하지 않고 자기들의 배에서 이리저리 흩어져 와서 살려달라고 하다가 죽기도 했고, 육지로 도망치던 자들은 상륙하여 추격한 적들에게 도살되었다. 리산데르는 3천 명의 포로를 잡았는데, 그 중에는 장군들도 있었다. 그리고 신령을 모신 파랄루스 호와 코논이 이끌고 키프로스로 도망친 여덟 척 외의 아테네 전 함대를 나포하였다.

리산데르는 적의 막사들을 약탈하고, 나포한 배들을 밧줄로 묶어 피리와 전승가를 드높게 부르며 람프사쿠스로 개선하였다. 그는 수고도 별로 하지 않고서 큰 일을 이룬 것이다. 그 시대에 가장 오래 끌었고, 그 사건이나 운명에 있어 그 이전의 그 모든 것과 비교하여 믿을 수 없을 정도로 복잡했던 이 전쟁을 단지 한 시간 내에 끝냈으니 말이다. 또 그 동안 전쟁의 형태와 성격을 헤아릴 수 없을 만큼 바꾸었고, 그리스의 모든 그 전의 전쟁을 합친 것보다도 더 많은 사령관들의 생명을 빼앗은 이 전쟁이 한 사람의 지혜와 기민한 행동으로 종말을 본 것이다.

그러므로 이 전쟁의 성과를 신의 가호라고 보는 사람들도 있었고, 또 그가 맨 처음 출항하였을 때 하늘로부터 카스토르와 폴룩스의 쌍둥이 별이 타륜(舵輪) 근처에서 반짝이는 것이 리산데르의 배 양쪽에서 보였다고 주장하는 사람들도 있었다. 또 일설에 의하면 큰 돌이 하늘로부터 아이고스 포타미 강에 떨어졌는데, 돌이 떨어지는 것은 살육사건의 표시라는 것이다. 이 돌은 오늘날까지도 볼 수 있으며, 이 지방 사람들인 케르소니테 사람들로부터 크게 존경을 받고 있다.

돌이 하늘에서 떨어지는 것은 하늘에 걸려 있는 천체가 그 위치를 벗어날 때 생기는데, 천체가 그 위치를 벗어나거나 무슨 변동이 생기는 것은 둘 중 어느 한 쪽을 쫓아낼 때 생기는 천체 하락의 결과라고 아낙사고라스는 확언했다는 것이다. 그것은 별들 중 어느 하나도 그것이 처음에 있던 똑같은 장소에 언제나 그대로 있지 않게 마련이고, 또 별들은 돌처럼 무거운 물체이기 때문에 그것들을 둘러싸고 있는 상층공기의 대기차에 의하여 광채를 발하며, 태고에 천체로부터 분리될 때 처음부터 떨어지지 않았던 별들이 선회운동의 힘에 의하여 힘차게 선회하고 그 운동으로 인하여 서로 떨어져 나오는 과정에서 생기는 현상이라는 것이다.

그러나 이보다 더한 억측을 주장하는 사람들도 있다. 그들은 떨어지는 별들은 방사물이 아니며, 하층공기에 의한 그 발화순간에 거의 소멸되는 에테르성 불의 발산도 아니라는 것이다. 그것은 다량의 하층공기가 위로 올라가서 상층공기와 충돌할 때 갑자기 생기는 연소나 발화현상이 아니고, 천체가 그 선회운동에 무슨 이상이 생겨서 궤도를 이탈하여 떨어지는 것이다. 대개는 사람들이 사는 육지에 떨어지는 것이 아니라, 넓은 바다로 떨어지기 때문에 사람의 눈에는 거의 띄지 않는다.

다이마코스도 그의 〈종교론〉에서 아낙사고라스의 이 견해를 지지하고 있다. 그에 의하면 이 돌이 떨어지기 전에 75일 동안 계속해서 하늘에 큰 불덩어리가 보였다는 것이다. 그것은 마치 불꽃을 떨어뜨리는 구름처럼 쉬지 않고 이러저리 왔다갔다 하더니 화살같이 떨어졌다. 그러므로 이러한 소동과 선회운동에 의하여 깨진 불꽃의 여러 파편이 유성이 그러하듯이 빛을 발산하면서 사방으로 흩어졌다. 그 중 하나가 이 지방에 떨어져 이곳 주민들이 공포에 떨었는데, 불꽃이 완전히 식은 다음 가보니 불은 흔적도 보이지 않고 크기는 하지만, 말하자면 그 불덩어리와는 비교도 되지 않는 돌 하나가 뒹굴고 있더라는 것이다.

다이마코스의 이런 이야기를 믿을 사람이 별로 없을 것은 뻔하다. 그러나 혹시 그의 말이 사실이라면, 산꼭대기에서 회오리바람에 의하여 바위가 깨져 팽이처럼 하늘로 끌려 올라가서 빙빙 돌다가 바람이 약해지면 거꾸로 땅으로 떨어진다고 말한 사람들의 말이 잘못이라는 설과 부합한다. 그렇지 않으면 그렇게 여러 날 보인 현상이 정말로 불이었고, 그것이 꺼지자 공기에 큰 운동이 생겨 바위를 하늘로 끌어올렸다가 다시 떨어뜨린 이유가 될 수도 있다. 그러나 이 문제에 대한 더 정확한 연구는 다른 종류의 저작에 속한다.

어쨌거나 리산데르는 그가 잡은 포로 3천 명에게 판무관으로 하여금 사형언도를 내리게 하였다. 그런 다음 이번에는 아테네 장군 필로클레스를 불러, 아테네 시민들을 사주하여 그리스 인들에게 지금까지 온갖 만행을 자행한 죄값을 무엇으로 치르겠느냐고 따졌다. 그러나 필로클레스는 현재 당하고 있는 자신의 재난에 조금도 굴하는 일 없이 이렇게 말하였다.

"아무도 시비를 가릴 수 없는 문제를 제기하여 나에게 죄를 씌우지 마라. 이제 그대는 정복자가 되었으니 피정복자를 뜻대로 하라."

그리고 목욕을 한 다음 좋은 옷으로 갈아입고 부하들을 이끌고 사형장으로 나갔다고 테오프라스투스는 그의 사서에 기록하고 있다.

그 후 리산데르는 아테네의 각 도시를 순항하면서 그가 만나는 아테네 인에게 이렇게 외쳤다.

"모두 아테네로 돌아가라. 그렇지 않으면 한 사람도 남기지 않고 만나는 대로 죽이겠다."

이렇듯 아테네에 기근과 식량 부족을 일으켜 항복을 힘들지 않게 하고자 하는 의도에서였다. 그리고 그는 또한 아테네의 민주정치 체제와 그 밖의 모든 헌법을 파기하고, 각 도시에 스파르타 인의 지사 한 사람과 그를 보좌할 10명의 정치위원을 두었다. 그 위원들은 그가 각 도시에 이미 만들어놓은 단체에서 뽑았다. 그리고 그를 지지하는 도시에서뿐만 아니라, 그를 지지하지 않는 도시에서도 이렇게 개혁을 천천히 단행하여, 그리스 전국을 자기 통치하에 두려는 계획을 진행시켜 나가고 있었다.

정치위원을 선택할 때에도 출신 성분이나 재산 같은 것을 고려하지 않고, 자기의 친구나 자기 일당 내에서 선택하여 그 직책을 맡겼다. 그리고 모든 것을 그들 마음대로 하게 하고, 상벌의 절대권을 그들의 수중에 넣어주었다. 그는 피비린내나는 사형장에도 친히 참석하였고, 친구들을 도와 그들의 적들을 추방함으로써 스파르타 정치체제의 달콤한 맛을 그리스 인들에게는 주지 않았다. 희극 시인 테오폼푸스는 스파르타 인을 곧잘 술집 여자에 비유하였는데, 그녀들은 처음에는 그리스 인들에게 자유의 달콤한 술을 맛보게 하다가, 그 다음에는 술잔에다 신 술을 따른다고 한 말은 적절한 비유가 아닌 듯싶다. 애당초부터 스파르타 인의 통치는 떫고 쓴맛이었으며, 리산데르는 모든 민주정부를 억압하고 대담무쌍하고도 전혀 양심이 없는 소수 독재도당에게 도시의 지배권을 맡겼던 것이다.

이러한 일들로 얼마 동안 시간을 보낸 리산데르는 미리 사람 몇을 스파르타로 보내어, 이제 곧 군선 200척을 이끌고 귀국할 예정이라고 알렸다. 그런 다음 그의 군을 아티카에서 스파르타의 두 왕 아기스와 파우사니아의 군과 합쳐서 지체없이 아테네 시를 점령하겠다고 생각하였다. 그러나 아테네 인들이 완강히 저항하였으므로 그 생각을 포기하고, 또다시 그의 함대를 이끌고 소아시아로 갔다. 거기서 마찬가지 방법으로 모든 다른 도시 정부를 파괴하고, 10인정부를 수립하여 그 지배를 받게 하였다. 그리고 많은 사람들을 하나하나 사형에 처하고 또 많은 사람들을 추방하였다.

사모스 섬에서는 주민 전부를 추방하고, 그가 다시 데리고 온 다른 추방자들에게 각 시를 넘겨주었다. 또 아테네 인들이 아직도 가지고 있는 세스토스 섬을 그들로부터 빼앗았는데, 그는 그 도시와 지방을 세스토스 섬 사람들에게 주어 살게 하지 않고 과거 그의 밑에서 선장이나 항해사로 일하던 자들에게 나누어주었다. 그러나 그의 이러한 행동을 스파르타 인들은 허용하지 않았다. 스파르타 인들은 섬 주민들을 그들이 살던 도시로 다시 와서 살도록 하였다. 그의 행동을 본국이 취소하기란 이것이 처음이었다. 그러나 그리스 인들은 리산데르의 도움으로 오랜 후에 다시 아이기네타 인들이 자기들의 도시들을 되찾고, 멜리아 인들과 스키오나이아 인들이 다시 독립을 되찾는 한편, 아테네 인들이 추방을 당하고 도시들을 내놓은 것을 보고 기뻐하였다.

그럴 즈음 이제 아테네 시에는 식량이 동나 주민들의 생활이 말이 아니라는 소식을 듣게 되자, 리산데르는 피라이우스 항으로 와서 강제로 아테네 시의 항복을 받아냈다. 이때의 사정으로는 그가 어떠한 조건을 내놓더라도 아테네 시는 항복하지 않을 수가 없었던 것이다.

스파르타 인들이 하는 이야기를 들었다는 어떤 사람의 말을 빌면, 리산데르가 본국에

"아테네를 정복."

하고 보고하였더니, 본국에서는 리산데르에게 다음과 같은 회신을 보내 왔다고 한다.

"정복이면 충분."

그러나 이 말은 간결하게 표현하기 위하여 꾸며낸 말이었고, 본국 정부의 실제 훈령은 다음과 같은 것이었다.

"스파르타 정부는 다음과 같이 명령한다. 즉 피라이우스의 장성을 헐어라. 모든 도시에서 철수하고 본래의 영토만 지켜라. 이러한 일들을 하면 원대로 평화를 주리라. 그리고 또한 추방자들을 불러들여 복권시킬 것. 보유 선박의 수에 관해서는 필요하다고 판단되는 수가 얼마든간에 그 곳 당사자인 귀관의 재량에 일임한다."

아테네 정부는 이 장황한 조건을 받아들였다. 하그논의 아들 테라메네스도 그것을 지지하였다.

이때 전하는 말에 의하면, 젊은 웅변가 중 하나인 클레오메네스가 테라메네스에게 테미스토클레스가 구축한 성을 감히 허물고 스파르타가 하라는 대로 할 생각이냐고 따지며 비난하자, 그는 이렇게 대답하였다고 한다.

"오, 젊은이. 나는 테미스토클레스에 반대되는 일은 하지 않소. 그 어른이 이 성을 구축한 것도 나라의 안전을 위하여 한 일이었고, 우리가 이제 그것을 허물려는 것도 나라를 구하려는 뜻에서 하는 것이오. 성이 나라를 행복하게 한다면, 스파르타

는 성이 없으니 그렇다면 모든 나라 중에서 가장 비참한 나라임에 틀림없을 것이오."

리산데르는 12척을 제외한 아테네의 모든 군선과 성벽을 무니키온 달 열엿새째 되는 날에 수중에 넣은 다음, 정체를 바꿀 수단을 취하기 시작하였다. 이 날은 바로 과거에 아테네 인들이 살라미스의 해전에서 페르시아 군을 격파한 바로 그 날이기도 하였다. 그러나 아테네 인들은 휴전 내용에 불만을 품고 저항하며 성벽을 허물려고 하지 않았으므로, 그는 사자를 아테네 인들에게 보내어 휴전조약을 위반한 사실을 그들에게 상기시켰다. 성을 허물어야 할 기일이 지났는데도 불구하고 여전히 성이 그대로 서 있었기 때문이다. 이로써 상대방이 최초의 휴전조약을 위반하였으므로 새로운 조처를 강구해야겠다고 그는 선언하였다.

어떤 설에 의하면 그는 아테네 인 전부를 노예로 팔아버리면 어떻겠느냐고 동맹국 회의에서 실제로 제안한 적도 있었다고 한다. 그때에 테베스 인 에리안투스는 아테네 시를 파괴해버리고 그 자리를 양목장으로 만들어버리자고 제안하였다고도 한다. 그러나 나중에 장군들의 연회장에서 포키스 인 하나가 에우리피데스의 극 〈엘렉트라〉의 합창가 제1곡을 노래 불렀다고 한다. 그것은 다음과 같이 시작된다.

'아가멤논의 딸, 엘렉트라여, 이 몸 그대의 폐옥을 찾아왔노라.'

모두가 이 노래를 듣고 가슴이 메는 듯 연민에 사로잡혀, 그렇게도 유명하였고 그러한 위인들을 낳은 도시를 폐허로 만든다는 것은 잔인한 행위인 것처럼 생각되었다. 따라서 아테네 인들은 모든 일에 리산데르가 하라는 대로 하였으므로 그는 많은 여자 피리수를 시내에 불러내고, 모든 병사들을 동원하여 그 가락에 맞추어 성을 허물고 배를 태웠다. 동맹군들도 함께 화환을 머리에 쓰고 춤을 추면서 그 날을 그들의 자유가 시작되는 날로 간주하였다. 그는 또한 즉시로 정치체제를 바꾸는 일에 착수하여 아테네 시에는 30명의 정치위원을, 피라이우스 시에는 10명의 정치위원을 배치하였다. 또 아크로폴리스 시에는 주둔군을 두고 스파르타 사람 칼리비우스를 그 사령관으로 임명하였다. 그는 나중에 지팡이를 들고 운동가인 아우톨리쿠스를 때렸다.

아우톨리쿠스에 관해서는 크세노폰이 그의 극 〈향연〉에서, 발꿈치에 딴죽을 걸어 땅바닥에 쓰러뜨린 장면은 바로 그를 묘사한 대목이다. 리산데르는 칼리비우스가 욕을 당한 것에 화를 내지 않고, 오히려 자유인을 다스릴 줄 모른다고 칼리비우스를 나무랐다. 그러나 30명의 정치위원들은 칼리비우스의 비위를 맞추기 위하여 조금 후에 아우톨리쿠스를 사형에 처하였다.

이 일이 있은 후 리산데르는 트라키아로 떠났다. 그리고 떠나기에 앞서 공금에서 남은 것과, 어느 점에선 그리스의 영주 못지 않은 큰 세력을 가지고 있는 사람에게 선물을 하지 못해 안달하고 있던 많은 사람들로부터 자신이 받은 선물과 금관을 왕년에 시칠리아에서 사령관직을 맡고 있었던 길리포스를 통하여 스파르타로 보냈다. 그러나 전하는 말에 의하면 그는 각 부대의 밑바닥을 찢고 상당히 많은 은화를 꺼낸 다음, 부대마다 그 속에 들어 있는 돈의 액수를 적어 넣은 쪽지가 들어 있다는 것을 모르고 다시 꿰맸다는 것이다.

스파르타로 오자 이렇듯 훔친 돈은 자기 집 지붕의 기와 밑에 감추고 부대를 관리들에게 전달하였다. 부대들은 어느 것이나 봉인이 잘 되어 있었다. 그러나 나중에 부대를 열고 세어 보니 적혀 있는 액수와 전혀 맞지 않아 관리들은 어리둥절하였다. 이때 길리포스의 종 하나가 자기 집 기와 밑에는 많은 올빼미들이 자고 있다고 수수께끼 비슷한 말을 하였다. 당시 통용되는 대부분의 돈에는 아테네의 상징인 올빼미가 새겨져 있었던 것이다. 전에 그렇게도 위대한 업적을 세운 길리포스가 이젠 이렇게도 더럽고 야비한 행동을 저지르고 그만 스파르타를 떠나고 말았다.

스파르타의 가장 현명한 사람들은 이 사건을 보고 금전의 영향력을 두려워했다. 그들은 그런 것을 나라에 들여온 리산데르를 비난하며 장관들에게, 모든 금화 은화는 '외국에서 들어온 위해'이므로 도로 외국으로 보내버리라고 주장하였다. 장관들은 이 문제를 공론에 부쳤다.

테오폼푸스는 그것을 스키라피다스라고 하고, 에포로스는 그것을 플로기다스라고 하였는데, 누구든지 스파르타는 금은을 나라 안에 들여놓지 말고 자기 나라 화폐를 사용해야 한다고 선언하였다. 자기 나라 화폐란 놋쇠돈인데, 시뻘겋게 달았을 때 우선 식초 속에 담가 딱딱하게 굳혀서 다시 사용할 수 없게 만든 것이었다. 이 돈은 물론 대단히 무겁고 운반하기 귀찮았으며, 양과 중량에 비해 가치는 적었다. 모든 옛날 돈들은 이렇게 놋쇠로 된 화폐거나 몇몇 나라에서는 구리꼬챙이로 만든 화폐였던 것 같다. 그러므로 오늘날에도 아주 많은 잔돈의 단위가 오볼(그리스 말로 꼬챙이를 오벨루스(obelus)라고 한다.)이라는 이름을 보유하고 있다는 것을 알 수 있으며, 한 손에 쥘 수 있는 분량이기 때문에 6오볼을 1드라크마라고 한다.

그러나 리산데르의 측근들은 금은을 추방하자는 안에 반대하고 아테네에 그 돈을 그대로 두자고 열심히 주장하였다. 결국 그 돈은 정부에서 공용으로만 쓰고, 만일 개인이 그 돈을 가지고 있는 것이 발견되면 사형에 처하기로 의결하였다. 이것은 마치 그 옛날 리쿠르고스가 금은으로부터 생기는 탐욕을 두려워한 것이 아니라, 금은 그 자체를 두려워한 것과 흡사하다. 개인이 금은을 소유하는 것을 금한 것은 개인으로 하여금 금은을 갖지 못하게 하기 위해서라기보다는 오히려 그것을 장려한 셈이 된다.

왜냐하면 정부는 가져도 좋다고 결정한 것은 실제 이상의 가치를 부여한 것이 되기 때문이다. 정부가 금은을 소중히 여기는 것을 본 시민들이 그것을 쓸데없는 물건이라고 생각할 리 만무할 것이고, 시민 전체가 소중히 여기는 물건이라면 시민 한 사람 한 사람이 어찌 무시할 수 있겠는가. 이것으로 나라의 기풍이 개인의 사생활에 영향을 주는 것이, 개인의 사생활이 나라의 기풍에 영향을 주는 것보다 더 빠르다고 하는 것을 알 수 있다. 전체가 부패하면 부분도 따라서 부패하지만, 부분이 부패한다고 해서 전체가 부패한다고는 할 수 없기 때문이다. 또 건전한 부분이 전체마저 부패하는 것을 방지할 수도 있기 때문이다.

공포와 법률은 이제 시민들의 집을 지키며 돈이 그들의 집으로 들어가지 못하게 하였다. 그러나 이렇듯 대체로 부를 추구하는 데 고귀한 목적이 놓여졌을 때에는, 그들의 마음이 부에 대한 욕망을 이겨낼 수 있다고는 더 이상 기대할 수 없다. 이 점에 관해 우리는 이미 다른 글에서 스파르타 인을 혹평한 바 있다.

리산데르는 전리품을 처분한 돈으로 자기 자신과 여러 함장들의 동상을 델포이에 세웠다. 또한 카스토르와 폴룩스의 쌍둥이 별 금상도 세웠는데, 이것은 레우크트라 패전 직전에 도난

당하고 말았다. 이 밖에도 브라시다스와 아칸티아 인들의 보고에는 금과 상아로 만든 길이 2큐빗(팔꿈치에서 가운데 손가락 끝까지의 길이, 18-22인치) 되는 군선이 한 척 있었는데, 이것은 그의 전승을 축하하여 키루스가 보낸 것이었다.

그러나 델포이의 알렉산드리데스라는 역사가가 그의 사기에 기록한 것을 보면, 리산데르는 11스타테르 외에 은 1탈렌트와 52미나이를 바쳤다고 한다. 이것은 그가 가난하였다고 일반적으로 공인되어 있는 기록과는 일치하지 않는다. 그리고 그 당시 리산데르는 실제로 그 이전의 어떠한 그리스 인보다도 권세가 컸으므로 그의 권세에 따르는 이상의 자부심을 보였고 우월성을 행사하였다고 생각되었다. 또 두리스가 그의 사서에서 전하는 것을 보면, 이것은 각 도시에서 신에게나 있었던 일이었는데, 인간에게 제단을 만들어 제사를 드리는 그리스 인 중 그가 최초의 사람이었으며, 개선가가 불려지기도 그가 최초였다고 한다. 그 처음 부분을 들어보면 다음과 같다.

> 넓고도 넓은 스파르타의 땅에서 난 위대한 그리스의 장군.
> 우리는 승리의 노래로 그를 축하하리다.

그리고 사모스 사람들은 헤라 여신에게 바치는 제사를 '리산데르 제'라고 부르기로 법으로 정하기까지 하였다. 그리고 그는 이름 있는 시인들 중에서 코이릴루스라는 시인을 늘 데리고 다니면서 자기의 업적을 찬양하는 시를 짓게 하였다. 그를 찬양하는 노래를 지은 안틸로쿠스를 아주 흡족하게 생각한 리산데르는 모자에다 은화를 가득 담아 그에게 주었다고 한다. 그리고 콜로폰의 안티마코스와 헤라클레아의 니케라투스라는 사람도 서로 리산데르의 업적을 찬양하는 시를 지어 상 타기 시합을 하였다. 그때 결국 니케라투스가 승리의 화환을 타게 되자 이에 격분한 안티마코스는 자기의 시를 찢어버렸다고 한다.

이 무렵 안티마코스의 시를 좋아하며 그를 숭배하고 있던 청년 플라톤이 그의 패배를 위로하여 이렇게 말하였다고 한다.

"그를 모르는 사람의 무식함은 장님이 앞을 보지 못하는 것과 마찬가지로 가엾은 일이다."

또 나중에 피티아 예술제에서 여섯 번이나 우승한 음악가 아리스토누스가 리산데르에게 아첨하느라고 이렇게 말했다.

"만약 제가 또다시 우승한다면 순전히 그것은 장군님의 덕택이라고 선언하겠습니다."

그러자 리산데르는 이렇게 대답하였다.

"즉 내 종이라고 말인가?"

이런 야심에 가득 찬 기질은 가장 지위가 높은 사람들이나 동료들에게는 정말로 무거운 짐이 될 뿐이었다. 그러나 그렇게도 많은 사람들이 헌신적으로 그에게 굽실거렸기 때문에, 그의 오만한 태도와 남을 업신여기는 마음은 그의 야심과 함께 날로 더해 갔다. 그는 상을 줄 때나 벌을 줄 때에도 한 인간에게서 볼 수 있는 절제심이라고는 찾을 길이 없었다. 그의 추종자들에게는 절대권을 주어 각 도시를 다스리게 하였고, 그에게 반대하는 자들은 사형에 처해야만 그의 직성이 풀렸다. 추방 정도는 오히려 나은 편이었다.

그 예로서 후기의 일이지만, 밀레시아의 민주적 지도자들이 도망치지 못하도록 경계하는 한편, 또한 숨어 있는 자들을 찾아낼 생각에서 리산데르는 그들을 해치지 않겠다고 맹세하였다. 그의 말을 믿고 그들이 나타나자 그들을 일망타진하여 독재적 지도자들에게 인도하여 처형케 하였다. 무려 그 수가 800에 이르렀다고 한다.

실제로 다른 도시에 있어서도 인민파에 속하는 사람들의 학살은 대체로 헤아릴 수 없을 정도로 그 수가 많았다. 왜냐하면 자기의 비위에 거슬리는 사람뿐 아니라, 그를 추종하는 측근들의 많은 증오와 탐욕을 만족시켜주기 위해서도 아낌없이 모조리 사형에 처했기 때문이다. 그러므로 스파르타 인 에테오클레스의 다음과 같은 말은 과연 명언이라 할 수 있다.

"리산데르가 둘만 있었다면 그리스는 견디지 못했을 것이다."

아르케스트라투스도 알키비아데스에 관하여 똑같은 말을 하였다고 테오프라스투스는 말하고 있다. 그러나 알키비아데스가 우리들을 노하게 한 것은 그의 교만과 사치와 방종이었다.

리산데르의 권세가 공포와 증오를 사게 된 것은 그의 무자비한 성격 때문이었다. 스파르타 인들은 그 밖의 어떠한 고발자들에 대해서도 전혀 개의치 않았다. 그러나 나중에 리산데르가 페르시아를 약탈하고 크게 피해를 입히자, 페르시아 장군 파르나바주스가 사절단을 스파르타에 보내어 그의 만행을 규탄하였다. 그러자 정치위원들은 리산데르가 저지른 일을 대단히 언짢게 생각하였다. 그래서 리산데르의 심복 장군의 하나인 토락스가 은화를 몰래 소유하고 있다는 것을 알아내어 그를 사형에 처한 다음, 두루마리를 리산데르에게 보내어 귀국하라는 명령을 내렸다. 이 두루마리가 만들어지게 된 내력은 다음과 같다.

정치위원들은 제독이나 장군을 임지에 내보낼 때, 길이와 두께가 똑같은 두 개의 둥근 나무토막을 구하여 똑같은 길이로 잘라 하나는 두고 하나는 떠나는 사람에게 주었다. 이 나무토막을 그들은 스키탈레스라고 불렀다. 그러므로 그들이 어떤 비밀이나 중요한 사항을 전할 경우가 생겼을 때에는, 가죽끈처럼 생긴 길고 좁다란 양피지 비슷한 극상지를 두루마리처럼 자기들이 가지고 있는 나무토막의 표면을 빈틈없이 싼다. 그리고 그 위에 자기들이 원하는 내용의 글을 쓴 다음 극상지 두루마리를 벗겨 그 장군에게 보낸다. 받은 사람은 씌어져 있는 것이라곤 아무것도 읽을 수 없다. 말과 글씨가 연결되어 있지 않고 모두 끊어져 있기 때문이다. 그러나 자기가 가지고 있는 나무토막을 꺼내어 그 둘레에다 길죽한 극상지 끈을 감으면 보낸 사람이 했던 모양대로 모든 부분이 재생되어 읽을 수 있게 된다. 잰 물건도 잰 기물과 같은 이름으로 불려지는 수가 있듯이, 이 두루마리도 나무토막이 스키탈레스라고 불린 것처럼 스타프라고 불려진다.

그러나 이 두루마리가 헬레스폰트 섬에 있는 리산데르에게로 왔을 때 그는 당황하였다. 리산데르는 파르나바주스가 규탄한 것이 가장 마음에 걸려서 그를 만나 화해할 생각으로 급히 그에게로 갔다. 파르나바주스를 만난 리산데르는 과거에 잘못한 것이 없다, 고발할 아무런 불평도 자기에게는 없었다는 또 다른 편지를 스파르타의 관헌들에게 써 보내달라고 하였다. 그러나 속담에도 있듯이, 파르나바주스가 제 살 깎아 먹는 짓을 하리라고 꿈엔들 생각했겠는가.

그는 부탁받은 대로 하는 척하며 리산데르가 원하는 대로의 편지를 썼지만, 몰래 또 다른 편지를 써서 자기 옆에 놔 두었다가 봉할 때 슬쩍 바꿔 넣었다. 이 서한은 리산데르가 보는 앞에서 써서 준 것과 겉보기에 조금도 다름이 없었다. 그런 줄도 모르는 리산데르는 그것을 받아 들고 스파르타로 가서 관례대로 정치위원들에게 그 서한을 보였다. 그리하여 이제는 자기에 대한 그 가장 큰 고발사건이 해소된 것으로 생각하고 안심하였다. 파르나바주스는 페르시아의 모든 장군들 중에서도 스파르타를 열심히 도왔으므로, 스파르타 인들의 사랑을 한껏 받고 있었기 때문이다. 그러나 정치위원들이 그 편지를 읽은 후에 당황해 하며 그에게 보여주었다. 그때서야 리산데르는

'이 세상에서 꾀 있는 사람은 오디세우스 외에도 얼마든지 있다.'

는 것을 깨닫고서 극도로 분노하며 그들 앞을 물러났다. 며칠 후에 리산데르는 정치위원들을 다시 만나 암몬 신전으로 가서 전쟁 중 그가 이미 맹세한 제사를 드려야겠다고 말하였다. 어떤 사가들은 그것이 사실이었다고 한다. 그가 트라케의 아피타이 시를 포위하고 있었을 때, 꿈 속에 암몬 신이 그의 옆에 나타났다. 그것은 암몬 신이 아피타이 시민의 해방을 명령한 것으로 생각하고 포위를 풀어주었다. 그리고 아피타이 시민들에게 암몬 신께 제사를 드리라고 명령하고는 본인은 곧 그 신의 본산이 있는 리비아로 떠났다고 한다.

그러나 대부분의 역사가들은 신을 운운한 것은 구실에 지나지 않는다고 말한다. 사실은 정치위원들이 무섭고, 집에 갇혀서 살자니 갑갑하고 또 관의 감시하에 살기도 싫었던 것이다. 그리하여 마치 널따란 방목장에서 마음껏 뛰어놀던 말이 방금 마구간에 갇히어 늘 똑같은 일을 하게 되면 자유를 그리워하듯이, 그도 다른 곳으로 여행을 떠나 이리저리 돌아다니고 싶었기 때문이라는 의견을 가지고 있었다. 그의 여행목적이 어디에 있었느냐고 정치위원들이 말하는 것에 관해서는 이제 곧 이야기하고자 한다.

아무튼 장관들의 허가를 겨우 얻어 내어 그는 출항하였다. 그러나 그가 항해 중에 있는 동안 그리스의 각 왕들은, 리산데르가 그의 측근들로 하여금 각 도시를 장악케 한 것은 본인이 실제에 있어 그리스의 전권을 장악하려는 의도에서 나왔다는 것을 새삼 깨달았다. 그래서 정권을 시민에게 되돌려주고 그의

도당을 축출해버리자는 데에 의견을 모으고 그 대책을 강구하였다. 이러한 사건들로 소요가 시작되어 필레 섬의 아테네 인들이 어느 곳보다도 먼저 봉기하여 30인정권을 타도했다.

이에 리산데르는 급히 본국으로 돌아와 독재정권을 지지하고 민주정권을 타도하자고 시민들에게 호소하였다. 그리고 무엇보다도 먼저 아테네의 30인정권에 군자금으로 100탈렌트를 주고, 장군으로 자기를 보내달라고 요청하였다. 그러나 왕들은 그를 시기하고, 그가 아테네마저 자기 수중에 넣으려는 술책이 아닌가 염려한 나머지 자기들 둘 중에서 하나가 사령관직을 맡기로 하였다. 그 결과 두 왕 중의 하나인 파우사니아스가 사령관이 되어 아테네의 필레 섬으로 갔다. 말로는 폭군을 도와 시민정부를 타도한다고 공언하였으나, 실은 리산데르가 또다시 도당의 힘을 빌려 아테네의 왕이 되지 못하도록 휴전을 위하여 진력하려는 생각이었다. 이 일을 그는 쉽게 해냈다. 그는 아테네인들을 서로 화해시켜 소요를 종식시킴으로써 리산데르의 야망을 꺾었다.

그러나 그 후 곧 아테네 인들이 다시 소요를 일으켜 독재정치에서 해방되자, 곧 파우사니아스는 또다시 오만방자하게 된 시민들로 하여금 소요를 일으키게 하였다는 비난을 받았다. 그러나 그 반면 리산데르는 다른 사람들의 비위나 맞추고 박수갈채를 받기 위해서가 아니라, 스파르타의 국익을 위하여 그의 사령관직을 완수한 사람이라는 평판을 다시 받게 되었다.

리산데르의 연설은 그의 적들에 대해서는 대담하고도 굽힐 줄을 몰랐다. 예를 들자면 아르고스가 스파르타와 국경문제로 논쟁을 벌였을 때, 그들은 자기들의 주장이 스파르타의 주장보다 더 정당하다고 생각하였다. 그러나 리산데르는 칼을 뽑아들고 이렇게 말하였다.

"이것으로 이기는 자가 국경문제를 해결하는 첩경이다."

또 어떤 회의석상에서 메가라의 한 사람이 그에게 불손한 태도를 취하자, 그는 대뜸 이렇게 호통을 쳤다.

"이 양반아, 그런 말을 쓰려면 국가의 뒷받침이 있어야 하는 거요."

그런가 하면 보이오티아가 중립을 지키려고 어정쩡한 행동을 취하고 있을 때, 그 나라를 통과할 때 창을 어깨에 메고 통과해야 하는가 아니면 들고 통과해야 하는가 어서 대답하라고 따졌다. 그리고 코린트가 반란을 일으켜 정벌하려고 진군하여 성벽 앞에까지 갔을 때, 스파르타 군이 쭈뼛쭈뼛하며 공격을 못하는 것을 보았다. 그때 토끼 한 마리가 도랑을 뛰어넘는 것을 보고 그가 꾸짖었다.

"토끼란 놈을 성 위에서 낮잠이나 자게 내버려 두는 게으른 적을 두려워하다니 부끄럽지도 않느냐?"

아기스 왕이 아우 아게실라우스와 자기 아들이라고 알고 있는 레온티키다스를 남기고 세상을 떠나자, 리산데르는 아게실라우스를 지지하여 자기야말로 헤라클레스의 진정한 후손이니까 왕위를 계승할 권리가 있다고 주장하라고 설득하였다. 레온티키다스는 알키비아데스가 스파르타에 피신해 와 있을 때, 아기스 왕의 왕비 티마이아와 은밀히 가까히 하여 생긴 사생아라는 의심을 받고 있었다.

전하는 말에 의하면 아기스 왕은 아기가 잉태한 날을 계산하여 보고는 자기의 아이가 아니라는 확신을 얻게 되었다. 그리하여 그 후로는 늘 그를 돌보지 않았고, 제 자식이 아니라고 분명한 태도를 표명해 왔다는 것이다. 그러나 그 후 헤라이아로 와서 임종이 가까워지자, 레온티키다스와 신하들의 간청에 의하여 여러 사람들 앞에서 레온티키다스가 자기의 적자라고 선언하였다. 그리고 그 사람들에게 증인이 되어 스파르타에 그렇게 전해달라는 유언을 남기고서 왕은 세상을 떠났다. 따라서 그들은 레온티키다스를 지지하여 그렇게 증언하였다.

아게실라우스는 명성도 높고, 리산데르의 강력한 지지도 받고 있었다. 그러나 한편 신탁의 지식이 많기로 유명한 디오피테스라는 사람이 다음과 같은 예언을 들면서, 그것은 다리를 저는 아게실라우스를 가리킨 것이라고 나오는 바람에 그의 입장이 난처하게 되었다.

조심하라 위대한 스파르타여, 네 몸은 성할망정
절름발이 왕정일랑 섬기지 않도록.
길고도 또한 뜻밖의 국난과
무서운 전쟁의 폭풍우가 끊이지 않으리라.

그리하여 많은 사람들이 이 신탁을 믿고 레온티키다스를 지지하게 되었을 때, 리산데르는 디오피테스가 신탁을 잘못 해석하였다고 말했다. 그는 다리를 저는 사람이 스파르타를 다스린다 하더라도 신이 노하실 리 만무하고, 사생아가 헤라클레스의 후손과 함께 다스린다면 스파르타가 다리를 절게 될 것이라는 뜻이라고 주장하였다. 이러한 궤변과 그의 강대한 세력으로 결국 승리를 거둬 마침내 아게실라우스는 왕위에 오르게 되었다.

그러므로 곧 리산데르는 왕에게 역설하기를, 원정대를 이끌고 아시아를 정복하여 페르시아를 수중에 넣음으로써 지상 최대의 왕이 되라고 하였다. 그러고 나서 그는 아시아에 있는 그의 심복들에게 편지를 보내어 페르시아와의 전쟁에서 자기들의 사령관으로 아게실라우스 왕을 임명해달라고 스파르타에 요청하도록 하였다. 그들은 리산데르가 하라는 대로 스파르타에 사절단을 보내어 그것을 간청하였다. 그리고 이것은 리산데르가 아게실라우스를 왕위에 오르게 한 그의 최초의 봉사에 못지 않은 두번째 봉사라고 생각되었다. 그러나 야심이 강한 성격의 소유자들은 사령관으로서는 적절할지 모르지만, 명예욕에 사로잡혀 서로 질투하다가 대사를 망치는 수가 많다. 덕행을 행함에 있어 조력자로 사용해야 할 사람을 흔히 그 경쟁자로 만드는 수가 많기 때문이다.

아게실라우스 왕은 그가 데리고 간 30인 군사고문단 가운데 리산데르도 데리고 갔다. 그것은 그를 고문단장으로 쓸 의사를 가지고 있었기 때문이다. 그러나 그들이 아시아에 도착하자 그곳 주민들은 왕과는 초면이었으므로 왕에게 별로 말을 거는 일도 없었다. 그러나 리산데르와는 과거에 몇 번 사귄 일도 있고 해서 그에게로 몰려와 친분을 새롭게 하고자 하였으며, 한편 그를 두려워하는 자들도 자기들에게 피해가 올까 봐 그에게 굽실거렸다.

연극에서 배우들의 경우 그런 예가 흔히 있듯이, 심부름꾼이나 하인으로 등장하는 배우는 관중들의 주목을 끌어 중요한 역할을 하지만, 왕은 말하는 장면조차 없는 수가 있다. 이 경우에 있어서도 고문단장이 바로 그러하여 정부의 진짜 명예를 독차지하고, 왕은 아무런 실권도 없이 명목상의 왕에 지나지 않았다. 이러한 분에 넘치는 야심은 어떤 방법으로든지 억제해야만 할 필요가 있었고, 본래의 제2인자 자리로 되돌려 보내야만 하였다. 그러나 완전히 실권을 박탈함으로써 자기의 은인이었고 측근자였던 사람에게 모욕과 수치를 주는 것은 아게실라우스로서 왕답지 않은 행동이라고 생각되었다. 그러므로 우선 중대한 일을 그에게 맡기지 않았고, 어떠한 사령관직도 주지 않았다. 또 리산데르가 자기 이익을 위하여 청탁하는 사람이라는 것을 알게 되면 그것이 누구이든지간에 늘 거절하여 쫓아버렸으며, 평범한 청탁자들 이하로 취급하였다. 이렇듯 말없이 그의 세력을 약화시켜 나갔다.

모든 일이 다 실패로 돌아가고, 친구들을 위하여 애써준 일이 오히려 그들에게 방해밖에 되지 않는다는 것을 알게 된 리산데르는 그런 청탁을 그만두었다. 그리고 친우들에게도 왕이나 다른 사람에게 본인이 직접 청탁해보는 것이 좋을 것이라고 권유하였다. 이 말을 듣자 대부분의 사람들은 자기들의 일로 그를 괴롭히는 것은 그만두었으나, 산책할 때 또는 경기장 같은 곳에서 그의 시중을 들며 계속 깍듯이 섬겼다. 이것을 알게 된 왕은 그 전 이상으로 마음이 괴로웠으며, 리산데르가 친구들로부터 그러한 대우를 받고 있는 것이 한없이 부럽기만 하였다. 마침내 왕은 많은 장교들에게 군사권이며 여러 도시의 행정권을 맡기고, 리산데르에게는 그의 식탁에서 고기 썰어주는 사람으로 임명하였다. 그리고 이오니아 인들을 모욕할 셈으로 다음과 같이 덧붙였다.

"청이 있거든 내 고기를 썰어주는 녀석에게로 가서 그 녀석 비위나 맞춰라."

이 말을 듣자 리산데르는 왕에게로 가서 왕과 담판하는 것이 상책일 것이라고 생각하였다. 두 사람 사이에 다음과 같은 간결하고도 비수 같은 말이 오갔다.

"전하, 전하께서 신하를 누르는 방법을 너무나도 잘 알고 계시군요."

"나보다 더 권세를 가지려는 자는 누르고, 나의 권세를 높여주려고 하는 자는 동참시켜주지."

"오, 전하, 어쩌면 제 행동보다 전하가 하신 물음이 더 훌륭한지 모르겠습니다. 그러나 세상의 눈도 있고 하니, 신이 전하를 덜 진노시키고 가장 잘 섬기게 되리라고 판단하시는 직분을 하나 신에게 주옵소서."

이로써 그는 헬레스폰트 섬에 사신으로 파견되었다. 아직 왕의 노여움이 풀리지는 않았지만 그는 임무만큼은 성실히 이행하였다. 파르나바주스 장군과 사이가 나쁜, 몇 개 부대를 거느리고 있는 용감한 페르시아의 장군 스피트리다테스로 하여금 반란을 일으키도록 사주하여 그를 아게실라우스에게로 데리고 왔다.

그 후 리산데르에게는 다른 직책이 맡겨지지 않은 채 임기가 끝났으므로 본국으로 돌아왔다. 상이라고는 아무것도 타지 못한 리산데르는 아게실라우스에게 원망을 품고, 그 어느 때보다도 스파르타의 온갖 정치체제에 불만을 가졌다. 그는 지금이야말로 오래 전부터 생각하고 있던 혁명과 정변을 일으킬 때라고 여기고 그 실행을 결심하였다. 그 결심이란 다음과 같은 것이었다.

헤라클레스의 후손들은 도리아 인들과 한 덩어리가 되어 펠로폰네소스 섬으로 와서 그 수가 늘어나 막강한 종족이 되었다. 그러나 그 종족에 속해 있다 하더라도 모든 가문이 다 왕위를 계승할 권리를 가지고 있는 것은 아니고, 왕이 될 수 있는 가문은 오직 에우리폰티다이와 아기아다이라고 불리는 두 가문뿐이었다. 그 나머지 가문은 귀족 출신이라 하더라도 왕위에 오를 특권은 없었고, 그 밖의 명예는 공훈에 따라 그것을 받을 수 있는 모든 사람들에게 열려 있었다.

리산데르는 바로 이러한 가문 출신으로, 그의 전공에 의하여 크게 명성을 떨치고 세력 있는 지지자들과 권력을 장악하게 되었다. 그런데 자기의 공으로 나라가 큰 이득을 보고 있음에도 불구하고 자기보다 못한 가문 출신의 후손들이 통치하고 있는 것을 보고서 크게 분개하였다. 그러므로 두 가문으로부터 정권을 박탈하여 모든 헤라클레스의 후손이라면 누구에게나 그 권리를 갖게 할 계획을 세웠다.

일설에 의하면 헤라클레스의 후손뿐만 아니라 스파르타 인이라면 누구에게나 그 권리를 주자는 것이었다. 즉, 이 권리는 헤라클레스의 후손에게만 국한할 것이 아니라, 헤라클레스처럼 큰 공을 세워서 신처럼 추앙을 받는 사람이라면 누구에게나 권리를 주자는 계획을 세웠다는 것이다. 리산데르는 왕권이 이렇듯 경쟁을 해서 얻어질 수 있는 것이라면, 스파르타 인 중 자기를 제쳐놓고 왕이 될 수 있는 사람은 없다고 생각한 것이다.

그리하여 리산데르는 첫째, 시민들을 은밀히 설득하려는 생각을 가지고 그 준비로 할리카르나스 사람 클레온이 역시 그런 목적으로 저작한 웅변술을 연구하였다. 그러나 나중에 이 방법이 성과를 거두지 못했음을 알게 된 그는 커다란 혁신을 이룩하려면 좀더 대담한 지지수단을 써야만 되겠다고 생각했다. 그는 연극에서 종종 사용하는 방법으로, 기교를 써서 신탁이니 예언이니 하는 신의 힘에 의하여 국민의 마음을 움직여보기로 하였다. 우선 종교나 미신의 힘에 의하여 국민들의 마음에 일종의 공포를 주어 그들의 마음을 사로잡지 않는다면 그의 주장을 국민들에게 납득시키기 위한 클레온의 웅변도 별 수확을 거두지 못하리라고 생각했다. 이 목적을 위하여 그는 우선 아폴론 신의 예언과 신탁에 의존하기로 하였다.

역사가 에포로스의 말에 의하면, 페레클레스라는 사람으로 하여금 델포이의 아폴론 신전에 있는 신녀들을 매수하여 아폴론의 신탁을 얻어내려다가 실패했다. 이어 도도나의 여사제들을 매수하는 일에도 또다시 실패했으므로, 이번에는 본인이 친히 암몬의 신전을 찾아갔다. 그 곳의 신탁 관리자들을 만나 큰 돈을 주고 그들을 매수하려고 하였으나, 이 곳 사제들도 노발대발하여 스파르타에 리비아 사절단을 보내어 그를 고발하였다. 그러나 그가 무죄로 석방되자 리비아의 사절단은 스파르타를 떠나면서 이렇게 말하였다.

"오, 스파르타 인들이여, 그대들이 리비아에 와서 우리들과 함께 살게 되면 더 공정한 재판을 해드리리라."

왜냐하면 스파르타 인들이 언젠가는 리비아에 와서 살게 되리라는, 오래 전부터 전혀 내려오는 신탁이 리비아에는 있었기 때문이다.

그러나 리산데르의 이와 같은 음모와 계략의 과정은 단순한 것도 아니고 가볍게 짜여진 것도 아니었다. 수학문제를 풀 때처럼 그 결론은 단일한 것이지만, 거기에까지 이르는 과정은 점차 여러 가지 중요한 해결점을 수반하고 일련의 복잡하고도 고단한 관계를 거쳐 가는 총체였다. 따라서 사학자인 동시에 철학자였던 에포로스의 사기에 따라 그것을 여기서 요약해보고자 한다.

폰투스에 사는 어떤 여자가 자신은 아폴론 신의 씨를 잉태했다고 공언하였다. 으레 그렇듯이 그것을 믿는 사람과 믿지 않는 사람이 반반이었다. 그리고 이 여자가 남아를 분만하자 많은 명사들이 그 아이의 양육에 관심을 보였다. 아이의 이름은 무슨 이유로 그렇게 지었는지 실레누스라고 지었다.

리산데르는 이 사실을 바탕으로 삼아 그 나머지 뼈대와 무늬는 본인이 만들어 나갔다. 즉, 적지 않은 저명인사를 이용하여 이 아이의 출생을 유포시킴으로써 아무런 의심도 없이 믿게 하였다. 또 델포이에서 얻어다가 스파르타에 유포시킨 또 하나의 소문이 있었다. 그것은 델포이의 사제들이 개인 문서에 간직해 온 몇 개의 아주 오래 된 신탁 가운데 하나라는 것이었다. 그 내용은 때가 되어 아폴론 신의 아들로 태어난 사람이 이 세상에 와서, 이 문서를 간직하고 있는 사제들로부터 아폴론 신의 아들이 분명하다는 확인을 얻을 때까지는 이 문서를 이래라저래라 하고 간섭하거나 읽어서도 안 되게 되어 있다는 것이다.

실레누스가 미리 이렇게 명령을 받고 있으므로 그가 해야 할 일은, 델포이에 나타나서 자기가 아폴론의 아들이라고 말하고 그 신탁문을 달라고 요구하는 일이었다. 또 이 음모에 가담한 사제들은 곧 실레누스의 출생에 관하여 조사한 다음, 유포되고 있는 이야기를 사실이라고 확인하고 그 비장의 문서를 그에게 전달하는 일이었다. 그러고 나서 다른 신탁들 가운데서도 음모 전체의 목적은 왕의 직책에 관한 것이므로, 많은 증인들이 보고 있는 앞에서 스파르타는 가장 훌륭한 인물을 왕으로 선출하는 것이 더욱 바람직하다는 대목을 특히 강조하여 읽어야 한다는 것이었다. 그러나 이제야말로 실레누스가 청년이 되어 이 음모를 실천으로 옮길 준비가 다 되었을 때, 리산데르의 오랜 연극은 배우 중의 하나가 거사 직전에 겁을 먹고 물러서는 바람에 실패하고 말았다. 그런데도 이 음모는 리산데르가 살아 있는 동안은 탄로나지 않고, 그의 사후에 비로소 탄로나고 말았다.

아게실라우스 왕이 소아시아에서 돌아오기 전에 리산데르는 보이오티아 전쟁에 말려들어 전사하고 말았다. 그 자신이 이 전쟁에 그리스를 말려들게 하였다는 말이 옳은 말일지도 모른다. 왜냐하면 몇 가지 설이 있는데, 그 전쟁의 원인은 그 자신이 만들어 낸 것이라는 설도 있고, 또 테베스 인들이 만들어 냈다는 설도 있고, 쌍방이 다 책임이 있다는 설도 있다. 일설에 의하면 아게실라우스가 아울리스에서 제사를 지낼 때, 테베스 인들이 몰려와서 제물을 던져버린 것이 원인이었다고도 한다. 또 그리스 전쟁에 스파르타를 말려들게 할 목적으로 안드로클리데스와 암피테우스가 가지고 온 페르시아 돈에 매수된 테베스 인들이 포키아 인들을 공격하여 그 나라를 유린한 것이 원인이었다고도 한다.

또 다른 설에 의하면, 다른 동맹국들은 아무 불평도 없이 순종하고 있는데 유독 테베스 인들만이 전리품의 10분의 1을 요구한 데 대하여 리산데르가 화를 냈고, 또 그 앙갚음으로 리산데르가 스파르타에 보낸 돈에 대하여 테베스 인들이 분노를 나타낸 데 그 원인이 있었다고도 한다.

그러나 리산데르를 특히 노하게 한 것은, 그가 아테네에 세운 30인 독재정권을 아테네 인들이 타도하고 해방될 최초의 기회를 얻는 것을 테베스 인들이 협력하였기 때문이다. 게다가 스파르타는 그 30인 독재정권을 저지하고 아테네에서 도망친 평민파의 정치적 망명자들을 어느 곳에서든지 눈에 띄는 대로 체포할 것과, 그 체포를 방해하는 국가는 동맹국연합에서 축출한다는 법령을 선포하였다.

이에 대응하여 테베스 인들은 이와는 반대되는 법령을 선포하였다. 그 내용은 과연 헤라클레스와 디오니소스가 행동한 정신과 기질에 잘 어울리는 법령으로서, 보이오티아의 모든 도시와 가정들은 피난처를 구하는 모든 아테네 인들에게 문을 넓게 열어줄 것과 포위당한 도망자를 돕지 않은 자에게는 1탈렌트의 과료형에 처한다는 것, 아테네 인 중 누구라도 무장을 하고 본국의 독재자들을 무찌르기 위하여 보이오티아를 통과하며 아테네로 향하는 자가 있다면 테베스 인은 누구라도 그것을 보지도 말고 듣지도 말 것 등이었다.

테베스 인들은 이와 같이 인간미가 있어서 과연 그리스 인다운 법령을 선포하였을 뿐 아니라, 동시에 그 법령에 부합되는 행동을 취하였다. 즉, 트라시불루스와 그와 함께 아테네의 아성인 필레를 점령한 그의 일당은, 테베스로부터 무기와 군자금의 원조를 받고 본국으로 쳐들어갔다. 그러자 테베스 인들은 이들에게 비밀을 지켜주었고 출발지점까지 제공하였다. 리산데르가 테베스를 못마땅하게 생각한 것은 이 때문이었다.

이제 노령에 이르러 점점 더 늘어 가는 우울증 탓으로 기질이 난폭해진 리산데르는 정치위원들을 권고하고 설득하여 테베스에게 전쟁을 선포하게 하고, 본인은 사령관직을 맡아 병력을 이끌고 테베스로 쳐들어갔다. 스파르타의 왕 파우사니아스도 그 후 곧 군을 이끌고 테베스로 쳐들어왔다. 파우사니아스는 키타이론 산 옆으로 우회하여 보이오티아를 공격하기로 하고, 리산데르는 군을 이끌고 포키스를 지나 전진하여 보이오티아에서 만나기로 결정하였다.

리산데르는 오르코메니아 인들이 자진하여 투항해 왔으므로 그들의 도시를 점령하고, 그 다음 레바데아를 약탈하였다. 그러는 한편 파우사니아스에게 편지를 보내어 플라타이아를 떠나 할리아르투스에서 만나자고 하고, 먼동이 틀 무렵 할리아르투스의 성벽 앞에 가 있겠다고 전하였다. 그러나 이 편지는 도중에서 테베스의 척후병에게 발각되는 바람에 테베스 군의 수중으로 들어가고 말았다. 때마침 아테네에서 원군이 왔으므로 테베스 군은 자기들의 도시를 아테네 군에게 맡기고, 초저녁에 출발하여 리산데르가 도착하기 조금 전에 할리아르투스에 도착하는 데 성공하였다. 그 중 일부가 성 안으로 들어갔다.

리산데르는 우선 그의 군을 산에 주둔시킨 다음 파우사니아스가 도착하기를 기다리기로 하였다. 그러나 파우사니아스 왕은 좀처럼 그 모습을 드러내지 않았다. 시간이 자꾸만 흘러감에 따라 불안해서 마음놓고 쉴 수도 없게 된 리산데르는 부하들을 무장시키고 동맹군을 격려하여, 종대를 지어 성으로 가는 길을 따라 전진하였다. 그러나 성 밖에 있던 테베스 군이 시가지의 왼쪽을 따라나와 후미를 공격해 왔다.

이 근처에는 키수사라는 샘이 있는데, 전설에 의하면 디오니소스가 태어나자마자 보모들이 그 샘물로 씻어주었다는 것이다. 그 샘물의 빛깔은 밝은 포도주 빛깔이었으며, 맑고 물맛이 좋았다. 크레탄 가까이에 스토락스 나무들이 우거져 있었다. 할리아르티아 사람들은 라다만토스가 거기서 살았다는 증거로 그 숲 속에 있는 알레아라는 그의 무덤을 들고 있다. 또 알크메나 기념비도 이 가까이에 있었는데, 전설에 의하면 암피트리온이 세상을 떠난 후 이 여인은 라다만투스와 결혼하였다는 것이다. 이 여인의 기념비가 거기 있는 것으로 보아, 그녀가 죽은 후 거기 매장된 것이 틀림없다고 사람들은 말한다.

성 안에 있는 테베스 군은 주민들과 함께 전투태세를 갖추고 얼마 동안 가만히 있었다. 그러나 리산데르의 선봉대가 그들의 눈앞에 가까이 접근해 온 것을 보고는, 별안간 성문을 열고 달려들어 리산데르와 그가 거느리고 온 점술사와 그 밖의 몇 사람을 죽였다. 이로써 영욕의 빛과 그늘을 넘나들던 리산데르의 일생이 비참하게 막을 내린 것이다. 이것을 본 대부분의 리산데르 군 병졸들은 부랴부랴 후퇴하여 도망쳤다.

그러나 테베스 군이 공격의 화살을 늦추지 않고 바싹 추격해 오므로 전 군이 산 쪽으로 도주하며 약 천 명의 시체를 버리고 갔다. 테베스 군도 약 300명의 사상자를 내었는데, 그것은 험준한 산으로 적을 추격하다가 받은 피해였다. 이 군대는 전에 스파르타 군과 내통하고 있다는 의심을 산 적이 있어서, 동포들이 보는 앞에서 그 누명을 씻어버리기 위하여 위험을 무릅쓰고 적을 추격하다가 변을 당한 것이었다.

파우사니아스 왕의 귀에 이 패전의 비보가 들어온 것은 그가 플라타이아에서 테스피아이로 가는 도중이었다. 그는 전투태세를 갖추고서 할리아르투스까지 왔다. 트라시불루스도 또한 아테네 군을 이끌고 테베스로부터 왔다.

파우사니아스 왕은 테베스와 휴전을 맺고 시체를 반환토록 하자고 제안하였다. 그러자 원로급의 스파르타 장군들은 그 말에 분개하여 자기들끼리 분노를 터뜨리며 왕에게로 가서 어떤 조건을 붙여서 리산데르 장군의 시체를 찾아온다는 것은 용납할 수 없는 일이라고 호소하였다. 장군의 시체를 찾기 위하여 끝까지 싸워서 이긴다면 그때는 자기들의 힘으로 매장할 수 있는 일이고, 만일 진다면 자기들도 장군이 쓰러진 바로 그 곳에서 죽는다는 것은 영광스러운 일이라고 하였다.

그러나 파우사니아스 왕은 원로장군들의 이 호소를 들었을 때, 전날의 승리로 기고만장한 적을 무찌르기란 그리 쉬운 일이 아님을 알았다. 또 리산데르의 시체는 적의 성 바로 근처에 있기 때문에, 자기들이 승리를 거둔다 하더라도 그 시체를 찾아오려면 협상을 거쳐야만 하는 까닭으로 역시 쉬운 일은 아니라는 것을 알았다. 그리하여 사신을 보내어 휴전을 맺고 군대를 철수시켰다. 그리고 리산데르의 시체를 가지고 오다가, 보이오티아의 국경을 지나 파노파이아의 지방에 있는 가장 훌륭한 명당 자리에 이르러 매장하였다. 오늘날도 델포이에서 카이로네아로 가는 길을 가다 보면 아직도 길가에 그의 기념비가 서 있는 것을 볼 수 있다.

전하는 이야기에 의하면, 군대가 여기서 야영하고 있을 때 포키스라는 사람이 그 전투에 참가하지 않은 병사에게 이렇게 말했다고 한다.

"적은 리산데르가 호플리테스를 건넌 직후 그를 습격하였다."

이 말을 듣고 깜짝 놀란 그 스파르타의 병사는 리산데르를 잘 알고 있는 사람이었는데, 호플리테스란 이름을 들어본 적이 없었으므로 그게 무슨 뜻이냐고 물었다.

"적이 리산데르를 죽인 곳이 바로 거기요. 시가지 옆을 흐르는 강 이름이 호플리테스요."

그가 다시 이렇게 대답하자 그 스파르타 병사는 눈물을 흘리며, 인간이 타고난 운명을 피하기란 정말 불가능한 일이라고 탄식하였다. 리산데르는 다음과 같은 신탁을 받은 것만 같다.

> 사나운 호플리테스여 그대가 마음 속에 간직하고 있는 것을 보라.
> 뱀이 뒤에서 따라와서 너를 물리라.

그러나 다른 설에 의하면 호플리테스란, 할리아르투스 시 옆을 흐르는 강이 아니라 코로네아 근처의 운하였다고 한다. 옛날에는 호플리아스라고 불렸는데, 지금은 이소만투스라고 하는 도시에서 그리 멀지 않은 곳을 흐르는 필라루스 강으로 합류한다는 것이다.

리산데르를 죽인 네오코루스라는 이름의 할리아르투스 시 사람은 용의 무늬를 새긴 방패를 가지고 있었는데, 이것이 아마 그 신탁의 전조였을지도 모른다. 또한 이런 이야기도 전해지고 있다.

펠로폰네소스 전쟁이 벌어지고 있었을 때, 테베스 인들은 이스메누스의 성당으로부터 신탁을 받은 적이 있었다. 그 신탁은 델리움의 전투뿐만 아니라, 그 30년 후에 할리아르투스에서 벌어진 이 전투도 예언했다고 한다. 그 신탁은 다음과 같은 것이었다.

늑대를 사냥할 때에는 가장 먼 경계선을 조심하라.
그리고 여우들이 가장 많이 사는 오르칼리데스 산도.

'가장 먼 경계선'이라는 말은 보이오티아와 아티카의 국경에 있는 델리움 지방을 가리키며, 오르칼리데스 산은 지금은 알로페쿠스라고 불려지는 산이다. 그것은 헬리콘 산 쪽의 할리아르투스 지방에 있다.

그러나 그때 리산데르에게 일어난 이러한 죽음에 스파르타인들은 크게 충격을 받았으므로, 왕을 사형재판에 회부하였다. 왕은 그것을 기다리지 않고 테게아로 피신하여 아테네의 신전에서 죽을 때까지 살았다. 또한 리산데르가 생전에 청빈하였다는 사실이 그의 사후에 드러났으므로 그의 진가는 더욱 빛났다. 왜냐하면 그렇게 많은 돈과 권력을 휘둘렀고, 여러 도시의 존경을 한 몸에 모으고 있었으며, 심지어는 페르시아의 대왕까지 그러했음에도 불구하고 그는 돈에 관한 한 전혀 자세를 높이지 않았다.

이것은 역사가 테오폼푸스가 지적한 말이다. 이 사학자는 남을 칭찬하기보다는 헐뜯기를 좋아하는 사람이었으니, 그가 칭찬한 것을 보면 과연 리산데르가 청빈하였다는 것이 믿을 만한 이야기라고 할 수 있겠다. 또 역사가 에포로스가 지적한 바에 의하면, 그 후 스파르타에서 열린 동맹국회의에서 논쟁이 벌어져 리산데르가 보관해 온 서류를 조사해볼 필요가 생겨 아게실라우스가 그의 집으로 가서 그 서류를 조사했다.

그 서류 가운데에는, 정체를 변혁하여 에우리폰과 아기스의 가문만 대대로 왕위를 계승하게 하지 말고, 가장 뛰어난 인물이라면 누구를 막론하고 왕이 되게 하자고 호소하는 연설문이 눈에 띄었다는 것이다. 처음엔 이것을 세상에 공표하여 국민들에게 리산데르의 정체를 밝힐 생각이었다. 그러나 당시 정치위원회의 의장이었던 현명한 라크라티다스가 아게실라우스를 말리며, 고인의 과거를 자꾸만 들추지 말고 문장도 명문이고 건설적이니 고인과 함께 묻어주는 것이 상책일 것이라고 충고하였다.

리산데르는 죽은 후에 여러 가지 칭호를 받았다. 그러나 과실도 많았다. 그 중의 하나는 딸들과 약혼한 젊은이들을 과료형에 처한 사실이다. 리산데르가 세상을 떠난 후 가난하다는 것을 알게 된 젊은이들이 약혼녀들을 버렸기 때문이다. 왜냐하면 부자라고 알고 굽실거렸던 젊은이들이 장인 될 사람이 청렴결백하게 살다가 죽음으로써 지금은 청빈한 처지에 있음을 보고 그녀들을 버렸던 것이다.

스파르타에는 결혼하지 않는 자, 만혼자 또는 신분에 맞지 않는 결혼을 한 자들에 대한 벌이 있었던 것 같다. 이 마지막 조항에 저촉될 사람은 선량하고도 친분이 있는 집안의 딸이 아니라, 돈이 많은 집안의 딸만을 찾는 그러한 청년들이다.

이상이 리산데르에 관하여 우리가 찾아낸 이야기의 전부다.

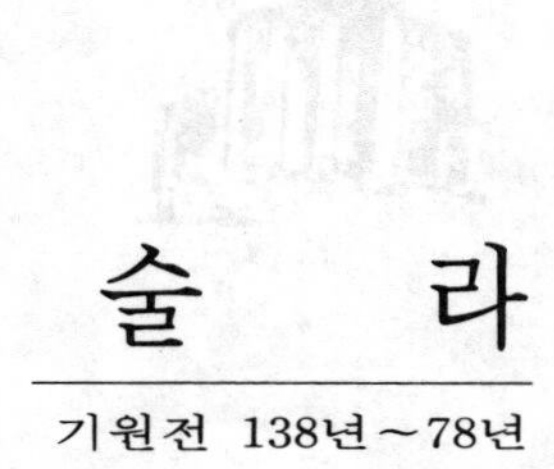

술 라

기원전 138년~78년

루키우스 코르넬리우스 술라는 파트리시안 즉 귀족의 후예였다. 그러나 그의 조상 중의 하나인 루피누스는 집정관이 되기는 했지만, 그 명예보다는 불명예 쪽이 더 유명했다고 한다. 그것은 그가 법령으로 금지되어 있던 10파운드 이상의 은접시를 가지고 있던 것이 적발되었기 때문이며, 그로 인해 그는 원로원에서 추방되었다. 그 뒤 그의 후손들이 자꾸만 가운이 기울어져 가는 바람에 술라 자신도 넉넉하지 못한 집안에서 성장하였다. 그가 젊었을 때에는 값싼 셋집에서 살고 있었으므로, 나중에 분에 넘치게 잘살게 되자 올챙이 적 생각을 못 한다고 남들에게 비난을 받았다. 또 그가 리비아 원정에서 공적을 세우고 돌아와 우쭐대며 교만을 부리자, 지위가 높은 어떤 사람 하나가 이렇게 책망하였다고 한다.

"아버지께서 유산이라곤 별로 남기시지도 않았는데, 지금 그만한 것을 가지고 있어서야 어디 청렴했다고 할 수 있겠소?"

그가 살고 있던 시대는 벌써 그 전처럼 청렴결백하지 못하고 사치만을 좇는 경향으로 기울어 누구나 그것을 받아들이게 되어 있었지만, 선조로부터 물려받은 재산을 탕진하는 것도 선조보다 부자가 되는 것도 다같이 비난을 면치 못할 행동이라고 여겨지고 있었다. 나중에 그가 정권을 잡고 많은 사람들을 죽이게 되었을 때 어느 해방노예 하나가, 추방 명령을 받은 사람을 은닉한 죄로 절벽에서 던져져 죽임을 당하도록 언도를 받았다. 그러자 그는 오랫동안 술라와 같은 집에서 살았는데, 집세는 그가 위층이었으므로 2천 세스테르티, 술라는 아래층이었으므로 3천 세스테르티를 냈으니까 자기들의 운명의 차이는 1천 세스테르티밖에 되지 않는다며 자기를 죽음으로 몰아넣은 술라를 비난하였다. 이것은 아티카의 돈으로 환산하면 250드라크마에 해당한다. 술라의 젊었을 때의 운명에 관해서는 이상과 같은 이야기가 전해지고 있다.

술라의 전체 외모는 초상에 나타난 대로지만, 회색 눈은 유난히 선명하고 이가 희기 때문에 보기에도 무서울 정도로 긴장되어 있었다. 얼굴색은 눈에 거슬릴 정도로 붉은색을 띠고, 게다가 흰 바탕이 군데군데 섞여 있었다. 그러므로 그의 이름 술라도 안색에 의한 별명에서 딴 것이라고 한다. 그래서 아테네의 건달들 중에는 이렇게 시로 지어서 빈정댄 자도 있었다.

“술라는 호밀 가루를 뿌린 오디라네.”

이렇게 사람의 생김새를 가지고 그 사람에 대하여 논하는 것도 술라의 경우에는 지나친 일이 아니었다. 왜냐하면 그는 나면서부터 농을 좋아하는 천성이었으며, 아직 어려서 세상에 알려지지 않았을 때에는 배우와 광대를 친구로 상종하였다. 또 모든 사람들 위에 군림하게 되었을 때에는 무대나 극장 주변의 건달들을 모아 매일 술을 마시고 농담으로 소일하며 나잇값도 못하는 추태를 부려 지위의 존엄을 손상하였다.

뿐만 아니라, 그는 명사로서 체면을 차려야 할 여러 가지 일을 등한히 하였다. 식탁에 앉은 다음에는 목이 달아나는 일이 있어도 아랑곳도 하지 않았다. 다른 때에는 근면하고 오히려 무뚝뚝한 편이었으나, 일단 회합과 주연 자리에 앉은 뒤에는 갑자기 사람이 달라져서, 가수와 무희들에게 다정하게 굴며 무슨 부탁이건 고분고분 들어주었다. 이 방종한 버릇은 그의 병이라고나 할까, 그의 호색과 쾌락에로의 집념은 나이를 먹고서도 가라앉지 않았다.

그는 젊었을 때부터 메트로비우스라는 광대와 두터운 친분 관계를 맺었으며, 그 밖에 그에게는 이런 일도 있었다. 탕녀이긴 하지만 부유한 니코폴리스라는 여자와 사랑에 빠져, 젊었을 때부터 계속하던 교제와 친숙성에 의하여 사랑을 받게 되었고, 그 여자가 세상을 떠난 후에는 그의 재산상속자가 되었다. 또 그의 계모로부터도 친자식 못지 않은 사랑을 받아 유산상속자가 되었다. 이러한 재산의 상속으로 그는 비교적 부유하게 살았다.

술라는 재무관에 임명되어, 비로소 집정관이 된 마리우스와 함께 유구르타와 싸우기 위하여 리비아로 건너갔다. 그는 군 운영에 얼마간의 공적을 쌓았으며, 또 운이 좋아서 누미디아 왕 보쿠스와 친하게 지내게 되었다. 즉, 왕의 사신이 누미디아의 도적을 피하여 온 것을 맞아들여 정중하게 대접하고, 선물과 함께 믿을 만한 호위병을 붙여서 호송하였다. 공교롭게도 이 보쿠스 왕은 그 전부터 자기 사위인 유구르타를 미워하고 두려움을 느끼고 있었는데, 차제에 유구르타가 패전하여 자기에게로 피신해 그를 잡아서 로마 군에게 넘겨주려는 계획을 세웠다. 그는 본인이 직접 손을 대기보다는 다른 사람을 이용하는 편이 훨씬 낫겠다고 생각하고, 술라를 초대하여 술라로 하여금 유구르타를 잡아 로마 군에게 인도케 하려고 하였다.

이런 술책에 빠진 술라는 마리우스와 의논한 다음, 얼마 안 되는 군대를 이끌고 가장 큰 위험 속으로 뛰어들었다. 즉, 가장 친한 사람들에게 대해서조차 신의를 지키지 않는 야만인을 신뢰하여, 다른 사람을 체포하려고 자기 목숨을 그 손에 맡긴 것이다. 그러나 보쿠스는 두 사람을 다 자기 수중에 넣자 결국 그 중 어느 한 쪽을 배반해야 할 판국에 이르렀다. 어느 쪽으로 할까 하고 매우 망설이던 보쿠스는 마침내 처음의 배반행위를 단행하기로 결심하고서 술라에게 유구르타를 인도하였다.

그런데 실제로 유구르타를 생포하는 데 공을 세운 것은 마리우스였으나, 그를 미워한 로마 시민들이 그 영광을 술라에게 돌렸으므로 마리우스는 술라를 원망하게 되었다. 본래 허풍선이였던 술라는 이때 비로소 미천한 신분에서 빠져 나와 시민들 사이에서 얼마간 인정을 받게 되고, 또 칭찬을 맛보았으므로 공명심이 생겼다. 그래서 그는 보쿠스가 자기에게 유구르타를 인도하는 장면을 새긴 반지를 만들어 그것을 늘 끼고 다니며 도장으로 사용하였다.

마리우스는 이 일을 불쾌하게 생각하였으나, 술라를 질투할 정도의 인물이라고는 보지 않았다. 그리하여 그는 그 후의 전쟁에도 술라를 임용하고, 두번째 집정관 때에는 부관, 세번째 집정관 때에는 군무위원으로 임명하였다. 그리고 그에 의하여 많은 성과를 올렸다. 즉, 술라는 부관으로서 텍토사게 족의 왕 코필루스를 생포하였으며, 또 군무위원으로서 강대하고도 그 수가 많은 마르시아 족을 설득하여 로마의 맹방으로 만들었다.

그러나 그 후 술라는 마리우스가 자기를 시기하여 공적이 될 만한 일을 맡기지 않고, 승진을 방해하고 있다는 것을 알게 되었다. 그러므로 그는 마리우스의 동료 집정관인 카툴루스 산하로 들어갔다. 카툴루스는 인격이 고결하기는 하지만 싸움에는 그다지 능하지 못하였다. 그는 모든 중대한 일들을 술라에게 맡겼으므로, 술라는 자연스럽게 명예와 권력을 갖게 되었다.

술라는 전쟁에 의하여 알프스 산중의 야만족의 대부분을 정복하였다. 또 식량부족에 부딪히자 스스로 그것을 해결할 임무를 맡아 너무도 많이 거두어들였기 때문에 카툴루스의 병사들이 실컷 먹고도 남아서, 마리우스의 병사들에게까지 나누어줄 정도였다. 이 사실을 마리우스가 퍽 못마땅하게 생각했다는 것은 술라 자신도 지적하고 있다. 싸움은 이러한 보잘것없는 사소한 이유로 시작되었지만, 이윽고 국민의 유혈과 뿌리 깊은 당쟁을 거쳐 전제와 국정 전체의 전복에까지 진행되어 갔다. 여기서 에우리피데스가 나라의 병의 원인을 잘 규명한 현명한 사람이었음이 드러난다. 왜냐하면 그는 공명심이야말로 그것을 갖고 싶어하는 사람에게 가장 파멸적인 최악의 액운을 가져다 줄 것이라고 경고하였기 때문이다.

술라는 전쟁에서 얻은 그의 명성이 정치에서도 통용되리라고 생각하고, 전쟁이 끝나자 곧 정계에 투신하였다. 그러나 법무관에 입후보하였지만 낙선하였다. 그는 그 원인을 시민에게 돌렸다. 시민들이 그가 보쿠스와 친한 줄 알고, 법무관으로 선출하기 전에 조영사로 선출하면 리비아에서 맹수들을 들여다가 사냥대회도 개최하고 짐승들의 싸움도 실컷 구경할 수 있겠다고 생각하여, 억지로 술라를 조영사에 임명하고 다른 사람들을 법무관에 임명하였다는 것이다. 그러나 이것은 술라가 낙선의 참된 이유를 해명한 것이 아니었음이 그 후의 사실에 의하여 입증되었다. 즉, 다음 해에는 시민의 비위를 맞추고 뇌물을 주며 지지를 호소하여 법무관에 당선되었으니 말이다. 그러므로 그가 법무관이 되었을 때 카이사르(유명한 카이사르가 아니고 그의 백부인 섹스투스 유리우스 카이사르를 가리킴. 그는 기원전 93년에 집정관이 되었다.)에게 화를 내며 자기의 직권을 행사하겠다고 위협하자, 카이사르는 웃으며 이렇게 대답하였다.

"당신이 그 직권을 물건처럼 생각하는 것도 당연하겠지요. 당신은 그것을 샀으니까요."

법무관을 역임한 다음, 술라는 카파도키아 원정대로 파견되었다. 원정의 표면상 이유는 아리오바르자네스를 복위시켜주는 데 있었으나, 참된 동기는 페르시아 왕 미트리다테스의 세력을 꺾으려는 데 있었다. 이 왕은 자꾸만 전쟁을 계속하여 현재 가지고 있는 것보다도 더 큰 영토와 권력을 늘리려고 혈안이 되어 있었다. 술라는 자기 병력을 그다지 많이 이끌고 가지 않고 동맹국의 적극적인 협력을 얻어, 많은 카파도키아 인과 더 많은 아르메니아 인의 원군을 도살하였다. 그리고 고르디우스를 내쫓고는 아리오바르자네스를 왕위에 앉혔다.

술라가 에우프라테스 강가에 머물러 있을 때 그에게 파르티아의 아르사케스 왕의 사신 오로바주스가 와서 회담한 일이 있었다. 양국간의 교섭은 이것이 처음이었다. 그리고 파르티아 인이 로마 인 중에서 최초로 그에게 동맹과 우호관계를 맺고자 그와 담판하러 찾아왔다는 것은, 술라에게는 크나큰 행운이라고 하지 않을 수 없다. 이때 술라는 의자 셋을 놓게 하고, 아리오바르자네스와 오로바주스가 자리잡은 중앙에 자기가 앉아 회담을 진전시켜 나갔다고 한다. 오로바주스가 이런 모욕을 감수하였다는 죄로 파르티아 왕은 그를 사형에 처하였다고 한다.

이로써 술라는 어떤 사람들로부터는 야만족에게 위엄을 보여주었다고 칭찬을 받았고, 또 어떤 사람들에게서는 비속하고도 시기를 분간할 줄 모르고 공명심만을 노린 처사라고 비난을 받기도 하였다. 오로바주스를 수행해 온 어떤 칼다이아 인은 술라의 얼굴에 반하여 마음과 몸의 움직임을 자세히 관찰하고 자기류의 원칙에 따라 그의 성격을 검토하였다. 그러고는 이 사람이야말로 최고의 인물이 될 팔자를 타고났다고 말하고, 이미 출세하여 그렇게 되어 있지 않은 것이 이상하다고 말하였다고 한다.

술라가 귀국하였을 때 켄소리누스는, 술라가 로마의 동맹국의 왕들로부터 많은 재보를 모아 온 것은 법에 위배되는 일이라고 수뢰죄로 고발하였다. 그러나 켄소리누스는 법정에 출두하지 않고 고소를 취하하였다.

그런데 마리우스와 술라의 알력은 공명심에 불타는 보쿠스의 농간으로 재연되었다. 보쿠스는 로마 시민의 비위를 맞추고, 또 술라를 기쁘게 하기 위하여 전승비를 가지고 있는 초상들을 만들어 유피테르 카피톨리누스의 신전에 봉납하였다. 그리고 그 옆에 자기가 술라에게 인도한 유구르타의 금상을 안치하였다. 마리우스는 노발대발하여 이것을 헐어버리려고 하였지만, 한편에선 술라를 지지하는 세력도 있어 로마는 두 파로 갈라져 참극을 벌일 판이었다. 다행이라고나 할까 그때 로마에는 오랫동안 연기를 피우고 있던 동맹시 전쟁의 불꽃이 타올랐기 때문에 이 알력은 간신히 주저앉고 말았다.

이 동맹시 사이의 전쟁은 매우 규모가 크고, 또 눈부실 정도로 빠르게 형세가 변전되어 로마 인들에게 극심한 재해와 심각한 위험을 가져다주었다. 이 전쟁에서 마리우스는 아무런 큰 공적도 세우지 못하고, 무용에는 활력과 체력이 필요하다는 것을 확인하였을 뿐이다. 한편 술라는 많은 현저한 공적을 올려 시민들 사이에서는 위대한, 친구들 사이에서는 최고의, 또 그의 적대자들 사이에서는 가장 운이 좋은 장군이라는 명성을 얻었다.

그러나 술라는 코논의 아들 티모테우스처럼 행동하지는 않았다. 티모테우스는 적대자들이 그의 성공을 운 탓이었다며, 그가 자고 있는 동안 행운의 여신이 여러 도시에 그물을 던져주는 그림을 그려 조롱하였다. 그때 그는 노발대발하여 그런 행위는 자기의 공적을 무로 돌리려는 장난이라고 말하였다. 그리고 그 뒤 다른 전쟁에서 성공을 거두고 돌아온 그는 아테네 시민들을 향하여 이렇게 말하였다.

"아테네 시민 여러분, 참으로 이번 전쟁에는 행운이라고는 전혀 따르지 않았소이다."

그런데 전하는 바에 의하면, 운명의 여신은 이와 같은 티모테우스의 교만에 노하여 그를 책망하였으므로, 그 후 티모테우스는 별다른 공적도 세우지 못하고, 번번이 실패만 거듭하며 시민들과도 충돌하게 되어 마침내 시에서 추방되었다는 것이다. 그러나 술라의 경우는 이러한 축복과 선망을 쾌히 받아들였을 뿐 아니라, 자신도 함께 자찬하여 신에게 기도를 올리고, 과장인지 아니면 신에 대하여 그런 생각을 가졌는지는 몰라도 어쨌든 이 공적을 행운의 여신의 탓으로 돌렸다.

또 그는 회상록에, 손수 교묘하게 계획을 짰다고 생각되기보다는, 숙고에 의하지 않고 그때그때의 시기에 맞춰서 대담하게 해치운 것이 한층 더 잘 들어맞았다고 적었다. 그리고 자기는 전쟁의 사람이 아니라 운명의 사람이라고도 술회한 것으로 보아, 그는 덕성보다도 행운의 덕으로 돌리며 자기는 완전히 운 있는 사람이라고 생각한 것이 분명하다. 그는 동료이며 인척 되는 메텔루스와 화목하게 지내게 된 것도 신의 은총에 의한 것이라고 보았다. 왜냐하면 이 사람은 술라에게 많은 문제를 일으키리라고 생각하고 있었는데, 관직의 동료(집정관)로서 가장 사이가 좋았으니 말이다. 루쿨루스에게 술라는 그의 회상록을 증정하고, 그 속에서 꿈에 신이 시키는 대로만 하면 절대로 안전하니 그렇게 하도록 하라고 권고하고 있다.

이 밖에 술라의 이야기에 의하면, 그가 군대를 거느리고 동맹시 전쟁에 나갈 때, 라베르나 근처에서 땅이 크게 갈라져 거기서부터 불을 연상 뿜으며 휘황찬란한 불꽃이 하늘로 솟아올랐다고 한다. 이것을 본 점술가들은 유능하며 용모도 특출한 인물이 나와서 정권을 잡고, 로마를 현재의 혼란상태에서 해방시킬 것이라고 예언했는데, 그것은 바로 자기를 가리켜서 한 말이라고 술라는 말하고 있다. 즉, 용자로서는 금발이 독특하며, 이미 많은 전공을 세웠으니 용감하다는 점에 있어서도 의심할 여지가 없다는 것이다. 신에 대한 술라의 견해는 이상과 같다.

다른 점에 있어서 술라는 주책이 없고, 자기모순이 많았다. 남에게서 많은 것을 빼앗고 더 많은 것을 남에게 주었으며, 뜻밖의 평가를 내리기도 하는가 하면 남을 깔보기도 하였다. 또 자기 쪽에서 부탁할 일이 있는 사람은 소중히 여기지만, 자기에게 무엇을 부탁하는 사람에게는 교만하게 굴었다. 그러므로 본성이 비굴한지 거만한지 알 수 없을 정도였다. 형벌에 있어서도 서로 모순투성이였다. 아무렇지도 않은 일로 사형에 처하는가 하면, 그 반대로 사형에 처해야 할 중죄를 저지른 자를 사면해주기도 했다. 또 원한이 사무친 친구들과도 곧 쉽게 화해하는가 하면, 사소한 분규로 사형과 재산몰수를 함부로 하기도 하였다. 이 자기모순에 관해서는 그의 본성은 노여움이 강하고 복수심이 강한 사람이었으나, 때로는 이해타산으로 감정을 억제하였다고 판단할 수 있을 것이다.

동맹시 전쟁 때 술라의 병사가 부관인 알비누스라는 법무관급의 상관을 몽둥이와 돌로 때려 죽인 사건이 발생하였다. 그는 이런 중대사를 그냥 묵과하고 조사조차도 하지 않았다. 거만하게 버티고 앉아 침묵으로 자기의 소신을 표명함으로써 병사들을 전쟁에 한층 더 정진케 하고, 과오를 무용에 의하여 씻게 할 수 있다고 말하였다. 그는 자기를 비난하는 사람들의 말을 아랑곳도 하지 않았다. 그는 이제야말로 마리우스의 세력을 꺾고, 또 동맹시 전쟁도 끝날 것 같아 보였으므로, 미트리다테스에 대한 원정군의 사령관이 되었으면 하는 생각으로 군의 신망을 얻으려고 노력하였다.

로마로 돌아온 그는 50세의 나이에 퀸투스 폼페이우스와 함께 집정관으로 선출되었다. 그리고 대사제 메텔루스의 딸 카이킬리아와 영예에 가득 찬 결혼을 하게 되었다. 여기서 술라는 비로소 명문과의 인연을 맺게 된다. 이 결혼에 대하여 일반대중은 그를 조소하였다. 그러나 귀족의 대다수는 화를 내며, 술라를 집정관으로서는 어울리는 인물이라고 인정하지만, 이 여자에게는 어울리지 않는 인물이라고 생각하였다. 이상은 역사가 리비가 한 말이다.

술라는 이것이 초혼은 아니었다. 젊었을 때 일리아라는 여자와 결혼하여 그 사이에서 딸 하나가 태어났다. 그 다음에 아일리아, 세번째는 클로일리아와 결혼하였다. 클로일리아가 아이를 낳지 못한 까닭으로, 예의를 다 갖추고 부덕한 여자였다는 등 칭찬할 수 있는 말은 모두 늘어놓으며 위자료를 톡톡히 주고 이혼하였다. 그러나 며칠 후에 그는 카이킬리아와 다시 결혼하였으므로, 클로일리아와 이혼한 이유는 핑계에 지나지 않다고 생각되었다.

카이킬리아만은 모든 일에 있어 언제나 소중히 여겼다. 그러므로 마리우스를 지지하다가 추방당한 자들의 소환운동을 하는 사람들이 술라로부터 거절당했을 때, 카이킬리아를 찾아 그 힘을 빌릴 정도였다. 술라가 아테네 시를 점령하였을 때 시민들에게 가혹하게 대한 것은, 그들이 성벽 위에서 카이킬리아에 대하여 모욕적인 말을 던졌기 때문이었다고 한다. 그러나 이 이야기는 나중에 하기로 한다.

이 무렵 술라는 집정관 정도의 지위쯤은 앞으로의 계획에 있어서 대수롭게 생각하지도 않고, 미트리다테스와의 전쟁에 장군으로 임명되기만 꿈꾸고 있었다. 그러나 그 경쟁자로 마리우스가 있었다.

마리우스는 나이를 모를 정도로 명예욕과 공명심에 불타고 있었다. 이 사람은 몸은 무거워지고 늙어서 최근의 전쟁에도 나가지 못했음에도 불구하고 아직도 해외원정에 대한 정열만은 식지 않았다. 그리하여 술라가 잔무를 처리하기 위하여 병영으로 달려갔을 때, 마리우스는 그대로 집에 남아서 가장 파멸적인 흉계를 꾸미고 있었다. 그것은 로마에 대하여 지금까지 모든 적이 끼친 것보다도 더 큰 해독을 끼친 것이다. 신들도 가공할 만한 무서운 일이 바야흐로 다가올 것을 징조로써 알려주었다.

군기의 자루에서 저절로 불이 나서 좀처럼 꺼지지 않았다. 또 세 마리의 까마귀가 새끼를 길로 가지고 나와 뜯어먹고는 잔해를 다시 둥우리로 가지고 갔다. 쥐가 신전에 바친 금을 갉아먹었기에 고지기가 덫을 놓아 암놈 하나를 잡자, 그 놈은 그 덫 속에서 새끼 다섯 마리를 낳아 그 중 세 마리를 먹어버렸다. 가장 심한 징조로는 구름 한 점도 없이 맑게 갠 하늘로부터 별안간 나팔소리가 날카로운 슬픈 소리로 울려 퍼졌다는 것이며, 그 때문에 모두가 마음이 뒤숭숭해져 벌벌 떨고 있었다.

에트룰리아의 점술가들은 이들 이상한 사건들은 다른 세대로의 전환과 변혁의 전조라고 해석하였다. 인간의 세대는 모두 여덟 개가 있다는 것이다. 그것들은 서로 생활과 풍속을 달리하고, 각 세대에는 신에 의하여 시간의 길이가 정해지고, 또 그 길이는 천지의 큰 주기에 따라 계산된다고 한다. 그리고 그 주기가 끝나면 다른 주기가 시작되며, 하늘과 땅에서 무슨 이상한 징후가 생긴다. 그런 일에 늘 종사해 오고 연구가 깊은 사람은, 이제부터 인간들은 새로운 생활방식과 제도를 따르게 되고, 신들이 인간을 돌보아주는 것도 먼저 시대와는 다르게 된다는 것을 곧 알게 된다. 그들은 세대가 교체될 때 여러 가지 점에서 커다란 혁신이 생기는데, 어떤 때에는 신들이 분명한 징조를 보여주는 까닭에 그 예언이 잘 맞지만, 어떤 때에는 징조가 비밀에 싸여 분명하지 않기 때문에 예언이 전혀 맞지 않게 되고 애매한 재료에 의하여 그 성과를 뒤지게 되는 경우도 있다는 것이다.

에트룰리아 최고의 현자이며, 다른 사람들보다도 더 많은 지식을 가지고 있다고 생각되는 사람들이 다음과 같이 말하였다. 원로원이 군신 벨로나의 신전에 모여 이것들에 관하여 점술가들과 의논하고 있을 때, 참새 한 마리가 입에다 매미를 물고 날아 들어왔다. 참새는 매미의 일부를 버리고, 다른 부분은 입에다 물고 도로 나가버렸다. 이것을 보고 점술사들은 도시에 모여 있는 민중과 부유층 시민과의 사이에 있을 싸움과 불화를 걱정하였는데, 전자는 매미처럼 시끄럽고 후자는 참새처럼 시골에 있기 때문이라는 것이다.

마리우스는 호민관 술피키우스를 자기편으로 끌어 넣었다. 술피키우스는 악랄한 점에 있어서는 남에게 진다면 서러워할 사람이었다. 문제는 그가 다른 누구보다도 얼마나 더 나쁘냐가 아니라, 그 자신이 무엇에 있어 가장 나쁘냐는 것이었다. 잔인과 흉악과 탐욕을 한 몸에 모두 지니고 있어서 부끄러움도 모르고, 무슨 나쁜 짓이건간에 서슴지 않고 해내는 사람이었다.

그는 로마 시민권을 해방노예와 체류 외국인에게 팔며, 광장의 한 구석에 책상을 차려놓고 공공연히 돈을 받았다. 그는 3천 명의 검사를 양성하였다. 또 안하무인 격인 많은 기사급의 청년들을 호위병으로 데리고 다니면서 행패를 부리며 자칭 반

원로원단이라고 하였다. 그는 원로원 의원에 대하여 2천 드라크마 이상의 부채를 금하는 법을 제정하였으나, 자기는 300만 드라크마의 부채를 죽은 후에 남겼다.

그는 마리우스가 시키는 대로 민회를 돌아다니며 폭력과 무력으로 국정전체를 혼란에 빠뜨렸다. 또 여러 가지 악법에 덧붙여서 마리우스에게 미트리다테스와의 전쟁에 사령관직을 맡긴다는 법을 민회에 제출하였다. 이 때문에 집정관들이 공무정지를 결정하고 카스토르와 폴룩스 쌍둥이 신의 신전 근처에서 집회를 하고 있었다. 그러자 술피키우스는 그 곳으로 도당을 이끌고 가서 많은 사람들 외에 집정관 폼페이우스의 젊은 아들을 광장에서 죽였다. 폼페이우스는 간신히 난을 피하였다.

술라는 마리우스의 집으로 도망쳤는데, 거기서 나올 때에는 강제적으로 공무정지를 철회한다는 서약을 하고서야 나올 수 있었다. 이 때문에 술피키우스는 폼페이우스의 집정관직은 박탈하였지만, 술라로부터는 집정관직을 박탈하지 않는 대신 미트리다테스 원정의 사령관직을 마리우스에게 양보한다는 각서를 받았다. 그리고 그는 놀라에 있는 군대를 인솔하여 마리우스에게 바치기 위하여 군사위원들을 파견하였다.

술라는 군사위원이 도착하기 전에 그들보다 먼저 도망쳐 병사로 돌아왔다. 그리고 병사들에게 그 이야기를 하자, 그들은 군사위원들을 돌로 때려 죽였다. 그러자 이번에는 그 복수로 마리우스측의 사람들이 시내에 있는 술라측의 사람들을 죽이고, 그 재산을 압수하였다. 사태가 이렇게 되니 철수와 도망이 시작되었다. 어떤 사람은 군대에서 시내로, 또 어떤 사람은 시내에서 군대로 들어갔다.

원로원은 자체의 기능을 상실하고 마리우스와 술피키우스의 명령에 의하여 지배되었다. 마침 술라가 군대를 이끌고 로마로 공격해 온다는 정보에 접하자, 원로원은 술라로 하여금 그 전진을 단념케 하기 위하여 두 명의 법무관 브루투스와 세르빌리우스를 파견하였다. 두 사람이 술라에게 무엄한 언사를 썼기 때문에 병사들은 두 사람을 죽여버리자고 펄펄 뛰었다. 병사들은 법무관의 관장을 꺾어버리고, 자줏빛 단을 두른 관복을 벗기고, 게다가 많은 모욕적인 언사를 써서 그들을 쫓아 보냈다. 이렇듯 가지고 온 것은 희소식이 아니라 통렬한 실망뿐, 두 사신은 법무관의 표시를 잃은 초라한 꼴을 보이고, 또 술라의 군대를 진압할 길이 전혀 없다고 보고하였다.

이제 마리우스측 사람들은 전쟁준비에 착수하였다. 술라도 동료와 함께 완전무장한 6개 군단을 이끌고 놀라를 출발하였다. 부대는 즉시 수도 로마를 향하여 전진하기로 되어 있다는 것을 술라는 알고 있었다. 그러나 그 자신으로서는 빠른 판단을 내리지 못하고 결말이 걱정스러워서 주저하고 있었다. 술라는 제사를 드리고 점술가 포스투미우스가 점을 쳤는데 점괘를 보더니, 두 손을 술라 쪽으로 뻗고서 전투가 끝날 때까지 자기를 붙잡아 놓고 감시하라고 부탁하였다. 만일 만사가 신속하게 술라측에 유리하게 결말을 맺지 못할 경우 자기는 엄벌을 받겠다는 뜻이다.

술라는 또 꿈속에 여신이 나타난 것을 보았다고 한다. 그 여신은 로마 인들이 카파도키아 인에게 배워 경배하는 여신인데, 그 이름은 모온, 팔라스, 벨로나 중 그 어느 것이 옳은 이름인지 모르겠다. 술라는 그 여신이 자기 옆에 서서 자기에게 천둥망치를 주며, 그의 원수를 한 사람씩 이름을 부르며 때리면 그것에 맞는 사람은 죽어버린다는 꿈이었다. 그는 이 꿈에 의하여 힘을 얻어 날이 밝자 측근부하들에게 그 이야기를 하고는 로마를 향하여 진군하였다.

로마의 남쪽에 있는 피키나이 근처까지 오니, 시내에서 사절단이 나와 그를 맞아주며 간청하였다. 원로원의 의결에 의하여 만사가 잘 되어갈 테니 이제 당장 공격만은 멈춰달라는 것이었다. 그래서 그는 그 곳에다 진을 치기로 하였다. 그가 장교들에게 명령하여 진을 칠 자리를 물색케 하였으므로, 그것을 본 사절들은 안심하고 돌아갔다. 그러나 그들이 떠나자, 그는 그 즉시로 루키우스 바실루스와 카이우스 뭄미우스를 보내어 성문과 에스퀼리네 언덕 근처의 성벽을 점령하도록 명령하였다. 그리고 나서 그 자신도 전속력으로 그 뒤를 따랐다.

바실루스 부대는 시내로 돌입하여 점령하기 시작하였으나, 무장하지 않은 많은 시민이 지붕 위에서 기왓장과 돌을 던져 그들의 전진을 방해하였으므로 그들은 성벽 쪽으로 물러났다. 그 사이에 술라가 도착하여 그런 상황을 보고는 집들을 모두 태워버리라고 외쳤다. 술라는 타고 있는 횃불을 손에 들고 손수 선두에 서서 전진하며, 궁병들에게는 지붕 위에 있는 사람들을 겨누어 불화살을 쏘라고 명령하였다.

그 경우 그는 이성에 호소하지 않고 감정적이 되어 일 처리를 노여움에 맡겼다. 그리고 눈에 보이는 것은 모두 적으로 간주하였다. 친구나 친척에게도 아무런 고려와 연민도 느끼지 않고, 죄가 있건 없건 가리지 않고 불로 길을 트며 시내로 전진하였다. 그 사이에 마리우스는 대지의 여신 텔루스의 신전까지 도망쳐 가서, 포고문을 내어 해방을 조건으로 노예들에게 호소하였다. 그러나 파도처럼 몰려드는 적을 막을 길이 없어 마침내는 로마를 버리고 도망쳤다.

술라는 원로원을 소집하여 마리우스뿐만 아니라, 호민관인 술피키우스와 그 밖의 몇 사람들에게 사형을 선고하였다. 술피키우스는 몸을 피하였으나 종의 밀고에 의하여 잡혀, 결국 타르페이아의 절벽에서 떠밀려 죽고 말았다. 술라는 이 종에게 자유를 주고 마리우스에 대해서는 그 목에 현상금을 걸었다.

그러나 그러한 조처는 배은망덕이며 정치가에게 어울리지 않는 행태였다. 얼마 전만 해도 바로 이 사람의 집으로 난을 피하여 들어가 몸을 맡겼다가 무사히 풀려나온 술라가 아니었던가. 만일 그때 마리우스가 술라를 놓아주지 않고 술피키우스에게 살해되게끔 내버려두었다면 술라는 어찌되었겠는가. 술라만 제거하면 자기 혼자서 완전히 정권을 잡을 수 있다는 것을 알면서도 그는 술라를 용서해주었다. 그런데 불과 며칠 후에 그때와는 정반대되는 사정에 처하자, 술라는 마리우스의 이 은혜를 아예 잊고 있었다.

원로원은 술라의 그와 같은 행동을 심히 불쾌하게 생각하였으나, 감히 그것을 공공연히 나타내지는 못하였다. 그러나 한편 민중의 적의와 분개는 행동으로 나타났다. 그들은 술라의 생질인 노니우스와 세르비우스가 어떤 관직에 입후보한 것을 낙선시켜 창피를 주었다. 그리고 다른 사람을 그 자리에 천거하였는데, 그들로서는 그 사람들에게 명예를 줌으로써 술라에게 불쾌감을 줄 수 있겠다고 생각한 것이다.

그러나 술라는 일이 그와 같이 된 것을 오히려 잘됐다는 듯한 시늉을 하며, 시민들이 그러한 태도를 취한 것도 자기가 그들에게 자유를 주었기 때문이 아니냐고 말하였다. 그리고 그는 많은 사람들로부터 미움을 살 것을 염려한 나머지 반대파인 루키우스 킨나를 집정관에 임명하였는데, 물론 자기의 정책을 지지한다는 조건하에서였다.

킨나는 의사당의 뒷산으로 올라가 돌을 들고 맹세하였다. 그리고 만일 자기가 술라의 정책을 성실히 좇지 않는다면, 이 돌이 손에서 떨어지듯이 로마에서 쫓겨나도 좋다고 맹세하며 많은 사람들 앞에서 그 돌을 땅에 던졌다. 그러나 그는 집정관에 취임하자 현상의 변혁에 착수하였다. 그리고 술라에 대한 소송 준비에 착수하여, 호민관의 한 사람인 비르기니우스로 하여금 술라를 고소하게 하였다. 그러나 술라는 이를 무시하고 미트리다테스에 대한 원정의 길을 떠났다.

전하는 바에 의하면 술라가 이탈리아에서 원정준비를 하고 있을 때, 페르가무스 근처에 진을 치고 있던 미트리다테스에게 많은 신의 전조가 나타났다. 페르가 무스 시민들이 승리의 여신상에 관을 씌워 어떤 장치에 의하여 높은 곳으로부터 그의 머리 위로 내리고 있었다. 그런데 그의 머리에 거의 미치게 되었을 그 순간, 여신상은 산산이 부서지고 관도 땅에 떨어져 깨지고 말았다. 이 때문에 시민들은 벌벌 떨었고, 미트리다테스도 그가 하는 일마다 모두 예상 밖으로 성공을 거두고 있었지만 이 사태에 심히 낙담하게 되었다.

그 무렵 미트리다테스는 소아시아를 로마로부터, 또 비티니아와 카파도키아를 그 왕들로부터 빼앗고, 페르가무스의 부와 지배권과 독재적 권리를 측근부하들에게 나눠주고 있었다. 그의 아들 중 하나는 폰투스와 보스포로스 등 종래의 영토를 평화롭게 다스리고 있을 뿐 아니라, 마이오티스 호 건너편의 사람이 살고 있지 않는 지방까지 영토를 확대하고 있었다. 또 하나의 아들 아리아라테스는 대군을 이끌고 트라키아와 마케도니아로 침입하였다.

그는 부하 장군들을 시켜 여러 지방을 점령케 하였다. 그 중에서도 가장 유명한 장군 아르켈라우스는 함대를 이끌고 거의 전 해상을 지배하여, 키클라데스 제도와 펠로폰네소스 반도의 남동단에 있는 말레아 곶으로부터 그 앞에 있는 다른 섬들을 정복하고, 에우보이아까지도 손에 넣었다. 그는 또 아테네에서 출동하여 테살리아까지의 그리스 여러 종족들을 정복하였다. 카이로네이아 부근에서 약간의 저항에 부딪쳤을 뿐이었는데, 그 지방에서 브루티우스 수라가 그에 대항하여 싸웠다.

브루티우스는 마케도니아 총독 센티우스의 부관으로, 용기와 지략에 있어 누구보다도 뛰어난 사람이었다. 그는 밀물처럼 보이오티아로 밀려 온 아르켈라우스 군을 카이로네이아 근처에서 맞아 세 번 싸워서 결국은 바다 쪽으로 쫓아버렸다. 그러나 술라가 루키우스 루쿨루스의 명령에 의하여 이 전쟁을 수행하라는 임무를 정식으로 맡고서 전진해 오자, 브루티우스는 그 자리를 내놓고 즉시 보이오티아를 떠나 센티우스에게로 돌아갔다. 그러나 술라의 전과는 뜻하지 않은 성공을 거둬, 그리스가 그에게로 돌아서려는 경향을 보였다. 이것은 그의 공격 중에서 가장 빛나는 것이었다.

술라는 그리스의 모든 나라들이 사절단을 보내어 환영의 뜻을 표하였기 때문에, 그 뜻을 받아들여 그 나라들을 지배하에 두었다. 그러나 아테네만은 폭군 아리스티온에 의하여 미트리다테스에게 가담할 것을 강요당하고 있었으므로, 그는 전 군을 여기에 투입하였다. 그는 피라이우스 항을 포위하고 모든 종류의 병기를 총동원하며 온갖 전법을 다 썼다. 좀더 공격을 가했더라면 아테네 시의 산 쪽을 아무런 위험도 없이 무난히 점령할 수도 있었을 것이다. 그 곳은 벌써 기근에 의하여 필수품의 결핍으로 극도로 곤궁에 처해 있었기 때문이다.

그러나 술라는 로마에서의 정변이 염려되어 곧 귀국해야 할 형편에 몰려 있었다. 그리하여 많은 위험을 무릅쓰고 전비의 과다함도 아랑곳하지 않고 무모한 전투를 거듭하였다. 그때 다른 장비는 고사하고 공성기(攻城器)의 조작에만도 1만 쌍의 노새가 조달되어 매일 그 작업에 종사하였다. 그 많은 시설이 그 자체의 중량을 못 이겨 부서지거나, 적의 쉴 사이 없는 공격에 의하여 연소되어 재목이 부족했다. 그래서 심지어 그는 성역의 숲에까지 손을 대고, 또 근교에서 가장 나무가 우거진 아카데미와 리케움의 나무도 채벌하였다.

또 그는 전비가 많이 들었으므로 그리스 국내에 있는 여러 신전에도 손을 대어, 에피다우루스와 올림피아 등에 저장되어 있는 봉납품 중 가장 훌륭하고 값비싼 물건을 거두어들였다. 그 밖에 그는 델포이의 암피크티온에도 서신을 보내어 신의 재보는 자기에게 맡겨두는 것이 좋을 것이라고 하였다. 그렇게 하는 것이 보관상 안전하고, 또 그가 썼을 경우 쓴 몫은 갚아줄 테니 걱정 말라고 하였다. 그는 심복인 포키스 인 카피스를 시켜 일일이 저울에 달아서 받아오라고 명령하였다.

이 카피스는 델포이에 오기는 왔으나 신전에 있는 물건에 차마 손을 댈 수가 없었다. 그래서 암피크티온에게로 가서 그런 임무로 오게 된 자기의 운명을 한탄하며 눈물을 흘렸다. 그들 중 하나가 신전 속에서 피리 소리가 들려왔다고 주장하였으므로, 카피스는 그 말을 믿었는지 술라에게 신령에 대한 공포심을 주려고 그랬는지 이 말을 술라에게 보고하였다. 그러나 술라는 이 말에는 귀도 기울이지 않고, 그것은 노한 자의 소리가 아니라 기뻐하는 자의 소리라는 것을 카피스가 모른다는 것이 이상한 일이라고 답신을 써 보냈다. 그리고 신은 쾌히 주시는 어른이니까 겁먹지 말고 어서 가지고 오라고 명령하였다.

많은 그리스 인들이 모르는 사이에 많은 보물들이 비밀리에 실려 왔다. 그러나 리디아의 크로이소스 왕의 헌납품 중 아직 남아 있는 은항아리 하나는 무겁고도 크기 때문에 어떠한 짐승으로도 실어 올 수가 없었다. 그래서 암피크티온은 그것을 산산조각으로 깨뜨려야 했다. 그들은 티투스 플라미니누스와 마니우스 아킬리우스와 파울루스 아이밀리우스의 경우를 회상하였다.

이 중 아킬리우스는 안티오코스를 그리스에서 쫓아낸 장군이며, 그 밖의 장군들은 마케도니아 왕을 격파한 명장들이었다. 그들은 그리스의 신전에 손을 대는 일 같은 짓은 하지도 않았을 뿐더러, 신전에 보물을 헌납하고 이를 경배하기조차 하였다. 이 장군들은 절제도 있고 묵묵히 지휘관을 섬길 줄 아는 부하들을 법이 정한 대로 통솔하고 있었다. 또 그들 자신은 왕다운 정신을 가진 사람들로서 생활을 절제 있게 하고, 군비도 규정대로 사용하였다. 그들은 병사들의 비위를 맞춘다는 것은 적을 두려워하는 것보다 더 비열한 일이라고 생각하고 있었다.

이것에 반하여 오늘날의 장군들은 그 높은 지위를 덕성에 의하여서가 아니라, 폭력에 의하여 얻은 사람들이어서 적에 대해서보다도 자기편끼리 무기를 사용하는 수가 더 많았다. 따라서 군대를 지휘할 때에는 선동자가 되지 않을 수가 없었다. 그들은 군대의 비위를 맞추기 위해서라면 돈을 아끼지 않았다. 그리고 병사들이 원하는 대로 주고 부렸다. 그들은 이렇듯 남들이 모르는 사이에 조국 전체를 팔았으며, 훌륭한 사람들을 지배하려고 하면서 자기들을 가장 야비한 자들의 종으로 만들고 말았다. 이리하여 바로 마리우스의 추방이 있었고, 이윽고 그의 복귀와 술라와의 대립이 생기게 되었다. 또 바로 킨나의 무리들이 옥타비우스를 쓰러뜨리고, 또 핌브리아의 무리들이 플라쿠스를 쓰러뜨렸다.

그런데 사태를 이렇게 만든 데에는 술라도 큰 책임이 있었다. 그는 다른 사람의 지휘하에 있는 병사들을 매수하여 자기 측으로 끌어들이기 위해 자기 부하들에게 돈을 물처럼 썼다. 그 목적은 다른 장군들의 병사들이 자기를 따르게 하려는 데 있었다. 그래서 그는 다른 사람을 배신하도록 유인하고, 자기 지휘하에 있는 자들을 낭비벽에 빠뜨려 많은 돈을 필요로 하게 되었는데, 특히 아테네 포위 작전을 위해서는 아주 많은 돈이 필요하였다.

술라는 이제 아테네를 점령하려는 불 같은 욕망에 사로잡혔다. 그것은 과거의 영광이 기울어져 가는 이 도시에 대하여 긴장감을 가지고 정복하려는 야심에서였는지, 혹은 폭군 아리스티온이 성벽에 올라가서 술라와 그의 아내를 늘 조롱하고 모욕한 데 대하여 복수하고 싶었던 것인지 둘 중 하나였다.

아리스티온은 방탕과 잔혹을 섞은 마음의 소유자이며, 또한 미트리다테스의 모든 죄상을 한 몸에 지니고 있는 인물이었다. 그는 이제까지 무수히 많은 전쟁과 학정과 내란을 무사히 겪어온 아테네의 운명에 이제 종말을 지으려는 치명적인 질병과도 같은 존재였다. 그때 아테네에서는 밀 1메딤누스가 1천 드라크마에 매매되고 있었으며, 시민들은 아크로폴리스에 자라고 있는 씀바귀와 가죽구두와 가죽주머니를 삶아서 먹고 있었다.

그러나 아리스티온은 낮부터 밤새도록 주연을 열고 춤을 추며 지내다 심심하면 적을 놀려대곤 하였다. 그는 미네르바 여신에게 드리는 성화가 기름 부족 때문에 꺼져 있는데도 아랑곳도 하지 않았다. 그리고 밀 반 헤쿠테우스만 달라고 한 여사제에게 밀 대신 그만큼의 후추를 주었다. 또 평의회원과 사제가 아테네 시를 불쌍히 여겨 술라와 휴전해달라고 탄원하자, 그는 궁수들을 시켜 활을 쏘아 그들을 쫓아버렸다.

그러던 아리스티온은 더 이상 버틸 수가 없게 되자, 두서너 명의 술친구를 보내어 휴전을 체결하자고 하였다. 그들은 살려달라고 애원하는 것도 아니고, 테세우스와 에우몰푸스 등 페르시아 전쟁 때 용맹했던 자들의 자랑을 신이 나서 늘어놓았다.

그러므로 술라는 그들에게 이렇게 호통을 쳤다.

"이 사람들, 그런 이야기는 어서 집어치우고 돌아가게. 나는 그런 잠꼬대 같은 이야기를 듣기 위해서 온 것이 아니라, 반항자를 진압하기 위하여 로마 인의 명령을 받고 아테네에 온 것일세."

전하는 바에 의하면, 그 동안에 케라미쿠스 지구에 있던 병사들이 이 곳 노인들이 서로 주고받는 대화를 들었다고 한다. 그 노인들은 폭군을 욕하며 헤프타칼쿰 근방의 성벽은 방비가 허술한 까닭으로 그 곳만은 적이 용이하게 넘어 올 수 있다고 하였는데 이야기를 듣고 그것을 술라에게 보고하였다는 것이다. 술라는 이 말을 소홀히 듣지 않고서 밤에 친히 나가 그 현장을 시찰하고 과연 공격이 쉽겠다는 것을 확인한 다음 공격을 시작하였다. 술라가 그의 회상록에 기록한 것을 보면, 마르쿠스 테이우스가 선두에 서서 성벽 쪽으로 달려들었다. 그는 반격해 오는 적의 머리에 일격을 가하려고 칼을 휘둘렀는데 그 칼이 부러졌지만 그는 물러서지 않고 끝까지 버티며 싸웠다고 한다.

아테네 시는 확실히 거기서부터 점령되었다고 아테네의 노인들도 전하고 있다. 그런데 술라는 피라의 문과 신성문 사이의 성벽을 허물고 평평히 고른 다음, 한밤중에 많은 나팔과 피리를 불어대면서 질풍처럼 쳐들어갔다. 약탈과 살인을 해도 좋다는 술라의 명령을 받은 병사들은 칼을 뽑아 들고 밀물처럼 거리로 몰려들어갔다. 그 칼에 맞아 죽은 시민의 수가 너무 많아 그 인원은 피가 흐른 장소의 넓이로 겨우 추측이 갈 뿐이었다. 시내의 다른 방면에서 살해된 자를 제외하고 아고라 부근에서 흘린 피만도 도우블레 문 안쪽의 케라미쿠스 지구 전체에 이르렀다. 또 많은 피가 문을 지나서 시외에까지 넘쳐흘렀다는 것이다. 이렇듯 죽은 사람도 그만큼 많았지만, 조국이 멸망한다고 하여 비탄에 젖어 자살한 사람의 수도 그에 못지 않았다.

훌륭한 시민들은 이와 같이 무서워하며 구제를 단념하고 술라에게 인자나 관용을 기대하지도 않았다. 그러나 미디아스와 칼리폰이라는 두 아테네의 망명자가 술라에게 무릎을 꿇고 애원하였으며, 또 원정군과 행동을 같이한 원로원 의원이 아테네 시를 위하여 엎드려 애원했다. 술라는 이제야말로 충분히 보복하였으므로 옛날의 아테네 인에 대한 찬사를 늘어놓고, 적은 사람을 희생하여 많은 사람을, 죽은 사람들을 희생하여 산 사람들을 용서한다고 하였다.

술라는 아테네를 점령한 것이 3월 1일이었다고 회상록에 적고 있다. 이 달은 아테네 역(曆)에 의하면 대략 안테스테리온 달의 신월에 해당되는데, 우연히도 대홍수에 의한 재해를 기념하는 많은 행사가 이루어진다. 그것은 전설의 데우칼리온 달의 홍수가 마침 이때에 일어난 것으로 되어 있기 때문이다.

아테네 시가 점령되자 폭군 아리스테이온은 아크로폴리스 신전 안으로 피신하였다. 그러나 쿠리오가 그것을 포위하라는 명령을 받고 포위하였다. 아리스테이온은 오랫동안 버티었으나 물이 떨어져서 항복하였다. 그러자 신은 곧 효험을 보였다. 즉, 그 날 쿠리오가 폭군을 끌어내어 끌고 온 때에, 개었던 하늘에 갑자기 구름이 덮이며 폭포수처럼 비가 쏟아져 아크로폴리스 신전에 물이 가득 찼다. 그 후 곧 술라는 피라이우스를 점령하여 그 대부분을 태워버렸다. 그 안에는 필로의 걸작인 무기창고도 포함되어 있었다.

한편 미트리다테스 왕의 장군 탁실레스는 트라케와 마케도니아로부터 10만의 보병과 1만의 기병, 네 필의 말이 끄는 90대의 대형전차를 거느리고 진격해 와서 아르켈라우스의 협력을 요청하였다. 아르켈라우스는 아직 무니키아에 머물러 있으면서 바다에서 육지로 올라오려고도 하지 않았다. 또 로마 군과 싸우려는 의욕도 없이 그저 전쟁을 장기화하여 로마 군의 보급선을 차단하려고만 하고 있었다.

그러나 술라도 그에 못지 않은 전략가여서 그의 심중을 모두 꿰뚫어보고 있었으므로, 가난하여 평화시에도 사람들을 먹여 살릴 수 없는 그 땅을 떠나 보이오티아로 군대를 이동시켰다. 많은 사람들에게는 그가 계산을 잘못 하고 있는 것처럼 생각되었다. 즉, 많은 전차와 기병을 가진 적에게 크게 유리하다는 것을 알면서도, 땅에 기복이 심하여 기병에게는 불리한 아티카를 버리고는 평탄하고도 넓은 보이오티아로 군대를 이동시켰기 때문이다. 그러나 그는 기아와 궁핍을 피하여 전쟁의 위험을 구할 수밖에 없었다.

이 밖에도 술라는 호르텐시우스의 일이 걱정되었다. 이 유능하며 호전적인 장군이 테살리아로부터 술라에게로 군을 이끌고 오는 중이었는데, 적이 험로에서 기다리고 있었기 때문이다. 술라가 보이오티아로 군을 이동시킨 것은 이러한 이유도 있었던 것이다.

그리고 필자의 동향인인 카피스라는 사람이 호르텐시우스를 안내하여 적을 따돌리고 다른 길을 지나서, 파르나수스 산을 넘어 티토라라는 작은 도시의 바로 아래로 나왔다. 그 무렵 이 도시는 아직 현재만큼 큰 도시는 아니고, 절벽에 둘러싸여 있는 요새였다. 일찍이 포키스 인들이 크세르크세스의 침입을 피하여 이 곳으로 와서 난을 모면한 적이 있었다. 호르텐시우스는 낮에는 여기다 진을 치고 적을 무찌르고, 밤중에는 험로를 지나 파트로니스로 내려가 군대를 이끌고 마중 나온 술라와 합류하였다.

그들은 연합하여 엘라테아 평야 한복판에 있는 산을 점령하였었다. 이 곳은 비옥하여 나무가 우거져 있고 그 기슭에 샘이 있다. 이 산은 필로보이오투스라고 불리는데, 술라는 그 지형을 매우 칭찬하였다. 그들이 이 곳에 진을 쳤지만, 그 수가 아주 적다는 것은 적도 한눈에 알 수 있었다. 즉, 기병이 1천5백 이하, 보병은 1만 5천 이하였다. 그러므로 적의 장군들은 아르켈라우스의 반대에도 불구하고 서둘러 군대를 투입하였다.

들판에는 말, 전차, 둥근 방패와 큰 방패가 대지를 가득 메웠다. 많은 민족이 일제히 전열을 전개하고, 함성은 들판을 뒤흔들어놓았다. 또 그들의 호화롭고도 값진 장비는 과연 적을 공포 속에 몰아넣고도 남을 만한 위엄이 있었다. 그리고 금은으로 화려하게 장식한 번쩍거리는 갑옷과, 페르시아 군과 스키타이 군의 군복의 빛깔이 번쩍거리는 청동과 쇠가 서로 어울려, 그 흔들림과 움직임에 따라 불이 타오르는 것 같은 무서운 양상을 띠었다. 이에 질려 로마 군은 방벽 뒤에 숨어 얼굴도 들지 못하였다.

술라는 그들이 놀라는 꼴을 말로 제지시킬 수도 없고, 도망치는 병사들에게 기합을 넣을 생각도 없었다. 적이 자랑스럽게 비웃고 모욕하는 것을 그저 바라보며 참고 있을 수밖에 없었다. 그런데 이것이 무엇보다도 술라에게는 도움이 되었다. 왜냐하면 적은 이쪽을 경멸하여 심한 무질서에 빠졌기 때문이다. 그들은 그렇지 않아도 지휘계통이 복잡하여 장군에게 복종하고 있지 않았다. 진지에 그대로 있는 자는 극히 드물었으며, 대개가 약탈에 마음이 끌려 며칠씩 진영을 비우고 약탈하느라 정신이 없었다. 그들은 장군의 명령 없이 파노페 시를 유린하고 레바데아 시를 약탈하여, 심지어는 신탁을 내리는 신전의 물건까지도 약탈해 갔다.

술라는 자기 눈앞에서 여러 도시가 파괴되는 것을 차마 가만히 보고만 있을 수가 없어 분하기 짝이 없었다. 그는 병사들을 가만히 놀려 둘 수가 없어, 그들을 끌어 내어 케피수스 강의 물줄기를 돌리기 위하여 도랑을 파게 하였다. 그는 아무도 빈둥대는 것을 허용치 않았으며, 게으름을 피우는 자를 용서 없이 엄벌에 처하였다. 그는 병사들이 노고에 지쳐 일에 싫증을 내고, 차라리 전쟁에 나가고 싶다는 생각을 갖게 하자는 데에 그 목적이 있었다.

과연 그의 생각은 적중하였다. 사흘째 되는 날에 순찰을 하러 나갔더니, 병사들은 땅을 파면서 큰 소리로 적과 싸우게 자기들을 끌고 가달라고 그에게 호소하였다. 그러자 술라는 그들이 싸우기를 희망하고 있는 것이 아니라, 힘든 일이 하기 싫어서 그렇게 호소하는 것이라고 하였다. 그리고 그는 만일 정말로 싸울 생각이 있다면 곧 무기를 들고 나가라고 명령하면서 파라포타미 인들의 옛 동산을 가리켰다. 거기 서 있던 옛 도시는 허물어져 이제는 간 곳이 없고, 다만 바위가 많은 험한 산만 아직까지 남아 있을 뿐이다.

이 바위산은 아수스 강을 사이에 두고, 그 강의 폭만큼 헤딜리움 산으로부터 떨어져 있다. 또 이 강은 거기를 흐른 다음, 그 산의 기슭으로 와서 케피수스 강과 합류하여 급류를 이룸으로써 이렇듯 이 바위산을 견고한 요새로 만들고 있다. 그렇기 때문에 적의 청동방패부대도 그 바위산을 향하여 밀려왔는데, 술라는 그것을 보고 선수를 쳐서 의욕이 넘치는 병사들을 시켜 그 곳을 점령하였다.

이 곳을 빼앗긴 아르켈라우스는 카이로네아 쪽으로 갔다. 그리하여 카이로네아 인으로서 술라 군에 참가하고 있던 병사들이, 카이로네아가 아르켈라우스에게 빼앗기지 않도록 해달라고 술라에게 탄원하였다. 술라는 군무위원 가비니우스에게 1군단을 주어 그 곳으로 보내고 카이로네아 인도 보냈다. 그들은 가비니우스보다 먼저 가려고 서둘렀지만 그것은 불가능한 일이었다. 그만큼 가비니우스는 용감하였으며, 또 도움을 구하는 사람보다도 한층 더 도우려는 일에 의욕적이었다. 이 밖에 유바에 의하면, 간 사람은 가비우스가 아니라 에리키우스였다고 한다.

그것이 누구였던지간에 필자의 고향은 이렇듯 술라에 의하여 겨우 위험을 면하게 된 것이다.

레바데아와 트로포니우스의 동굴로부터 로마 군이 승리하리라는 반가운 소문과 예언이 로마 군에게 전해졌다. 그것에 관해서는 이 지방의 사람이 상세하게 전하고 있지만, 술라 자신은 그의 회상록 제10권에 다음과 같이 적고 있다.

퀸티우스 티티우스라는 사람은 그리스에서 상업을 하고 있는 로마 사람들 중에서 다소 이름이 알려진 사람인데, 그가 카이로네아 싸움에 이긴 술라를 찾아왔다. 그는 트로포니우스가 머지않아 거기서 두번째 싸움이 벌어져 승리를 거두게 될 것이라는 신탁을 주었다고 술라에게 전하였다. 이어 술라의 병사 중 살베니우스라는 병사가 이탈리아의 정세가 어떠한 결말에 도달하게 되리라는 신탁을 신에게서 받아 가지고 왔다. 이 두 사람이 그 신의 모습에 관하여 이야기한 바는 일치하고 있었다. 그 신은 위엄과 체격이 올림피아의 유피테르 신 그대로였다고 그들은 말하였다.

술라는 아수스 강을 건넌 다음, 헤딜리움 산 기슭으로 전진하여 아르켈라우스와 맞섰다. 아르켈라우스는 아콘티움 산과 헤딜리움 산 사이의 아시아라는 곳에 견고한 진지를 구축하고 있었다. 그가 진지를 구축하고 있는 그 곳은 오늘날까지도 그의 이름을 따서 아르켈라우스라고 불리고 있다.

술라는 하루를 이 곳에서 체류하며 무레나에게 1군단과 2대대의 병력을 주어, 전쟁준비를 하고 있는 적을 방해하게 하였다. 그리고 그 자신은 케피수스 강가에서 제사를 드리고, 그 의식이 끝나자 카이로네아를 향하여 전진하였다. 그것은 그 지방의 민병대를 자기 휘하에 넣고, 적이 먼저 점령하고 있는 투리움이라는 곳을 시찰하기 위해서였다.

이 산은 오르토파구스라는 산의 원추형 모양의 험준한 봉우리다. 그 아래로는 모리우스 강이 흐르고 아폴로 신전이 있다. 이 신은 카이로네아의 건설자였던 카이론 신의 어머니 투로의 이름을 딴 것이라고 한다. 또 일설에 의하면, 델포이의 아폴로 신이 카드무스에게 준 길안내의 암소가 거기 나타나, 이 곳은 그 암소의 포이니키아 어 토르(*thor*)를 따서 그렇게 불려지게 되었다는 것이다.

술라가 카이로네아로 진주하자, 그 곳에 배치되어 있던 군무위원이 무장을 갖춘 병사들을 이끌고 월계관을 가지고 와서 그를 맞았다. 술라는 그것을 받아 쓰고 군대를 사열하여 앞으로 있을 전투에 분투하라고 격려하였다. 그때 카이로네아 인 두 사람 호몰로이쿠스와 아낙시다무스가 술라를 찾아와서, 자기들에게 그리 많지 않은 병력만 주어도 투리움을 점령하고 있는 적을 무찌를 수 있다고 약속하였다. 페트로쿠스라고 하는 곳에서 뮤즈 신의 신전 옆을 지나 적의 머리를 넘어 투리움 산에 이르는 길이 있다. 적은 이것을 전혀 모르고 있기 때문에, 이 길을 이용하여 산꼭대기로 올라가서 돌을 굴리거나 또는 내리 공격하면 문제없이 벌판으로 몰아낼 수 있다는 것이다.

이 사람들의 용기와 신의를 가비니우스가 보증하였으므로, 술라는 그렇게 하라고 명령하였다. 그리고 술라는 대열을 정비하여 기병대를 좌우 양익에 배치하고, 우익은 자기가 맡고 좌익의 지휘는 무레나에게 맡겼다. 부관인 갈바와 호르텐시우스는 예비대대를 이끌고 뒤에 처져 후방의 고지를 점유하고, 적의 포위작전에 대비케 하였다. 왜냐하면 적이 경장병으로써 기습을 감행하기 위하여 많은 기병과 신축자재의 경쾌한 병력을 외각에 배치하는 것이 눈에 띄었는데, 그것을 길게 연장하여 로마 군을 포위하려는 작전인 듯하였기 때문이다.

한편 카이로네아 인들은 술라가 임명한 에리키우스의 지휘를 받으며, 눈에 띄지 않게 투리움 산을 돌아 갑자기 기습작전을 감행하였다. 그 바람에 적은 혼비백산하여 도망치기 시작하였다. 그들은 서로 자기들끼리 치고받고 하는 통에 막대한 살상자를 내었다. 산 아래로 피신하다가 자기편이 던지는 창에 맞아 쓰러지기도 하고, 서로 밀려 산 아래로 굴러떨어지기도 하였다. 게다가 무레나 군이 위에서 쳐내려와 방비가 허술한 측면에 공격을 가하였다. 이로써 투리움 산 부근에서 3천 명이 전사하였다. 도망친 자들 중 일부는 배치를 갖춘 무레나의 공격을 받고 퇴로가 막혀 오도가도 못 하고 도살되었다. 또 다른 일부는 자기편 진영으로 피신하여 거기 있는 군대에 혼란을 일으켰으며, 그들에게 공포와 동요를 주었다.

이렇듯 그들은 장군들로 하여금 귀중한 시간을 잃게 하여 그들에게 적지 않은 손해를 끼쳤다. 술라는 혼란에 빠진 적에게 날카로운 공격을 가함으로써 양군의 간격을 좁게 하여, 적에게 무장전차를 쓸 기회도 주지 않았다.

이 무장전차는 달리는 거리가 길면 길수록 돌격시 가속도가 붙게 됨으로써 가장 큰 힘을 발휘하게 된다. 그러나 근거리로부터의 돌격은 활시위를 당기지 않고 쏜 화살처럼 아무런 맥을 못 쓴다. 그때 적은 바로 그런 경우를 당하였다. 전차부대의 제1진이 맥없이 밀려나와 완만한 공격을 가하자, 로마 군은 그것을 쉽게 격퇴하였다. 경기장의 전차 경주시에 늘 하는 식으로 와아 하고 조소를 퍼부으며 또 다음 것을 요구하였다.

이번에는 보병전으로 전투가 옮아갔다. 적은 긴 창을 앞으로 쑥 내밀며, 방패를 서로 맞대고 전열의 대오를 지키려고 애를 썼다. 로마 군은 그 속으로 투창을 던진 다음, 단검을 빼어 들고 적의 창을 밀쳤다. 로마 군은 노한 나머지 되도록 빨리 적을 쳐부수려고 하였다. 적의 전선에 배치되어 있는 것이 1만 5천의 노예들이라는 것을 그들은 간파하였기 때문이다.

이 노예들은 장군들이 여러 도시에 포고하여, 군에 들어오면 해방시켜준다는 조건으로 중장병부대에 편입시킨 자들이다. 로마 군의 어느 소대장은 자기가 아는 한 노예가 언론자유의 혜택을 입는 것은 사투르누스 제 때뿐인데, 그런 주제에 무슨 출정이냐고 조롱하였다고 전해지고 있다. 그런데 이 노예병들은 전열이 두텁고 견고하였으므로, 로마의 중장병도 이것을 격파하는 데 퍽 애를 먹었다. 그들은 본성과는 달리 완강하게 버티었다. 그러나 그들은 로마 군이 빗발처럼 내던지는 불화살과 투창을 당해내지 못하고 마침내는 돌아서서 달아나고 말았다.

아르켈라우스가 우익을 빼돌려 로마 군의 포위에 나서자, 호르텐시우스는 적의 측면을 공격하려는 생각으로 그의 군대를 재빨리 이끌고 전진해 왔다. 아르켈라우스는 신속히 그의 기병 2천을 이에 돌렸다. 호르텐시우스는 수적으로 압도되어 산 쪽으로 밀리더니, 점차 주력부대에서 단절되어 적에게 포위될 위기에 놓여졌다.

술라는 이 소식에 접하자, 아직 한 번도 교전하지 않은 우익으로부터 급히 호르텐시우스를 도우러 나섰다. 아르켈라우스는 그 진격의 모양에 의하여 정세를 추측하였다. 그는 호르텐시우스는 포기하고 술라가 투입시킨 우익에 맞서 술라가 떠난 자리에 공격을 가하려고 하였다. 그 곳에 남아 있는 군대는 그 지휘자가 떠나갔으니 쉽게 무찌를 수 있으리라고 생각하였기 때문이다. 또 이와 동시에 무레나에 대해서도 탁실레스가 청동갑옷을 입은 병사들을 이끌고 쳐들어왔다. 그 때문에 쌍방에서 환성이 떠올라 산에 메아리쳐 되울려 오는 바람에, 술라는 걸음을 멈추고 어느 쪽으로 가야 할지 몰랐다.

술라는 자기가 있던 자리로 되돌아가기로 결심하고, 호르텐시우스에게 4개 대대를 주어 무레나를 지원하게 하였다. 그리고 자신은 제5대대의 병사들에게 따라오라고 이르고 우익으로 달려갔다. 우익은 아르켈라우스에 대하여 자력으로 팽팽하게 맞서고 있었다. 술라가 돌아오자 힘을 얻은 로마 군은 완전히 적을 무찌르고, 이긴 여세를 몰아 강과 아콘티움 산 쪽으로 허겁지겁 도망을 치는 적에게 추격을 가하였다.

이렇듯 적의 대다수는 평야에서 쓰러지고, 그 대다수는 방책 가까이까지 와서 피살되었다. 그 때문에 그 많은 대군 중 칼키스로 도망간 적의 수는 겨우 1만에 지나지 않았다. 술라의 부하 병사 중 14명이 행방불명이 되었는데, 그 중 둘은 저녁 때에 돌아왔다고 술라는 그의 회상록에서 말하고 있다. 그래서 그는 전쟁에 이긴 것은 용병과 병력에만 의존하는 것이 아니라, 행운의 덕도 크다고 하여 전승기념비에도 군신 마르스, 빅토리, 또 행운의 여신도 되는 베누스의 이름을 새겨 넣었다. 기념비는 들판에서의 전투기념으로 아르켈라우스 군이 몰루스 강가에서 퇴각을 시작한 그 지점에 세워졌다. 또 하나의 비는 투리움 산 정상에 세워, 기습으로 적을 무찌른 것을 기념하였다. 그 기념비에는 그리스 문자로 공을 세운 호몰로이쿠스와 아낙시다무스를 표창하고 있다.

술라는 테베스에서 이 전쟁에서 승리한 것에 대한 축제를 개최하고, 오이디푸스 샘가에서 연예대회를 열었다. 그러나 연예 심사위원은 테베스에서 뽑은 것이 아니라, 그리스의 다른 도시에서 선출하였다. 그것은 술라와 테베스 인과는 사이가 나빴기 때문이다. 그는 그들의 땅 절반을 빼앗아 아폴로 신과 유피테르 신에게 헌납하고, 거기서 나오는 수입으로 자기가 이들 성전에서 그 전에 신들에게 차용한 만큼의 돈을 변상하도록 명령하였다.

그 사이 반대당에서 나온 플라쿠스가 집정관으로 선출되어 군대를 이끌고 이오니아 해를 건너오려 하는데, 그 목표는 미트리다테스라고 칭하고는 있지만 사실은 자기라는 말을 들은 술라는 이 군대와 싸우기 위하여 테살리아를 향하여 출동하였다. 그가 멜리테아 시 근처까지 왔을 때 사방에서 들려오는 소문에 의하면, 자기가 지나온 지방이 지난번 세력에 못지 않은 미트리다테스 군에 의하여 약탈을 당하고 있다는 것이었다. 즉, 도릴라우스라는 장군이 대함대를 이끌고 칼키스에 상륙한 것이다.

도릴라우스는 이 대함대에 미트리다테스 군 중에서 최고의 훈련과 규율을 자랑하는 8만의 정예부대를 싣고 왔다. 그는 즉시 보이오티아로 침입하여 그 지방을 점령하였다. 그는 아르켈라우스가 싸우지 말라고 그렇게 경고하였음에도 불구하고 그 말을 듣지 않고 술라에게 도전하였다. 그리고 아르켈라우스가 그 전 싸움에서 배신을 당하지 않았다면, 그 많은 병력을 가지고 패전했을 리가 없었을 것이라고 말하였다.

그러나 술라가 급히 보이오티아로 되돌아감으로써 도릴라우스에게, 아르켈라우스가 분별이 있는 사람이며 로마 군의 무용을 가장 잘 이해하고 있는 장군임을 보여주었다. 즉, 아르켈라우스는 틸포시움 산 근처에서 술라 군과 잠깐 싸운 다음부터는, 전투에 의하여 승부를 짓기보다는 전쟁을 길게 끌어 적에게 전비와 시간을 많이 소모케 하여 지치게 하는 것이 상책이라고 생각한 최초의 사람이었다.

그러나 아르켈라우스가 진을 치고 있는 오르코메누스 부근의 땅은 기마전에 능한 군대로서는 싸우기에 가장 유리한 곳이었으므로, 아르켈라우스도 얼마간 승산이 있다고 생각하였다. 보이오티아의 평야 중 가장 아름답고 가장 넓은 곳이 이 곳 오르코메누스 시 부근이며, 평탄하고 나무가 없는 땅이 늪지까지 뻗어 있기 때문이다.

이 늪지를 흘러가는 멜라스 강은 오르코메누스 시 근처에서 시작되고, 강물이 풍부하여 수원지까지 항해할 수 있는 수심을 가진 그리스의 단 하나밖에 없는 강이다. 이 강은 나일 강처럼 하지경에 물이 부쩍 불어나며 나일 강가에서 자라는 식물과 똑같은 식물이 자라지만, 열매는 맺지 않고 크게 자라지도 않는다. 강의 길이가 그리 길지가 못하고 대부분은 곧 늪지 속으로 흘러들어가 사라지며, 소부분이 케피수스 강에 합류한다. 두 강이 합류하는 지점 근처의 늪지는 피리를 만드는 데 쓰이는 갈대의 산지로서 유명하다.

양군은 서로 접근한 채 진을 치고 있었다. 아르켈라우스 군은 가만히 있었으나, 술라 군은 양쪽으로부터 도랑을 파고 있었다. 그것은 되도록 적을, 땅이 굳어서 기병을 움직이기에 적합한 곳으로부터 늪지 쪽으로 몰아넣으려는 술책이었다. 적은 이 공사가 다 끝날 때까지 기다리지 못하고 장군들의 진격명령이 떨어지자 노도처럼 돌진해 왔다. 이 작업에 종사하고 있던 병사들은 산산이 흩어졌을 뿐만 아니라, 전열에 배치되어 있던 병사들 대부분도 혼란에 빠져 도망쳤다. 그래서 술라는 말에서 뛰어내려 군기를 빼앗아, 도망치는 병사들 사이를 뚫고 적 쪽으로 달려들며 큰 소리로 외쳤다.

"로마 병사들이여, 나는 여기서 명예롭게 죽으려 한다. 너희들은 나중에 어디서 장군을 배신했느냐고 묻는 사람이 있거든 오르코메누스에서였다고 대답하여라."

이 말에 도망치던 병사들은 돌아섰다. 그리고 우익에서 온 2대대의 원군을 이끌고 적에게로 돌진하여 적을 패주시켰다. 그리고 나서 조금 후퇴하여 병사들에게 식사를 시킨 다음, 또다시 적의 진지를 둘러싸는 도랑을 파게 하였다. 적은 또다시 아까보다는 견고하게 전열을 펴고 진격해 왔다. 이때 아르켈라우스의 처가 데리고 온 아들인 디오게네스가 우익에서 용감하게 싸우다가 전사하였다. 또 궁병들은 로마 군에게 밀려 후퇴할 여유도 없이 손에 화살을 잔뜩 가지고 마치 칼을 휘두르듯 적을 쫓았다. 그러나 끝내는 그들도 진지 속으로 쫓겨 들어가 부상과 겁에 질린 채 하룻밤을 지새웠다.

다음날도 또 술라는 적의 진지 쪽으로 병사들을 끌고 가서 도랑 파는 일을 계속하게 하였다. 많은 적이 싸우려고 몰려왔지만 술라는 그때마다 이를 맞아 패주시켰다. 적은 술라 군에 겁을 먹고 누구 하나 진지 속에 그대로 머물러 있는 자도 없었으므로, 술라는 진지까지 쳐들어가 마침내 점령하였다. 전사자의 피와 시체가 늪지 속에 가득 찼다. 그렇기 때문에 그 전쟁이 있은 지 200년이 흘렀지만 적의 많은 활, 투구, 쇠 가슴막이, 갑옷 부스러기, 단검 따위가 진창에 잠겨 있는 것이 발견되었다. 카이로네아 부근 및 오르코메누스 방면의 싸움은 이상과 같았다고 전해지고 있다.

로마에서는 킨나와 카르보 등이 나라의 원로들에게 불법과 횡포를 자행했으므로, 많은 사람들이 그 독재를 피하여 피난항에 배가 들어오듯이 술라의 진영으로 피신해 왔다. 어느 사이에 술라의 주위에는 제2의 원로원이 형성되어 가는 느낌이 있었다. 또 술라의 처 메텔라도 아이들을 데리고 간신히 도망쳐 나와 집도 농장도 모두 소실되었다고 전하면서, 고국에 있는 친구들을 구출해달라고 호소하였다. 술라는 조국이 고생하고 있는 것을 방치할 수도 없고, 그렇다고 해서 미트리다테스 전쟁과 같은 대사업에 결말을 짓지 않고 갈 수도 없었다.

그때 마침 델로스의 상인 아르켈라우스가 미트리다테스 왕의 장군 아르켈라우스로부터 휴전을 하자는 비밀제안을 가지고 왔다. 술라는 이 제안을 아주 기뻐하며 담판을 하러 급히 아르켈라우스를 만나러 갔다. 두 장군은 델리움 근처의 해안에서 만났다. 그 곳은 아폴로 신전이 있는 곳이다.

먼저 아르켈라우스가 이야기를 꺼내어 술라에게, 소아시아와 폰투스를 내놓고 본국으로 돌아가서 나라 안의 적들과 싸우라고 하며, 그러면 그 대신 왕에게 간청하여 자금과 군선과 원하는 만큼의 군대를 받아주겠다고 제안하였다. 이에 술라는 미트리다테스를 생각할 것도 없이 아르켈라우스가 대신 왕위에 올라 로마의 동맹자가 되어 군신들을 로마에 이양해야 할 것이라고 주장하였다. 아르켈라우스가 그런 배신행위는 할 수 없다고 대답하자 술라는 다음과 같이 말하였다.

"그렇다면 아르켈라우스 장군, 귀하는 사실 카파도키아 인이며 야만인인 미트리다테스 왕의 종이 아닙니까? 본인은 그의 친구라고 생각하겠지만. 그런 처지에 있는 귀하가 내 말이 비열하다고 해서 얼른 받아들이지 않고, 로마 군의 지휘관인 술라에게 매국행위를 하라고 종용하니 그게 될 말입니까? 그런다고 일이 해결되리라 생각하십니까? 지금 장군이 하시는 일은 뒤죽박죽인 꼴이군요. 12만이나 되는 대군을 잃고 불과 얼마 안 되는 패잔병을 이끌고 카이로네아에서 도망쳐 이틀 동안이나 오르코메우스의 늪지에 잠복하면서 많은 시체로 보이오티아의 모든 길을 막아버린 것은 장군이 아니고 누구였던가요?"

이 말에 아르켈라우스는 갑자기 고분고분해지며 전쟁을 그만두고 미트리다테스와 휴전협정을 체결하라고 요청하였다. 술라가 이 제안을 받아들여 휴전협정이 성립되었다. 미트리다테스는 소아시아와 파플라고니아를 포기하고, 비티니아는 니코메데스에게, 카파도키아는 아리오바르자네스에게 반환하고, 로마에는 2천 탈렌트의 배상금과 청동으로 장비한 군선 70척과 그에 속하는 장비를 갖춰서 제공하기로 하였다. 한편 술라는 미트리다테스에게 상기 이외의 식민지의 지배를 확인하고, 그를 로마의 동맹자로 하기로 결정하였다.

이러한 휴전협정이 된 후 술라는 다시 진영으로 돌아와 테살리아와 마케도니아를 경유하여 헬레스폰트로 향하였다. 그는 동행하는 아르켈라우스를 정중히 대우하였다. 아르켈라우스가 라리사 근처에서 중병에 걸렸을 때, 술라는 행군을 멈추고 마치 부하장군이나 되듯이 그를 간호하였다. 그러므로 카이로네아 전투는 공명정대하게 싸운 것이 아니고 무슨 내막이 있지 않았나 하는 의심을 사게 하였다. 더욱이 술라는 미트리다테스의 많은 심복들을 포로로 한 다음 석방하였지만, 아르켈라우스와 사이가 나빴던 폭군 아리스티온만은 독살하였으므로 더욱 의심을 사게 되었다. 특히 의심을 사게 한 점은, 에우보이아의 땅 1만 에이커와 로마의 동맹국이라는 칭호를 카파도키아에게 술라가 직접 준 일이었다. 이것들에 관해서는 술라 자신이 그의 회상록에서 변명하고 있다.

그 무렵 미트리다테스의 사절단이 와서 휴전협정의 다른 항목은 모두 수락하겠지만, 파플라고니아를 포기하라는 항목과 군선을 바치라는 항목만은 동의할 수 없다고 하였다. 그러자 술라는 노발대발하며 말하였다.

"무슨 소리야? 미트리다테스 같은 주제에 파플라고니아를 못 내놓고 배도 못 주겠다는 거야? 그렇게 많은 로마 인을 죽인 그 놈의 오른손을 내가 잘라버리지 않고 그냥 놔둔 것을 고맙다고 생각하고 절을 백 번 해도 모자랄 텐데. 내가 소아시아로 건너가면 그땐 말버릇을 고치게 될 테지. 이제는 페르가무스에 떡 버티고 앉아서 전쟁이 어떻게 돼 가는지도 모르는 주제에 주둥이만 놀리고 있으려고 해?"

이 말에 사절들은 겁에 질려 끽소리도 못 하였다. 그래서 아르켈라우스가 술라의 오른손에 매달려 눈물을 흘리며 그에게 애원하여 그 노여움을 가라앉히려고 애를 썼다. 결국 아르켈라우스가 단독으로 가서 미트리다테스를 설득하겠다는 것으로 결말이 났다. 그는 술라가 원하는 조건으로 일이 되도록 노력하겠지만, 미트리다테스를 설득할 수 없다면 자살하겠다고까지 말하였다. 이러한 조건으로 아르켈라우스를 보내고, 자기는 마이디카에 침입하여 여기저기를 약탈한 다음 또다시 마케도니아로 돌아왔다.

술라는 필리피 근처에서 아르켈라우스를 기다리고 있었다. 아르켈라우스는 만사가 잘 되겠다는 것을 보고하고, 또 미트리다테스가 술라와 꼭 회담하고 싶어한다는 것도 전하였다. 그 원인이 된 것은 주로 핌브리아의 행동이다. 이 사람은 반대당에서 나온 집정관인 플라쿠스를 죽이고, 미트리다테스의 장군들을 무찌른 다음 이번에는 이 왕을 치려고 진군 중이었다. 미트리다테스는 이것에 겁을 내고, 오히려 술라와 친해지기를 원했던 것이다.

그들은 트로아스의 다르다누스에서 회담하였다. 미트리다테스는 200척의 군선과 2만의 중장보병과 6천의 기병과 그 밖에도 많은 전차를 거느리고 왔으며, 술라는 보병 4대대와 200의 기병을 이끌고 왔다. 미트리다테스가 회견장으로 와서 오른손을 내밀었지만, 술라는 그에게 아르켈라우스가 동의한 조건으로 휴전할 생각이냐고 물었다. 왕이 짐짓 말이 없자 술라는 이렇게 말하였다.

"어쨌든 부탁하는 편이 먼저 말을 꺼내야 합니다. 승자는 가만히 있어도 되는 법입니다."

그래서 미트리다테스는 변명을 시작하여 전쟁이 일어난 원인을 신들에게 돌리려고 하고, 로마 인에게 그 책임을 돌리려고 하였다.

이 말에 술라는 서슴지 않고, 벌써부터 다른 사람한테 듣고 있었고 이제는 자신이 겪어 알게 되었는데, 왕은 언변이 매우 좋아서 가장 비열한 행동도 정당한 듯이 꾸며대는 것쯤은 조금도 어려워하지 않는다고 하였다. 이어 술라는 왕의 건방진 행동을 규탄하고, 또다시 아르켈라우스에게 약속한 것을 이행할 생각이 있느냐고 물었다. 왕이 그렇게 하겠다고 대답하자, 술라는 반갑다는 인사를 하고 왕을 끌어안고 키스하였다. 그런 다음 술라는 아리오바르자네스 왕과 니코메데스 왕을 데리고 와서 화해시켰다. 이렇듯 미트리다테스는 술라에게 70척의 군선과 500명의 궁병을 인도하고서 폰투스를 향하여 배로 떠났다.

술라는 이와 같은 해결에 병사들의 불평이 대단하다는 것을 알았다. 왜냐하면 여러 왕 중에서 가장 미운 적이며, 아시아에 있던 로마 인을 하루에 15만 명씩이나 죽인 이 흉악무도한 사람이 이제까지 4년 동안이나 약탈과 조세징수를 계속한 아시아로부터 재물과 약탈품을 가득 싣고 떠나는 것을 보고서 천인공

노할 인간이라고 생각하였기 때문이다. 그래서 술라는 그들에게, 핌브리아와 미트리다테스가 연합하여 자기에게 도전해 오면 자기로서는 도저히 싸울 힘이 없기 때문에 부득이 그렇게 할 수밖에 없었다고 변명하였다.

그 곳에서 술라는 티아티라 근처에 진을 치고 있는 핌브리아군을 치러 출동하였다. 그는 적에게 접근하여 군을 멈추고는, 적의 진영 주위에 참호를 파기 시작하였다. 그러자 핌브리아의 병사들이 맨손으로 진영에서 달려나와 술라의 병사들에게 환영한다는 인사를 하고 자진하여 그들의 일을 도왔다. 핌브리아는 병사들의 이탈을 보았고, 동시에 술라가 타협할 줄 모르는 성격의 사람이라는 것을 알고 있어 진영 내에서 그만 자살하고 말았다.

술라는 아시아로부터 2만 탈렌트의 배상금을 징수하였다. 또 개별적으로는 병사들을 민가에 민박시킴으로써 병사들로 하여금 마음껏 횡포와 약탈을 자행케 하여 주민들을 망하게 만들었다. 즉, 명령에 의하여 집 주인은 매일 숙박자에게 16드라크마를 주고, 숙박자 및 그가 초대하는 모든 손님에게도 식사대접을 해야만 했다. 또 대장인 경우에는 하루에 50드라크마 외에 집에서 입을 옷과 밖에 외출할 때에 입을 옷을 제공하지 않으면 안 되었다.

술라는 함대 전부를 이끌고 에페소스를 떠나 사흘 만에 피라이우스에 입항하였다. 그리고 제사를 드린 다음, 테오스의 사람 아펠리콘의 장서를 빼앗아 자기 것으로 하였다. 그 안에는 그 무렵 아직 많은 사람들에게는 알려져 있지 않던 아리스토텔레스와 테오프라스투스의 저서 대부분이 포함되어 있었다. 이 장서를 로마에 실어다가 문법학자 티란니온에게 정리시켰다. 그 뒤 이 원본을 로데스 사람 안드로니쿠스가 빌려서 지금 유포되고 있는 사본과 목록을 작성하였다고 한다.

소요학파의 원로들은 각기 조예가 깊은 문헌학자이기는 하였지만, 아리스토텔레스와 테오프라스투스의 저작은 그다지 다독도 정독도 하고 있지 않는 것만 같다. 왜냐하면 테오프라스투스는 그의 저서를 스케프시스 사람 넬레우스의 후손들에게 남겨주었는데, 그 책들은 무식해서 그것을 아낄 줄 모르는 사람의 수중으로 들어갔기 때문이다.

술라는 아테네 근처에 머물러 있었을 때, 두 다리가 마비되어 꼼짝도 못 하는 통증에 시달리게 되었다. 스트라보에 의하면 그것은 중풍의 초기적 증세라고 하였다. 그래서 그는 아이데프수스로 건너가 온천에서 정양하며 시름을 잊고 한가로이 배우들과 나날을 보냈다. 그가 해안을 거닐고 있는데 어부들이 그에게 아주 근사한 물고기를 가지고 왔다. 그는 그 선물을 반갑게 받으며, 그들이 할라이아이 사람들이라고 하는 말을 듣자 이렇게 물었다.

"그렇다면 할라이아이 사람치고 아직도 살아 있는 자가 있는가?"

왜냐하면 술라는 오르코메누스 방면의 전투에서 이기고 적을 추격하였을 때, 마침 보이오티아에 있는 세 도시 안테돈과 라림나와 할라이아이를 모두 파괴하였기 때문이다. 이 어부들은 무서워서 입도 떼지 못했지만, 술라는 좋은 선물을 가지고 왔으니 기쁜 마음으로 떠나라고 온화한 말투로 말하였다. 할라이아이의 시민들은 이 일이 있은 뒤로 힘을 얻어, 또다시 자기 고향인 할라이아이로 몰려와서 살았다는 것이다.

술라는 테살리아와 마케도니아를 지나 해안으로 나와 1천200척의 군선을 이끌고 디라키움에서 브룬디시움으로 건너갈 준비를 하였다. 디라키움 시 근처에 아폴로니아 시가 있고, 또 아폴로니아 시 옆에 님파이움이라는 성지가 있다. 그 곳에는 초록색 나무가 우거진 골짜기와 초지에서 쉴 새 없이 불을 내뿜는 분출구가 군데군데 있었다. 여기서 반인반양(半人半羊)인 사티로스가 자고 있는 것을 잡았다는 전설이 있다. 그것은 조각가나 화가들이 그리고 있는 바와 같은 것으로 그것을 잡아 술라에게로 가져오자, 술라는 많은 통역을 통하여 그가 누구인가 물었다. 사티로스가 겨우 소리를 내기는 하였으나 무슨 소리인지 알아들을 수가 없고, 말이 우는 소리 같기도 하고, 양이 우는 소리 같기도 하였으므로 술라는 겁이 나서 놓아주었다는 것이다.

술라는 병사들을 거느리고 바다를 건너기로 하였으나, 그들이 이탈리아에 도착하면 각기 자기 고향으로 뿔뿔이 흩어질까봐 겁이 났다. 그러나 그들은 자발적으로 맹세하여 술라의 곁에 그대로 있을 것이며, 마음대로 이탈리아를 약탈하지는 않겠다고 약속하였다. 그리고 술라가 많은 군자금을 필요로 하고 있다는 것을 알고서, 그들은 각기 자기들의 형편에 따라 자기 재산의 일부를 내놓아 군자금을 모았다. 술라는 그것을 받지 않고 감사하며 격려하였다. 술라 자신의 말에 의하면, 15명의 장군이 지휘하는 450대대라는 대군을 이끌고 있는 적군과 싸워야 할 것으로 예측되었기 때문이다.

그때 신은 그에게 극히 명백하게 행운의 전조를 주었다. 즉, 그가 타렌툼 근처에 상륙하자마자 그 즉시로 제사를 드렸는데, 그 제물로 쓴 짐승의 간이 월계관과 그것을 묶는 데 쓰는 두 개의 리본 형상으로 나타났다. 또 술라가 바다를 건너오기 조금 전에 헤파이우스 산 근처의 캄파니아 근처에서 낮에 두 마리의 수염소가 사람이 격투하는 것처럼 싸우는 것을 보았다. 그러나 그것은 환상이었다. 그것은 조금씩 지상으로 떠올라 대기 중의 사방으로 흩어져 몽롱한 그림자 같은 것으로 변하더니 그만 사라지고 말았다.

그러고 나서 얼마 안 있어 그 장소에 마리우스의 아들과 집정관 노르바누스가 대군을 이끌고 쳐들어왔다. 술라는 전열을 펴거나 아군병사들의 배치를 하지 않았다. 그저 전원이 배짱이 세고 한다면 해내고 마는 의지가 강한 것만 믿고 각자가 하는 대로 내버려두었더니, 결국 적을 격퇴하고 말았다. 이렇듯 7천을 살해하고 노르바누스 군을 카푸아 시에 몰아넣었다.

그가 말하는 것을 들어보면, 이런 일이 있었기 때문에 자기 병사들이 자기 고향으로 흩어져 가는 일 없이 결속을 단단히 하여 몇 배나 되는 적을 격퇴하였다는 것이다. 또 실비움에서는 폰티우스라는 병사의 노예 하나가 신의 영감을 받고서 술라를 찾아와서 이런 말을 하였다고 그는 그의 회상록에 적고 있다. 그 노예는 군신 벨로나의 계시를 받았다고 하면서, 이번 전쟁에서 꼭 이길 것이로되 빨리 행동을 취하지 않으면 의사당의 언덕이 소실되고 말 것이라고도 말하였다. 그것은 과연 그가 예언한 대로 그 날에 실현되었다. 제 5월, 즉 지금의 7월 6일에 의사당이 소실되었으니 말이다.

이 밖에 술라의 부하장군의 하나인 마르쿠스 루쿨루스는 피덴티아 부근에서 그의 16개 대대를 가지고 적의 50개 대대와 맞섰는데, 아군 병사들의 저돌성만은 신뢰하면서도 무장을 갖추고 있지 않는 자가 많았으므로 마음이 퍽 불안하였다. 그가 이 생각 저 생각으로 망설이고 있자니까, 가까운 들판의 초원에서 부드러운 산들바람이 많은 꽃을 실어다 부대 위에다 뿌렸다. 그래서 꽃은 병사들의 큰 방패와 투구 위와 주위에 내려앉았기 때문에, 적이 볼 때에는 마치 화환을 머리에 이고 있는 것처럼 보였다. 이것에 그들은 의기충천하여 적과 싸워 승리를 거뒀으며, 8천이나 살해하고 진영을 점령하였다. 이 루쿨루스는 나중에 미트리다테스와 티그라네스를 전쟁에서 격파한 그 루쿨루스의 동생이다.

술라는 적이 아직도 많은 진영과 대군을 이끌고 모든 방면에서 그를 포위하고 있는 것을 보고, 병사들과 일체가 되어 모략에 의하여 집정관인 스키피오에게 휴전을 제의하였다. 스키피오는 그것을 받아들여 회담과 협상을 몇 번씩 하였다. 술라는 계속 속이고 핑계를 대며 회담을 질질 끄는 동안에 자기 병사들을 시켜 스키피오의 병사들을 매수하였다. 그들은 그들의 장군을 닮아서 온갖 기만행위에 숙달되어 있었다. 그들은 적의 진영 안으로 들어가 친구가 되어 느닷없이 돈을 주거나 약속을 하거나 추켜주어 선동하거나 온갖 수단을 다 동원하여 그들을 자기편에 끌어넣었다.

그리고 마침내 술라가 20대대를 이끌고 적의 진영 가까이까지 가서 스키피오의 병사들에게 인사를 하자 적도 답례를 하고 접근해 왔다. 이리하여 스키피오는 자기 병사들에게 배신을 당하고 자기 막사에서 혼자 포로가 되었다가 석방되었다. 술라는 20개 대대를 미끼로 하여 적의 40개 대대를 매수하여 그 전원을 자기 진지로 데리고 왔다. 이때 카르보는 술라의 마음 속에 있는 여우와 사자를 상대로 하여 싸웠는데, 여우 때문에 더 고생을 하였다고 말하였다는 것이다.

그 후 시그나 근처에서 마리우스가 85개 대대를 이끌고 술라에게 도전해 왔다. 술라도 그 날은 싸우고 싶었다. 실은 때마침 그가 잠이 들었을 때 이런 꿈을 꾸었다. 이미 고인이 된 마리우스가 아들 마리우스에게 내일은 큰 재난이 닥칠 테니 조심하라고 충고하는 꿈이었다. 이 때문에 술라는 싸우고 싶은 의욕에 좀 떨어진 곳에서 진을 치고 있는 돌라벨라를 불러오라고 하였다. 그러나 적이 길을 굳게 막고 있었으므로, 술라 군은 길을 뚫고 전진하느라고 무척 고생을 하였다. 설상가상 격으로 큰 비가 쏟아져서 병사들을 더욱 괴롭혔다.

그래서 부장들이 술라에게로 와서 전투를 좀 늦춰달라고 요청하는 동시에, 병사들이 피곤에 지쳐 땅에 내던진 큰 방패 위에 누워서 쉬고 있는 중이라고 보고하였다. 술라는 마음이 내키지 않았지만 할 수 없이 동의하여 진을 치라고 명령하였다. 그들이 진영 앞에 방책을 쌓고 참호를 파기 시작하였을 때, 마리우스가 뽐내며 말을 타고 선두에 서서 돌진해 오더니 전열도 펴지 못하고 떠들고 있는 술라 군을 쫓아버리려고 하였다.

여기서 신은 술라에게 그의 꿈 속에서 한 말을 성취시킨 것이다. 술라의 병사들이 분통이 터져서 하던 일을 멈추고, 투창은 참호에 꽂아 놓고 칼을 빼들고 일제히 함성을 지르며 적에게로 돌진해 갔다. 적은 오래 버티지 못하고 패주하는 동안에 많은 사상자를 내었다. 마리우스는 프라이네스테로 도망쳤으나, 그 성문은 벌써 닫혀 있었다. 그러나 성 위에서 밧줄을 내리게 하여 그것으로 몸을 감고 위에서 끌어올리게 하여 겨우 난을 모면하였다.

페네스텔라 등 몇 사람이 전하는 바에 의하면, 마리우스는 전투에 관해서는 전혀 문외한인데다가 잠을 자지 못해 지쳐서, 어느 그늘진 땅 위에 누워 싸우라는 신호가 내렸을 때 잠이 들었다가 그 후 패주하는 소리에 겨우 눈을 떴다는 것이다. 술라가 말하는 바에 의하면, 그는 병사를 겨우 23명밖에 잃지 않았으나, 적은 2만이나 죽고 포로로 8천이나 잡았다는 것이다. 그는 자기 외에도 폼페이우스, 크라수스, 메텔루스, 세르빌리우스 등의 장군들에 의해서도 이와 똑같은 성과를 거두었다. 그들은 거의 충돌도 하지 않고서 적의 대군을 무찔렀다. 이 때문에 반대당의 제일 가는 인물이었던 카르보도 밤중에 자기 군대에서 도망을 쳐 리비아로 건너갔다.

그러나 마지막 싸움은 지친 운동선수와 교대하여 새로운 선수가 출장하듯이, 삼니테 사람 텔레시누스가 등장하여 로마의 성문 옆에서 술라를 쓰러뜨리고 죽일 뻔하였다. 이 사람은 루카니아 인 람포니우스와 함께 대군을 모아 프라이네스테에 포위되어 있는 마리우스를 구하려고 급히 가다가, 앞에는 술라가 있고 뒤에는 폼페이우스가 자기를 향하여 쳐들어오는 걸 알았다. 진퇴양난에 빠져 있다는 것을 깨닫자, 큰 싸움에 수련을 쌓은 노련한 장군답게 밤중에 행동을 개시하여 전군을 지휘하여 로마를 향해 전진하였다.

그는 조금만 더 가면 전혀 무방비상태에 있는 로마로 돌입한다는 지경에까지 이르렀다. 그러나 그는 콜리네 문에서 10퍼얼롱 되는 거리에 있는 로마 가까이에서 그 날 밤은 진을 치고, 이렇게 많은 명장들보다 작전에 이겼다는 것이 기뻐서 흐뭇한 마음으로 희망을 그리며 하룻밤을 지냈다.

날이 밝자 귀족 청년들이 말을 몰고 그에게로 쳐들어왔지만 그는 그 대다수를 죽였으며, 그 중에는 명문 출신의 용사 아피우스 클라우디우스도 포함되어 있었다. 로마 시내에서는 으레 예상되었듯이 소동이 일어나, 기습을 받고 점령된다는 소문으로 여자들은 비명을 지르며 갈팡질팡하였다. 이때 발부스가 술라의 본대에서 기병 700을 이끌고 전속력으로 달려오는 것이 보였다. 그는 말이 땀을 거둘 정도의 휴식을 취하고, 다시 고삐를 쥐고 재빨리 적에게로 덤벼들었다. 그러는 동안 술라도 나타났다.

술라는 선봉으로 달려온 병사들에게 잠시 멈추어 숨이라도 돌리라고 하고는 그 사이 전열을 가다듬었다. 돌라벨라와 토르

콰투스 두 장군은 이 이상 더 진격하지 말라고 권유하며, 지친 병사들을 이끌고 결판을 내려는 어리석음을 범하지 말라고 진언하였다. 왜냐하면 싸워야 할 상대는 카르보나 마리우스가 아니라, 삼니테 인과 루카니아 인과 같은 로마에게는 가장 무섭고 호전적인 강적이기 때문이라는 것이었다. 술라는 그들의 충고를 물리치고, 이미 오후 네 시가 되어가고 있었는데 공격개시의 나팔을 불라고 명령하였다.

쌍방간에 보기드문 격전이 벌어졌다. 크라수스가 지휘하는 우익은 빛나는 승리를 거두었으나, 좌익은 고전을 면치 못해 패색이 짙었으므로 술라는 기질이 거칠고 발이 아주 빠른 백마를 타고 도우러 나왔다. 이 말을 보고서 두 적병이 술라라는 것을 알고 창을 겨누어 그를 찌르려고 하였다. 술라는 그것을 몰랐지만, 그의 뒤를 따르던 병사가 말을 채찍으로 때렸기 때문에 그 사이를 빠져 나와 창끝은 말꼬리를 스쳐 땅에 꽂혔다. 전하는 바에 의하면 그는 델포이의 아폴로 신의 조그만 금상을 가지고 있어서 싸움이 있을 때에는 그것을 항상 가슴에 품고 다녔는데, 특히 이때는 그것에 입을 맞추고 다음과 같이 말하였다는 것이다.

"델포이의 아폴로 신이시여, 당신께선 이 행운아인 코르넬리우스 술라를 그 많은 전쟁에서 특출한 인물로 만들어주셨는데, 이제 이 조국의 문전까지 끌고 오셔서 내던져 동료 시민과 더불어 심한 수치 속에 멸망시켜버리려는 생각이십니까?"

술라는 신에게 이와 같이 호소하며 병사들에게 달래고 위협하고 싸우게 하는 등 별의별 짓을 다했다. 그러나 결국 좌익은 붕괴되어 술라도 할 수 없이 도망치는 병사들 사이에 끼여 겨우 진영으로 돌아와 많은 심복과 지인을 잃었다고 전해진다. 시내에서 싸움을 구경하러 온 사람들 중에서도 짓밟혀 죽은 자가 적지 않았다고 한다. 이렇듯 로마를 점령하려던 꿈도 허사로 돌아갔고, 마리우스의 포위망도 거의 풀리는 상태가 되고 말았다. 많은 패잔병들이 프라이네스테로 달려와서 그 도시의 포위를 맡고 있던 루크레티우스 오펠라에게, 술라는 전사하고 로마는 적의 수중으로 들어갔으니 어서 포위를 풀라고 설득하였다.

날이 밝자 술라의 진영에 크라수스 군에서 사자가 식량을 구하러 왔다. 그들은 적을 격파하고 안템나까지 추격한 다음 거기다 친을 치고 있었다는 것이다. 술라는 이 말과 또 적의 대다수가 섬멸되었다는 것을 알고서 먼동이 틀 무렵에 안템나로 갔다. 그때 적의 3천 명이 그에게 사자를 보내어 휴전을 제의해 왔다. 술라는 이 제의에 대하여, 만일 너희들이 적진에 아직 남아 있는 너희 편의 병사들을 처치하고 온다면 신변의 안전을 보장해주겠다고 약속하였다. 그들은 그 말을 믿고 남아 있는 자기편 병사들을 습격하여 많은 수가 자기편끼리 싸우다 죽었다.

그런데 술라는 이 3천 명과 다른 병사 중 살아 남은 병사들 6천 명쯤을 경기장에 몰아 놓고 원로원 의원을 벨로나의 신전에 소집하였다. 그가 연설을 시작하자 이미 명령을 받고 있던 자들이 이 6천 명을 죽였다. 좁은 장소에서 이만큼 많은 사람이 살해되었으므로, 이 아비규환은 말할 것도 없고, 원로원 의원들은 몹시 놀랐다. 술라는 조금도 당황하는 빛을 보이지 않고 연설을 계속하며 그들에게 자기 이야기를 경청하라고 명령하고, 밖에서 일어나는 일에 관해서는 신경을 쓰지 말라고 일렀다. 그것은 그의 명령으로 몇 명의 악인이 벌을 받고 있는 것에 지나지 않는다는 것이다.

이렇듯 로마의 시민 중 아무리 어리석은 자라 할지라도 벌어진 사태는 독재의 교체일 뿐, 그로부터의 해방은 아니었다는 것을 대번에 알 수 있었다. 본시 마리우스라는 사람은 처음부터 난폭하여 권력을 장악한 뒤에도 그 본성을 고치는 일 없이 그것을 확대시켜 나갈 뿐이었다. 처음에 술라는 절도를 지키고 정치가에 걸맞은 태도로써 자유를 존중하고, 귀족파에 속해 있으면서 시민의 이익을 도모하는 지도자라는 평판을 얻었다. 또 그는 젊었을 때부터 웃기를 좋아했으며, 게다가 곧 연민의 빛을 보이며 눈물이 많았다. 따라서 그의 태도는 큰 권력에 대한 비난을 수반하는 것이었다.

즉, 사람이 큰 권력을 잡게 되면 올챙이 때 생각은 하지 않게 되는 법이며, 난폭하고 무자비한 성질로 변하게 되는 것이라고 말할 수 있다. 하기야 사람이 권력을 잡으면 달라지는 것인지, 아니면 숨어 있던 악덕이 권력을 얻음으로써 가면을 벗고 나타나는 것인지에 관해서는 다른 이야기로 논해야 할 것이다.

술라는 학살에 착수하여 무수히 많은 유혈로 시대를 가득 채웠다. 많은 사람들이 술라와는 아무런 관계도 없이, 술라의 측근자들이 사사로운 감정으로 누구를 죽이겠다고 하면 그들의 비위를 맞추기 위하여 얼마든지 죽이라고 허가하였다. 참다 못해 카이우스 메텔루스라는 청년이 원로원에서 용기를 내어 술라에게 이 유혈참극은 언제면 종말을 짓겠는지, 또 술라 장군이 얼마나 죽이면 종말이 났다고 볼 수 있겠는지 물었다. 그리고 끝으로 이렇게 덧붙였다.

“우리들은 장군께서 죽이기로 결정한 사람들에 대하여 처벌을 단념해주십사 하는 것이 아닙니다. 장군께서 살려두기로 결정하신 사람들에게 안심하고 살 수 있게 해주십시오.”

이에 술라가 누구를 죽여야 하는 문제는 아직 결정하고 있지 않다고 대답하자, 메텔루스는 다시 물었다.

"그렇다면 장군께서 처단하시려고 생각하고 계시는 사람들이나 공표해 주십시오."

그러자 술라는 그렇게 하라고 대답하였다. 어떤 사람들이 전하는 바에 의하면, 이 마지막 말은 메텔루스가 한 것이 아니고, 술라를 둘러싸고 있는 아피디우스라는 아첨자 중 하나가 한 말이라고 한다.

술라는 관헌 중 어느 누구 하고도 의논하는 일 없이 즉석에서 80명의 명단을 발표했다. 세상 사람들이 불쾌하게 생각하는 가운데 다음날에는 다시 220명을 공표하고, 다시 또 사흘째 되는 날에는 그 수에 못지 않은 수를 공표하였다. 그는 시민들에게 이것들에 관하여 연설하는 가운데, 공표한 사람은 우연히 생각난 사람들이고 아직 생각나지 않는 사람은 다시 공표하게 될 것이라고 말하였다. 그는 공표할 때 공표된 사람을 숨겨준 자는 그 친절의 벌로 사형에 처하기로 결정하고, 부자나 형제라 하더라도 그 적용을 면할 수는 없다고 하였다. 또 공표된 자를 죽인 자에게는 그 살인의 상으로 2탈렌트를 결정하고, 비록 노예가 주인을, 자식이 어버이를 죽여도 죄가 안 된다고 공표하였다. 가장 부당하게 생각된 것은, 그가 공표된 사람의 아들 및 손자로부터도 공권을 박탈하고, 그들의 모든 재산을 몰수한 것이다.

공표는 로마에만 국한된 것이 아니라 이탈리아의 전역에 걸쳐서 행해졌다. 신전도 여관도 부조(父祖)의 집도 제외되지 않았다. 아내가 보는 앞에서 남편이, 어머니가 보는 앞에서 아들이 피살되었다. 노여움과 미움을 받아 피살된 사람은 재산 때문에 피살된 사람에 비하면 극소수였다. 처벌한 사람은 그 사람을 죽인 것은 큰 집, 과수원, 온천을 가지고 있기 때문이라는 것이었다.

퀸티우스 아우렐리우스는 정치에서 손을 떼고 있어서, 자기에게 이런 재난이 연류돼 있는 것은 다른 불운한 사람들에게 동정한 것뿐이라고 생각했다. 무슨 일로 광장에 왔다가 거기 공표되어 있는 명단을 읽어보았다. 그런데 자기 이름이 거기 있는 것을 보았던 것이다.

"걸렸구나. 내가 걸려든 것은 알반에 있는 내 땅 때문이구나!"

그는 이렇게 말하였다. 그리고 그는 조금 가다가 자기를 잡으려고 쫓아온 불한당에게 피살되었다.

그 동안 마리우스는 잡히기 직전에 자살하고 말았다.

술라는 프라이네스테로 가서 처음에는 개별적으로 한 사람씩 신중히 심사하여 처벌하였으나, 나중엔 1만 2천 명을 한 곳에 모아놓고, 다만 한 사람 그의 숙소 주인만 빼놓고서 전원을 죽이라고 명령하였다. 그러나 그 숙소 주인은 술라에게 자기는 절대로 조국을 죽이는 사람한테 특혜를 받기 싫다고 고고하게 말하고 자진하여 시민과 함께 죽었다.

더할 나위 없이 기괴하게 생각된 것은, 루키우스 카틸리나의 경우다. 이자는 이번 전쟁이 끝나기 전에 자기의 형을 죽였는데, 이때 형이 아직 살아 있는 것으로 공표할 것을 술라에게 부탁하여 허락을 받았다. 카틸리나는 술라에 대한 보은으로 반대당의 한 사람인 마르쿠스 마리우스를 죽여서 그 머리를 광장에 앉아 있는 술라에게 갖다 준 다음, 그 근처에 있는 아폴로 신전의 성수에 손을 씻었다.

술라는 이러한 학살 외에도 그 밖의 여러 가지 일로 해서 시민의 반감을 사게 되었다. 그는 스스로를 독재관이라고 선언하여 120년 만에 이 관직을 부활시켰다. 그에 대해서는 과거의 모든 행위를 불문에 부친다는 특전이 결의되고, 또 장래에 관해서는 생사의 결정, 재산몰수, 시민을 위한 토지분배, 도시의 건설과 파괴, 이 밖에 또 왕권을 빼앗아서 자기가 원하는 사람에게 부여한다는 권한이 결의되었다. 그는 몰수재산을 매각할 때에도 연단에 앉아 건방지기 짝이 없는 군주와 같은 태도를 취하였다. 그만큼 그의 증여는 탈취 이상으로 시민의 원성을 샀다.

그는 잘생긴 여자나 익살광대나 판소리꾼이나 보잘것없는 해방노예 등에게 여러 민족의 땅과 여러 도시의 수입을 나눠주고, 또 어떤 사람들에게는 신분이 높은 여자들이 싫다는 것을 억지로 결혼시키곤 하였다. 그는 폼페이우스와 어떻게 해서든지 인연을 맺고자 본처를 버리게 하였다. 그리고 스카우루스와 자기 아내 메텔라 사이에서 낳은 아이밀리아를, 임신 중인데도 불구하고 남편 마니우스 글라브리오와 이혼하게 하고 폼페이우스와 결혼시켰다. 그러나 이 젊은 아내는 폼페이우스의 집에 와서 아이를 낳다 죽었다.

루크레티우스 오펠라는 마리우스를 포위하여 무찌른 사람인데, 그가 집정관이 되고자 선거운동에 나섰을 때 술라는 그것을 방해하였다. 이 사람이 많은 사람들을 거느리고 광장으로 들어서자, 술라는 부하 소대장 하나를 시켜서 이 사람을 죽이게 하였다. 그리고 자기는 쌍둥이 신의 신전 단 위에 앉아 그 죽이는 광경을 내려다보고 있었다. 사람들은 그 소대장을 잡아 단 앞으로 끌고 왔다. 그러자 술라는 떠드는 사람들을 제지시키고, 자기가 그렇게 하라고 시켰다면서 그 소대장을 놓아주라고 하였다.

술라의 개선식은 여러 왕들로부터 빼앗아 온 진기하고도 굉장한 전리품으로 사람들을 압도하였다. 그리고 추방되었다가 돌아온 망명자들에 의하여 이 영광은 배가 되었고, 장관도 배가 되었다. 시민들 중 가장 명성도 높고 세력도 있는 사람들이 머리에 화환을 얹고 뒤따르며 술라를 구세주 아버지라고 불렀다. 그들은 술라의 덕택으로 조국으로 돌아와 처자를 되찾았기 때문이다.

술라는 개선식이 끝난 다음 민회에 나가 자기의 업적에 대한 변명을 늘어놓고, 무용과 행운을 무엇 못지 않게 열심히 일일이 들었다. 그리고 끝으로, 이러한 것들로 보아 자기를 행운아라는 뜻인 펠릭스로 불러달라고 청중들에게 일렀다. 그리고 그리스 인에게 보내는 서신이나 사무를 취급할 때에는 에파프로디투스라고 자칭하였다. 아직도 남아 있는 그의 전승기념비에는 '루키우스 코르넬리우스 술라 에파프로디투스'라고 적혀 있다. 이 밖에도 메텔라가 쌍둥이를 낳았을 때, 남아를 파우스투스, 여아는 파우스타라고 명명하였다. 로마 인은 운이 좋은 사람을 파우스투스라고 불렀기 때문이다.

술라는 이렇듯 행동보다도 오히려 운을 믿고 있었다. 그리하여 아주 많은 사람들이 그에 의하여 피살되었고, 또 로마 시에 그만큼의 혁신과 변화를 가져다준 후였지만, 그는 독재관을 사임하고 집정관선거를 민회에 일임하였다. 그리고 자신은 입후보하지 않았으며, 광장으로 나와서 업무보고를 원하는 자들 앞에 모습을 나타내어 한 개인으로서 행동하였다. 그러나 그의 뜻과는 달리 반대파에 속하는 마르쿠스 레피두스라는 대담한 사람이 집정관에 당선될 전망을 보였다. 그것은 이 사람 자신의 운동에서라기보다는 오히려 폼페이우스가 열심히 운동하였으므로 민중이 그것에 호감을 보인 것이다. 그래서 술라는 폼페이우스가 자신이 승리한 것을 기뻐하며 집으로 돌아가는 것을 보고 그를 불러 말하였다.

"젊은이여, 그대의 정책은 참으로 근사하군 그래. 카툴루스를 제쳐놓고 레피두스가 집정관이 되게 공작하였으니. 누구보다도 훌륭한 사람을 제쳐놓고 가장 침착성이 없는 사람이 당선되게 밀어주었구먼 그래. 어쨌든 자네도 이젠 편히 잠을 자긴 글렀어. 그대는 자기 적의 세력을 길러주었으니 말이야."

술라는 예언하듯이 이렇게 말하였다. 즉, 레피두스는 곧 사람이 안하무인이 되어 폼페이우스와 싸우게 되었으니 말이다.

술라는 전 재산의 10분의 1을 헤라클레스의 신전에 바치고 민중에게 성대한 주연을 베풀어주었다. 준비한 음식이 필요로 하는 양보다도 많아서 매일같이 무수히 많은 음식을 강에다 던져 버려야만 하였고, 포도주도 40년 이상이나 묵은 것을 마셨다. 며칠씩 계속된 이 연회가 한창일 때에 그의 아내 메텔라가 죽어갔다.

신관(神官)은 술라가 그녀의 곁으로 가는 것도 그의 집이 상을 입는 것도 금하였다. 그래서 술라는 아내에게 이혼장을 보내어 살아 있는 동안에 다른 집으로 환자를 옮기라고 명령하였다. 그는 이렇게까지 미신을 믿었던 것이다. 그러나 장례비용을 제한하는 법에 관해서는 본시 그 자신이 제의한 것이었음에도 불구하고, 이때만은 그것을 지키지 않고 그 비용을 아끼지 않았다. 또 그는 손수 정한 연회 비용에 관한 법도 위반하며 사치를 다하고, 광대들과 어울려 광란에 빠짐으로써 슬픔을 잊으려고 애썼다.

몇 달이 지난 후에 검사들의 경기 공연이 열렸다. 그 무렵은 아직 남녀 좌석의 구별이 없이 경기장에는 남녀가 섞여서 앉았다. 때마침 술라의 근처 자리에 보기에도 아름다운 명문집안의 여자가 앉았다. 그것은 메살라의 딸로서, 웅변가 호르텐시우스의 누이이며 이름은 발레리아라고 하였다. 그녀는 최근 남편과 이혼한 여자였다. 그녀는 술라의 뒤를 지나다가 한 손을 그에게로 뻗쳐 그의 옷에서 털실 하나를 뽑아 가지고 자기 자리로 갔다. 술라는 이상한 여자도 있다 하고 쳐다보니 그녀는 다음과 같이 말하였다.

"각하, 용서하세요. 저도 각하의 크신 행운을 좀 나눠갖고 싶어서 그랬어요."

술라는 이 말을 듣고 불쾌하지 않았으며, 오히려 그녀에게 마음이 끌린 것이 분명하였다. 그리하여 그는 은밀히 사람을 시켜 그녀의 이름이며 그 가문이며 그 생활상태 등을 알아오라고 하였다. 그러고 나서 서로 서신을 교환하기도 하고, 서로 쳐다보기도 하고, 미소를 주고받은 끝에 마침내 결혼에 합의하기까지 이르게 되었다. 이 경우 그녀에게는 나무랄 데가 없는 결혼이었지만, 술라는 그녀가 정숙하고 고상한 여자라 할지라도 그로서는 생각이 깊은 훌륭한 동기에서 한 결혼이 아니라, 마치 철없는 청년처럼 가장 음탕한 색정이 복바쳐서 그 용모와 교태에 사로잡혀서 강제로 하는 결혼이었다.

술라는 가정에 이러한 아내가 있는데도 불구하고 여배우, 피리 부는 여자, 무희들과 상종하여 대낮부터 술좌석을 베풀고서 장의자에 누워 밤새도록 술을 마셨다. 이 무렵 술라의 곁을 떠나지 않고 가장 세력을 휘두르고 있던 자들은 희극배우 로스키우스, 광대 거인 소렉스, 연주자 메트로비우스 등이었다. 특히 메트로비우스는 한창 나이가 지났지만 술라는 그에 대한 집념을 버리지 않았다.

술라는 이러한 방종한 생활태도를 지속하였으므로 끝내는 건강을 해치고 말았다. 처음에는 내장에 궤양이 생긴 것도 몰랐다. 그 궤양 때문에 전신이 썩어 이가 꾀기 시작하였다. 그래서 많은 사람들이 주야를 가리지 않고 이 잡는 일에 동원되었지만, 잡는 수는 나중에 생겨나는 수에 비하여 어림도 없었다. 그의 옷과 목욕물과 세숫물과 음식 등 모두가 그의 몸에서 흘러내리는 진물과 썩은 것으로 오염되었다. 그래서 그는 하루에도 몇 번씩 목욕탕에 들어가 몸을 씻었으나 아무런 효험도 없었다. 병세는 급속도로 악화되어 아무리 몸을 씻어도 이가 꾀는 데는 당해낼 길이 없었다.

전하는 바에 의하면, 아주 옛날 사람 중 이 병에 걸린 사람으로는 펠리아스의 아들 아카스투스가 있었고, 그 다음 후세의 사람 중에는 서정시인 알크만과 신학자 페레키데스, 그리고 옥중에 갇혀 있던 올린티아 인 칼리스테네스, 그 밖에 법률가 무키우스 등이 있었다. 그리고 그 밖에 탐탁한 일이 아니라 다른 일로 유명해진 사람들 중에서도 예를 들자면, 시칠리아의 노예전쟁을 일으킨 도망노예의 에우누스라는 자는 포로가 되어 로마로 끌려와 옥중에서 이 병에 걸려서 죽었다고 한다.

술라는 자신의 최후를 미리 알았을 뿐 아니라, 어떤 의미에서는 그것에 관하여 기록하여 남겨놓았다고도 할 수 있다. 즉, 그가 자신의 회상록의 제22권을 끝마친 것은 그가 세상을 떠나기 이틀 전이었다. 그리고 거기서 그는 그가 훌륭히 산 다음, 행운의 절정에서 세상을 떠나게 될 것이라고 칼테아 인들이 그에게 예언하였다는 말을 적어 놓고 있다. 그 밖에 그의 아들은 메텔라보다 조금 전에 죽었는데, 꿈에 초라한 옷을 입고 나타나 옆에 서서 부친에게 세상의 시름에서 손을 떼고 자기와 함께 어머니 곁으로 가서 어머니와 함께 평온무사하게 살자고 부탁하더라는 말도 적어놓고 있다. 그러나 그는 어쨌든 공무에 종사하는 일만은 그만두지 않았다. 그가 세상을 떠나기 열흘 전에는 디카이아르키아 시에서 소요를 일으킨 사람들에게 조정역을 맡아 그들의 행정의 기준이 될 법을 제정해주었다.

죽기 하루 전에는 그 시의 장관인 그라니우스가 국고를 축내고도 상환하지 않고 술라가 죽기만 기다리고 있다는 말을 듣고서 이 사람을 자기 집으로 불렀다. 그리고 그는 종들을 그 주위에 서게 하여 그의 목을 졸라 죽이라고 명령했지만, 손수 고함을 지르며 목을 졸랐기 때문에 그만 농종(膿腫)이 터지며 많은 출혈을 하였다. 그 때문에 힘이 빠져 비참한 하루를 지내고 죽고 말았다. 그는 메텔라가 낳은 두 어린아이를 남겼다. 발레리아는 술라가 세상을 떠난 후 유복자로 딸을 낳고 그 이름을 포스투마라고 지었다. 로마 인은 유복자를 이런 이름으로 불렀다.

많은 사람들이 레피두스에게로 몰려와 술라의 장례를 격식대로 치르지 못하도록 방해하라고 하였다. 그러나 폼페이우스는 술라가 남긴 유언 중에서 자기만을 친구 중에서 빼버렸기 때문에 술라에게 불만이 없지도 않았지만, 몰려온 사람들 중 어떤 사람들은 달래고 또 어떤 사람들은 위협하여 그들의 불평을 달랬다. 그리고 유해를 로마로 호송하여 장례식을 성대히 치렀다.

전하는 바에 의하면 여자들이 술라에게 많은 향료를 헌납하였기 때문에, 120개의 가마로 운반할 분량 외에 술라 자신의 초상과 속간(집정관의 권표)을 나타내는 또 하나의 상을 값비싼 유향과 육계로 만들었다고 한다. 그 날은 아침부터 날이 흐렸기 때문에 사람들은 비가 올 것을 예상하여 오후 세 시경에 가서야 겨우 발언하였다. 강풍이 화장하는 장작에 불어닥쳐 화염이 계속 불꽃을 튕겼지만, 화장이 끝나고 바야흐로 장작도 다 타 불이 꺼질 판국에 이르렀을 순간 폭우가 쏟아져 밤까지 계속되었다. 이렇듯 그의 유해의 매장에는 행운의 여신이 옆에 붙어 있는 것처럼 생각되었다.

그의 묘비는 군신의 광장에 있다. 그 비명은 그 자신이 생전에 지어 남겨둔 것이라고 한다. 이 요지는 은혜를 베푸는 데 있어 누구에게도 지지 않았으며, 손해를 끼쳐주는 데 있어 적중 누구보다도 뛰어났다는 것이다.

리산데르와 술라의 비교

이 두 사람의 전기를 끝마쳤으니 이제는 두 사람을 비교해 보고자 한다. 두 사람 다 자수성가한 점은 같으나, 오직 리산데르는 그가 얻은 여러 영광에 대하여 시민들의 냉정한 비판에 의해 동의를 얻었다는 점이 다르다. 그리고 그는 시민들의 선의에 거슬린 어떤 일을 그들에게 강요하거나 법에 저촉되는 일을 하면서까지 권력을 쥐려고는 하지 않았다.

세상이 어지러우면 악한들조차도 입신출세한다.

이런 말과 같이 당시의 로마는 사회가 불안하고 정부가 극도로 부패하여 아무나 정권을 잡을 수 있었다. 글라우키아이나 사투르니니 같은 사람들이 메텔리 같은 사람을 몰아내고, 집정관의 아들이 원로원에서 살해되고, 금전으로 군과 무기가 매매되었다. 불과 칼이 새로운 법을 제정하고 합법적인 야당을 타도하는 시대에 술라가 통치권을 장악하게 된 것도 이상한 일은 아니다.

이런 환경에서 누가 정권을 잡았다 하더라도 나는 그 사람을 비난하려는 것은 아니다. 다만 나라가 이토록 어지러운 때였으므로, 정권을 잡았다는 것이 그 사람이 위대하여 그런 일을 해냈다고는 나는 생각하지 않는다. 리산데르는 착실하고도 통치가 잘 이루어진 국가에 의해 최고사령관의 자리에 선출되어 국사를 관장하였으므로, 그야말로 가장 좋고 유덕한 나라의 사람이라는 명성을 떨쳤다고 말할 수 있다.

이렇듯 리산데르는 여러 번 그의 지위를 시민의 수중으로 반환하였으나, 국난이 있을 때마다 유능한 사람으로서 명성이 높았으므로 다시 시민의 부름을 받고 국난을 막는 일에 전력을 다하였다.

한편 술라는 시민이 선출한 것이 아니라 자의에 의하여 총사령관직에 오른 뒤로 10년 동안이나 그 직에서 물러나지 않았으며, 때로는 집정관으로, 때로는 부집정관으로, 때로는 독재관으로 자리를 바꿔 가며 전권을 휘둘렀다.

실제에 있어 리산데르는 이미 앞의 글에서 밝힌 대로 정치체제를 개혁하려고 계획한 바 있었다. 그러나 술라보다는 온건한 방법으로 또 합법적으로, 무력에 의해서가 아니라 설득으로, 모든 정치체제를 일시에 전복시키지 않고, 다만 왕들의 계승권을 점차적으로 혁신하려는 데 그 목적이 있었다. 더욱이 스파르타는 고귀한 문벌 때문이 아니라 고귀한 덕 때문에 그리스에 군림하였음을 생각해볼 때, 가장 유능한 인재가 정권을 잡아야 한다는 것은 당연한 것으로 생각되었다. 왜냐하면 사냥꾼은 암캐가 아니라 강아지만을 생각하고, 마상(馬商)은 암말이 아니라 새끼를 생각하기 때문이다. 새끼가 노새가 되지 말라는 법도 없는 것이다. 그와 마찬가지로 정치에 있어서도 위정자의 인물이 중요하지 문벌은 문제가 안 된다.

스파르타 인들이 자주 왕을 폐위시킨 일이 있었는데, 그것은 그 왕의 행실이 왕답지 않았기 때문이다. 가문이 좋은 사람이라 할지라도 성격이 간악하면 수치스러운 것이니, 사람이란 문벌로 따질 것이 아니라 본인이 유덕한가 아닌가에 의하여 따질 일이다.

더군다나 리산데르가 불법을 자행한 것은 그의 측근들을 위해서 한 일이었고, 술라는 측근들에게 해를 끼치려고 행한 것이었다. 리산데르는 자기의 측근들을 각지의 전제적 통치자로 임명하기 위하여 그것을 반대하는 정적들을 죽였다. 그러나 술라에 관하여 말하자면, 그는 그 자신이 임명하였음에도 불구하고 폼페이우스의 육상지휘권을 줄이고, 돌라벨라의 해상지휘권을 줄였다. 또 루크레티우스 오펠라가 많은 전공을 세운 다음 그 대가로 집정관에 입후보하였을 때 건방지다는 이유로 면전에서 그를 살해하였다. 그의 가장 가까운 측근들을 이렇게 잔인무도하게 살해함으로써 모든 사람들의 마음 속에 공포와 놀라움을 불어넣었다.

부와 쾌락을 추구함에 있어서도 우리는 전자에게서는 왕다운 기질을, 후자에게서는 독재자다운 면모를 발견한다. 리산데르는 전례 없이 큰 세력을 손안에 쥐고도 결코 방자한 행동을 취하지 않았다.

집 안에선 사자, 밖에 나가선 여우

이런 진부한 격언이 다른 사람의 경우와는 달리 그에게는 전혀 맞지 않았다. 그리고 늘 진지하고도 스파르타 인다운 잘 훈련된 인생행로를 견지하였다. 그러나 술라는 젊어서 가난했을 때나 늙어서 기력이 부족했을 때나 쾌락을 좇지 않는 일이 없었으며, 국민을 위해서는 혼인과 그 행실을 다스리는 법을 제정하고 있음에도 불구하고 자기 자신은 음탕한 생활에 빠져 있었다 함은 살루스트의 사서를 보아도 알 수 있다.

이러한 사치생활의 결과로 나라의 재정은 바닥이 날 지경이어서 부득이 동맹국과 예속되어 있는 나라들을 돈을 받고 팔지 않을 수가 없었다. 가장 돈이 많고 가장 큰 집들을 공매에 처하거나 몰수한 것도 모자라서 취한 조치였다. 그러면서도 아부자들에게는 끝을 모를 정도로 돈을 아끼지 않고 뿌렸다.

한번은 큰 부동산을 경매에 부칠 때, 어떤 사람이 자기 심복들보다 비싼 값을 불렀기 때문에 그의 심복들은 그만 낙찰이 되고 말았다. 이에 그는 강제로 그 비싼 값을 부른 사람을 낙찰시키고, 자기 심복들에게는 유찰되게 한 것만 보아도 그의 횡포가 얼마나 심하였는지 알 수 있다. 그러나 경매관이 자기 부하들을 낙찰자로 선언하자 그는 노발대발하며 호통을 쳤다.

"세상에 참 기막힌 일도 다 있군! 내가 빼앗아 온 전리품을 내 마음대로 못 하다니!"

그러나 이와는 반대로 리산데르는 전리품만이 아니라 자기에게 사적으로 보내온 선물마저도 여러 사람들이 마음대로 쓰라고 본국으로 보냈다. 나는 이러한 리산데르의 행동을 칭찬하려는 것은 아니다. 왜냐하면 결과적으로 볼 때, 리산데르가 본국에 대하여 지나치게 너그럽게 굴어서 스파르타에 해를 끼친 것은, 술라가 로마의 돈을 강탈함으로써 로마에 해를 끼친 것과 다를 것이 없기 때문이다. 내가 여기서 지적하려는 것은 리산데르가 개인으로는 재물에 대하여 무관심이었다는 것을 지적하고 싶을 따름이다.

두 사람은 각기 자기 나라에 대해서는 이상한 영향력을 끼쳤다. 술라는 자기 자신은 돈을 낭비하고 방탕생활을 하면서도 시민들에게만은 기강을 세우려고 하였으며, 리산데르는 자기는 욕심을 갖지 않으면서도 남들에게는 욕심을 가지라고 권유하였다. 그러므로 두 사람 다 비난을 받아 마땅하다. 즉, 술라는 자기가 법을 만들고도 본인은 그것을 지키지 않았기 때문이며, 리산데르는 자기는 욕심을 억제하였지만 국민들에게는 욕심을 가지라고 권유함으로써 역설적으로 물욕을 촉진시킨 결과가 되었다. 이렇듯 국민들을 자기보다 못한 사람으로 만들었다. 정치활동에 관해서는 이것으로 그친다.

무술에 관하여 말하자면, 전략과 무수히 많은 승리와 위험한 전투에 있어 술라는 단연 리산데르와는 비교가 되지 않는다. 실제 해전에 있어 두 번 승리를 거두었으며, 필자는 이것에다 아테네의 함락도 덧붙이는 바이지만 그의 공에 비하면 그리 어려울 것도 없는 일이었다. 보이오티아와 할리아르투스에서 일어났던 일은 어쩌면 악운의 결과였다고 볼 수밖에 없다. 그러나 플라타이아에서 오기로 되어 있던 파우사니아스 왕의 원군이 오기를 기다리지 않고 공격에 나선 것은 확실히 전략의 부족이라고 보여진다.

그는 군의 주력부대가 도착하기를 기다리지도 않고 싸우고 싶은 야심과 욕망에서 불리한 성벽 쪽으로 접근하다가 보잘것없는 병사들의 기습을 받고서 쓰러지고 말았다. 레우크트라에서 적의 공격을 사나이답게 막다가 쓰러진 클레옴브로투스 장군처럼 쓰러진 것도 아니고, 또는 키루스 장군이나 에파미논다스 장군처럼 기울어가는 싸움을 버티어 나가려다가, 또는 승리를 눈앞에 두고서 장렬하게 전사한 것도 아니었다. 이들은 모두 왕답게 또는 장군답게 죽었으나, 그는 마치 어떤 보잘것없는 일개 전초나 척후병처럼 불명예스럽게 목숨을 버렸으니, 오랜 스파르타의 금언의 지혜, 즉 성벽을 두른 도시의 공격은 피하라.

를 실증한 것이라고 할 수 있다. 그런 곳에서는 제아무리 강한 전사라 할지라도 자기보다 훨씬 못한 병사뿐만 아니라 일개 소년이나 여자의 손에 의하여도 쉽게 죽게 된다. 트로이 성문에서 파리스에 의하여 피살된 아킬레스 장군의 경우가 바로 그렇다고 사람들은 말한다.

술라에 관하여 말하자면, 본격적인 전투에서 그는 너무나도 많은 승리를 거두었고, 또 그가 죽인 적의 수는 헤아릴 수 없을 정도로 많았다. 그는 역시 아테네의 피라이우스 항을 점령했던 것처럼 로마를 두 번씩이나 점령하였다. 리산데르처럼 기아 전술을 쓴 것이 아니라, 아르켈라우스 군과 본격적인 일련의 대전투를 전개하여 그들을 바닷속으로 몰아넣었다.

또 가장 중요한 것은 이 두 사람이 적으로 삼아야 했던 장군들 사이에는 큰 차이가 있었다는 점이다. 필자가 보기에는 리산데르가 알키비아데스의 도선사인 안티오코스를 무찌른 것과

칼보다 혀가 더 날카로운

사람인 아테네의 정치선동가 필로클레스를 무찌른 것 따위는 거저먹기, 오히려 어린아이의 장난에 지나지 않았다. 이런 사람들을 미트리다테스라면 자기의 마부 정도로, 마리우스라면 자기의 호위병 정도로도 보지 않았을 것이다. 그러나 술라가 상대한 왕, 집정관, 장군, 정치선동가들 중에서 마리우스만큼 무서운 로마 인이 있었으랴? 미트리다테스보다 더 강한 왕이 있었으랴? 이탈리아 인 중 람포니오우스나 텔레시누스보다 더 용맹한 자가 누구였으랴? 그러나 이들 중 술라는 한 명은 추

방하고 한 명은 진압하고 람포니오우스와 텔레시누스는 죽였다.

그리고 예증할 수 있는 어떠한 것보다도 술라가 단연 더 위대한 사람이었다고 생각되는 점은, 필자의 생각에 의하면 리산데르는 그가 큰 업적을 이룩하는 데 있어 국가의 원조를 필요로 하였으나, 술라는 자수성가한 편이었다. 당파싸움에 밀려 보이오티아로 유배된 몸이었고, 그때 그의 정적들이 그의 아내를 집에서 내쫓고 집을 헐어버리고 동지들을 살해하였다.

그럼에도 불구하고 그는 홀연히 일어서서 셀 수 없을 정도로 많은 적과 싸웠으며, 조국을 위하여 자기 몸을 위험에 던지며 우세한 적과 싸워 승리를 거두었다. 나중에 미트리다테스 왕이 동맹을 제의해 오며 도와줄 테니 본국의 적들을 무찌르라고 하였을 때에도 응하지 않았으며, 인자한 태도조차도 보이지 않았다. 미트리다테스가 소아시아를 포기하고, 함대를 이양하고, 비티니아와 카파도키아를 각기 그 나라의 왕들에게 반환하겠다는 말을 그 자신의 입에서 직접 듣기까지는 그에게 말을 걸거나, 손을 내미는 것조차도 하지 않았다.

자기의 사리를 버리고 나라의 공익을 위하여, 마치 사냥개가 그의 주인에게 충성을 다하듯이 적을 쓰러뜨리기 전에는 놓아주지 않은 술라의 이 행동 이상으로 고결한 행동을 어디서 찾을 수 있단 말인가? 적이 무릎을 꿇은 다음에야 비로소 자기의 원한에 대한 복수에 착수하였던 것이다. 더욱이 두 사람의 아테네 정책에 관한 문제를 비교해볼 때, 그들의 성격차이를 엿볼 수 있다.

그 당시 술라에 반대하여 미트리다테스의 지배와 그 권력을 지지한 아테네 시를 술라가 점령하였을 때, 그는 아테네에 자유와 독립을 허락하였다. 그러나 리산데르는 이와는 반대로 아테네가 그리스 전체에서 차지하고 있던 왕년의 그 높은 위엄과 지위에서 물러나자 전혀 동정을 보이지 않고, 그 민주정치체제를 파기하고 그 대신 가장 잔인무도한 30인 독재정권을 수립하였다.

이제 끝으로 술라가 성취한 업적이 더 영광스러웠으며, 리산데르가 범한 죄가 더 적었다고 단정함에 있어 그 진위를 밝힐 단계에 이르렀다. 절제와 극기에 있어서는 리산데르에게, 행동과 용맹성에 있어서는 술라에게 발군의 성적을 드리고자 한다.

키　몬

기원전 507년 ? ~449년

예언자 페리폴타스는 오펠타스 왕과 그 백성들을 이끌고, 테살리아에서 보이오티아로 와서 그 곳에 한 가문을 이루었다. 그 가문은 오랜 세월이 지나서는 큰 가문으로 번성하였다. 그들의 대부분은 카이로네아에서 살았는데, 그 이유는 야만인을 격퇴하고 맨 먼저 정착한 곳이 바로 그 곳이었기 때문이다. 이 종족의 후예들은 대담한 일을 하기 좋아하고 호전적이었으므로, 메데스의 침략과 갈리아 족과의 전쟁에서 너무도 많은 위험에 몸을 바쳤기 때문에 끝내는 그 종족 전부가 절족되고 말았다.

이 집안에서 다몬이라는 고아 하나만이 남았다. 이 아이는 일명 페리폴타스라고도 하였는데, 그 또래의 누구보다도 용모가 수려하고 기백이 늠름하였으나 교육을 받지 못하여 기질이 거칠었다.

어느 해 겨울 카이로네아에 주둔 중이었던 로마 군의 어떤 부장 하나가, 이제는 거의 어른이 다 된 다몬에게 불순한 애정을 느꼈다. 그의 접근과 선물과 간청을 다몬은 하나같이 거절하였으므로, 그는 다몬에게 폭력을 쓸 기세를 보였다. 그때 카이로네아는 빈곤에 시달리고 있어서 대부분의 사람들은 무시를 당할 수밖에 없었기 때문이다.

다몬은 이것을 깨달았고, 이미 자신이 피해를 입고 있다고 간주하였기 때문에 부장에게 복수하기로 결심하였다. 따라서 그와 그의 친구 16명이 부장을 해치기로 음모를 꾸몄다. 그러나 자기들의 음모가 발각될 위험 없이 성사할 수 있도록 그들은 모두가 밤에 검댕으로 얼굴을 검게 칠하였다. 이렇게 변장을 하고 술을 마시고서 기운을 돋운 다음, 날이 밝자 마침 그때 시장 광장에서 제사를 드리고 있는 부장을 습격하였다. 부장과 그와 함께 있던 그 밖의 몇 사람도 살해하였다.

이 일로 시내가 발칵 뒤집혔다. 즉각 시의회가 소집되어 다몬과 그 공범들에게 사형이 언도되었다. 로마가 무서워서 부득이 취한 조처였다. 그러나 그 날 저녁 관헌들이 관례에 따라 함께 모여 저녁식사를 하고 있을 때, 다몬의 일당이 의사당으로 침입하여 그들을 모두 살해하고 또다시 시외로 도망을 쳤다.

이때 로마의 장군 루키우스 루쿨루스가 원정을 떠나는 길에 군을 이끌고 우연히 카이로네아를 지나게 되었는데, 이 사건이 최근 발생했으므로 그는 일부러 군을 멈추고 그 사건을 조사하였다. 조사해본 결과 시민에게 잘못이라고는 전혀 없는데도 불구하고 피해를 입었다는 것을 알게 되었다. 그러므로 그는 도로 군을 철수해 원정길을 떠났다. 그러나 다몬은 지방에서 약탈행위를 계속하였으므로 시민들은 그에게 전갈을 보내어, 돌아온다면 안전을 보장하기로 결의하였다고 전하였다. 이에 그가 돌아오자 곧 체육부장으로 임명하였다. 그러나 나중에 증기목욕장에서 몸에 향유를 바르고 있을 때 습격을 받아 살해되고 말았다.

조상들이 우리들에게 전하는 바에 의하면, 이 일이 있은 후 오랫동안 그 곳에 계속 유령이 나타나서 우는 소리가 들렸으므로 시민들은 목욕탕 문을 닫아버리라고 명령하였다는 것이다. 오늘날까지도 그 근처에 사는 사람들은 유령이 가끔 나타나서 우는 소리를 듣는다고 말하고 있다.

다몬의 후손들은 그 중 몇 명이 아직도 남아 있는데, 스티리스라는 도시 근처에 있는 포키스에서 그 대부분이 살고 있다. 그들은 아스볼로메니라고 불리고 있는데, 아이올리아 방언으로 '검댕을 칠한 사람들'이라는 뜻이다. 다몬이 거사할 때에 얼굴에다 검댕을 칠했기 때문이다.

그러나 카이로네아 시민들과 그 이웃인 오르코메니아 시민들 사이에 분쟁이 생겼을 때, 오르코메니아 시민들은 밀고자로서 로마 인 하나를 매수하여 다몬과 그 일당이 그 로마 인 부장을 살해한 죄로 카이로네아 시를 마치 한 개인인 것처럼 고소하였다. 따라서 마케도니아 인을 재판관으로 하여 재판이 열렸다. 그때 아직 로마는 그리스에 지사들을 파견하고 있지 않았기 때문이다.

카이로네아 시민측 변호사들은 루쿨루스 장군에게 자기들의 무죄를 변호해달라고 호소하였다. 그러자 마케도니아 법관이 그에게 보낸 편지에 모든 진상을 밝힌 내용의 답신을 보내 왔다. 이것으로써 카이로네아 시는 무죄언도를 받게 되어 위기 직전에서 구제되었다. 이렇게 구제된 시민들은 디오니소스 신의 동상 가까이에다 루쿨루스 장군의 동상도 세워 감사의 뜻을 표시하였다.

우리들 또한 감사의 마음을 느끼고 있음은 그들과 다를 것이 없다. 그 사건이 있었던 그때와는 몇 세대 후에 살고 있으나 역시 그의 은혜에 고마움을 느낀다. 그러므로 다만 얼굴이나 모습을 나타내는 데 지나지 않는 초상보다는 글로 그의 인품과 행적을 기록하는 편이 훨씬 더 큰 영광이 되리라고 생각하기 때문에, 루쿨루스의 전기를 기록하여 명사들 틈에 끼이게 함으로써 비교하며 사실에서 빗나가지 않게 하기 위하여 그의 행적을 여기다 기록해보고자 한다. 그의 행적을 기록한다는 것 그 자체부터가 우리들이 감사하고 있다는 충분한 증거가 될 것이며, 그가 행하지도 않은 공적마저 날조하여 그릇된 거짓 전기를 쓴다면 본인 자신이 고맙게 생각하지 않을 것이다.

화가가 아직 어떤 결함이 있는 아름다운 얼굴을 그려야만 할 때 그 결점을 완전히 빼어버리거나 너무도 과장해서 그리지 않기를 우리는 기대한다. 왜냐하면 두 방법 중 전자의 경우는 본인의 아름다움을 손상하게 될 것이고, 후자의 경우는 본인을 닮지 않은 그림이 될 것이기 때문이다. 이와 마찬가지로 결점이 전혀 없는 사람의 전기를 쓰기란 어려우며 실제에 있어 아마도 불가능한 일일 것이다. 그렇기 때문에 우리는 고상한 행동은 모두 그 전설을 정확하게 추적하여 완전히 기록해야만 할 것이다.

어떤 인간적인 격정이나 정치적 필요에 의하여 어떤 실수나 과오를 범한다 하더라도, 그러한 행동은 사람이 나면서부터 나빠서가 아니고 오히려 어떤 특수한 덕행의 부족에서 오는 일시적인 잘못이라고 간주하여야 하겠다. 또 어떤 협잡도 없고 비판의 대상이 되지 않을 만큼 그 덕행에 있어 완전한 성격을 만들어내지 못한 것이 나약한 천성 탓이라면, 그 이야기들은 우리가 하는 이야기에 넣지 않아도 좋을 것이다.

나 혼자 곰곰이 생각해볼 때 루쿨루스와 키몬 두 사람만큼 서로 닮은 데가 많은 사람은 다시 없으리라고 생각된다. 두 사람 다 싸움터에서 용사들이었고, 야만족을 무찌르는 데 성공하였다. 또 정치생활에 있어서도 두 사람 다 정치가로서 다른 누구보다도 내란을 종식시키는 데 공이 컸으며, 국외에선 두 사람 다 많은 승리를 거두고 전승기념비를 세웠다.

키몬 이전의 그리스 인이나 루쿨루스 이전의 로마 인 중에서 누구도 이들 두 사람만큼 본국에서 멀리 나가 싸운 사람은 없었다. 디오니소스와 헤라클레스의 행동이나 페르세우스가 에티오피아와 메데스와 아르메니아를 정벌하고서 세운 어떠한 공적, 또는 야손이 금으로 된 양털을 구하러 간 것과 같은 믿을 만한 이야기가 오늘날까지 전해 내려오고는 있으나 그것들은 모두가 다 전설이어서 문제도 되지 않는다.

더욱이 두 사람의 같은 점은 그들이 착수한 전쟁을 완수하지는 못하였다는 것이다. 적을 파멸 직전에까지 몰고 가기는 하였으나 완전히 그들을 정복하지는 못했다. 또 크게 일치하는 점을 들면, 두 사람은 성질이 관대하고 남을 후하게 대접하였으며, 젊은이 못지 않게 호탕한 생활을 즐겼다는 것 등이다. 그 밖의 유사점에 관해서는 여기서 더 거론하지 않기로 하겠다.

키몬은 밀티아데스와 헤게시필레와의 사이에서 태어난 아들이었다. 어머니는 그 출생이 트라키아 인으로서, 시인 아르켈라오스와 멜란티우스가 키몬을 칭송하여 바친 시에 나타나 있듯이 트라키아 올로루스 왕의 딸이었다. 역사가 투키디데스도 외가 쪽으로 그의 친척이었다.

그의 아버지 이름 역시 올로루스였는데, 이것은 그의 조상이 공통된 것을 기념하여 지은 이름이었다. 그는 트라키아에 있는 금광의 주인이었고, 트라키아의 한 지방인 스카프테 힐레라는 곳에서 죽었다고 한다. 그의 유해는 그 후 아테네로 운반되었다. 그의 묘비가 눈에 띄는데 키몬 가의 가족묘지 속에 있으며, 그의 누이 엘피니케 무덤 가까이에 있다. 그러나 투키디데스는 할리무스 시의 시민권을 가지고 있었고, 밀티아데스는 라키아다이 시의 시민권을 가지고 있었다. 밀티아데스는 국가로부터 50탈렌트의 벌금이 부과되었지만 그것을 갚지 못하여 투옥되어 옥사하였다.

이렇듯 키몬은 아주 어린 나이로 그의 누이 엘피니케와 함께 고아가 되었다. 그때 엘피니케는 나이가 젊고 아직 미혼이었다. 처음에 키몬은 명성에는 전혀 관심이 없었고, 술을 좋아하여 그의 행실은 마치 부랑아로 보였으며, 또한 키몬이라고 불려진 그의 조부와 성격이 똑같았다. 이 조부는 성격이 너무나도 단순하여 코알레무스라는 별명을 가졌다.

이웃에서 키몬과 함께 살던 타소스 사람 스테심브로투스가 있었다. 그에 의하면 키몬은 그 당시 그리스 인이라면 누구나 다 갖추고 있던 음악이니 그 밖의 예능에는 전혀 조예가 없었으며, 그의 고국 아테네 인들이 가지고 있던 웅변술도 가지고 있지 않았다. 다만 매우 고상하고도 솔직한 기질의 소유자였고, 아테네 토박이라기보다는 오히려 그 성격에 있어 펠로폰네소스 섬의 토박이를 많이 닮았다는 것이다. 그리스의 비극 시인 에우리피데스가 헤라클레스를 두고 한 말이 기억된다.

큰일을 하기엔 알맞을 만큼 거칠고 세련되지 않은 성격

이 말은 스테심브로투스가 키몬의 성격을 두고 한 말이라고 할 수 있다.

키몬은 젊었을 때 그의 누이 엘피니케와 동거생활을 했다고 사람들의 비난을 받았다. 그 누이는 과연 다른 점에서도 행실이 단정한 여자는 아니었다. 화가 폴리그노투스와도 지나치게 친밀한 사이였다는 소문이 떠돌았기 때문이다. 그러므로 그 당시에는 플레시아낙티움이라고 불렸고 이제는 포이킬레라고 불리고 있는 복도에 이 화가가 트로이 여자들을 그렸을 때, 그 중에 있는 라오디케(트로이왕 프리암의 딸)의 그림은 바로 엘피니케를 모델로 한 것이라고 한다. 폴리그노투스는 평범한 화가가 아니어서 이 그림의 대가를 받은 것이 아니고, 아테네 시민들을 즐겁게 하기 위하여 무상으로 이 주랑현관(柱廊玄關)의 그림을 그린 것이었다. 사가들도 그런 이야기를 하고 있고, 멜란티우스라는 시인의 다음과 같은 시에서도 그것을 엿볼 수 있다.

> 그의 손으로 영웅들의 행적을 무상으로 그려 우리들의 성전과 우리들의 고장을 빛냈도다.

어떤 사람들이 주장하는 바에 의하면, 집이 가난하여 엘피니케는 자기 마음에 맞는 신랑을 구할 수 없었으므로, 자기 남동생과 비밀리에 산 것이 아니라 결혼만 하지 않고 아내로서 공공연히 살았다는 것이다. 그러나 그 후 아테네의 가장 부호 중의 하나인 칼리아스와 사랑하게 되어, 엘피니케의 동의를 얻어 그녀와 결혼만 할 수 있다면 그녀의 부친이 선고받은 벌금도 내주겠다고 제의하였을 때, 키몬도 그녀를 그에게 양보하였다.

키몬이 대체로 호색적인 기질을 가지고 있었던 것은 의심할 여지가 없는 것 같다. 왜냐하면 멜란티우스란 시인이 그의 애가(哀歌)에서 키몬을 두고 노래 부른 것을 보면, 키몬은 살라미스 섬의 아스테리아를 사랑하고 있으면서도 므네스트라라는 어떤 여자도 사랑하고 있었다고 조롱하고 있다. 또 메가클레스의 아들 에우리프톨레무스의 딸이며 그의 적법한 아내인 이소디케에게 보기드문 정열적인 애정을 가졌다는 것은 의심할 여지도 없다. 이 부인이 세상을 떠났을 때 지극히 슬퍼하였다는 것은 그를 위로하기 위하여 그에게 바친 시를 보면 알 수 있다. 철학자 파나이티우스는 이 시의 작자를 물리학자 아르켈라오스였다는 의견을 피력하였는데, 시기로 보아 그 추측이 틀림없을 것 같다.

키몬의 성격은 이 밖의 모든 점에 있어서는 고상하고 선량하였다. 그는 밀티아데스 못지 않게 대담하였고, 판단력에 있어서 테미스토클레스에 비하여 뒤떨어지지 않았으며, 이 두 사람 누구와 비교해도 뒤떨어지지 않을 정도로 청렴강직하였다. 군사면에 있어서도 두 사람에게 조금도 뒤떨어지지 않았으며, 정치면에 있어서는 단연 우수하였다. 이것은 나이가 아직 어려서 경험이 없을 때에도 그러하였다.

일례를 들면, 아테네가 메디아 인들의 침략을 받았을 때 테미스토클레스는 아테네 시민들에게, 수도와 나라를 버리고 무기를 모두 배에 싣고서 살라미스 섬의 해협에서 적과 싸우자고 주장하였다. 모든 시민들이 이 황당무계한 충고에 놀라서 어리둥절해하고 서 있을 때, 키몬은 앞서서 말고삐를 손에 들고 쾌활한 얼굴로 그의 또래들과 케라미쿠스 거리를 지나 함께 성채쪽으로 가서 그것을 아테네 여신에게 바쳤다. 수병 외에 기병은 더 이상 필요없다는 것을 암시하는 것이었다. 그는 이 헌납을 끝마친 뒤, 성당 벽에 걸려 있던 방패 하나를 끌어내려 그것을 가지고 항구 쪽으로 갔다. 이 본보기는 많은 시민들에게 자신을 불어넣어주었다.

시인 이온이 전하는 바에 의하면 그는 역시 미남이었고, 키가 크고 몸집이 컸으며, 숱이 많은 고수머리를 길게 늘어뜨리고 있었다고 한다. 살라미스 섬 해전에서 용감히 싸운 후 아테네 시민들 사이에서 큰 평판을 얻고, 시민들의 사랑과 존경을 한 몸에 받았다. 많은 사람들이 그를 추앙하여 따랐으며, 마라톤에서 부친이 세운 전공에 못지 않은 전공을 세우라고 격려하였다. 그리고 그가 정치에 투신하자, 테미스토클레스에게 염증을 느낀 시민은 열렬히 그를 환영하였다. 테미스토클레스에게 반대하고, 또 그의 인품이 단순 솔직하였으므로, 모든 사람에게 호감을 주는 그의 기질은 시민의 대환영을 받게 되어 키몬은 정부의 최고 자리에 추대되었다.

이와 같은 그의 승진에 가장 크게 기여한 인물은 아리스테이데스였다. 그는 일찍이 그의 타고난 능력을 인정하고, 테미스토클레스의 쾌활하고도 안하무인적인 태도에 맞설 만한 인재로서 그를 적극 지원하였다.

그리스에서 메데스 군을 격퇴한 뒤 아테네 군의 제독에 임명된 키몬은 소아시아로 파견되어 라케다이몬 군의 파우사니아스 장군의 휘하에 있었다. 아테네 군은 아직 제해권을 장악하지 못하고 있었기 때문이다. 그의 뛰어난 훈련과 지휘를 받고 아테네 군은 열성과 기민성에 있어 탁월한 빛을 보였다. 이 밖에 파우사니아스가 페르시아 군과 몰래 내통하고서, 페르시아 왕에게 그리스 군을 배신하도록 서신을 보낸 사실을 감지하였다.

또 권위와 전승만 믿고서 안일에 빠져 그리스 연합해군을 가혹하게 억압하고, 여러 까닭 모를 부정을 자행하는 등 파우사니아스가 여전히 권력을 남용하는 것을 본 키몬은, 이것을 이용하여 군법을 어긴 자도 관대히 봐주고 부하장병들을 인간적으로 대우해주었다. 따라서 자기도 모르는 사이에 무력에 의해서가 아니라, 그저 말과 인격에 의하여 파우사니아스에게서 소아시아에 파견된 그리스 군의 지휘권을 빼앗은 격으로 정신적인 사령관이 되었다. 연합군의 대부분은 이 이상 더 파우사니아스의 가혹하고도 교만한 행동을 참을 수가 없어 그를 저버리고는, 키몬과 아리스테이데스를 군사령관으로 섬겼다. 이 직책을 수락한 두 사람은 스파르타의 다섯 장관에게 서신을 보내어, 스파르타에게는 불명예를 끼쳤고 그리스에게는 폐를 끼친 파우사니아스를 소환해주도록 요청하였다.

파우사니아스가 비잔티움에 주둔하고 있을 때, 그는 그 곳 어느 명문의 젊은 처녀에게 반하여 그녀를 자기 방으로 보내라고 명령하였다. 그 젊은 처녀의 이름은 클레오니케였는데, 그녀의 부모는 그의 복수가 무서워 감히 거역하지 못하고 부득이 그의 간청을 들어주지 않을 수가 없었다.

처녀는 침실 밖에 있는 종들에게 불을 모두 꺼달라고 부탁하고는, 파우사니아스가 누워 있는 침대를 향하여 어둠 속을 살금살금 다가가다가 그만 등잔에 발이 걸려 고꾸라졌다. 파우사니아스는 그 소리에 놀라 잠에서 깨어나 옆에 두었던 단도를 집어 들고, 자객이 자기를 죽이려고 온 줄로만 알고서 처녀를 찔러 죽였다. 그 후부터 그는 마음의 안정을 잃고 밤마다 처녀 생각에 사로잡혀, 잠 속에 원귀가 된 처녀가 나타나 노기 띤 목소리로 그에게 다음과 같이 말을 건네는 꿈을 꾸곤 하였다.

색욕과 폭력이 따르는
나락 속으로 너의 길을 재촉하라.

파우사니아스의 이와 같은 행동이야말로 동맹군 병사들의 분노를 사게 하여, 마침내 키몬의 지휘 아래 그를 비잔티움에서 포위하는 결과를 가져오게 하였다. 그는 그 굴레를 벗어났으나 계속 처녀의 원귀에게 시달렸다. 그래서 사자들이 묻힌 헤라클레아로 가서, 클레오니케의 유령을 불러내어 그녀에게 제발 노여움을 풀어달라고 간청하였다. 그러자 과연 그녀가 그에게 나타나 스파르타로 가는 즉시 모든 재난을 면하게 될 것이라고 대답하였다. 이것은 그 곳에서 기다리고 있는 죽음을 가리켜 한 말이었다. 이 이야기는 사가들이 한결같이 이구동성으로 하는 이야기다.

동맹군의 귀순으로 그 힘이 강화된 키몬은 이제야말로 정식 사령관이 되어 트라키아로 진주하였다. 페르시아 군에 있는 왕의 친척 되는 몇 명의 장군들이 스트리몬 강가의 도시 에이온을 점령하고, 그 주변에 살고 있는 그리스 인들을 토벌한다는 정보를 입수하였기 때문이다.

우선 그는 페르시아 군을 공격하여 그 도시의 성 안으로 몰아넣었다. 그 다음에 스트리몬 강가에 있는 지방의 트라키아 인들을 공격하였다. 그들이 에이온 시에 있는 페르시아 군에게 식량을 제공하였기 때문이다. 그리고 트라키아 인들을 완전히 그 지방에서 내쫓고는 정복자로서 그 지방을 점령하였다. 포위된 시민들이 이렇듯 진퇴양난에 빠지자, 그 곳의 사령관인 부테스 장군은 자포자기하여 시가지에 불을 질러 자신과 재물과 그의 모든 친척들을 똑같이 불 속에 태워버렸다.

키몬이 시를 점령하고 보니 큰 전리품이라고는 무엇 하나 눈에 띄지 않았다. 페르시아 군이 재로 화해 있었을 뿐 아니라, 가재 중 가장 값비싼 것도 모두 재가 되어 있었기 때문이다. 그러나 이 지방 일대가 정착지로 삼기에 대단히 유리하고 바람직하였으므로, 아테네 인들을 이 곳으로 옮겨 왔다. 이 공을 기념하기 위하여 아테네 시민들은 그에게 헤르메스 신의 석상 셋을 세우는 것을 허용하였다. 그 처음 석상에는 이런 제명이 새겨져 있다.

에이온 시 아래 스트리몬 강이 흐르는 곳

기아와 칼로 메디아의 후손들을
극도의 궁핍으로 몰아넣은
용맹무쌍한 정신을 가진 용사들 장하도다.

두번째 비석에는 다음과 같은 비명이 새겨져 있다.

아테네 시민들은 그 장군들에게
그들이 나라에 끼친 위대하고도 유용한 봉사에 보답하여
여기 이 석상을 세워
그 후손들이 천추에 걸쳐 조상들의 업적을 찬양하며 그것을 본받아
조국을 위하여 그 용맹성을 배울 것을 부탁하노라.

또 세번째 비석에는 다음과 같이 새겨져 있다.

그 아득한 옛날 아테네가
메네스테우스 신으로 하여금 아테네의 후손을 이끌고 트로이의 해안을 침공케 하여,
호메로스가 노래했듯이 여느 장군보다
빛나는 전술로써 용맹을 떨쳤으니
그리스의 후손들의 그 이름
싸움터의 용장들 중에서도
천추에 남으리.

이 세 개의 비문에는 키몬의 이름이 전혀 언급되어 있지 않지만, 동 시대인들은 그 세 비문이야말로 그에게 바치는 가장 큰 명예라고 생각하였다. 밀티아데스나 테미스토클레스도 그러

한 명예는 받지 못하였다. 밀티아데스가 화환을 상으로 달라고 요구하였을 때, 데켈레아의 소카레스가 회중 한가운데에 일어서서 이렇게 말했다.

"밀티아데스 장군, 장군 혼자서 승리를 거둔 것이라면 그렇게 또 개선식을 열어달라고 요구할 수도 있겠습니다."

무례한 말이기는 하나 시민의 박수갈채를 받았다. 그렇다면 시민들이 키몬에게 이렇게까지 명예를 바치려고 한 것은 무슨 까닭일까? 다른 장군의 지휘하에서는 아테네의 시민들은 그저 나라를 지켰을 뿐이었으나, 키몬의 지휘하에서는 그들은 적을 공격하였을 뿐만 아니라, 적국에까지 침입하여 새로운 영토를 획득하였다. 또 에이온 시나 암피폴리스 시를 점령하여, 거기다 아테네 시민들을 옮겨 살게 할 식민지를 만들었기 때문이다. 키몬은 스키로스 섬에도 식민지를 창건하였는데, 그 섬은 다음과 같은 이유로 점령하게 된 것이다.

돌로피아 인들이 이 섬의 주민들이었으나, 그들은 농사를 짓지 않고 여러 세대에 걸쳐 해적행위를 업으로 삼고 있었다. 처음엔 그 정도까지 하고 있더니 마침내는 그들의 항구로 상품을 날라 오는 외국인들마저 약탈하기 시작하였다. 크테시움 근처의 해안에 온 테살리아 상인들의 상품마저 약탈하고 그들을 감금하기까지 하였다. 이 사람들이 나중에 탈옥하여 암피크티온의 법정으로 가서 이 스키리아 인들을 고발하였다.

스키리아 인들은 법정에서 언도받은 벌금을 내기를 정식으로 거부하고 약탈자들에게서 받으라고 하였다. 그리고 그들은 겁이 나서 키몬에게 서신을 보내어 함대를 이끌 군대를 보내달라고 요청하고, 이 섬을 그의 수중에 넘겨줄 용의가 다 되어 있다고 선언하였다. 이리하여 키몬은 이 섬을 점령하고 돌로피아의 해적들을 몰아내어 아이게아 해의 항해를 자유롭게 하였다.

그 후 그는 옛날에 아이게우스의 아들 테세우스가 아테네에서 도망쳐 이 섬으로 피신해 왔다가, 그를 두려워한 리코메데스 왕의 모략에 걸려 억울하게 피살되었다는 말을 듣고 그가 묻힌 장소를 찾는 데 진력하였다.

아테네 인들에게는 그의 유해를 본국으로 이송하고, 영웅이 누려야 할 모든 명예를 그에게 주라는 신탁이 그 전부터 있었다. 그래서인지 아직까지 스키로스의 주민들은 그 섬에 유해가 있음을 감추고 조사를 허락하지 않았다. 따라서 섬 주민들조차도 유해가 어디 묻혀 있는지 아직까지 모르고 있었던 것이다. 이제는 여건이 달라져 키몬이 본격적으로 조사를 단행하여 애쓴 끝에 무덤을 찾아내었다. 그리고 유해를 그의 갤리선에 싣고 추방된 지 400년 만에 고국으로 돌아왔다. 이 행동으로 키몬은 아테네 시민들의 큰 존경을 받게 되었다. 그 하나의 예로서 나중에 아주 유명해지지만, 비극시인들의 작품경연의 심사위원으로 추대받았다는 사실이다.

당시 아직 청년이었던 소포클레스는 그의 최초의 작품을 바로 그때 상연하였다. 이에 의견이 분분하여 구경꾼들은 어느 정도 과열상태에서 의견이 양쪽으로 갈라졌다. 그러므로 수상작을 결정하기 위하여 그 당시의 집정관이었던 압세피온은 누구를 심사위원으로 삼아야 좋을지 결정을 내리지 못하고 있었다. 그때 마침 키몬이 동료 장군 아홉 사람과 함께 늘 하는 관례대로 신에게 드리는 제사를 끝마친 후에 잠깐 구경하러 극장에 들렀다. 그때 그는 키몬 일행을 가지 못하게 붙잡아 놓고서 선서를 하라고 한 다음, 선서가 끝나자 심사위원으로 그 10명을 임명하였다. 심사위원들이 명사들이었으므로 경연자들의 이기려는 열성은 한층 더 과열되었다.

마침내 승리자는 소포클레스로 결정이 났다. 전하는 바에 의하면, 아이스킬로스는 비분에 못 이겨 중병에 걸려 그 후 곧 아테네를 떠나 시칠리아로 가서 그 곳에서 사망, 겔라 시 근처에 매장되었다고 한다.

시인 이온이 남긴 기록에 의하면, 그가 젊었을 때 키오스에서 아테네로 와 라오메돈의 집에서 키몬과 함께 우연히 저녁식사를 한 적이 있었다고 한다. 저녁식사를 끝마친 후 습관에 따라 신들에게 경의를 표하기 위하여 술을 따랐을 때, 키몬은 좌중의 사람들로부터 노래를 하나 불러달라는 청을 받았다. 그리하여 노래를 잘 불러 좌중의 칭찬을 받게 되었다. 그리고 그들은 그의 사람됨이, 이와 똑같은 경우에 자기는 노래를 부를 줄도 하프를 켤 줄도 모르며, 다만 아는 것이라고는 나라를 어떻게 하면 부강하게 하느냐고 하는 것밖에는 없다고 선언한 테미스토클레스보다 여유가 있어 우수하다고 논평하였다.

이러한 오락에 부수되는 문제들을 이야기한 후에, 화제는 키몬이 그를 유명하게 만든 몇 가지 공적의 특색으로 옮아갔다. 그리고 그들이 그 중에서 가장 뛰어난 공적을 들었을 때, 키몬은 그들에게 하나를 빠뜨렸다고 하며, 그것이야말로 그 자신이 가장 통쾌하게 생각하고 있는 것이라면서 다음과 같이 설명하였다.

그리스의 연합군이 세스토스와 비잔티움에서 페르시아 군의 많은 포로들을 잡았을 때, 전리품의 분배를 키몬에게 일임하였다. 그리하여 키몬은 포로들을 한 곳에 모아 놓고, 또 포로들에게서 빼앗은 값진 옷과 보물들은 다른 곳에 모아놓고, 연합군으로 하여금 둘 중 마음에 드는 것을 어느 것이든 가지라고 하였다. 연합군은 불공평한 분배라고 불평하였다. 그것에 대하여 아테네 군은 자기들이 거절한 것으로 만족할 테니, 어서 먼저 마음에 드는 것을 가지라고 하였다.

사모스의 헤로피투스는 그들에게 자기들의 몫으로 보물을 택하고, 아테네 군에게는 포로를 남겨놓으라고 충고하였다. 그리고 키몬이 그 곳을 떠나자, 사람들은 세상에 이상야릇한 분배도 다 있다고 하며 키몬의 분배에 대하여 많은 조롱을 퍼부었다. 왜냐하면 연합군은 금팔찌, 목걸이, 자색 관복 등을 가지고 간 데 반하여, 아테네 군은 노동이라고는 한 적이 없어 아무 쓸모도 없는 벌거벗은 포로들만을 가졌을 뿐이었기 때문이다. 그러나 조금 후에 포로들의 친구나 친척들이 리디아와 프리기아 등지에서 몰려와서 포로들의 비싼 몸값을 치르고 찾아갔다. 이 덕택으로 키몬은 너무도 많은 돈을 갖게 되었다. 그 돈으로 그는 넉 달 동안이나 그의 전 함대를 유지하고도 남아서, 아테네의 국고에 나머지 돈을 보내어 보관케 하였다.

이제 부자가 된 키몬은 페르시아 군에게서 명예롭게 얻은 돈을 시민들을 위하여 더욱 명예롭게 사용하였다. 그의 정원과 땅의 울타리를 모두 헐어버리고, 다른 고장 사람들이나 그의 동포 시민들 중 가난한 사람들이 자유로이 열매를 거둬들일 수 있도록 하였던 것이다. 집에서는 진수성찬은 아니었지만 상당히 많은 수의 손님들이 먹고도 남을 만한 음식을 차려놓고, 가난한 시민은 누구나 와서 먹게 하였다. 그러므로 시민들은 힘들이지 않고도 살아갈 수 있게 되었으므로, 남게 된 시간 전부를 공사를 위하여 바칠 수 있었다. 그러나 아리스토텔레스의 말에 의하면, 이 환대는 아테네 전체 시민에게 공급된 것이 아니라, 그가 사는 라키아다이 구의 구민들에게만 공급된 것이라고 한다.

이 밖에 또 그는 늘 잘 입은 젊은이를 두서넛 데리고 다니다가, 초라한 몸차림을 하고 있는 노인을 만나면 그 중 하나가 그 노인과 옷을 바꿔 입도록 하였다. 이 행동은 고상한 행동이라고 생각되었다. 그는 또 마찬가지로 그들에게 상당히 많은 동전을 가지고 다니게 하였는데, 그것은 장터에서 가난해 보이는 상류계급의 사람들 옆에 서 있게 되었을 때 슬며시 그들의 수중에 그 잔돈을 넣어주라고도 하였다. 이 행적을 시인 크라티노스는 그의 희극작품의 하나인 〈아르킬로키 가의 사람들〉에서 다음과 같이 노래 부르고 있다.

가난한 공증인 나, 메트로비우스도
늙어서는 그리스의 제일 가는 아들
너그러운 마음씨의 거룩한 키몬께서
베푸시는 좋은 음식과 잔치를 즐기며
죽는 날까지 안락과 평안 속에서
지내다가 때가 오면 죽을 줄 알았더니
아, 슬프도다! 님 먼저 가시고 나만 홀로 남았구나.

레오티네 사람 고르기아스는 키몬을 칭찬하여, 그는 재물을 쓰기 위하여 모았고 명예를 얻기 위하여 그 재물을 썼다고 하였다. 30인 전제자들 중의 하나인 크리티아스는 그의 애가(哀歌) 중에서 다음과 같은 그의 소원을 피력하고 있다.

스코파드의 재물, 키몬의 덕
그리고 아게실라오스의 무훈

스파르타 사람 리카스는 젊은이들이 나체로 달리는 운동경기가 열리는 날에, 그것을 구경하려고 모여 온 타지방 사람들을 환대한 그것 하나만으로도 전 그리스에서 유명해졌다는 사실을 우리들은 알고 있다. 그러나 키몬의 환대는 고대 아테네 인들이 베푼 환대와 선의를 훨씬 능가하는 것이었다.

아테네의 조상들이 아테네 이외의 나머지 그리스의 여러 나라에다 곡식을 심고 샘물을 쓰고 불을 사용하는 방법을 가르쳐 준 것은 과연 아테네의 자랑이었다. 그렇지만 키몬이 항상 자기 동포들에게 자기 집을 개방하고, 나그네들에게 계절 따라 자기 땅에서 나는 과일을 마음껏 먹게 한 것은, 소의 신화에 나오는 농업의 신이 통치한 낙원의 시대가 재림한 것이 아닌가 싶었다. 그를 모함하는 사람들은 키몬이 이러한 태도를 취한 것은 시민에게 인기를 끌고, 그들에게서 박수갈채를 받기 위하여 꾸며낸 연극이라고 그를 공격하였다. 그러나 실제에 있어서 그렇지 않다는 것은 그의 다른 행동에 계속 나타난, 귀족의 이익과 스파르타의 정책을 지지한 점을 보면 쉽게 알 수 있다.

그 중 그가 취한 예를 몇 들어보면, 그가 아리스테이데스와 협력하여 그 정당한 한계점을 넘어, 시민의 권익옹호에 신경을 쓴 테미스토클레스에게 반대하였으며, 에피알테스가 시민의 환심을 사려고 아레오파구스의 법정이 인정한 귀족들의 사법권을 파기하라고 나섰을 때에도 그는 그에게 반기를 들었다. 또 아리스테이데스와 에피알테스를 제외한 모든 사람들이 공금으로 사복을 채우고 있을 때에도 그는 그런 것에 일체 손도 대지 않고 청렴결백을 고수하다가, 죽는 날까지 자기 개인의 이익을 위하여 행동하거나 발언한 적이라곤 없었다.

전하는 이야기에 의하면, 로이사케스라는 페르시아 사람이 키몬을 찾아와서, 자기 나라 왕을 배반하고 아테네로 도망을 와서도 자기를 시민에게 고발하겠다고 벼르고 있는 아첨꾼들로부터 살려달라고 요청하였다. 그리고 키몬의 호의를 사려고 그의 문간에다 그릇 둘을 내려놓았는데 그 중 하나에는 금화가 가득 들어 있었고, 또 하나에는 은화가 가득 들어 있었다. 키몬은 그것을 바라보고 미소를 지으며 그에게, '당신은 나를 돈으로 사려고 하는 것이오, 아니면 친구로서 사귀려고 하는 것이오?' 하고 물었다. 상대방은 '친구로서 사귀려는 것이오' 하고 대답하였다. 그러자 키몬은 말하였다.

"그렇다면 저 돈을 가져가시오. 내가 당신의 친구라면 그 돈이 필요할 경우 언제든지 사람을 보내어 그것을 요구할 수도 있지 않겠소?"

아테네의 동맹국들은 이제는 전쟁에 지치고 군무에 싫증이 나서 휴식을 취하고 싶은 마음이 간절하고, 농사나 지으면서 평화롭게 살기를 원하였다. 그들은 그들의 적인 페르시아 군이 국외로 추방된 것을 보았고, 그들이 다시 쳐들어올 어떠한 새로운 걱정도 없었기 때문이다. 동맹국들은 자기들에게 할당된 전비만큼은 아직도 지불하고 있었지만, 그전처럼 군인이나 군선을 보내지는 않았다. 아테네의 다른 장군들은 동맹국들을 기어이 군무에 동원하게끔 강요했으며, 이탈자에게는 법적인 조처를 취하여 벌금을 과함으로써 아테네 정부를 불안하게 만들고 심지어는 동맹국들의 미움마저 사게 하였다.

그러나 키몬은 이와는 반대되는 정책을 썼다. 그는 누구에게도 싫다는 것을 강요하지는 않았으며, 군무를 원하지 않는 동맹국으로부터는 돈과 사람이 타고 있지 않은 배를 받았다. 그리하여 그들은 집안에서 안주하려는 유혹에 빠져 장사나 농사일을 하게 되었다. 이렇듯 그들은 군사훈련의 기회를 갖지 않게 되고, 사치와 우둔한 사람이 되어버려, 전쟁을 모르는 상인이나 농사꾼이 되고 말았다.

한편 키몬은 대다수의 아테네 인들을 끊임없이 군선에 태워 철저하게 훈련을 시켰다. 그리하여 오래지 않아 그들을 동맹국에서 보낸 군비와 군선으로 동맹국의 맹주가 되게 하였다. 동맹국들은 안일 속에 파묻혀 있는 데 반하여, 아테네는 사방으로 항해하며 끊임없이 군사훈련을 하고 전술을 연마하였기 때문에 모두들 아테네를 두려워하고 아첨하게 되었다. 마침내 그들은 자주적인 동맹국이 아니라, 자기도 모르는 사이에 속국이자 노예의 처지가 되고 말았다는 것을 깨닫게 되었다.

페르시아 왕의 교기(驕氣)를 꺾는 데 있어 키몬만큼 더 공훈이 큰 사람도 아직껏 없었다. 그는 페르시아 왕을 그리스의 국외로 추방하는 데에만 만족하지 않고, 페르시아 군에게 숨을 돌릴 사이도 주지 않고 그 뒤를 바싹 추격하였다. 벌써 작전을 시작하여 몇몇 도시들을 유린하고 강제로 점령하기도 하고, 다른 도시들도 반란을 일으켜 자진하여 그리스를 지원하게 하기도 하며 결국 이오니아에서 팜필리아에 이르기까지의 소아시아 전역에서 페르시아 군을 완전히 소탕하였다.

페르시아 장군들이 많은 육해군을 거느리고 팜필리아 해안에 포진하고 있다는 정보를 입수하자, 그는 켈리도니아 군도까지의 자기측 전 해상 경비를 삼엄하게 하고는, 그 해역 내에 적이 얼씬도 못 하게 하기로 결심했다. 그리고 크니도스와 트리오피움 갑(岬)으로부터 200척의 갤리선을 이끌고 출격하였다. 이 배는 본시 신속기민하게 행동할 수 있도록 테미스토클레스가 특별히 관심을 기울여 건조한 것인데, 이번에 키몬이 거기다 배의 양쪽을 더 넓히고 갑판을 더 여유 있게 하여 선원들이 이리저리 움직이기에 편리하게 하였다. 그리고 아주 많은 무장병사들이 동시에 전투에 참여하여 싸우게 할 수 있도록 개조한 것이었다.

그는 우선 파셀리스 시부터 공략하기로 하고 입항하려 하였으나, 그 곳에 살고 있는 그리스 인들이 페르시아에 충성을 다하여 입항을 거절하였다. 이렇게 되자 그는 그 지방을 약탈하고 성벽까지 바싹 쳐들어갔다. 그러나 그의 지휘하에 있는 키오스 인들이 이 곳 주민들과는 옛친구였으므로, 그들을 위하여 장군의 노여움을 풀려고 노력하는 동시에 휴전을 권유하는 편지를 화살에 동여매어 성 안으로 쏘았다. 마침내 주민들은 10탈렌트의 배상금을 지불하고, 키몬을 따라 페르시아 군을 토벌하는 작전에 동참한다는 조건으로 양군 사이에 휴전을 성립했다.

역사가 에포로스에 의하면, 페르시아 함대의 사령관은 티트라우스테스였고, 지상군의 사령관은 파렌다테스였다고 한다. 그러나 칼리스테네스에 의하면, 고브리아스의 아들 아리오만데스가 수륙 통합군의 총사령관이었다고 하는데, 그는 싸우려는 의사를 전연 보이지 않은 채 키프로스에서 오고 있는 도중인 80척의 포이니키아 군의 증원부대가 도착하기만을 기대하면서 에우리메돈 강의 하구에 전 함대를 대기시키고 있었다.

이것을 알고 있는 키몬은 그들이 적극적으로 싸우려고 하지 않는다면, 이 쪽에서 선수를 쳐서 도전하리라고 결심하고 바다로 나왔다. 파노데무스의 기록에 의하면 그들의 함대는 600척, 에포로스에 의하면 350척이었다고 한다. 그러나 이와 같은 적의 대함대도 감히 저항을 못 하고, 아테네 군이 공격하자 그 공격을 피하기 위하여 뱃머리를 해안 쪽으로 돌려 도망치고 말았다. 먼저 해안에 닿은 병사들은 여기저기 진을 치고 있는 우군의 진지로 피신하였는가 하면, 나머지는 피신을 못 하고 배와 함께 운명을 같이하거나 아니면 포로가 되고 말았다. 이것에 의하여 페르시아 군의 군선수를 추측할 수 있을 것 같다. 도망친 것, 침몰한 것의 수도 막대하였지만, 나포된 것만 해도 200척이 넘었으니 말이다.

페르시아의 지상군이 해안 쪽으로 몰려왔을 때, 키몬은 군을 해안 쪽으로 강행군하여 그들과 일전을 해야 좋을지 어떨지 망설였다. 먼젓번의 전투에서 적을 무찌르느라고 지친 병사들을 수에 있어서 몇 배가 되고 또 모두가 정예인 페르시아 군 칼앞에 내세운다는 것은 무모한 짓이라고 생각되었기 때문이다. 그러나 그의 장병들이 싸우겠다는 결의가 대단하고, 또 승리에 도취되어 의기충천해 있는 것을 본 키몬은, 그들의 처음번 전투에서의 흥분이 채 가시지도 않았지만 상륙을 명하였다. 그러자 병사들은 땅을 딛기가 무섭게 우렁찬 고함을 지르며 적을 향하여 돌진해 갔다.

적은 이 처음 받는 충격을 용기백배하여 꿋꿋이 버티어 나갔다. 그러므로 전투는 치열해지고, 아테네 군의 용감무쌍한 명장들도 몇 명 전사를 했다. 그러나 마침내 아테네 군은 간신히 페르시아 군을 패주시키고, 더러는 죽이고 더러는 포로로 잡으며 값비싼 전리품이 가득 찬 적의 크고 작은 막사들을 점령하였다.

이렇듯 키몬은 노련한 육상경기 선수처럼 하루에 두 번 승리를 거두었다. 해전에서는 살라미스 해역의 승리보다 더 크고, 육전에서는 플라타이아의 승리보다 더 컸으므로 용기백배하여 그 길로 새로운 승리를 위해 돌진해 나갔다. 수에 있어 80척이나 되는 페니키아의 원군이 히드룸에 나타났다는 정보를 접한 키몬은 그들을 찾으려고 전속력으로 그 곳으로 갔다.

한편 이 증원함대는 주력함대에 관하여 정확한 설명을 전혀 듣고 있지 않아 어떻게 생각해야 좋을지 모르고 있었다. 그런 판국에 아테네 함대가 느닷없이 이렇게 달려들었으므로, 그들은 적잖이 놀라 그들의 모든 선박과 대부분의 병사들을 잃었다. 키몬의 이 승전에 크게 놀란 페르시아 왕은 그 즉시로, 말이 하룻동안에 갈 수 있는 주행거리까지는 그리스 영토에 접근해서는 안 되며, 키아네아 군도와 켈리도니아 군도 사이의 바다로 군선을 이끌고 나타나서도 안 된다는 그 유명한 휴전협정을 체결하였다.

그러나 역사가 칼리스테네스에 의하면, 페르시아 군은 이러한 협정을 체결한 일이 전혀 없었고, 이번 패전에 겁이 나서 실제로 그렇게 행동하였음에 지나지 않았을 뿐이다. 페르시아 군이 스스로 그리스 군을 그렇게 멀리 피한 것이고, 페리클레스는 50척, 에피알테스는 30척의 군선을 이끌고 켈리도니아 군도 훨씬 너머까지 순항하였을 때 그들은 페르시아의 배라고는 한 척도 보지 못하였다는 것이다.

그러나 그라테루스가 수집한 아테네 조례집에는 이 협정문의 초고라는 것이 있는데, 그것에 의하면 실제로 협정이 체결된 것으로 되어 있다. 이때 아테네에 평화 제단을 세우고, 이 조약을 체결하기 위하여 대사로 파견된 칼리아스에게 정령으로 특별한 명예를 주게끔 정하였다는 것이다.

그리고 이번 전쟁에서 얻은 전리품을 공매에 붙여 아테네 시민은 큰 부자가 되었으므로, 다른 비용 외에도 성채의 남쪽 성벽을 축조하고, 실제로 후세에 가서야 완성된 일명 '두 다리'라고 하는 장성(長城)의 기초를 닦았다. 그리고 이 두 장성을 축조한 곳은 땅이 무르고 늪이 많은 지대였으므로, 기초를 단단히 다지기 위하여 대량의 무거운 암석과 자갈을 묻어야만 하였는데, 거기 필요한 비용을 키몬이 전적으로 부담하였다.

이와 마찬가지로 아테네의 북쪽을 운동경기장과 휴식처로 훌륭하게 꾸민 것도 역시 키몬이었다. 이것은 나중에 시민들이 줄곧 찾아가서 즐기는 유원지가 되었다. 광장에도 플라타너스를 심었다. 그리고 키몬은 본시는 사막하고 바싹 마른 불결한 곳이었던 아카데미를 수리하여 숲을 우거지게 하고, 이리저리

산책로를 만들고, 경주하기에 알맞은 탁 트인 길을 만들었다.

케르소네세 지방을 점령하고 거기서 이제까지 물러나지 않고 있던 페르시아 군이, 트라키아 본국에 있는 사람들을 불러들여 자기들을 도와 키몬과 싸우게 하였다. 페르시아 군은 키몬의 병력이 보잘것없는 것을 깔보았지만, 키몬은 불과 4척밖에 안 되는 군선을 이끌고 적을 공격하여 적의 군선 13척을 나포하고 그들을 내쫓았다. 그리고 트라키아 인들의 항복을 받아 케르소네세 전체를 다시 아테네의 자산으로 귀속시켰다.

다음은 타소스가 아테네에 반기를 들고 나왔으므로 공격하였다. 해전에서 이들을 무찌른 다음, 33척의 군선을 나포하고 수도를 포위하여 점령하였다. 건너편 해안에 있는 금광과 타오스에 예속되어 있는 영토는 조국에 바쳤다. 이 결과 마케도니아로 침공해 갈 좋은 기회가 생겨, 남들이 다 그렇게 생각했듯이 그 나라의 좋은 부분을 자기 수중에 넣을 수도 있었다. 그러나 무슨 까닭에서였던지 그는 그렇게 하지 않았으므로, 부패하여 알렉산드로스 왕의 뇌물을 받았다는 의심을 받게 되었다.

그러므로 국내에 있는 정적들이 한데 뭉쳐 조국을 팔았다는 죄과로 그를 법정에 기소하였다. 키몬은 법관들에게 자기를 이렇게 변호하였다. 자기는 다른 아테네 인들처럼 부유한 이오니아나 테살리아의 친구가 되어 사치를 일삼은 것이 아니라, 스파르타의 친구가 되어 소박한 생활방식을 존중하고 본받으려고 노력해 왔다. 자기는 스파르타의 소박한 생활습관과 그 절제와 그 간소한 생활태도를 본받으며 사는 것이 소원이며, 어떠한 종류의 재물보다도 그것을 값지게 여기고 존중하기 때문이라고 하였다. 자기는 과거나 현재나 다름없이 적의 전리품으로 조국을 부강케 하는 일에 늘 긍지를 가지고 있다고 덧붙였다.

이 재판에 관하여 언급한 스테심브로투스에 의하면 키몬의 누이 엘피니케가 그녀의 남동생을 위하여 키몬의 고발자 중 가장 열렬한 페리클레스를 찾아갔을 때, 그는 실실 웃으며 그녀에게 이렇게 대답하였다고 한다.

"부인은 이런 성질의 사건을 간섭하시기엔 너무 나이가 많으십니다."

그러나 그는 고발자 중 가장 온건한 편임을 보여주며, 재판 도중 단지 한 번 일어서서 그저 형식상 마지못한 반박을 하였을 뿐이다. 아무튼 키몬은 무죄로 석방되었다.

석방된 후 국내에 있는 동안 키몬은, 그의 정치생활에 있어 귀족을 짓밟아 쓰러뜨리고 모든 권력과 통치권을 장악하려고 했던 평민을 통제하고 억압하는 데 계속 전력을 경주하였다. 그러나 나중에 전쟁을 위하여 국외로 파견되었을 때, 대중은 말하자면 정신이 해이해져서 그들이 지금까지 지켜 오던 모든 법과 습관을 전복시키고, 주로 에피알테스의 선동을 받아 귀족들의 모임인 아레오파구스의 정무회의 권한을 빼앗아버렸다. 그러므로 모든 권한이 이제야말로 그들에게로 돌아가 정치체제는 완전히 민주주의로 바뀌고 말았다. 그리고 이 정치체제는 이미 그 세력이 커졌고, 벌써 그 전부터 평민의 편이라고 선언해 온 페리클레스의 지지를 받고 있었다.

키몬이 귀국하여 보니, 그 귀족들의 모임인 아레오파구스의 권위가 땅에 떨어져 있었다. 그리하여 심히 번민한 끝에 법원의 권한을 그 전 상태로 회복시키고, 클리스테네스 시대의 그 오래 된 귀족정권을 재건하여 이러한 여러 무질서를 일소하려고 노력하였다. 이에 분개한 민중은 그를 통렬히 비난하기 시작하였고, 그와 그의 누이 사이에 있었던 과거의 그 추문마저 들고 나섰으며, 스파르타와 내통하고 있는 자라고 규탄하였다. 이러한 키몬에 대한 중상모략은 시인 에우폴리스의 그 유명한 시에도 다음과 같이 나타나 있다.

> 남이 보기에 남보다 나쁜 사람은 아니었지만
> 술과 여색을 좋아하였고
> 밤마다 스파르타를 싸돌아다니고
> 누이에게 독수공방을 지키게 하였나니

그러나 주책없는 술주정꾼이면서도 그렇게 많은 도시들을 정복하고 그렇게도 많은 승리를 거둘 수 있었는데, 만일 그가 술을 마시지 않고 자기 직무에 충실하였다면 그리스의 장군치고 그만큼 전공을 세울 수 있었던 장군도 전무후무하였을 것이다.

그는 정말로 청년 때부터 스파르타 인들을 좋아하여 쌍둥이를 낳았을 때, 두 아들에게 하나는 라케다이모니우스, 또 하나는 엘레우스라고 이름지었다. 사학자 스테심브로투스의 말처럼, 페리클레스는 클리토리아 출신의 여자인 어머니의 천한 혈통을 들어 두 아이를 비난하는 때가 많았다. 그러나 지리학자 디오도루스가 주장하는 바에 의하면, 이 두 아이와 또 하나의 아들 테살루스는 모두가 다 메가클레스의 아들 에우리프톨레무스의 딸인 이소디케의 소생이었다는 것이다.

그러나 키몬이 스파르타의 지지를 받고 스파르타가 미워한 테미스토클레스에게 반기를 든 것만은 확실하다.

키몬이 아직 어렸을 때부터 스파르타는 아테네의 신용을 증가시키려고 애썼다. 아테네는 스파르타의 이러한 태도를 처음에는 환영하였다. 그리고 스파르타가 그에게 보인 호의는 여러 가지 점에 있어 자기들과 자기들의 일에 이득이 된다는 것을 아테네는 깨달았다. 바로 그때 아테네는 그 세력이 자라기 시작할 때였으므로, 자기 쪽으로 동맹국들을 끌어넣으려는 데 혈안이 되어 있었기 때문이다. 그러므로 아테네는 스파르타가 키몬에게 보인 존경과 친절에 대하여 전혀 불쾌하게 생각하지 않았다. 그때 키몬은 그리스의 모든 문제를 지배하고 있었고, 스파르타에게서도 환영을 받았으며, 동맹국들에게도 정중히 대하였다.

그러나 나중에 아테네가 세력을 좀더 떨치게 되자, 키몬이 스파르타에게 너무나도 굽실거리고 있는 것을 보고 키몬에게 화를 내기 시작하였다. 왜냐하면 키몬은 연설할 때 늘 자기는 아테네보다 스파르타를 더 좋아한다고 하였고, 또 모든 경우에 있어 과오를 저지른 아테네 인들을 책망할 때라든지 혹은 격려하여 무슨 경쟁을 시킬 때에는 다음과 같이 음성을 높이곤 하였다.

"스파르타 인이라면 그렇게는 하지 않을 것입니다."

이러한 태도는 시민들의 불만을 불러일으켰고, 또 어느 정도 시민들의 미움을 사게 하였다. 그러나 그에 따라 가장 큰 비난은 다음과 같은 사건으로 하여 그에게 발생하였다.

제욱시다모스의 아들 스파르타의 왕 아르키다모스의 통치 제 4년에 스파르타에 인류사상 미증유의 대지진이 일어났다. 땅이 갈라지고 타이게투스 산이 대진동을 일으켜 바위가 굴러 떨어지는 바람에, 집이라고는 다섯 채를 남겨놓고 스파르타의 모든 도시가 산산조각이 났다. 전하는 이야기에 의하면, 사람들이 잠자리에서 일어나기 조금 전에 젊은이들과 이제 방금 성년이 된 소녀들이 체육관 한가운데서 운동을 하고 있으려니까 난데없이 산토끼 한 마리가 바로 그들 옆으로 나타났다. 그들은 모두 나체인 몸에 향유로 검댕을 칠하고 있었는데, 그 토끼를 잡으려고 장난으로 그 뒤를 좇았다. 그들이 체육관에서 사라지기가 무섭게 체육관이 뒤에 남은 젊은이들을 덮쳤다. 그들의 무덤이 오늘날까지도 시스마티아스라고 불려지고 있으며, 그 이름은 지진으로 죽은 사람들의 무덤이라는 뜻이다.

아르키다모스는 현재 겪은 재난 뒤에 어떠한 재난이 또 닥쳐올지 걱정이 되었다. 그러나 시민들이 눈이 뒤집혀서 자기들의 집에서 가장 귀한 물건들을 꺼내고 있는 것을 보고는 마치 적이 쳐들어온 것처럼 경계경보의 나팔을 불라고 명령하여, 시민들로 하여금 무장을 갖추고서 자기 주위에 한덩어리가 되어 집결하도록 하였다. 이로써 스파르타는 그때 난을 면하였다.

왜냐하면 농노 헬롯들이 사방에서 함께 몰려와서 생존자들을 죽여버리려고 하였기 때문이다. 그러나 헬롯들은 시민들이 무장을 굳게 하고 만반의 준비를 갖추고 있는 것을 보고서, 여러 도시로 후퇴하여 공공연히 그들에게 도전하였다. 그리고는 많은 지방에 사는 라코니아 인들을 설득하여 자기편으로 끌어넣는 한편, 스파르타의 적인 메세니아 인과도 결탁하여 스파르타를 공격해 왔다. 그러므로 스파르타는 페리클리다스를 사신으로 아테네에 파견하여 원군을 요청하였다. 시인 아리스토파네스는 그 모습을 다음과 같이 조롱하고 있다.

빨간 옷을 입고 제단 앞에 엎드려
얼굴이 하얗게 질려 군대와 무기를 보내달라고 애원하였다.

에피알테스는 이에 반하여 자기들의 경쟁자 나라의 포위를 풀거나 도와서는 안 되며, 그냥 망하게 내버려두라고 항의하였다. 그것이 최선의 길이며, 스파르타의 자존심과 오만한 콧대를 꺾어놓아야 한다고 국민에게 호소하였다. 그러나 크리티아스가 전하는 바에 의하면, 키몬은 스파르타의 안전을 자기 나라의 이익보다도 더 중시하고 국민을 설득하여, 자기는 곧 대군을 이끌고 그들을 도우러 갈 것이라고 하였다 한다. 사학가 이온도 아테네 시민을 늘 움직여 온 키몬의 그 가장 성공적인 표현, 즉

"우리는 그리스를 절름발이로 서 있게 해서는 안 되며, 아테네로부터 그 동반자를 빼앗아버려서도 안 된다."

는 말을 되풀이하였다는 것이다. 이 말이 아테네 인을 크게 움직였다.

키몬은 스파르타를 지원하고 돌아오는 길에 그의 군대를 이끌고 코린트의 영토를 통과하게 되었다. 그때 라카르투스가 그를 주인의 허락도 없이 남의 나라 안에 군대를 들여놓는 법이 어디 있느냐고 비난하였다. 이에 대하여 키몬은 이렇게 대답하였다.

"오, 라카르투스 장군, 당신네들 코린트 군도 클레오나이아와 메가라의 도시들로 들어갈 때에는 문을 때려 부수고 허가를 구하지 않고, 모든 도시가 강자에게는 문을 열어야 하는 법이라고 생각하고서 강제로 들어가지 않으셨소?"

이렇게 조롱하듯 코린트 군에게 말하고는 그대로 군대를 이끌고 그 영토를 통과하였다.

이 일이 있은 얼마 후에 스파르타는 또다시 아테네로 사신을 보내어 원군을 보내달라고 요청하였다. 이토메 성을 포위하고 있는 메세니아 군과 농노 헬롯들을 토벌하기 위해서였다. 그러나 아테네 군이 스파르타에 왔을 때, 자기들을 도우러 온 동맹군 가운데서 단연 뛰어난 그 씩씩한 용맹성과 찬연한 위용에 겁을 먹고는 정변을 일으키려고 공작한다는 이유를 내세워 그들을 아테네로 돌려보냈다. 아테네 인들은 이 처사에 격노하여 군이 귀국한 후로부터는, 스파르타를 지지하는 자는 누구를 막

론하고 규탄하였다. 그리고는 어떤 사소한 사건으로 트집을 삼아 패각재판으로 추방되는 자들에게 언도되는 기간인 10년을 키몬에게 언도하여 추방하였다.

그 동안 스파르타는 포키아 군으로부터 델포이를 빼앗은 후 귀국하여 타나그라에 진을 쳤다. 아테네 군은 그들과 싸울 계획으로 곧 그 곳으로 진격하였다.

이때 키몬도 또한 무장을 갖추고 그 곳으로 가서 오이네이스라는 종족 사이에 끼여 그 밖의 부대를 이끌고 스파르타 군과 싸우려는 계획을 세웠다. 그러나 500명으로 구성된 정무회의는 이 소식을 듣고서 깜짝 놀라, 호민관 중에서도 키몬의 정적들은 키몬이 반란을 일으켜 스파르타 군을 아테네로 끌어들일 계획을 가지고 있다고 성토하였다. 그리고는 일선 장군들에게 키몬을 받아들이지 말라고 명령하였다.

그러므로 키몬은 아나필리스투스 종족의 에우티푸스와 그 밖의 스파르타 지지자라는 혐의를 가장 크게 받고 있는 그 밖의 동지들에게, 적과 용감히 싸워 그 행동으로 말미암아 자가들의 결백함을 입증하도록 하라고 당부하고는 군을 떠나버렸다. 모두 다해야 100명뿐인 이들은 키몬의 무기를 전해 받고, 그 충고를 좇아 한 몸이 된 듯이 적과 필사적으로 싸워 전원 모두 장렬한 전사를 하였다. 아테네 인들은 이러한 용사들을 잃고 심한 회한에 사로잡혀 그들을 부당하게 의심한 자기들의 소행에 후회를 금치 못하였다.

따라서 이 일이 있은 후 한편으로는 키몬의 조국에 대한 과거의 공훈도 작용하고, 또 한편으로는 시대의 변천에 따른 현실의 위기도 작용하여 그에 대한 그들의 가혹한 행동도 곧 수그러졌다. 왜냐하면 타나그라의 대격전에서 참패를 당하고, 봄이 되면 스파르타 군이 쳐들어올 것이라는 걱정도 있고 하여 그들은 키몬을 다시 기용한다는 정령을 가결시켰다. 이 결의안을 동의한 장본인은 다른 사람이 아닌 페리클레스 자신이었다.

그 당시의 사람들은 원한이 있더라도 이성을 망각할 정도로 고루한 것도 아니고, 또 그들의 노여움도 중용을 잃지 않을 정도로 온화한 것이었으므로, 나라의 이익 앞에서는 그러한 감정 따위는 초개같이 버릴 도량을 가지고 있었다. 모든 인간성 가운데서 가장 지배하기 어려운 야심조차도 나라가 필요하다면 흔연히 바칠 수 있었다.

키몬은 나라로 돌아오자마자 전쟁에 결말을 짓고 두 나라를 화해시켰다. 이렇듯 평화가 정착되자 아테네 인들은 가만히 있지 못하고, 그리스 각국끼리 싸우는 싸움은 지양하고 좀더 해외로 진출하려는 명예로운 싸움을 갈망하였다. 또 대함대를 거느리고 열도나 펠로폰네소스 섬 해역을 순항하면서, 내전이나 동맹국 사이의 싸움 따위는 아랑곳도 하지 않았다. 그들은 이집트나 키프로스를 공략할 계획을 세우고는 200척의 군선을 모아 장비를 갖추었다. 이것은 야만인과의 전쟁에 대비하여 아테네 군을 단련하고 또 그리스의 천적인 그 두 나라를 정정당당히 약탈함으로써 나라를 부강케 하자는 의도였다. 그러나 모든 것이 다 준비되어 출항하려고 할 때, 키몬은 다음과 같은 꿈을 꾸었다. 성난 개가 그를 향해 짖고 있는데, 그 소리가 사람의 목소리가 섞여 다음과 같은 말을 하는 것 같았다.

떠나가라, 나와 내 새끼들에게 있어서
그대는 곧 즐거움이 될 것이니.

이 꿈은 해몽하기가 어려웠다. 그러나 해몽의 명수이며 키몬의 친한 친구인 포시도니아 사람 아스티필루스는 이 꿈은 죽을 수라고 하고는 다음과 같이 해몽하였다. 개는 적을 보면 짖는다. 사람이 죽는 것은 원수에게는 가장 즐거운 일이다. 사람의 목소리와 개 짖는 소리가 섞여 있다는 것은 페르시아 군을 의미한다. 왜냐하면 페르시아 군에는 그리스 군과 야만인이 섞여 있기 때문이다.

이 꿈을 꾼 다음 키몬은 디오니소스 신에게 제사를 드릴 때, 제사장이 제물로 쓸 짐승의 배를 가르자 많은 개미들이 응결된 조그만 핏덩어리를 날라다가 키몬의 큰 발가락 근처에다 놓았다. 얼마 동안 모르고 있다가 키몬이 그것을 깨닫게 된 바로 그때에 제관이 와서, 제물로 쓸 불완전한 짐승의 간을 그에게 보이면서 간의 윗부분이 없다는 것이었다. 불길했지만 그렇다고 출항을 그만둘 수도 없어서 그대로 출항하였다.

그는 60척의 군선을 이집트로 보냈다. 나머지는 자기가 이끌고 포이니키아와 킬리키아 군선으로 구성된 페르시아 왕의 함대와 싸웠다. 그 근처에 있는 모든 도시들을 다시 탈환하고, 이집트를 위협하였다. 또 페르시아 왕국을 완전히 멸망시키려는 계획을 세웠다.

테미스토클레스는 페르시아 군 사이에서 아주 평판이 좋고, 그가 그리스와 전쟁을 하게 되면 언제나 왕의 군을 지휘하기로 왕과 약속이 되어 있다는 것을 알게 되었기 때문에 더욱 자신이 있었다. 그러나 테미스토클레스는 키몬의 용기와 무운을 도저히 이겨낼 수 없다고 단념한 나머지, 자기의 전략을 수행할 모든 희망을 포기하였다. 그리고 그는 자살하고 말았다.

이제 구상중인 큰 전략에 몰두하고 있는 키몬은 키프루스 섬에 함대를 정박시키고, 어떤 비밀에 관하여 제우스의 신탁을 얻으려고 암몬 신전으로 사절단을 보냈다. 그러나 신은 사절단에게 아무런 대답도 하지 않고, 키몬은 이미 자기와 함께 있으니 그냥 돌아가라고 명령하였다. 이 말을 듣고서 그들은 바다를 통해 이집트에 와 있는 그리스 군으로 돌아왔으나 키몬은 이미 죽었다는 소식을 듣게 되었다. 신탁을 받으러 간 날짜를 계산해보니, 키몬이 그때 신들과 함께 있었다는 말은 그가 벌써 죽어 있었다는 것을 의미함을 그들은 알게 되었다.

어떤 설에 의하면, 키프로스의 키티움 시를 포위하고 있는 동안 병으로 죽었다고도 하고, 페르시아 군과의 전초전에서 입은 상처로 죽었다고도 한다. 죽는다는 것을 알았을 때 그는 부하들에게 군대를 본국으로 돌려보내라고 명령하였다. 그리고는 자기의 죽음을 절대로 적에게 알려서는 안 된다고 하였다. 그들은 이 지시를 너무나도 비밀리에 실행하였으므로 모두가 안전하게 귀국하였다. 적도 동맹국도 무슨 일이 일어났는지조차 몰랐다고 한다. 파노데무스에 의하면 30일이 지나서야 겨우 그의 휘하 그리스 군이 그것을 알았다고 한다.

그러나 그가 사망한 후, 그리스 군에는 페르시아 군과 싸워서 이길 장군이라고는 하나도 없었다. 서로 통합하여 공동 적에 대항하지 못하고, 각국은 서로 정치선동가와 전쟁론자들에게 농락되어 서로 싸우는 바람에, 각국이 슬기로운 기능을 발휘하여 서로 화해하는 데 실패하고 말았다. 그리고 이렇듯 서로 싸우면서 그리스가 국력을 소모시키고 있는 동안, 페르시아는 숨을 돌려 잃었던 국력을 회복했다.

실제로 아게실라오스가 그리스 군을 이끌고 소아시아로 진주한 일은 사실이지만, 그것은 먼 후의 일이었다. 해안지방의 페르시아 군과 얼마 동안 싸우는 듯하더니 모두가 자취를 감추고 말았다. 별다른 전과를 거두지도 못한 채 그는 새로운 소요가 일어나 국내가 어지러워지자 곧 본국으로 소환되었다. 그 결과 페르시아는 마음대로 소아시아에 있는 그리스의 여러 도시와 스파르타의 동맹국들에게 조세를 부과하였다. 그러나 키몬 시대에는 바다의 400퍼얼롱 이내로는 페르시아의 세리나 단 한 사람의 기병도 얼씬하지 못하였다.

오늘날까지도 아테네에 있는 키모니안이라고 부르는 기념비는 키몬의 유해가 고향으로 이송되었다는 것을 입증하지만, 키티움 시의 주민들은 그 기념비가 곧 키몬의 무덤이라고 주장하며 각별한 경의를 표한다.

수사학자 나우시크라테스에 의하면, 곡식이 말라 죽어 기근이 들었을 때 신탁을 받아 오라고 사람을 보냈더니, 신은 키몬을 잊지 말고 그를 탁월한 존재로 섬기라고 명령하였다고 한다. 키몬은 이러한 그리스의 장군이었다.

루 쿨 루 스

기원전 110년 ? ~56년

루쿨루스의 조부는 집정관이었고, 외삼촌의 이름은 메텔루스, 성은 누미디쿠스였다. 루쿨루스의 부친은 강탈죄로 유죄 선고를 받았고, 모친 카이킬리아는 행실이 단정치 못하여 평판이 안 좋았다. 그 당시 루쿨루스는 아직 청년에 불과했지만, 정계에 진출하여 국사에 관여하기 전에 자기 부친을 고발한 사람인 점술관 세르빌리우스가 국법을 어긴 것을 잡아서 고발했다. 이 행위는 로마 인들의 주목을 끌게 되었고, 기특한 행위라고 칭찬을 받았다.

이러한 고발행위는 비록 선동까지는 도발하지 못했다 하더라도 장한 일이라는 존경을 받았다. 마치 잘 훈련된 개들이 사나운 짐승들을 공격하듯이, 젊은 사람이 불의를 보고 과감하게 공격하는 것은 흐뭇한 일이었다. 그러나 이 소동으로 부상을 당한 사람도 생기고 심지어는 죽는 사람도 생겼을 정도로 원한이 꼬리를 물고 일어났으나 세르빌리우스는 난을 모면하였다.

루쿨루스는 공부를 계속하여, 술라가 자신의 전기(傳記)와 전기(戰記)를 저술하였을 때 자기보다는 그런 일을 더 잘 해낼 수 있는 사람으로 생각했다. 그래서 글을 좀더 다듬으라고 그에게 맡길 정도의 라틴 말도 그리스 말도 구사할 수 있는 능력을 갖추었다.

루쿨루스의 연설은 흔해빠진 웅변가들이 광장에서는

상처 입은 다랑어가 바다에서 몸부림치듯

열변을 토하고 모든 다른 때에는

기지라고는 찾을 길이 없는 무미건조하고도 김 빠진

연설이었지만, 실용적이었고 우아하면서도 박력이 있었다. 그뿐만 아니라 어렸을 때부터 오직 자신을 위해서 자기 수양을 닦는 공부에 몰두하였으며, 나이를 먹어감에 따라 인생의 고초를 겪은 후로는 말하자면 철학에서 휴양을 찾아 유유자적하는 마음의 안정을 얻었다. 폼페이우스와 의견을 달리한 후부터는 그의 명상적 능력을 총동원하여 경쟁심과 야심에 적절한 제동을 걸었다.

그가 학문을 좋아한다는 것은 이미 이야기했지만, 그 외에도 또 하나 예를 들자면 다음과 같은 일화가 있다. 그가 젊었을 때 마르시아 전기(戰記)를 시와 산문으로 각기 그리스 어와 라틴 어로 쓰라는 제의가 처음에는 농담처럼 오갔는데, 나중에는 진담이 되어 법률가 호르텐시우스와 역사가 시센나가 함께 제비를 뽑아서 필자를 결정하기로 합의를 보았다. 그리스 어로 된 그 전기가 아직도 남아 있는 것으로 보아, 그리스 어로 전기를 쓰라는 제비가 그에게 할당되었나보다.

그가 그의 아우 마르쿠스를 극진히 사랑하였다는 많은 증거 중 그 두드러진 경우를 로마 인들은 다음과 같이 든다. 그는 형이었지만 혼자 관직에 오르려고 하지 않고 그 아우가 관직에 오를 수 있는 자격을 충분히 갖출 때까지 기다렸다는 것이다. 그리고 그때 그는 부재중이었지만 아우와 함께 조영사(造營司)에 선출될 만큼의 신망을 지인에게 얻고 있었다.

루쿨루스는 아직 어린 나이로 마르시아 전쟁에서 그의 동맹성과 전략의 증거를 보였으며, 그의 꾸준하고도 온화한 성격 때문에 술라의 총애를 받아 관직에 기용되었고 조폐국의 책임을 맡게 되었다. 미트리다테스 전쟁 중 사용된 돈의 대부분은 그가 펠로폰네소스 섬에서 주조한 것으로 병사들의 애호를 받아 급속도로 통용되었고, 또 루쿨루스 화폐라는 이름으로 장기간 유통되었다.

이 일이 있고 난 뒤 술라가 아테네를 정복하고 육전에서 승리를 거두었으나, 적이 제해권을 쥐고 있었으므로 군의 보급선이 단절되었음을 알게 되었다. 그때 그는 루쿨루스를 리비아와 이집트로 파견하여 선박을 구해 오라고 하였다. 때는 엄동이었으나 조그마한 그리스의 배 3척과 로데스 섬의 군선 3척을 거느리고 망망대해 속으로, 그나마 절대군주인 양 순항 중에 있는 적의 무수히 많은 함대 속으로 뛰어들었다. 그는 크레타 섬에 도착하여 섬 주민들을 자기편으로 끌어들였다. 그 다음 키레네 사람들이 긴 학정과 전쟁에 시달려 피폐해 있음을 보고서 그 고통을 덜어주고 정치적 질서를 찾아주었다.

일찍이 플라톤이 그들에 관하여 예언적으로 한 말을 그들로 하여금 되새기게 하였다. 즉 키레네 사람들이 플라톤에게 좋은 법을 제정해주고 그들에게 건전한 정치형태를 만들어달라고 요청하였을 때, 플라톤은 당신들처럼 부강한 나라에는 법을 제정하기란 곤란한 일이라고 대답하였다. 왜냐하면 복에 겨워하는 사람들만큼 다루기 힘든 일은 없고, 그와 반대로 운명에 시달려 옴짝달짝도 할 수 없는 사람들을 다스리는 것만큼 쉬운 일도 없기 때문이다. 이때의 사정이 키레네 사람들에게는 바로 후자의 경우였으므로 루쿨루스가 그들에게 제정해준 법에 그들은 순종하였던 것이다.

이 곳으로부터 이집트로 가던 도중 해적의 습격을 받아 배를 거의 다 잃었다. 겨우 구사일생으로 난을 면한 루쿨루스는 위풍당당하게 알렉산드리아 항에 입항하였다. 전 함대가 마치 왕의 입항이라도 되는 듯이 예우를 다하여 대열을 짓고서 그를 영접하였다. 젊은 프톨레마이오스 왕은 그에게 놀라울 만한 친절을 베풀어 궁전에 숙소를 지정해주고 식사도 제공하였다. 일찍이 외국 장군에게 이렇게 예우한 적은 없었다. 그뿐만 아니라 왕은 그 정도의 사람들에게 주는 하사금이나 선물의 4배나 되는 것을 그에게 주었다. 그러나 그는 필요 이상의 것은 일체 받지 않았고, 또 80탈렌트나 값이 나가는 선물도 거절하였다.

그는 멤피스에 있는 유명한 대피라미드와 오랜 궁전을 보러 가지도 않았고, 그 밖의 이집트의 유명한 명소도 구경하러 가지 않았다고 한다. 그런 것은 할 일이 없는 한가한 사람이나 그런 것을 구경하고 싶어서 안달이 난 사람들이나 할 일이지, 자기처럼 자기 부하 장병들을 들판에다 남겨 놓고 적의 보루 밑에서 야영하게 한 사람으로서는 생각도 못 할 일이라고 말하였다.

프톨레마이오스 왕은 그 전쟁의 결과를 두려워하여 동맹을 맺는 일만큼은 사절하였으나 키프로스까지 함대를 보내어 그를 호송케 하였다. 작별시 큰 환송잔치를 열어 그에게 항해 중 무사하기를 빌며 황금 속에 아주 귀한 에메랄드를 박아서 선물로 주었다. 루쿨루스는 처음에는 그것을 굳이 사양하였으나 왕이 그 위에 자기의 초상이 새겨져 있는 것을 보여주었으므로, 그 이상 더 고집을 부리며 거절할 것이 아니라는 생각으로 받아들였다. 왕에게 반감을 가지고 떠난다는 인상을 남기면 해상에서 변을 당하지 않을까 염려되었기 때문이다.

모든 해안 도시 옆을 지나면서 해적행위를 할 것 같은 배만을 제외하고서 모집한 상당히 많은 병력을 이끌고서 그는 키프로스를 향하여 출항하였다. 그러나 적이 곳에 잠복하고 있다는 정보를 알게 되자 그의 함대를 정리시키고, 그 섬의 각 도시로 사자를 보내어 여기서 월동할 것이니 월동용 양식을 보내달라고 요청하였다. 그러나 좋은 기회가 오자 갑자기 출항하여, 밤에는 모든 돛을 올리고 낮에는 돛을 내려 안전하게 로데스까지 왔다.

이 곳에서 배를 좀더 얻은 다음 코스와 크니두스의 주민들을 선동하여 왕에게 반기를 들게 하고, 자기 함대에 협력시키어 사미아 인들을 토벌하였다. 루쿨루스 자신은 왕의 일당을 키오스에서 축출하여 콜로포니아 인들을 해방시켰으며, 그들에게 압박을 가한 폭군 에피고누스를 체포하였다.

이때 미트리다테스 왕은 페르가무스를 떠나 피타네로 후퇴하였는데, 이 곳에서 핌브리아에 의해 육상에서 바싹 포위를 당하자 대담무쌍하고 패배를 모르는 장군과 싸울 자신감을 잃고 바다로 도주하려고 각지에 흩어져 있는 모든 그의 함대를 불러들였다. 이 사정을 알게 된 핌브리아는 자기 소유의 선박을 가지고 있지 않았으므로 루쿨루스에게 사자를 보내어 이렇게 전했다.

"폭군이 이제 그물 속에 갇혀 있어 쉽게 잡을 수 있는 때다. 로마 인들이 과거에 그렇게도 많은 피를 흘리고 수고를 아끼지 않으며 잡으려고 애쓴 폭군 미트리다테스가 바로 눈앞에 있는 것이다. 지금이야말로 미트리다테스 왕의 콧대를 부러뜨려 놓을 기회이니 이 기회를 놓치지 말고 왕 중에서도 가장 가증하고 호전적인 이 왕을 굴복시키도록 함대를 이끌고 와서 나를 도와달라."
하고 그에게 간청하였다. 만일 왕을 잡기만 한다면 루쿨루스보다 더 칭찬을 받을 사람은 없을 것이고, 자기가 육지에서 몰고 루쿨루스가 바다에서 막는다면 두 사람에게 다 같이 명성과 영광이 올 것은 뻔한 노릇이다. 또 로마에서도 술라가 오르코메누스와 카이로네아에서 세운 공은 이것에 비하면 문제도 되지 않는다고 생각할 것이라고 하였다.

이 제의는 그럴 듯한 제의였다. 만일 루쿨루스가 핌브리아의 제의에 귀를 기울여 그때 멀지 않은 곳에 있는 그의 함대로 항구를 봉쇄하였더라면 전쟁은 곧 끝이 나고, 그 후에 있을 허다한 재난이 그것에 의하여 방지되었을 것은 누가 보더라도 분명한 일이었다. 그러나 루쿨루스는 자기 자신과 술라 사이의 우정의 신성성을 사리나 공익보다 더 중시하였든지, 또는 최근 자기의 친구인 장군을 살해하고서 그 자리에 앉은 핌브리아의 그 사악한 소행이 싫어서 그랬든지, 또는 신의 행운으로 그때 미트리다테스가 살아 남아 앞으로 그의 원수로서 있게 하려는 신의 뜻이었든지 그 이유는 알 수 없으나, 그는 핌브리아의 제의를 받아들이지 않았다. 결국 미트리다테스는 핌브리아의 모든 계획을 비웃으며 항구를 빠져나갔다.

루쿨루스는 나중에 단독으로 트로아스 지방의 렉툼 앞바다에서 미트리다테스의 함대를 격파하였다. 그리고 나중에 네오프톨레모스가 대군을 거느리고 테네도스 근해에서 그가 오기를 기다리고 있다는 사실을 알게 되자, 그는 해전에 아주 경험이 많고 또 로마에 호의를 가지고 있는 다마고라스가 지휘하는 로데스의 대형군선에 승선하여 다른 군선들보다 앞서서 공격에 나섰다. 이를 본 네오프톨레모스는 격노하여 그에게로 돌진해 오며 선장에게 전속력을 내어 적의 군선을 공격하라고 명령하였다.

그러자 다마고라스는 저 쪽 배의 선체가 크고 이물이 튼튼하게 생긴 것에 겁을 먹고 정면으로 충돌하는 것은 위험하다고 생각하였다. 그래서 재빨리 선회하여 역수를 만들라고 선원들에게 명령하고는 고물로 적선의 충돌을 받았다. 수면 아래에 있는 부분이 부딪쳤으므로 충격의 힘이 약해져서 피해를 입지 않았다. 그때 함대의 나머지 부분이 그에게로 왔으므로, 루쿨루스는 또다시 뱃머리를 정면으로 돌려 맹렬히 적을 공격하여 물리친 다음 그 뒤를 추격하였다.

이 전투를 끝마친 다음 루쿨루스는 해협을 통과하려고 준비중에 있는 케르소네수스의 술라에게로 와서, 군을 안전하게 수송하는 일을 적시에 도왔다.

휴전이 곧 성립되자 미트리다테스는 에우크시네 해로 떠났다. 그러나 술라는 소아시아의 주민들에게 2만 탈렌트의 조세를 과하여 루쿨루스로 하여금 그것을 거둬들이게 하는 한편 화폐를 만들게 하였다. 청렴결백할 뿐만 아니라 중용을 지키는 사람이 가혹하고도 과중한 직책을 맡고 보니, 술라의 가혹한 군정하에 있던 여러 도시의 시민들에게는 적지 않은 위안이 되었다.

미틸레나이아 인들이 철저하게 반란을 일으키자 루쿨루스는 본연의 임무로 돌아가라고 설득하고, 마리우스 사건에서 그들이 저지른 죄를 온건하게 처벌하려고 노력하였다. 그러나 시민들이 여전히 파괴를 일삼는 것을 보고 부득이 그들에게로 쳐들어와, 바다에서 반란군을 격파하여 시내로 몰아 넣고 그들을 포위하였다. 그러고 나서 그들로부터 낮에 공공연히 엘라이아로 출항하는 것처럼 떠났다가 밤에 다시 몰래 돌아와 시 가까이에 복병을 배치하고 조용히 기다렸다. 미틸레나이아 군이 기를 쓰고 몰려 나와 버리고 간 진지를 무질서하게 약탈하기 시작하자, 그는 그들에게로 덤벼들어 그들의 대다수를 포로로 잡고 저항하는 자 500명을 살해하였다. 그리고 6천명의 노예와 아주 값비싼 전리품을 얻었다.

루쿨루스는 그때 다행히도 다른 일로 소아시아에 체류 중이었으므로, 술라와 마리우스가 빚어낸 이탈리아의 대규모 참변에는 관여하지 않았다. 그러나 그는 술라의 총애를 받는 데 있어서는 어느 동료에게도 지지 않았다.

이미 위에서 말한 바와 같이 술라가 자기가 저술한 회상록을 그에게 맡기며 손질을 가해달라고 부탁한 것도 그 친절표시의 하나지만, 그가 죽었을 때에도 폼페이우스를 제쳐놓고 그를 아들의 후견인으로 지명하였다. 이것이 과연 다 같이 젊고 공명심을 갈망하는 두 사람 사이의 싸움과 질투를 빚어낸 원인이 되었던 것만 같다.

술라가 세상을 떠난 지 잠시 후에 그는 마르쿠스 코타와 함께 집정관이 되었다. 기원전 74년, 제176차 올림피아드가 열렸을 때쯤의 일이다. 미트리다테스와 전쟁을 하느냐 마느냐의 문제가 그때 아직 논쟁 중에 있었으므로, 마르쿠스는 그 전쟁은 아직 끝난 것이 아니라 일시 중지된 상태라고 선언하였다. 그러므로 임지의 선택에 관하여 추첨한 결과 루쿨루스의 임지로 알프스 산중의 갈리아 지방이 낙착되었을 때, 그 곳에서는 큰 전투도 이루어질 것 같지 않아 그는 퍽 못마땅하게 생각하였다. 특히 스페인에 가 있는 폼페이우스의 성공은 그를 초조하게 만들었다.

왜냐하면 거기서 얻은 명성과 함께 스페인 전쟁이 미구에 끝나면 다른 누구보다도 먼저 폼페이우스가 미트리다테스와의 전쟁에 장군으로 뽑힐 것이 뻔한 일이었기 때문이다. 그러므로 폼페이우스가 서신으로 군자금을 요구하고, 만일 군자금을 보내주지 않는다면 그 지방과 세르토리우스를 떠나 그의 군을 이끌고 귀국하겠다고 하였다. 이때 루쿨루스는 자기의 집정관 임기 중에 그가 귀국하겠다는 어떠한 구실도 방지하기 위하여 그의 요구를 가장 열렬히 들어주었다. 그런 대군을 앞세우고 돌아오면 모든 일이 다 그의 마음대로 될 수 있기 때문이다.

그 당시 늘 그의 행동과 언변으로 시민의 환심을 사고 가장 큰 세력을 이끌던 장군인 케테구스는 공교롭게도 루쿨루스를 미워하고 있었다. 그의 방자하고도 교만 포악한 생활태도에 대한 혐오감을 루쿨루스는 벌써부터 감추지 못하고 있었기 때문이다.

루쿨루스는 그와 정면으로 대립하고 있었다. 또 한 사람 루키우스 퀸티우스라는 정치선동가도 역시 술라의 정책에 반대하기 시작하여 애써 정세를 어지럽히고 있었다. 그러나 루쿨루스는 사적으로 충고도 하고 또 공적으로 경고도 하며 그의 계획을 막고, 그의 야심을 눌러 처음부터 적절한 방법을 써서 큰 재난을 미연에 방지하였다.

이때에 킬리키아의 지사였던 옥타비우스가 세상을 떠났다는 소식이 왔다. 그러자 그 자리를 탐내는 사람이 많았는데, 모두들 그 자리를 얻게 해주는 데 가장 힘이 되는 사람으로 케테구스를 내세우면서 그의 환심을 사려고 하였다. 루쿨루스는 그가 생각한 만큼은 킬리키아 자체에는 그다지 가치를 인정하지 않았다. 그러나 그 곳이 카파도키아와 접경을 이루고 있다는 이유에서, 다른 사람을 제쳐놓고 그 곳 지사로 임명만 되면 미트리다테스와의 전쟁을 맡게 될 것이라고 그는 생각하였다.

그러므로 그는 그 지방이 다른 사람의 손으로 넘어가지 않고 자기 자신에게로 오도록 온갖 노력을 아끼지 않았다. 필요한 일이라면 자기의 성격에 어긋나는 것이라 할지라도 감수하면서까지 그의 목적을 달성하기 위해서는 쓸모가 있었기 때문에, 마침내는 칭찬할 수 없는 탐탁치 않은 수단마저 동원하기에 이르렀다.

당시 재색이 뛰어난 프라이키아라는 창녀가 하나 있었는데, 다른 점에 있어서는 보통 창녀들보다 나을 것이라곤 아무것도 없었다. 그러나 이 여자는 그 용자(容姿)의 매력 외에도 자기를 찾아오는 손님들을 이용하여 자기 친구들의 계획이나 이익을 도와주었다. 이로써 그들을 사랑하고 그들에게 봉사하는 사람이라는 평판을 받고 있었으므로 큰 세력을 펼치고 있었다.

그녀는 그 당시 명성에 있어서나 권세에 있어서나 나라 안에서 제1인자였던 케테구스를 유혹하여 자기 애인으로 삼았다. 그러므로 모든 권세는 이 여자의 수중으로 들어가게 되었다. 왜냐하면 케테구스가 관여하지 않고서는 중대한 일이라곤 무엇 하나 이루어지지 않았으며, 또 프라이키아 없이는 케테구스는 무엇 하나 할 수 없었기 때문이다.

루쿨루스는 선물과 아첨으로 이 여자를 매수하였다. 그리고 루쿨루스와 같은 큰 인물과 똑같은 대의를 위하여 일을 같이 한다는 것은, 그렇게도 세도가 당당하고 굉장한 여자에게는 남보기에 커다란 자랑이 아닐 수 없었다. 이렇듯 그는 곧 케테구스가 자기편을 들어준다는 것을 알게 되었고, 그는 킬리키아의 지사로 보내주도록 많은 관심을 가지고 있다는 것도 알게 되었다.

일단 그 자리에 앉게 되자 그 이상 프라이키아나 케테구스의 힘을 빌릴 필요도 없었다. 왜냐하면 아무도 루쿨루스만큼 전쟁을 잘 치러낼 것 같은 사람도 없을 성싶었기 때문에, 원로원은 전원 만장일치로 미트리다테스와의 전쟁에 그를 장군으로 임명하기로 표결하였다. 폼페이우스와 메텔루스 이 두 사람만이 그 장군직을 놓고 루쿨루스와 다툴 수 있는 경쟁자였는데, 폼페이우스는 세르토리우스와 전쟁 중에 있었고 메텔루스는 고령이어서 군무를 감당할 수 없었다. 동료 집정관인 코타는 원로원에서 야단법석을 하여 간신히 함대를 얻어 가지고 프로폰티스 해를 경비하고 비티니아를 방비하기 위하여 임지로 떠났다.

루쿨루스는 자기 명령하에 일개 군단을 이끌고 바다를 건너 소아시아로 가서 거기 있는 군의 지휘권을 이양받았다. 그러나 이양받은 군인들은 방탕과 약탈로 군기가 말할 수 없을 정도로 문란하였다. 그리고 소위 핌브리아 군이라고 하는 핌브리아의 지휘하에 있는 군대도 장기간 어떠한 종류의 훈련도 받고 있지 않아 통솔할 수 없는 상태에 있었다. 왜냐하면 핌브리아의 지휘하에 있는 군은 핌브리아와 결탁하여 집정관이며 장군인 플라쿠스를 살해하고, 다시 나중에는 핌브리아를 배신하여 그를 술라에게 넘겨준 자들이었기 때문이다. 그들은 고집이 세고 법이라고는 이름도 모르는 무지막지한 자들이었으나, 싸움터에서는 용감하고 인내심이 강하고 노련하였다.

루쿨루스는 단시일 내에 이들을 길들였고, 그때에야 비로소 장군과 지사의 진면목을 알게 된 일부 병사들을 훈련시켰다. 그러나 그 전에는 장군들은 병사들에게 아부하여 그들을 군무에 복무시켰고, 병사들은 아무 명령도 받지 않고서 자기 마음대로 무기를 들었다.

적의 전쟁준비상황은 다음과 같았다. 미트리다테스는 궤변가들처럼 처음에는 호언장담을 늘어놓고 정말로 좋은 구경거리나

될 만한 그러한 실속 없는 군대를 이끌고 로마 군에게 대항하였다. 그러나 아무 효과도 얻지 못하고 수치스럽게 패전하고 말았다. 두번째 싸움에는 첫번째 패전을 교훈삼아 그의 군대를 적당히 쓸모 있는 형태로 축소시켰다. 각지에서 사람만 끌어모아 수적으로만 많이 편성한 오합지졸을 지양하고, 야만족의 여러 가지 상소리로 시끄럽게 떠들어 적에게 위협을 주려는 전법도 지양했다. 또 금은보석으로 무기를 치장함으로써 그것을 가진 자들에게는 아무런 힘도 안 되고 승리자들에게나 그것을 갖고 싶은 호기심만 조장하는 장비도 지양하고, 로마 군인들이 가진 것과 똑같은 널따란 군도와 든든한 방패로 병사들을 무장시켰다.

군마도 외모보다는 실용적인 면에서 골랐다. 로마식 방형진(方形陣) 모양으로 편성된 12만의 보병과 1만 6천의 기병, 그 밖에도 큰 낫을 휘두르며 4필의 말이 끄는 100대의 전차, 그리고 함대도 도금으로 장식한 선실이나 사치스러운 욕실, 여자용 가구 따위를 모두 없애버리고 그 대신 칼과 투창, 다른 군수품을 가득 실었다.

이렇게 무장한 군을 이끌고 비티니아로 진주하였다. 각 도시가 또다시 그를 기꺼이 맞아주었을 뿐 아니라, 아시아 전역이 자기들의 참을 수 없는 참상을 구해주러 온 구세주나 되는 것처럼 그를 환영하였다. 그들이 로마 인의 고리대금업자와 수세(收稅) 도급자들에게 수탈당한 꼴이란 이루 형언할 수 없을 정도였으니 그럴 만도 했다. 살인귀처럼 시민의 고혈을 빨아먹던 이러한 악질들을 루쿨루스는 나중에 축출하였다. 그러나 지금 당장은 그들을 견제하고, 그때 각지에서 벌 떼처럼 봉기하는 시민들의 소요를 진정시키는 데 전력을 다하였다.

루쿨루스가 이런 일들을 시정하느라 시간을 끌고 있는 동안,

행동을 취하기에 여러 가지 여건이 마련되었다고 생각한 코타는 미트리다테스와 싸울 태세를 갖추었다. 루쿨루스가 적을 진격하여 벌써 프리기아에 입성하였다는 정보를 사방에서 들은 코타는, 자기 수중에 실제로 다 들어온 거나 다름없는 승리의 영광을 자기 동료와 나누지 않으려는 생각에서 혼자 싸우려고 조급히 서둘렀다. 그러나 코타는 수병을 실은 60척의 군선과 4천의 보병을 잃고 육해전에서 모두 참패를 당하였다. 그 자신은 부득이 칼케돈 시로 도주하였으나 포위를 당하는 신세가 되어, 거기서 루쿨루스의 구원을 기다릴 수밖에 없었다.

코타를 포기하고 무방비상태에 있는 미트리다테스의 본국에 기습공격을 가하여 그것부터 먼저 점령하라고 루쿨루스에게 권유하는 사람들이 있었다. 이것은 코타의 무모한 전략으로 자기의 부하들을 잃었으므로, 싸움의 위험도 없이 얻을 수 있는 정복의 호기를 놓치고 싶지 않은 모든 병사들의 생각이기도 하였다. 그러나 루쿨루스는 병사들 앞에서 한 공개연설에서, 자기는 적의 왕국을 점령하기보다도 로마의 한 시민을 적으로부터 구하고 싶은 생각이라고 병사들에게 선언하였다.

그런데 전에 미트리다테스 밑에서 보이오티아의 사령관을 지냈으나 그 후에 그를 저버리고 로마 군을 따른 아르켈라우스가 루쿨루스에게, 지금 폰투스로 쳐들어가면 미트리다테스를 정복할 수 있을 것이라고 항의하였다. 그러나 루쿨루스는 사냥꾼도 짐승이 굴을 나간 틈을 타서 버리고 간 굴을 습격하는 것은 비겁한 행동이라고 본다, 하물며 사람이 주인도 없는 집을 습격하는 것은 더 비겁한 행동을 하는 것이 아니냐고 말하고서, 보병 3만과 기병 2천5백을 거느리고 미트리다테스와 싸우러 갔다. 그러나 적이 보이는 곳에까지 온 루쿨루스는 적의 수에 놀라 싸우지 않고 질질 시간을 끌기로 하였다.

그때 세리토리우스가 스페인으로부터 미트리다테스에게 원군으로 보낸 마리우스 군이 나타나 도전해 왔다. 그래서 루쿨루스는 다시 싸울 태세를 갖추었다. 그리고 교전하려는 그 직전에 난데없이 하늘이 갈라지더니 큰 불덩어리 같은 것이 양 군 한가운데로 떨어졌다. 모양은 큰 통처럼 생겼고, 빛깔은 은을 녹인 것 같았다. 이것을 본 양 군은 깜짝 놀라 후퇴하였다. 이 놀랄 만한 기현상은 오트리아이 근처 프리기아에서 발생하였던 일이다.

루쿨루스는 이 일이 있은 다음, 인간의 힘과 재력으로는 미트리다테스 군과 같은 대병력이 적을 상대로 하여 오랫동안 버텨 낼 수는 없으리라고 생각하기 시작하였다. 그리하여 포로 하나를 데려다가 신문하였다. 그는 그 첫번째 포로에게 같이 숙식하던 동료들의 수가 얼마나 되고 양식은 얼마나 남아 있느냐고 묻고, 대답을 들은 다음 물러가라고 명령하였다. 그 다음 또 두번째, 세번째 포로들에게 똑같은 것을 물었다. 그리고는 포로들이 말한 양식의 양을 병사들의 수와 비교하여 3~4일 내로 양식이 바닥이 날 것임을 알게 되었다.

이 말을 듣고 한층 더 지연작전을 쓰기로 결심한 루쿨루스는 온갖 종류의 양식을 진지 내에 저축할 방도를 강구하고는, 배불리 먹으면서 굶주린 적군이 아우성을 치며 나올 것을 유유히 기다리고 있었다.

이렇듯 급한 사정에 몰린 미트리다테스는 칼케돈의 전투에서 비참하게도 참패를 당하여 약 3천의 시민과 10척의 군선을 잃은 키지케니아 인들을 공격하였다. 그는 루쿨루스에게 들키지 않으려고 비 오는 컴컴한 밤을 이용하여 저녁식사를 끝마친 다음, 곧 행동을 시작하여 보다 더 안전하게 몰래 빠져 나와 새벽녘에는 그 도시 가까이까지 오게 되었다. 그리고는 아드라스테아 산정에 진을 쳤다.

루쿨루스는 미트리다테스 군이 행동을 개시한 것을 탐지하자 그 뒤를 추격하였다. 그러나 혼란에 빠진 자기 군대로 하여금 적을 쫓아가 앞지르지 않은 것을 무척 다행으로 여겼다. 그는 트라키아 촌락 근처에 진을 쳤다. 그 지대는 거기서부터 모든 도로와 여러 곳을 지배할 수 있는 지점이어서, 미트리다테스 군이 식량을 운반하려면 반드시 그 지점을 통과해야만 할 요충지였다. 이제 결과가 어떻게 되리라는 판단이 섰기 때문에, 부하들을 독려하여 한시라도 빨리 참호를 파서 진지를 요새화하도록 하였다. 그리고 그 일이 끝났을 때 전원을 소집해 놓고서, 며칠만 지나면 피를 흘리지 않고서 그대들에게 승리를 가져다 주겠노라고 자신 있게 말하였다.

미트리다테스는 육지에서는 10개 군단으로 키지케니아를 포위하고, 군선으로는 이 도시와 본토 사이의 해협을 점령함으로써 사방으로 통하는 육로와 해로를 완전히 봉쇄하였다. 그러나 시민들은 그를 맞이할 결의가 굳건해서 어떠한 곤란이라도 끝까지 참아내어 로마 군을 저버리지 않을 결의가 되어 있었다.

그들을 가장 괴롭힌 것은 루쿨루스가 어디 있는지 알 수 없다는 점이었다. 실제로 시민들의 시야에는 루쿨루스 군대가 보였지만, 그에게서는 아무런 소식도 오지 않았다. 그러나 미트리다테스 군은 산 위에 진을 치고 있는 로마 군을 가리키며 다음과 같이 시민들을 속였다.

"저 군대가 보이는가? 저것은 아르메니아와 메데스에서 온 증원부대다. 우리 왕을 도우려고 티그라네스 왕께서 보내주신 것이다."

시민들은 이렇듯 자기들을 포위하고 있는 그 막대한 수에 압도되어, 루쿨루스 군이 자기들을 도우러 온다 하더라도 자기들에게 살아날 길이 남아 있다고는 믿어지지 않았다. 아르켈라우스가 보낸 사자 데모낙스가 루쿨루스의 도착을 그들에게 알린 최초의 사람이었으나, 그의 보고를 믿지 않고 자기들을 격려하기 위하여 꾸며낸 이야기에 지나지 않는다고 생각하였다.

그때 적진으로부터 포로로 잡혀 있던 어떤 소년 하나가 그들 앞에 나타난 사건이 발생하였다. 시민들이 루쿨루스가 어디 있느냐고 묻자 농담으로 그러는 줄로만 생각하고서 웃었으나, 그들의 태도가 진지한 것을 깨닫자 소년은 손가락으로 로마 군의 진지를 가리켰다. 그때서야 시민들은 용기를 얻었다.

다스킬리티스 호에는 작은 배들이 항해하였다. 루쿨루스는 그 중에서 가장 큰 배 한 척을 수레에다 싣고 바다까지 끌고 와서 병사들을 가득 태우고, 한밤중에 적에게 들키지 않게 항해하여 시내로 안전하게 들여보냈다.

신들 또한 키지케니아 시민들의 끈질긴 용기를 찬양하여 명백한 징조로써 그들의 원기를 북돋아준 것만 같았다. 그 징조가 프로세르피네(키지케니아 시의 수호신) 축제 때에 한층 더 두드러지게 나타났다. 적에게 포위를 당하고 있어 제물로 쓸 암소를 구할 수가 없어서 밀가루 반죽으로 만든 암소의 상을 제단에 바쳤다. 그러나 성우(聖牛)는 여신에게 바치기 위하여 따로 다른 소들과 떼어놓고 길렀다. 그때 그 소가 해협의 다른 쪽에 있는 키지케니아 인들이 기르는 다른 소들과 함께 목장에서 풀을 뜯고 있다가, 그 무리들을 떠나 혼자 헤엄쳐서 키지케니아 시로 와서 자기를 제물로 써달라고 자신을 제공하였다. 또한 여신이 시의 서기인 아리스타고라스의 꿈에 나타나 이렇게 말하였다.

"내가 왔노라. 폰투스의 나팔과 싸우기 위하여 리비아의 피리를 가지고 왔다. 그러므로 시민들에게 배짱을 가지고 있으라고 일러라."

시민들은 그 말이 무슨 뜻인지 알지 못하고 있는데, 난데없이 바람이 일며 바다가 동요를 일으키기 시작하였다. 그때 성벽 아래에 비치해 놓은 테살리아의 니코니데스가 고안한 그 놀랄 만한 왕의 공성기들이 '꽝' 소리를 내기도 하고 또 '달그락' 소리를 내기도 하며 무슨 일이 일어날지 곧 그 정체를 드러냈다. 그 후에 유별나게 세찬 폭풍우가 휘몰아쳐서 삽시간에 나머지 공성기들을 모두 때려부수고, 사나운 격동을 못 이겨 100큐빗 높이나 되는 나무탑이 무너지고 말았다.

일리움 시에서는 미네르바 여신이 그 날 밤 자고 있는 많은 시민들의 꿈에 땀을 뻘뻘 흘리고 있는 모습으로 나타났다. 그 여신은 옷이 한 군데 찢어진 곳을 보이며 시민들에게, 키지케니아 인들을 도와 싸우고 돌아오는 길이라고 하였다는 전설도 있다. 일리움 시에는 그때 공표한 정령을 담고, 이 사연을 새긴 기념비가 오늘날까지도 서 있다.

미트리다테스 왕은 자기 부하 장군들에게 속아 진지 내의 식량 부족을 얼마 동안 모르고 있다가, 키지케니아 인들이 항복하지 않고 버티어 내는 것을 보고서야 그 이유를 알게 되어 심기가 매우 불안해졌다. 그러나 그의 병사들이 극도의 식량난에 빠져 사람살로 연명하고 있다는 것을 알게 되었을 때는 야심도 노여움도 다 사라지고 말았다.

루쿨루스는 실제로 전시효과만을 노리고서 전쟁을 하고 있는 것이 아니라 '배짱으로 전쟁을 한다'는 속담 그대로, 온갖 수단을 다 동원하여 식량의 보급선을 단절하였다. 그러므로 루쿨루스가 어떤 보루를 공격하러 나가 진지가 비어 있는 틈을 타서, 미트리다테스는 거의 모든 기병들과 짐 싣는 짐승들과 당장 군무에는 없어도 지장이 없는 많은 잡부들을 모두 식량을 구하러 비티니아로 보냈다.

이 정보에 접하자 루쿨루스는 아직 밤이었으나 그의 진지로 돌아왔다. 새벽 날씨가 사나웠지만 10개 대대의 보병과 기병을 데리고, 눈이 내리고 날씨가 너무도 추워 많은 낙오자가 생기는 가운데 적을 추격하였다. 잔여 병력만 이끌고 린다쿠스 강 근처에서 적과 만나 대살육전을 감행하여 적에게 큰 피해를 입혔으므로, 아폴로니아 시의 부인들까지 나와서 전리품을 거둬 가고 살해된 병사들의 옷을 벗겨 갔다. 막대한 수의 전사자가 나왔음은 물론이고, 짐 싣는 짐승과 6천의 군마가 잡혔으며, 약 1만 5천 명의 병사들이 포로로 잡혔다. 이들을 적의 진지 옆으로 이끌어 내어서 자기 진지로 데리고 돌아왔다.

이번에 처음으로 로마 군이 낙타를 보았다고 살루스트는 말하고 있는데, 필자는 그 설에 수긍이 가지 않는다. 이 말은 옛날에 안티오코스 군을 정복한 스키피오 군과 오르코메노스와 카이로니아 근처에서 아르켈루스 군과 최근 싸운 로마 군이 낙타를 보았다는 사실을 모르고서 한 말이 아니었을까?

미트리다테스는 전심전력 도망치려는 결심이었다. 그래서 루쿨루스를 다른 곳으로 유인하여 며칠 동안 시간을 벌기 위해 자기의 제독인 아리스토니쿠스를 그리스 해역으로 보내려 하였다. 그러나 떠나려는 그 순간 부하들에게 체포되어, 로마 군의 일부를 매수하려고 가지고 있던 금화 1만 닢과 함께 루쿨루스에게 인도되었다. 그 후 미트리다테스 자신은 군의 지휘권을 지상군 장군들에게 맡기고 바다로 도주하였다. 그러자 루쿨루스는 지상군을 그라니쿠스 강 근처에서 공격하여 많은 적병들을 생포하고 2만을 살해하였다. 전투원과 부대를 따라다니는 노무자 중에서 살해된 총수는 30만에 가까운 수였다고 한다.

루쿨루스는 키지코스로 가서 개선장군이 받아 마땅한 열렬한 환영을 받고, 다시 해군을 모아 헬레스폰트 해역으로 향하였다. 트로아스에 도착한 그는 베누스 신전에 숙소를 정하였다. 그러자 밤에 베누스 여신이 꿈에 나타나 이렇게 말하는 것이 아닌가?

새끼 사슴들이 가까이 있는데
큰 사자인 그대는 잠만 자고 있는가?

그래서 깜짝 놀라 일어난 루쿨루스는 한밤중이었지만 그의 참모들을 불러 그 꿈 이야기를 하였다. 그런데 그때 일리움 사람들 몇 명이 와서, 지금 왕의 대형군선 13척이 아카이아 항구 먼 바다에서 렘노스 쪽을 향하여 항해 중에 있는 것을 보았다고 하였다. 그는 그 즉시 출격하여 그들을 사로잡아 그 제독 이시도루스를 살해하였다. 그리고 방금 항구로 들어온 또 하나의 소함대를 추격하였으나, 그들은 배를 모두 해안으로 끌어올려 놓고 갑판 위로 올라가서 싸우는 통에 루쿨루스 군을 몹시 괴롭혔다. 루쿨루스의 배들이 바다 위에 떠 있는 반면, 상대방의 배들은 모래 위에 꽉 고정되어 있었다. 그러므로 그들의 배후로 돌아갈 공간이 없어 아무런 피해도 줄 수가 없었다.

한참 애쓴 끝에 섬의 유일한 부두에 그의 정예병사들을 상륙시키고, 적을 그 배후에서 공격하여 얼마를 죽였다. 다른 적들이 부득이 닻줄을 끊고 바다로 도망치는 바람에 그들은 서로 부딪치는 혼란을 빚거나, 루쿨루스 함대의 손이 미치는 거리 안으로 들어가 많은 사병들이 피살되었다. 포로 중에는 세르토리우스가 파견한 애꾸눈 장군인 마리우스도 끼여 있었다. 전투가 시작되기 전에 외눈을 가진 사람을 죽이지 말라고 루쿨루스는 엄명을 내려두었었다. 그것은 그에게 수치스럽고도 불명예스러운 죽음을 주려는 의도에서였다.

이 전투가 끝나자 루쿨루스는 전속력을 다하여 미트리다테스를 추격하였다. 미트리다테스가 보코니우스의 제지를 받고 아직도 비티니아를 벗어나지 못했으리라고 생각하였기 때문이다. 그는 미트리다테스의 도주를 막기 위하여 이미 함대의 일부를 보코니우스에게 주어 니코메디아로 보내두었던 것이다. 그러나 보코니우스가 빈둥거리며 사모트라케에서 비전(祕傳)을 전수받고 고사를 드리는 사이에, 미트리다테스가 전함대를 이끌고 지나가버렸으므로 그만 기회를 놓치고 말았다.

미트리다테스는 루쿨루스가 자기에게 다가오기 전에 빨리 폰투스에 도착하려고 항해를 재촉하다가 그만 심한 풍랑을 만나, 그의 함대는 사방으로 흩어지고 그 중 몇 척은 침몰하였다. 난파선의 파편들이 그 후 여러 날 동안 이웃 나라의 해안 일대에 둥실둥실 떠 있었다. 겨우 얻어 탄 상인들의 무역선도 워낙 선체가 크고 심하게 풍랑이 출렁대는 바람에 바닷물이 가득 스며들어 가라앉을 것만 같았으므로, 선장들도 곧장 해안으로 끌고 갈 수가 없었다. 그리하여 미트리다테스 왕은 그 무역선을 떠나 할 수 없이 해적선으로 바꾸어 타고 몸을 해적들의 손에 맡겼지만, 놀랍게도 무사히 폰투스의 헤라클레아 시에 도착하게 되었다.

이렇듯 루쿨루스가 원로원에 대하여 한 호언장담도 아무런 위해를 받는 일 없이 끝났다. 원로원은 그에게 3천 탈렌트를 지출하여 군선을 건조하라고 의결하였다. 그러나 루쿨루스 자신은 원로원에 서신을 보내어 이것을 반대하였다. 그런 큰 비용을 지출하여 군선을 건조하지 않더라도 동맹국의 군선만으로 능히 미트리다테스를 바다에서 소탕할 수 있다고 호언장담하며 이를 제지시켰던 것이다. 그리고 그는 신의 가호를 받아 과연 그 일을 해냈다. 과거에 폰투스의 미트리다테스 군이 프리아푸스의 디아나 여신의 신전을 약탈하고 그 초상을 실어갔기 때문에, 여신의 진노가 그들에게 큰 폭풍을 가져다주었다는 전설이 있기 때문이다.

많은 사람들이 루쿨루스에게 이제 전쟁에서 손을 떼라고 권유하였으나 그는 그들의 충고에 귀를 기울이지 않고, 비티니아와 갈라티아를 지나 왕의 본국으로 쳐들어갔다. 처음에는 식량이 매우 부족하여 3만 명의 갈라티아 인들로 하여금 등에다 각자 한 부셸(약 36리터, 약 2말)의 밀을 지고 부대 뒤를 따르게 하였다. 그러나 진격하여 모든 것을 정복하고 보니 물자가 아주 풍부하여, 부대 내에서 황소 한 마리가 단돈 1드라크마에 팔렸고, 노예 하나가 4드라크마에 팔렸다. 다른 전리품은 모두가 대수롭게 보지도 않거나 심지어는 파괴해버릴 지경이었다. 모두가 너무도 많이 가지고 있어서 처분할 길이 없었다.

그러나 로마 군은 기병대를 앞세워 침략을 거듭하며, 자기들 앞에 나타나는 나라들을 유린만 할 뿐 싸우지도 않았다.

테미스키라와 테르모돈 평원까지 이르렀을 때, 그들은 루쿨루스에 관하여 결점을 들기 시작하며 이렇게 물었다.

"왜 장군은 싸우지 않고 항복만 받고서 그 많은 도시들을 정복하는 거지? 공격하여 하나라도 빼앗아야 우리에게도 큼직한 벌이가 될 게 아냐? 참 기가 막힐 일이지. 바싹 포위만 하면 아주 쉽게 약탈할 수 있는 보물이 산처럼 쌓여 있는 도시인 아미수스를 그대로 버리고, 미트리다테스와 싸우기 위하여 우리를 티바레니와 칼데아의 황야 속으로 끌어들이고 있으니."

루쿨루스는 그 말에 관심을 갖지 않았을 뿐 아니라 경시하였다. 나중에 가서야 그것이 실제로 그렇게 된 것을 알았지만, 이 말이 그렇게까지 위험한 결과를 가져다주리라고는 꿈에도 생각지 못했다. 아무 가치도 없는 조그만 촌락을 돌아다니며 시간을 허송하여, 미트리다테스로 하여금 권토중래할 기회만 주었다고 그를 비난한 사람들에게 오히려 자기변명을 하느라고 급급하였다.

“그게 내 전략이오. 이렇게 여기 앉아서 시간을 끌며 쭈그리고 있는 것은, 미트리다테스로 하여금 다시 그 힘을 크게 모아서 우리 앞에 버티고 도망치지 않을 대군을 규합하여 우리에게 덤비게 하려는 계획이오. 적의 뒤에 있는 저 광막한 이름 모를 황야가 보이지 않소? 카우카수스가 멀지 않소. 저 무수히 많은 산들에는 싸우기 싫어하는 왕들을 1만 명이라도 감춰줄 만한 심산유곡이 얼마든지 있소. 이것뿐만 아니라 불과 며칠만 더 진군하면 카비라에서 아르메니아로 나오게 되며, 그 곳을 왕중의 왕이라고 하는 티그라네스가 통치하고 있소. 그는 파르티아 인들을 좁은 울타리 안에 가둬놓고 옴짝달싹도 못 하게 만들었으며, 그리스 이민도시를 통째로 메디아로 옮기고, 시리아와 팔레스티네를 정복하고, 셀레우쿠스의 후예 왕들을 죽인 다음, 그의 딸들과 왕비들을 폭력으로 납치해 간 것이오. 그 자가 바로 미트리다테스의 사위란 말이오. 그는 미트리다테스가 애원하면 그것을 거절할 수가 없어, 자기 장인을 방어하기 위하여 우리에게 도전해 오지 않을 수가 없을 거요. 그러므로 만일 우리가 미트리다테스를 처치해버리려고 하면, 그렇지 않아도 오래 전부터 우리와 싸울 기회만 호시탐탐 노리고 있던 티그라네스를 적으로 끌어들일 위험에 빠지게 될 것이란 말이오. 자기의 장인이자 왕을 구원한다는 구실이 오죽이나 좋지 않소? 누가 무엇 때문에 이런 일을 자초하며, 누구의 구원을 받고서 싸워야 할 것인지도 모르는 미트리다테스에게 전략을 가르쳐주어야 되겠소? 그자에게 욕을 보여 티그라네스의 힘을 구하려고 그에게 고개를 숙이고 그의 품 안으로 기어들게 하지 말고, 자력으로 다시 군대를 모아 도전해 올 기회를 주자는 것이오. 그러면 우리는 여러 번 싸워서 이긴 경험이 있는 콜키아 인들이나 티바레니아 인들과 또 싸우면 그것으로 족하며, 메디아 인들이나 아르메니아 인들을 상대로 하여 싸우지 않게 될 것이 아니겠소?"

이러한 전략을 세우고 루쿨루스는 아미수스 시 앞에 진을 치고서 천천히 시간을 끌며 포위망을 좁혀 나갔다. 이렇듯 편히 겨울을 보낸 다음, 루쿨루스는 이 곳 일을 무레나에게 맡기고 자기 자신은 미트리다테스를 치러 출동하였다. 그때 미트리다테스는 루쿨루스와 싸울 결심을 하고 카비라에 보병 4만과 그가 가장 믿고 있는 기병 1만 4천 기의 병력을 주둔시켜 놓고 기다리고 있었다. 리쿠스 강을 건넌 미트리다테스는 로마 군에게 도전하여 로마 군을 평원으로 유인하였다. 거기서 기병전이 벌어져 로마 군이 참패를 당하였다.

이때 어느 정도 이름이 알려진 폼포니우스라는 군인이 부상으로 포로가 되었다. 부상으로 쓰리고 아픈 몸을 이끌고 왕 앞으로 끌려 나왔다. 왕이 그에게 목숨을 살려주면 자기 심복이 되겠느냐고 묻자 그는 이렇게 대답했다.

"그렇습니다. 만일 전하께서 로마 군과 휴전을 맺으신다면 그렇게 하겠습니다. 그렇지 않으시다면 전하의 적으로 남아 있을 수밖에요."

왕은 이 대답이 마음에 들어 그에게 해를 끼치지 않았다.

적이 기병으로 들판을 지배하고 있었기 때문에 이것을 두려워한 루쿨루스는 숲이 너무나도 크고 울창하여 거의 접근할 수 없었으므로 산으로 들어가기를 주저하였다. 그때 다행히도 동굴 속으로 도망가 있던 몇 명의 그리스 인을 포로로 잡았다. 그 중에서 가장 나이가 많은 아르테미도루스라는 사람이 루쿨루스를, 카비라를 굽어볼 수 있는, 그의 군을 주둔시키기에 안전한 요새로 데려다 주마고 약속하였다. 루쿨루스는 그의 말을 믿고 횃불을 켜 들고 밤에 산골짜기를 빠져 나와 그 곳에 당도하였다.

날이 밝자 적이 바로 눈앞에 내려다보였다. 이 쪽에서 싸우고 싶을 때에는 적을 쳐내려가기에도, 적과 싸우지 않고 가만히 있고 싶다면 또 그렇게 하기에도 좋은, 공수 양면에서 전략상 매우 유리한 지점에다 진을 쳤다. 현재로는 어느 쪽도 싸움을 걸고 싶지는 않았다.

그때 왕 쪽 병사들이 노루를 사냥하고 있었는데, 로마 병사 몇이 그것을 방해하려고 나왔다가 마주쳤다. 그래서 소전투가 벌어졌는데, 양쪽에 증원부대가 오는 바람에 싸움이 점점 커졌다. 결국 왕의 병사들이 우세하였다.

로마 군은 그들의 진지에서 동료 병사들이 도망치는 것을 보고서 분통이 터져, 루쿨루스에게로 달려가 전면전쟁을 선포해서 자기들을 먼저 나가게 해달라고 간청하였다. 그러나 그는 싸울 때에나 위험한 지경에 처해 있을 때에나 현명한 장군의 침착한 태도가 얼마나 중요한가를 그들에게 알려주기 위하여 가만히들 있으라고 일렀다.

그리고 그는 자기 혼자 들판으로 내려가 맨 앞에서 도망쳐 오는 병사들을 붙잡아놓고 돌아서서 자기와 함께 싸우라고 명령하였다. 이들이 복종하고, 또 그 뒤를 따라오던 나머지 병사들도 합세하여 편대를 재편성해서 적을 진지까지 격퇴하였다. 진지로 돌아온 루쿨루스는 도망병들에게 관례대로 벌을 주어, 저고리 끈을 풀어헤치고 다른 병사들이 구경하는 앞에서 12명의 보병이 들어갈 수 있는 참호를 파게 하였다.

미트리다테스의 진지에는 올타쿠스라는 마이오티스 호 근처에서 살고 있는 야만족 단다리아의 추장이 있었다. 그는 싸울 때에는 힘과 용기가 뛰어나고, 회의 중에는 슬기롭고, 남과 대화를 나눌 때에는 명랑하고 남을 설득시키는 재능이 있었다. 경쟁심이 강하고, 또 그 부족의 다른 한 추장을 시기하여 그를 능가하고자 하는 열성이 변하지 않았는데, 그는 미트리다테스에게 특별히 충성을 다하겠다고 약속하였다. 그것은 루쿨루스를 암살하겠다는 충성이었다.

왕은 그의 결의를 칭찬하고, 그로 하여금 왕에게 무례한 행동을 하여 왕의 진노를 사고서 원한을 품은 듯이 말을 집어타고 루쿨루스에게로 도망치는 작전을 짰다. 그는 군대 내에서 평판이 높은 사람이었으므로 루쿨루스의 대환영을 받았다. 얼마 동안 그의 지략과 인내력을 시험해본 루쿨루스는 그를 신임하게 되어 그와 식사도 같이 하고 회의에도 참석하도록 하였다. 이 단다리아 추장은 좋은 기회가 왔다고 생각하고서 종들을 시켜 자기가 타고 온 말을 진지 밖으로 끌어내라고 명령하였다. 그리고 자정이라 병사들이 밖에 나와 바람을 쐬며 쉬고 있을 때 루쿨루스 장군의 막사로 찾아갔다. 자신은 장군과 친히 사귀는 사람이므로 못 들어가게는 하지 않을 것이라고 기대하고, 중요한 용건에 관하여 말씀드릴 것이 있어서 왔노라고 말했다.

잠 때문에 많은 장군들이 죽은 경우는 허다하지만, 루쿨루스는 오히려 그 잠 때문에 목숨을 건졌다. 만약 그때 루쿨루스가 잠이 들어 있지 않았다면 그는 아무 의심도 사지 않고 루쿨루스의 막사로 들어갈 수 있었을 것이다. 이미 루쿨루스는 곤히 잠들어 있었다. 침실 문 앞에 서 있던 호위병인 메네데무스가 올타쿠스에게, 장군은 오랫동안 늦게까지 잠을 자지 않고 격무에 시달리다가 방금 전에 겨우 잠이 들었기 때문에 장군의 잠을 깨울 수 없다고 말했다.

이렇게 거절을 당했지만 올타쿠스는 물러가지 않고 계속 고집을 부리며, 안으로 들어가서 꼭 중요한 용건을 말씀드려야겠다고 하였다. 여기서 화가 난 메네데무스는 무엇보다도 중요한 것은 장군의 안전이라고 대답하고서 두 손으로 그를 강제로 떼다밀었다. 일이 이렇게 되자 올타쿠스는 겁이 나서 곧장 진지를 떠나 말을 타고 아무 성사도 없이 미트리다테스에게로 돌아왔다.

이렇듯 인간의 행동도 의술의 경우와 마찬가지로 위기를 거치고 나서야 사느냐 죽느냐의 고비가 결정되게 마련이다.

이 일이 있은 후 소르나티우스가 명령을 받고 10개 대대의 병력을 이끌고 식량을 구하러 나갔다. 미트리다테스의 부장의 하나인 메난데르의 추격을 받고도 그는 한 걸음도 양보하지 않았다. 치열한 전투가 벌어져 소르나티우스는 적을 공격하여 상당수를 죽였다.

그 후 다시 아드리아누스에게 얼마간의 병력을 주어 진지 내의 모든 병사들이 먹고 남아 돌아갈 만큼의 양식을 구해 오게 하였다. 이것을 감시하고 있던 미트리다테스는 기회를 놓칠세라 메네마쿠스와 미로에게 기병과 보병을 포함한 대군을 맡겨 그를 공격하라고 하였으나, 두 명 이외의 전군이 로마 군에게 완패당했다고 한다. 미트리다테스는 이 사실을 숨기고 보고할 필요도 없는, 지휘관들의 전략 미숙으로 벌어진 사소한 패배에 지나지 않는다고 발표하였다.

그러나 아드리아누스가 양곡과 그 밖의 전리품을 만재한 짐마차를 무수히 이끌고 의기충천하여 그의 진지 옆을 지나가는 것을 본 미트리다테스는 분통이 터지고, 부하 장병들은 혼란과 경악을 금하지 못하였다. 그래서 그 곳을 철수하기로 결정하였다. 그러나 왕의 시종들이 몰래 자기들의 물건을 먼저 날라 내느라고 다른 사람들이 물건을 실어 내는 것을 방해하였으므로, 격노한 군인들이 떼를 지어 성문으로 몰려가 그들을 체포하고 그 짐을 약탈하였다. 이 혼란 통에 도릴라우스라는 장군은 장군의 상징인 자색 옷 외에는 가진 것이라고는 아무것도 없었는데 그 옷 때문에 도리어 목숨을 잃었다. 또 헤르마이우스라는 사제는 성문에서 짓밟혀 죽었다.

미트리다테스는 호위병 하나도 없이, 심지어는 그와 함께 남은 마부 하나도 없이 단신으로 아우성치는 군중 사이에 섞여 진지를 빠져 나왔다. 말도 안 타고 도보로 걸어가며 군중 속에 끼여 옥신각신하고 있는 그를 프톨레마이오스라는 내시가 발견하고 말에서 뛰어내려 그 말을 왕에게 주었다. 로마 군은 벌써 그 뒤를 바싹 따라왔다.

로마 군이 왕을 잡지 못한 것은 속력이 없어서가 아니라, 거의 그 일보직전에까지 왔으나 탐욕과 허욕에 눈이 어두운 부하들 때문이었다. 그토록 많은 싸움과 위험한 고비를 넘기고 겨우 찾아낸 왕을 놓친 루쿨루스는 승리의 월계관을 잃고 말았다. 왕이 타고 가던 말이 잡히게 되었을 때 우연히 보물을 실은 노새 한 마리가 왕과 추격자 사이로 끼여들어 로마 병사들이 보물을 발견하게 되었다. 자기들 사이에 흩어진 보물을 많이 줍겠다고 쟁탈전이 벌어지는 통에 진짜 보물을 놓치고 말았다. 그들의 탐욕은 이렇듯 루쿨루스에게 손해를 끼쳤을 뿐만이 아니라, 살려서 진지로 끌고 오라고 특명을 내려두었던 왕의 내시 칼리스트라투스가 금화 500닢을 허리띠에 감춰 가지고 있는 것을 수상히 여기고 그를 살해해버렸다. 그럼에도 불구하고 루쿨루스는 적이 버리고 간 진지를 약탈해도 좋다는 허락을 부하 장병들에게 내렸다.

이 일이 있은 뒤로 루쿨루스는 그가 점령한 카비라와 그 밖의 많은 요새에 숨겨두었던 값진 보물과 비밀 감옥을 찾아내었다. 이 비밀감옥에는 많은 그리스 인들과 미트리다테스의 친척들이 갇혀 있었다. 이들은 자신들을 죽은 지 이미 오래 된 사람들이라고 생각하였던 사람들로서, 루쿨루스의 덕택으로 구제되었다는 생각 이상으로 제2의 탄생을 얻은 것처럼 기뻐하였던 것이다. 미트리다테스의 누이 니사도 역시 이때에 구출되었다.

한편 가장 안전하리라고 생각된 사람들, 즉 페르나키아에 피신해 있다고 생각한 왕비와 왕의 남매들이 가장 비참하게 살해되었다. 미트리다테스가 패주 도중 내시 바키데스를 그들에게 파견하여 죽여버리라고 명령하였기 때문이다. 또 그들 가운데에는 두 왕의 남매인 40세 가량 된 미혼의 록사나와 스타티라가 있었고 이오니아 출신의 두 왕비, 키오스가 고향인 베레니케와 밀레투스가 고향인 모니메도 있었다.

이 두 왕비 중 모니메는 왕이 아주 오랫동안 구애하며 금화 1만 5천을 선물로 주었지만, 결혼계약이 정식으로 맺어져 왕관이 보내지고 왕비라는 칭호를 받을 때까지 왕의 구혼을 허락하지 않았기 때문에 그리스 인들 사이에서 평판이 높았던 여자였다. 그녀는 그 후 슬픔에 잠긴 채 살아 왔으며, 미인인 탓에 남편이 아니라 감시자를 맞이한 거나 다름없이 살았다. 아내로서 가정살림보다는 야만인들의 감시나 받으며 살고 있다고 자기 신세를 한탄하는 때가 많았다. 고향을 멀리 떠나 그 동안 현실적인 행복이라고는 찾을 길도 없이, 꿈속에서만 행복을 그리며 살고 있던 그녀였다.

바키데스가 와서 각자가 가장 쉽고 고통이 없다고 생각하는 대로 죽을 준비를 갖추라고 명령하였을 때, 그녀는 머리에서 왕관을 벗고 끈을 목에다 묶고서 대롱대롱 매달렸으나 그 끈이 곧 끊어졌다.

"오, 딱한 머리띠로다! 이런 하찮은 일에 있어서도 하나도 도움이 안 되다니!"

하고 그 끈을 내던지며 침을 뱉었다. 그리고는 자기 목을 바키데스에게 내밀었다.

베레니케는 평소부터 자살용으로 독약을 준비해 놓고 있었으나, 옆에 서 있던 어머니의 간청으로 그 일부를 어머니에게도 나눠주었다. 모녀는 다 같이 마셨는데 연로한 어머니에게는 독약의 효력이 빨랐으나, 딸은 양이 부족하여 좀처럼 죽지 않았다. 결국 빨리 죽기 위하여 바키데스의 도움을 받아 목을 매어 죽었다. 미혼의 누이동생 하나는 왕을 몹시 원망하고 저주하며 독을 마시고 죽었다. 그러나 스타티라는 점잖치 않은 말이나 욕이라고는 한 마디도 하지 않았다. 그와는 반대로 오히려 오빠가 본인이 위험에 처했을 때에도 자기들을 잊지 않고, 수치나 불명예를 당하지 않고 죽을 수 있도록 세심한 마음을 썼다고 오빠를 칭찬하며 죽었다.

마음씨가 착하고 인정이 많은 루쿨루스는 이 이야기들을 듣고 마음이 흔들렸다. 그러나 그는 쉬지 않고 행군을 계속해서 탈라우라까지 왔다. 그가 도착하기 나흘 전에 미트리다테스는 도망을 쳐서 아르메니아의 티그라네스 왕에게로 간 뒤라, 루쿨루스가 그 곳에 당도했을 때 그는 거기에 없었다. 그러므로 그는 진로를 바꿔 소아르메니아와 함께 칼데아 인들과 티바레니아 인들을 정복하고, 그들의 모든 요새와 도시들을 점령하였다. 그리고 아피우스를 사신으로 티그라네스 왕에게 보내어 미트리다테스를 요구하였다.

루쿨루스 자신은 아직도 칼리마쿠스의 지휘하에 저항을 계속하고 있는 아미수스로 돌아갔다. 칼리마쿠스는 그의 뛰어난 군사공학의 기술과 그의 종횡무진한 수성전술에 의하여 로마 군에게 큰 타격을 주고 있었다. 그는 그 때문에 나중에 사형을 받게 되었지만, 이번 싸움에서는 루쿨루스의 계략에 허를 찔리고 말았다. 루쿨루스는 칼리마쿠스의 병사들이 매일 하는 습관대로 낮에 성벽을 떠나 잠깐 쉬는 동안에 공격을 가하여 성벽의 일부를 점령하였다. 그 바람에 칼리마쿠스는 부득이 시에서 철수하지 않을 수가 없었는데, 도망치면서 시내에 불을 질렀다. 로마 군이 전리품을 약탈하지 못하게 하기 위하여 시기심에서 한 짓이었는지, 아니면 혼란을 이용하여 그의 도주를 한층 더 유리하게 하려는 생각에서였는지 알 길이 없다.

배를 타고 도망치는 적을 추격하려는 사람은 아무도 없고, 병사들은 약탈하려는 데 혈안이 되었다. 그러나 루쿨루스는 시가 잿더미로 되는 것이 끝내 가슴이 아파 외부로부터 병력을 투입시켜 불을 끄게 하였다. 그러나 먹이에 정신이 없는 병사들은 그의 명령에도 아랑곳하지 않고, 환성을 고래고래 지르고 무기를 서로 찰칵찰칵 부딪치며 떠들어대는 바람에 그도 하는 수 없이 그들에게 약탈을 허용하였다. 그렇게 함으로써 시를 화재로부터 극소화시키자는 생각에서였다. 그러나 병사들은 그것과는 정반대되는 행동을 취하여 횃불을 들고 다니며 아무 곳에나 불을 지르고 파괴하며 전시가지를 거의 잿더미로 만들었다.

그러한 까닭에 루쿨루스는 다음날 시내로 들어갔을 때, 그 참상에 눈물을 흘리면서 그의 참모들에게 술라 이야기를 하였다. 그는 술라를 항상 운이 좋은 사나이라고 생각하여 왔는데, 오늘만큼 그것을 절실히 느낀 적은 없다고 하였다. 술라는 아테네를 정복하였을 때 그것을 구할 수 있었던 것이 천만다행이었다고 말했다.

"그러나 나는 운을 타고나지 못해 술라를 모방하려고 애는 무척 썼지만 결국 뭄미우스(아카에사 동맹군을 정복하고서 기원전 146년에 코린트 시를 완전히 파괴하였다.) 같은 놈이 되고 말았구려."

그는 이렇게 개탄하였다. 그러나 그는 힘 자라는 데까지는 시의 재건에 전력하였다. 동시에 또한 신의 섭리라고나 할까 비마저 내려 진화작업에 일조를 했다.

루쿨루스 자신은 시에 머물러 있는 동안 될 수 있는 데까지 시의 재건에 진력하였다. 그러는 한편 피난 간 주민들을 다시 받아들였고, 거기서 살기를 원하는 많은 다른 그리스 이민들도 받아들이고는 시의 땅으로 100퍼얼롱을 더 편입시켰다.

이 도시는 아테네가 한창 번영하여 세력을 누리고 있었을 당시에 창건된 아테네의 이민도시였다. 그 때문에 아리스티온의 학정을 피하여 온 많은 사람들이 이 곳에 정착하여 시민으로 인정되었으나, 국내의 불행으로부터 남의 나라의 더 큰 불운 속으로 도망쳐나온 셈이 되었다. 이들 살아 남은 많은 주민들에게 루쿨루스는 옷을 나눠주었고, 200드라크마씩을 주어 본국으로 송환하였다.

이때 문법학자 티란니온이 체포되었다. 무레나는 루쿨루스에게 부탁하여 그를 넘겨달라고 하여 그를 인계받아 가지고 해방시켜주었다. 그러나 이렇듯 루쿨루스의 은혜를 입고도 그는 고맙게 생각하지 않고 루쿨루스를 비난하였다. 학식으로 높은 명성을 떨친 사람을 애당초부터 해방시켜주지 않고, 처음에는 노예로 잡았다가 나중에 가서야 해방시켜준 루쿨루스의 소행을 결코 달갑게 생각하지 않았기 때문이다. 이렇듯 또다시 결점투성이의 자유를 허용한다는 것은 본인이 그전에 누렸던 자유를 진정으로 빼앗는 것과 다름없다고 여긴 것이다. 그러나 무레나가 관대함에 있어 장군보다 훨씬 뒤떨어진다는 것을 보여준 것은 이번이 처음은 아니었다.

루쿨루스는 소아시아 여러 도시의 선무사업에 바빴다. 시간을 빼앗길 전쟁도 없었으므로 그의 시간을 오로지 법과 정의를 실현시키는 행정에 바쳤다. 질서가 극도로 문란하였기 때문에 이 지방은 오랫동안 이루 형언할 수 없고 믿을 수 없을 만큼 비참한 상태에 빠졌다. 세금징수 청부인들과 고리대금업자들의 착취가 너무나도 심하여 시민은 노예상태로 전락해 부득이 한참 나이의 그 아들들과 다 자란 딸들을 팔아야만 했다. 또 각 시는 헌납된 선물과 성화와 초상을 공공연히 팔아야만 할 형편에 이르렀다. 마침내 그들의 운명은 채권자들 앞에 노예로서 굴복해야만 할 지경에 이르렀으나, 그전에 받은 그 혹독한 고초는 이루 다 말할 수 없을 정도였다. 밧줄과 말에게 당한 고생이며 염전 아래 밖으로 끌려 나와 살이 까맣게 타던 일, 엄동에 얼음진창 속에 뛰어들게 하던 일 따위의 갖은 고생 끝에 노예가 되고 보니, 오히려 그 쪽이 덜 고생이 되고 한결 마음이 편하였다.

루쿨루스는 단시일 내에 각 시를 이러한 악덕과 압박으로부터 해방시켰다. 무엇보다도 우선 이자율을 1퍼센트 이하로 내리라는 명령을 내렸고, 둘째로 이자가 원금을 초과할 때에는 그 이자를 할인하였으며, 세번째로 가장 중요한 명령은 채권자는 채무자의 수입의 4분의 1만 받아야 하고, 이자를 원금에 가산하는 자가 있을 경우에는 일체의 권리를 박탈하게 한다는 것이었다. 그 결과 4년 내에 모든 빚은 탕감되고, 땅은 그 정당한 소유자에게로 돌아갔다.

이 지방의 공채는 소아시아 여러 나라가 상납금을 치를 때 술라가 2만 탈렌트로 약정했으나 결국 주민들은 그 갑절을 세금징수자에게 치렀고, 이제는 그것이 자꾸만 늘어서 이자를 원금에 가산한 총액은 12만 탈렌트나 되었다. 따라서 세금징수인들은 로마로 가서 국가가 그로 인하여 큰 손해를 입게 되었다고 루쿨루스를 통렬히 비난하였다. 실제로 그들은 큰 세력을 가지고 있었고, 많은 정치가들을 빚으로 거느리고 있었으므로, 돈으로 매수한 몇 명의 유력한 원로원 의원들을 선동하여 루쿨루스를 공격하게 하였다. 그러나 루쿨루스는 은혜를 베풀어준 도시들로부터 사랑을 받았을 뿐 아니라, 다른 지방에서도 그와 같은 지사를 맞아 통치받기를 바랐으며, 그런 지사를 가진 주민들의 행운을 부러워하였다.

루쿨루스의 처남인 아피우스 클로디우스는 티그라네스 왕에게로 파견되었는데, 안내를 맡은 왕의 안내자들에 의해 쓸데없이 산길을 지나 지루하게 삥삥 도는 굽은 길로 끌려다녔다. 그러다가 그의 시리아 인 해방노예가 지름길을 일러주어 그 길고 굽은 길을 버리고 안내자들인 그 야만인들과도 작별을 고한 다음, 며칠 내로 에우프라테스 강을 건너 다프네 시 부근에 있는 안티옥에 도착하였다. 거기서 그는 티그라네스 왕을 기다리고 있으라는 명령을 받았다.

그때 왕은 포이니키아의 몇 개 도시를 공격하느라 출정 중이었다. 그래서 그 동안에 아르메니아 왕에게 싫지만 억지로 복종하고 있던 여러 왕들을 자기편에 끌어넣었다. 그 중에는 고르디에니아 왕 자루비에누스도 끼여 있었다. 또한 티그라네스에게 정복당한 여러 나라들도 몰래 사신을 보내왔으므로, 루쿨루스의 원조를 약속하면서 당분간은 가만히 있으라고 그들에게 일러두었다.

아르메니아 정부는 그리스 인들을 가혹하게 다루었으며, 특히 현왕은 전승을 거듭하여 세력이 커짐에 따라 거만해지고 사나워졌다. 그는 사람들이 탐내는 귀중한 물건들은 실제로 없는 것이 없었을 뿐 아니라, 일부러 자기만을 위하여 세상에 나온 것으로 생각하였다. 처음에는 조그맣고 보잘것없던 그가 여러 나라들을 정복하게 되고 또 파르티아의 세력도 자기 앞에 무릎을 꿇게 되자, 킬리키아와 카파도키아 등지에서 살던 그리스 인들을 무수히 메소포타미아로 이주시켰다. 그는 또한 천막생활을 하며 떠돌이생활을 하고 있던 아라비아 인들도 자기 근처로 이주시켜 정착하게 하고 그들에게 무역을 시켜 그 혜택을 보았다.

여러 왕이 그에게 시종하였으나, 그 중에서도 특히 네 명의 왕은 늘 그를 종이나 호위병처럼 따랐다. 그가 말을 탈 때에는 그 옆을 수수한 평복을 입고서 따르며 시중을 들었고, 왕좌에 앉아서 정무를 볼 때에는 두 손을 포개잡고 시립하고 있었다. 그 자세는 많은 자세 중에서도 절대 복종을 방불케 하는 자세였다. 그 자세는 마치 자유와는 끝장을 보고 자기들의 몸을 상전들을 섬기기 위해서라기보다는 그 징벌을 받기 위하여 바치고 있다는 그러한 자세였다.

이러한 어마어마한 광경을 보고도 조금도 놀라거나 당황하지 않은 아피우스는 알현이 허용되자, 루쿨루스 장군에게 승리를 드리기 위하여 미트리다테스 왕을 요구하러 왔다는 뜻을 전하였다. 그리고 만일 응하지 않으면 티그라네스 왕에게 전쟁을 선포하지 않을 수 없다고 말하였다. 그 결과 티그라네스는 평온한 태도와 미소를 억지로 지어보이며 그를 대하려고 애썼지만, 젊은이의 당돌한 말에 자기 주위에 서 있는 사람들을 보아서라도 시치미를 딱 떼고 태연한 체할 수가 없었다. 아마도 25년 동안, 아니 그의 통치 기간 중, 좀더 정확하게 말하자면 그의 독재 기간 중 거리낌없이 이렇게까지 당돌한 말을 들어보기란 처음이었기 때문이다.

그러나 그는 아피우스에게 미트리다테스를 인도할 수는 없고, 또 로마 군이 쳐들어온다면 자기 자신이 지키겠다고 대답하였다. 그는 또한 루쿨루스가 그에게 보낸 서신에서 자기를 왕중왕이라고 부르지 않고 그저 왕이라고 부른 데 대하여 노하고, 그의 답신에서 그는 루쿨루스를 대장군이라는 칭호로 부르지 않았다.

아피우스는 왕이 큰 선물을 보내왔지만 그는 그것을 거절하였다. 그러자 이번에는 전번의 배나 되는 선물을 보내왔는데, 또 안 받으면 노해서 안 받는 줄로 알까 봐 큰 잔 하나만 받고 나머지는 돌려보낸 다음 곧 루쿨루스에게로 돌아왔다.

티그라네스는 미트리다테스와 가까운 친척이었다. 미트리다테스는 상당히 큰 나라를 잃고 쫓겨다니는 신세였지만, 티그라네스는 아직까지 한 번도 그에게 대면이나 대화를 허용한 적도 없이 거만하게 천대하여, 지대가 습하고 건강에도 좋지 못한 곳으로 일종의 죄수처럼 격리시켜 놓고 있었다. 그러던 것이 이제는 넌지시 존경과 친절을 고백하면서 사람을 시켜 미트리다테스를 궁중으로 불러 둘이서 비밀회의를 열었다. 그런 다음, 두 사람 사이의 반목질시를 일소하기로 하고 그 원인을 신하에게 뒤집어씌우기로 하였다.

그 중 하나가 스케프시스에 사는 메트로도루스라는 사람이었는데, 그는 언변이 좋고 학식이 많은 사람이어서 미트리다테스와는 왕의 아버지라고 널리 불려질 정도로 아주 친밀한 사이였다. 이 사람은 공교롭게도 한때 미트리다테스의 사신으로 임명되어 로마 군의 침략을 막아달라고 티그라네스에게 간청한 적이 있었다. 그때 티그라네스가 물었다.

"메트로도루스 장군, 이 사건에 있어 내가 어떻게 했으면 좋겠다고 충고하고 싶소?"

이에 메트로도루스는 대답하기를 티그라네스의 이익을 생각해서 그랬든지 아니면 미트리다테스가 왕위를 잃기를 바라고서 그랬든지, 사신으로서는 그 간청을 들어주기를 충고하지만 전하와의 친분을 생각해서는 그 간청을 들어주지 않기를 바란다고 하였다.

티그라네스는 이 이야기를 미트리다테스에게 해도 중벌이 내려지지는 않으리라는 생각에 그대로 미트리다테스에게 보고하였다. 그러나 이 결과 메트로도루스는 곧 사형을 받게 되었다. 티그라네스는 자기가 한 일을 몹시 후회하였다. 사실을 이야기하면, 티그라네스의 이 보고가 사형을 유발한 직접 원인은 아니었다. 그 전부터 미워하고 있던 사람을 처치해버리고 싶은 동기를 미트리다테스에게 제공해준 데 지나지 않았다. 로마 군의 수중에 들어온 미트리다테스의 비밀문서 가운데에서 메트로도루스를 죽이라는 지령이 발견되었기 때문이다. 티그라네스는 생시에 배반하였던 사람의 유해를 사후에 비용을 아끼지 않고 성대히 묻어주었다.

웅변가 암피크라테스도 아테네를 아끼는 뜻에서 언급하자면 티그라네스 때문에 억울하게 죽임을 당한 사람이다. 그가 그의 나라를 떠나 티그리스 강가의 셀레우키아 시로 도망쳐왔을 때, 그 곳 주민들이 자기들에게 논리학에 관하여 가르쳐달라는 요청을 해 왔다. 그때 그는 접시에 돌고래를 담을 수는 없지 않느냐고 교만하게 대답하였다고 한다. 그리고 미트리다테스의 딸이자 티그라네스의 왕비인 클레오파트라에게로 갔는데, 그에게 비행의 죄를 씌워 시민들과의 거래를 일체 금하였으므로 결국엔 굶어서 죽었다. 암피크라테스는 마찬가지로 클레오파트라에 의하여 정중히 그 지방의 사파라고 불려지는 곳 근처에 매장되었다.

루쿨루스가 소아시아에 법률을 재정비하고 평화를 다시 정착시켰을 때, 그는 오락과 환락을 전적으로 잊지 않고 있었다. 그가 에페소스에 정착하고 있는 동안 운동경기와 승리의 축제와 씨름경기와 단둘이 맞붙는 격투대회 등을 개최하여 시민들을 즐겁게 하였다. 또 시민들도 답례로서 그 밖의 여러 가지 경기대회를 열고 루쿨루스경기대회라고 칭하여 그에게 명예를 바쳤다. 그리고 이 밖에 더 명예스러울 것이 없는 귀중한 사랑을 그에게 바쳤다.

그러나 아피우스가 돌아와 티그라네스와 싸울 준비를 하지 않으면 안 되겠다고 말하였을 때, 그는 또다시 폰투스로 돌아가서 군을 소집하여 시노페 시로 진격하여 그 곳을 점령하고, 티그라네스를 지지하고 있는 킬리키아 군을 포위하였다. 이렇게 되자 그들은 많은 시노페 시민들을 학살하고 시내에다 불을 지르고는 도주하였다. 이 상황을 본 루쿨루스는 시내로 진주하여 아직도 시내에 남아 있는 8천 명의 킬리키아 군인을 죽이고, 시민들에게는 그들의 재산을 돌려주며 그들의 복리를 위하여 특별한 배려를 베풀었다. 그것은 다음과 같은 꿈의 계시에 의한 것이었다.

그가 잠 속에 빠져 있는 동안 어떤 사람 하나가 그에게로 와서 다음과 같이 말했다.

"좀더 진격하시오, 루쿨루스 장군. 아우톨리쿠스가 장군을 만나러 오고 있습니다."

잠을 깼을 때 그는 그 꿈이 무엇을 의미하는지 알지 못하였다. 같은 날 시를 점령하고, 배로 도망치는 킬리키아 군을 추격하다가 바닷가에 누워 있는 조각상 하나를 발견하였다. 그것은 킬리키아 군이 여기까지 가지고 왔으나 배에 실을 시간이 없어서 바닷가에 버리고 간 것이었다. 그것은 스테니스가 만든 걸작 중의 하나였다. 그리고 그것은 이 시노페 시의 창건자인 아우톨리쿠스의 조각상이라고 누군가가 그에게 말하였다.

이 아우톨리쿠스라는 사람은 전하는 이야기에 따르면 데이마쿠스의 아들이었으며, 헤라클레스 밑에서 테살리아로부터 아마존 족을 토벌하러 갈 때에 같이 간 사람 중의 하나였다고 한다. 거기서 데몰레온과 플로기우스와 함께 돌아올 때 케르소네수스 반도의 곶 페달리움이라는 곳에서 난파당하여 배를 잃었다. 그는 간신히 무기와 그의 부하들과 함께 구제되어 시노페로 와서 거기 살고 있는 시리아 인들을 추방하고 그 곳을 점령하였다는 것이다. 전설에 의하면, 그때 그 곳을 점령하고 있던 시리아 인들은 아폴로의 아들 시루스와 아소푸스 신의 딸 시노페의 후손이었다고 한다.

이 이야기를 듣자마자 루쿨루스는 술라가 그 회상록 가운데서, 꿈 속에서 받은 계시만큼 확실하고 믿음성이 있는 충고는 없다고 경고한 바를 회상하였다. 그는 미트리다테스와 티그라네스가 리카오니아와 킬리키아를 거쳐 루쿨루스보다 먼저 소아시아로 들어올 목적으로 진격 중이라는 정보에 접하였다.

아르메니아 왕이 로마 군을 공격할 의사가 있었다면, 미트리다테스의 세력이 절정에 도달해 있을 때에 협동작전을 하거나, 또는 그의 세력이 다소 기울어져 있기는 하였으되 그래도 아직 그 세력이 강할 때에 공격했을 것이다. 그런데 미트리다테스가 패망할 것이 뻔한 이때에, 이길 가망성이라고는 전혀 없는 전쟁을 자청함으로써 정복을 당하여 일어서지 못할 자와 같이 죽을 자리를 찾는 의도를 전혀 알 수 없었다. 그러나 미트리다테스의 아들이며 보스포루스 해협의 지사인 마카레스는 금화 1천 닢의 값이 나가는 금관을 그에게 보내고 로마 동맹국의 일원이 되겠다고 자청해 왔다.

루쿨루스는 먼젓번 전쟁은 웬만큼 끝이 난 것으로 간주하고, 그의 부관 소르나티우스에게 6천의 병사들을 주어 폰투스에 남아서 지키게 했다. 그리고 그 자신은 보병 1만 2천과 기병 약 3천 기를 이끌고 제2의 전쟁터를 향하여 진군해 나갔다.

그 진군은 너무나 빠른 속력으로 호전적인 많은 나라들의 한 가운데로, 또 수만의 기병들 속으로, 모든 길이 깊은 강들과 산들로 막히고 눈이 하얗게 덮인 미지의 광막한 지방으로 들어가려는 무분별한 행동임이 분명하였다. 이러한 진군은 이미 군기가 무너진 지 오래 된 병사들로 하여금 억지로 불평과 반항을 하며 쫓아오게 하였다. 똑같은 이유로 역시 나라 안의 민중 선동분자들도 나라가 원하지도 않는 전쟁을 잇달아 일으키는 것은 장군으로 있는 날까지 절대로 무기를 놓지 않고, 사리를 위하여 나라를 위태롭게 하자는 심사에 지나지 않는다고 그를 통렬히 비난하고 성토하였다. 이 선동분자들은 결국에 가서는 그 목적을 달성하였다.

그러나 루쿨루스는 긴 행군 끝에 에우프라테스 강에 도달하였다. 때는 겨울인데다가 홍수가 나서 물은 많이 불어 있고 그 강물은 도도히 흘러가고 있었다. 보트를 구하여 부교를 만드는 동안 그 일이 지체되고 힘들까 봐 퍽 마음이 쓰였으나, 저녁이 되면서부터 홍수가 점차 줄어들기 시작하더니 다음날에는 강의 양쪽 둑이 드러날 정도로 강물이 줄었다. 강 가운데에 군데군데 조그마한 섬들이 드러나고 그 섬 속에 물이 괴어, 일찍이 없었던 이러한 희귀한 일들을 본 주민들은 루쿨루스에게 신의 가호가 나타난 것으로 알고 그에게 경의를 표하였다. 그의 앞에서는 강물도 겸손해지고 유순해져서 신속하고도 용이하게 건너게 하려는 신의 뜻이라고 생각한 것이다.

루쿨루스는 이 기회를 이용하여 그의 군대를 건너게 하였다. 그러자 그 상륙 지점에서 또다시 좋은 징조가 나타났다. 모든 신들 중에서 에우프라테스 강 유역 일대에 사는 야만인들이 가장 우러러보는 디아나 페르시아 여신에게 바치는 성우(聖牛)인 어린 암소들이 때마침 풀을 뜯고 있는 것이 아닌가!

이 암소들은 디아나 페르시아에게 바치는 제물로만 사용된다. 암소들은 여느 때에는 여신의 상징인 횃불을 등에다 낙인한 채 한가로이 초원을 오르락내리락하며 풀을 뜯는다. 초원이 넓어 제물로 쓰기 위하여 그 중 한 마리를 잡기란 여간 힘든 일이 아니다. 그런데 지금 루쿨루스 군이 에우프라테스 강을 건넜을 때, 그 암소 중 한 마리가 여신들에게 제물을 바치는 그 바위 앞에 스스로 와 그 위에 서서 마치 밧줄로 목이 끌어 당겨지기라도 한 것처럼 목을 수그리고, 루쿨루스가 어서 제물로 써주기를 기다리고 있는 것이 아닌가! 루쿨루스는 이것뿐만 아니라, 이 강을 안전하게 건너게 해달라고 이미 황소 한 마리를 신에게 제물로 바친 것이다.

그 날은 이 곳에서 군을 멈추고 그 다음날부터는, 계속하여 며칠씩 소페네 지방을 지나가며 그에게로 와서 기꺼이 그의 군을 환영해주는 주민들에게 폭력을 행사하지 않았다. 병사들이 그 안에 많은 물자를 저장해 두고 있는 것처럼 보이는 성을 약탈하고 싶어했을 때, 그는 멀리 앞에 보이는 타우루스 산맥을 가리키며 말했다.

"저것이 우리가 먼저 공격해야 할 성이오. 나머지 것은 거기를 정복한 사람들을 위하여 남겨둡시다."

그리고는 진군을 서둘러 티그리스 강을 건넌 다음 아르메니아로 진주하였다.

루쿨루스의 침공을 알린 최초의 사자는 티그라네스를 기쁘게 하기는 고사하고 도리어 그의 목숨을 빼앗기는 결과를 낳았다. 그러므로 그 사람 외에는 아무도 감히 그 이상의 정보를 제공하는 사람이 없었으므로, 티그라네스는 전쟁의 불길이 이미 자기 주위에 밀어닥치고 있는데 아무것도 모르고서 딱 버티고 앉아 있었다. 그리고 '만일 전하께서 수십만의 대군을 이끌고 소아시아로 진격하신다면, 루쿨루스는 전하의 위풍만 보고도 겁을 집어먹고 에페소스에서 도주하고 말 것'이라는 따위의 아첨만 듣고 있었다. 그는 두주불사의 강건한 체구의 사나이었으며, 정신력도 강한 소유자여서 늘 명랑하였다.

그의 근신 중의 하나인 미트로바르자네스는 감히 왕에게 직언한 최초의 사람이었으나 그의 직언의 상은 받지 못한 셈이었다. 왕이 그에게 3천의 기병과 많은 보병부대를 주며, 곧 출동하여 루쿨루스를 사로잡고 그의 군대를 섬멸하고 오라는 달갑지 않은 명령을 내렸기 때문이다.

이때 루쿨루스는 자기의 병력을 둘로 나누어 그 얼마는 자기 진지를 지키게 하고, 나머지 병력은 계속 적을 향하여 진격하게 하였다. 적이 접근하고 있다는 척후병의 보고를 받자 그는, 군을 이처럼 나누어 전투태세를 갖추지 못하고 있을 때에 습격을 받을까 봐 겁이 났었다. 그래서 일부는 계속 진지를 구축하도록 그 자신이 독려하고, 섹스틸리우스 장군에게 기병 1천6백기와 그보다 좀더 많은 보병을 주어 적을 맞아 요격하게 하고는, 진지가 다 되었다는 신호가 내리기를 기다렸다가 합세하여 총공격을 감행하라고 명령하였다. 그러나 섹스틸리우스 장군은 미트로바르자네스 군의 맹공을 받자 그 명령에 복종하리라는 계획을 세웠지만 부득이 나아가 싸우지 않을 수 없었다.

이 전투에서 미트로바르자네스 자신은 싸우다가 전사를 당하였으며 도망을 친 몇 명 외에는 전군이 섬멸되었다. 이 일이 있은 후 티그라네스는 자신이 세운 대도시인 티그라노케르타를 떠나 타우루스로 후퇴하여 전군을 불러들였다.

그러나 루쿨루스는 회복할 시간을 그에게 주지 않고 무레나를 파견하여 티그라네스에게로 모여드는 군대들을 차단시켰다. 또 섹스틸리우스를 파견하여 왕을 도우러 오고 있는 중인 아라비아의 대군을 흩어지게 하였다. 섹스틸리우스는 아라비아 군이 진지를 구축하고 있을 바로 그때 현장을 기습하여 그 대부분을 죽였고, 무레나는 왕을 추격하다가 그 병사들이 장사진을 지어 좁고 험준한 고갯길을 넘어가는 도중에 기습작전을 감행하여 적시에 그들을 공격하였다. 왕은 이 공격을 막지 못하고 모든 그의 군용물자를 버리고 도망쳤다. 많은 아르메니아 군이 피살되고 더 많은 수가 포로로 잡혔다.

이렇듯 전승을 거둔 다음 루쿨루스는 티그라노케르타 시로 진군하여 그 앞에 포진하고 이 도시를 포위하였다. 그 곳에는 킬리키아에서 강제로 끌려온 많은 그리스 인들을 비롯하여 똑같은 처지에 놓여 있는 많은 야만인들, 즉 아디아베니 인, 아시리아 인, 고르디에니 인, 카파도키아 인 등이 살고 있었다. 티그라네스가 그들이 살고 있던 도시를 파괴하고 이 곳으로 그들을 강제로 이주시킨 것이다. 그러나 모든 평민들과 귀족들이 왕을 모방하여, 서로 다투어 가꾸고 장식하여 물자가 풍부하고 아름다운 도시로 만들었다. 이 점이 루쿨루스로 하여금 이 도시를 포위하고 싶은 마음을 강하게 자극하였다. 왜냐하면 티그라네스는 싫어도 이 도시를 탈환하려고 반드시 반격해 오리라고 믿었기 때문이다. 아니나 다를까 그 기대가 어긋나지 않아 루쿨루스가 예상한 대로 티그라네스가 공격해 왔다.

그러나 미트리다테스는 티그라네스에게 서신을 보내어 그 계획을 취소하라고 간곡히 권유하고, 기병대를 동원하여 보급로를 차단하도록 하라고 충고하였다. 미트리다테스가 보낸 사신 탁실레스도 또한 왕의 군대와 같이 머물면서, 쓸데없이 말려들어가는 것은 안전책이 아니니 로마 군을 피하라고 왕에게 간곡히 진언하였다. 이러한 진언과 충고에 티그라네스는 귀가 솔깃하여 처음에는 그것에 따를 듯한 기색을 보였다.

그러나 아르메니아 군과 고르디에니아 군이 일체가 되고, 메디아 군과 아디아베니 군의 전군이 각자 왕의 지휘하에 그에게 합류하였다. 많은 아라비아 군이 바빌로니아 건너 바다에서 몰려오고, 또 카스피 해로부터는 알바니아 군과 그 이웃 나라인 이베리아 군과 아라크세스 강 유역에 사는 왕이 없는 수많은 자유민들마저 간청에 못 이겨 또는 고용되어 다 같이 그에게로 모여들었다.

이렇게 되자 티그라네스는 다시 기고만장하여 그가 베푸는 모든 연회와 군사회의는 그의 호언장담과 기대와 야만인다운 위협으로 쨍쨍 울렸고, 탁실레스는 반전론을 주장하였다가 간신히 사형을 모면하였다. 게다가 아첨을 일삼는 도배들은 미트리다테스가 부전론을 주장하는 것은, 티그라네스가 큰 승리를 얻을 것을 시기하는 것이라고 중상 모략하였다. 그리하여 티그라네스는 미트리다테스와 영광을 나누기가 싫어서 그의 도착을 기다리지 않고 전군을 이끌고 출정길에 나섰다.

전하는 바에 의하면, 로마 장군들 전부를 상대하지 않고 루쿨루스 하나만을 상대로 하여 싸우게 된 것이 천추의 한이라고 그의 신하들에게 술회하였다는 것이다. 그렇게도 많은 수의 그를 따르는 국민들과 왕자들을 거느리고 또 그렇게도 잘 무장된 보병과 기병을 수만 명이나 거느리고 있을 때 한 이 말은 결코 망발이라거나 무리한 말이라고는 할 수 없다.

루쿨루스가 원로원에 보낸 보고서에 의하면, 그는 2만 명의 궁수와 투석수, 5만 5천의 기병, 그 중에는 1만 7천의 투구와 갑옷으로 완전무장한 철기병이 포함되어 있었다. 그리고 또 일부는 대대편성으로, 일부는 방진(方陣) 편성으로 된 15만의 보병이 선두에 서 있었다. 이 밖에도 길을 닦고, 다리를 놓고, 강물을 돌리고, 나무를 자르고, 또 필요한 여러 가지 잡무를 맡아보는 등의 각종 잡역부를 포함한 3만 5천이 그 뒤를 따랐으니 더욱 그 힘이 강화되어 보이고, 보는 사람으로 하여금 공포의 느낌을 주고도 남음이 있었다.

티그라네스가 타우루스 산을 넘어 그의 대군을 이끌고 나타나서 로마 군이 티그라노케르타 시를 포위하고 있는 지점에까지 오게 되자, 시내에 있는 야만인들은 성벽으로 올라가서 환호소리를 지르며 티그라네스 군을 환영하고 아르메니아 군을 가리키며 로마 군을 위협하였다.

로마 군의 군사회의가 열렸다. 그 회의에서 더러는 포위를 풀고 적과 싸우자고 주장하였고, 또 더러는 배후에 그렇게도 많은 적을 두고서 포위를 푸는 것은 안전책이 못 된다고 주장하였다. 루쿨루스는 이에 양쪽이 다 그 자체로는 결점이 있지만, 둘을 다 합치면 그럴 듯한 계획이 될 것이라고 하였다. 따라서 그는 그의 군을 2분하여 무레나에게 보병 6천을 맡겨 그대로 포위를 계속하게 하고, 자신은 24대대의 병력을 이끌고 적과 싸우러 나갔다. 그 내용을 보면 1만 남짓한 보병과 그 정도의 기병과 1천 정도의 궁수와 투석수들이었다.

널따란 평야 한복판을 흐르는 강가에 포진하고 있는 루쿨루스 군은 티그라네스 군과 비교해볼 때 정말로 문제도 되지 않을 정도로 초라하였다. 티그라네스를 둘러싸고 있는 아첨꾼들에게는 다시 없는 화젯거리가 되었다. 비웃기도 하고, 싸우기 전부터 전리품을 나눈다고 서로 제비를 뽑기도 하고, 모든 왕들과 장군들은 다투어 왕 앞에 나타나 이 전쟁을 자기들에게 맡기고 가만히 앉아서 구경만 하라고 하였다. 왕도 이 경우에 흥을 돋우려는 듯이 로마 군을 가리키며 다음과 같은 유명한 속담을 예로 들며 빈정대었다.

"저것이 사신이라면 너무 많고 군대라면 너무도 적군."

이렇듯 그들은 농담과 조롱을 계속하였다.

날이 밝자 루쿨루스는 싸울 준비를 갖추고 그의 군을 이끌고 나왔다. 티그라네스 군은 강의 동쪽 기슭에 진을 치고 있었다. 강이 서쪽으로 굽은 곳이 가장 건너기 쉬웠으므로 루쿨루스는 그 쪽으로 서둘러서 군을 이동시켰다. 그것이 마치 티그라네스에게는 도망치는 것처럼 보였다. 그는 탁실레스를 불러 이렇게 조롱조로 말하였다.

"저 무적강군이라는 로마 군이 도망치는 것이 안 보이느냐?"

그러나 탁실레스는 다음과 같이 대답하였다.

"오, 전하, 정말로 바라지도 않던 그러한 행운이 전하에게 온다면 오죽이나 기쁘겠습니까? 그러나 로마 군은 행군할 때에는 나들이옷이나 빛나는 방패도 들고 있지 않고, 투구도 이제 전하가 보고 계시는 바와 같이 가죽 덮개도 벗기고 있습니다. 저렇게 차리고 나선 것은 적과 싸우려는 각오로 나온 것입니다."

탁실레스의 말이 채 끝나기도 전에 루쿨루스 군은 돌아섰는가 싶더니, 독수리를 그린 군기를 앞세우고 대대마다 자기들 사단과 중대 뒤를 따라 도강태세를 갖추었다. 그때 그것을 보고 있던 티그라네스는 야단법석을 하고 마치 취기의 발작에서 깨어난 사람처럼 두서너 번 외쳤다.

"아니, 저것들이 감히 우리들에게 덤벼들 셈인가?"

왕은 허둥대며 그때서야 군의 대열을 갖추고 그 중앙에 자리를 잡았다. 그리고 좌익은 아디아베니 군에게 맡기고, 우익은 메디아 군에게 맡긴 다음 우익 앞에 중무장을 한 대부분의 기병 병력을 배치하였다.

루쿨루스가 강을 건너려는 바로 그때 장군 몇 명이 그에게 충고하기를, 오늘은 자기들이 악운의 날이라고 부르는 바로 그 불운의 날이므로 싸우지 않는 것이 좋을 것이라고 하였다. 그 날이 바로 카이피오가 지휘하던 군이 킴브리아 쪽과의 싸움에서 섬멸되었던 날이기 때문이다. 그러나 그가 그들에게 대답한 그 말은 과연 명답이었다.

"나는 이 날을 로마에게 행운이 되는 날로 고치겠소."

그 날은 10월 6일이었다.

이렇게 말함으로써 그들에게 용기를 가지라고 이르고는, 강을 건너 자신이 선두에 서서 번쩍거리는 철갑을 댄 갑옷과 술이 달린 전포(戰袍)를 입은 적의 한가운데로 병사들을 이끌고 쳐들어갔다. 벌써 칼을 뽑아 들고 휘둘러대는 꼴이 마치 부하 장병들에게, 거리를 두고 싸우는 전법에 능한 적에게 거리를 주지 말고 바싹 달라붙어서 곧 백병전을 전개하라는 신호처럼 보였다. 또 이 밖에도 적은 많은 궁수들을 가지고 있었으므로 활을 쏘아댈 거리를 주지 말자는 의도도 있었다.

그러나 군의 꽃인 중무장을 한 기병대가 언덕 아래에 포진하고 있는 것을 보고, 트라키아 군과 갈리아 군의 기병대를 출동시켜 적의 기병대를 측면에서 공격하여 그들의 긴 창을 칼로 때려부수라고 명령하였다. 이들 중무장을 한 기병대의 유일한 방어는 그 긴 창이었으며, 다리를 제외한 온몸이 둔중하고 뻣뻣한 갑옷에 싸여 있는 까닭으로 몸을 제대로 움직일 수 없는 폐단이 있었다. 루쿨루스 자신도 2개 대대를 이끌고 산 위로 밀어닥쳤다. 장군이 중무장을 하고서 말도 타지 않고, 도보로 맨앞에 서서 끙끙거리며 산을 올라가는 것을 본 부하들은 날쌔게 그 뒤를 따라 올라갔다. 그 꼭대기에는 거기서 약 4퍼얼롱의 거리밖에 안 되는 널따란 공터가 있고 오르기에 그다지 어렵게 보이지도 않았다. 정상에 올라가 공터에 서서 그는 큰 소리로 외쳤다.

"승리는 우리의 것이다, 승리는 우리의 것이다, 나의 사랑하는 병사들이여!"

이렇게 외친 다음 중무장을 한 기병대 쪽으로 달려가며, 창을 던지지 말고 적 앞으로 바싹 달려들어서 적과 백병전을 연출하여 노출되어 있는 부분인 정강이와 넓적다리를 찌르라고 명령하였다. 그러나 이러한 전법은 써볼 필요도 없었다. 적은 로마 군을 맞아 싸울 것도 없이 아우성을 치며, 보기에도 수치스럽게 도망을 쳤기 때문이다. 그리고 그 육중한 말들이 채 싸워보지도 못한 아군의 보병대의 대열 속으로 노도처럼 밀어닥쳤다. 그 결과 부상 하나, 피 한 방울 흘리지도 않고서 수만의 대군이 말발굽에 짓밟혀 깔려 죽었다. 그리고 또 가장 많이 목숨을 잃은 것은 도망치다가, 아니 오히려 도망치려고 아군 병사들이 서로 밀집해 있어 몸부림치며 먼저 빠져 나가려고 서로 밀고 당기다가 그런 변을 당한 것이다.

티그라네스는 소수의 병사들을 데리고 맨 먼저 도망치다가 그의 아들도 똑같은 불행에 처해 있는 것을 보았다. 그는 눈물을 흘리면서 머리에서 왕관을 벗어 그것을 아들에게 주며, 가능하다면 다른 길을 택하여 살아 남으라고 분부하였다. 그러나 젊은이는 감히 그것을 머리에 쓰지 못하고, 그가 가장 믿을 수 있는 종에게 맡기며 자기를 위하여 잘 보관하고 있으라고 하였다. 공교롭게도 이 종이 나중에 포로가 되어 루쿨루스 군에게 끌려오게 되었으므로, 많은 전리품과 함께 티그라네스의 왕관도 로마 군의 수중으로 들어오게 되었다. 10만 명 이상의 보병이 살해되었고, 극소수의 기병이 도망을 친 외에 전원이 살해되었다고 한다. 로마 군 중에서는 100명이 부상을 당하고 5명이 전사하였다.

철학자 안티오코스는 《제신론(諸神論)》이란 그의 저서에서, 천지개벽 이래 태양도 이런 전쟁은 처음 보았을 것이라고 하였다. 또 다른 철학자 스트라보는 그의 《사화집》에서 로마 병사들은 그런 가련한 노예 같은 놈들과 싸우다 부끄러워서 얼굴이 붉어졌을 정도였다고 말하였다. 사학자 리비 또한 로마 군은 일찍이 이렇게 큰 차이가 나는 병력을 가지고 싸워보기란 이번이 처음이었다고 하였다. 왜냐하면 정복자는 피정복자의 21분의 1도 안 되는 병력으로 싸웠으니 말이다.

가장 현명하고 경험이 많은 장군들이 루쿨루스를 특히 칭찬한 것을 보면, 두 명의 가장 강대한 왕을 가장 서로 반대되는 방법, 즉 급(急)과 완(緩)의 두 방법을 교묘하게 사용함으로써 승리를 거두었다는 것이다. 미트리다테스는 지연작전으로 시간을 질질 끌어서 하늘에라도 올라갈 것 같은 그의 전력을 소모시켰고, 티그라네스의 경우엔 급을 사용하여 그를 무찔렀다. 공격전에는 완을 쓰고, 방비전에는 급을 쓴 장군의 수는 그리 많지 않았는데 루쿨루스도 그 중 하나였다.

이렇기 때문에 미트리다테스는 루쿨루스가 종전에 늘 하던 대로 이번에도 조심스럽게 지연전술을 쓸 것으로 생각하고서, 공격을 서두르지 않고 천천히 한가로이 행군하여 티그라네스 군과 합류하려는 생각을 가지고 있었다. 그리고 첫째로 도중에서 겁에 질려 도망치고 있는 아르메니아의 낙오병 몇을 만나기 시작하였을 때 그는 최악의 경우가 왔음을 짐작하였다. 또 더 많은 수의 팔다리를 잃고 부상당한 병사를 만나게 되자, 그때서야 전쟁에 졌다고 하는 것을 확신하게 되어 그는 티그라네스를 찾기 시작하였다.

마침내 찾아내어 그 초라한 꼴을 보자 오만무례한 태도로 그를 다그치려는 생각은 전연 하지 않고, 말에서 내려 둘 다 똑같이 불운한 처지에 빠졌다고 개탄하며 자기의 호위병을 그에게 주어 시중을 들게 했다. 그리고 이미 당한 일은 후회하지 말고 앞으로의 일이나 잘 해나가라고 그를 격려하였다. 그리고 두 왕은 함께 신병을 모으기 시작하였다.

한편 티그라노케르타 시에서는 그 동안 그리스 인들이 야만인들에게 반란을 일으켜 그들로부터 분리되어 시를 루쿨루스에게 이양하려고 꾀하고 있었으므로, 루쿨루스는 이 시를 공격하여 점령하였다. 시 소유의 보물을 자기가 갖고, 시는 병사들에게 맡겨 약탈케 하였는데, 그 중에는 다른 값진 물건도 많았지만 8천 탈렌트의 화폐도 있었다. 이 밖에 그는 또한 전리품을 판 돈에서 병사들 각자에게 800드라크마씩 나눠주었다.

그는 또 티그라네스가 지은 극장의 개장 공연용으로 각지에서 초청해 온 배우들이 아직 시내에 그대로 있다는 이야기를 듣고, 그들을 초청하여 그의 승리를 축하하기 위하여 여러 가지 게임과 흥행물을 개최하였다. 그리스 인들은 자기들의 고향으로 돌려보내며 그 곳에 가는 비용도 대주었고, 강제로 끌려온 야만인들 역시 고향으로 돌려보냈다. 따라서 이 조치로 한 도시가 해체되었지만, 그 전 주민들이 돌아오게 되어 옛 도시가 다시 옛 모습을 되찾게 되었다. 그런 도시들은 루쿨루스를 은인이며 건설자로 존경하게 되었다.

이 밖에도 상을 받고도 남을 만한 대단한 선정을 이룩하였으니 무훈이 아닌 어진 정치로써 공명을 올리기를 원한 그의 뜻이 이루어졌다. 무훈은 그 일부는 병력에 좌우되고, 또 그 대부분이 운에 좌우되는 것이지만, 그의 선정은 온화하고도 너그러운 그의 마음이 빚어낸 산물이었다. 그때 루쿨루스는 무력의 힘을 빌리지 않고서도 이러한 선정을 폄으로써 야만족들을 굴복시키는 데 성공하였다. 아라비아의 여러 왕들이 그에게로 와서 그들의 재물을 바쳤으며, 그들과 함께 소페니 인들도 또한 귀순해 왔기 때문이다. 또 고르디에네 인들에게도 선정을 베풀었으므로, 그들이 살던 곳을 기꺼이 버리고 처자를 데리고 그를 따랐다. 그렇게 된 데에는 다음과 같은 이유가 있었다.

이미 말한 바와 같이 고르디에네의 왕 자르비에누스는 티그라네스의 압박에 못 이겨 아피우스를 통하여 비밀리에 루쿨루스와 동맹을 맺을 뜻을 그에게 전해 왔었다. 그러나 그 계획이 티그라네스에게 발각되어 로마 군이 아르메니아로 진주하기 전에 일가가 모두 처형되었다.

루쿨루스는 이 일을 잊지 않고 있다가 고르디에네로 진주하자 자르비에누스를 애도하는 뜻에서 장례식을 엄숙히 지내주었다. 영구차를 왕의 복장과 금과 티그라네스에게서 빼앗은 전리품으로 장식한 다음 루쿨루스 자신이 점화하고, 고인의 측근들 및 친척들과 함께 향유를 붓고 그에게 로마의 맹우라는 칭호를 주었다. 그는 또한 그를 위하여 값진 기념비를 세워주라고 하였다. 자르비에누스 궁전에서 다량의 금은 보화가 발견되었고, 그 밖에도 300만 메디므니 가량의 양곡이 발견되었다. 따라서 병사들도 식량 걱정은 없게 되어, 본국으로부터 일전 한 푼 지원을 받지 않고서도 그 비용으로 능히 전쟁을 수행할 수 있어 그에 대한 칭찬이 자자하였다.

이 일이 있은 후 파르티아 왕으로부터 사신이 와서 우호동맹을 맺을 것을 제의하였다. 이 제의를 즉각 받아들여 루쿨루스는 그 답례로서 사절단을 파르티아로 보냈다. 그 결과 파르티아 왕이 두 가지 마음을 가지고 동시에 티그라네스 하고도 비밀리에 내통하며 그에게 동맹을 허용하는 대가로 메소포타미아를 넘겨준다는 조건으로 비밀공작을 하고 있다는 것을 알게 되었다.

이 사실을 알게 되자 루쿨루스는 즉각 티그라네스와 미트리다테스는 이미 정복한 적이므로 무력함을 알고 있어 제쳐놓기로 하고, 파르티아의 힘을 시험해보기 위하여 그를 침공할 결심을 세웠다. 마치 운동선수처럼 일련의 전쟁에서 세 왕을 잇따라 쓰러뜨리고 계속 천하의 3대 왕국을 정복한다는 것은 영광스러운 일이라고 생각하였기 때문이다.

그러므로 폰투스에 주둔 중인 소르나티우스와 그 밖의 그의 동료 장군들에게 사람을 보내어, 고르디에네에서 더 멀리 진격하여 소아시아로 갈 계획이니 군대를 이끌고 자기에게로 오라고 명령하였다. 그러나 그렇지 않아도 일찍부터 잘 순종하지 않고 반란을 일으킬 기세만 엿보고 있던 이 장군들의 군대는 이제는 아주 본격적으로 반항하기 시작하였다. 장군들은 자기 부하들을 간청도 해보고 억압도 해보았지만 그들은 여전히 반항하며, 지금 있는 곳에도 더 이상 있기 싫고 폰투스를 버리고 집에 가고 싶다고 떠들어댔다.

이 소식이 루쿨루스의 부대 내로 전해지자 부하 장병들에게 적지 않은 악영향을 끼치게 되어 그들도 동요하기 시작하였다. 많은 전리품으로 부자가 되었고, 사치생활에 젖어 군대생활이 싫던 차에 폰투스의 병사들이 과감하게 반항하고 있다는 소식을 듣고 자기들도 그들의 본을 받아야 한다고 선언하였다. 이만큼 싸웠으니 이제는 자기들도 군무를 떠나 편히 쉴 자격이 충분히 있다는 것이었다.

이러한 정세와 부하들이 욕하는 소리를 듣자, 루쿨루스는 파르티아를 침략하려는 생각을 포기하고 여름철 한참 때에 티그라네스를 치기로 결정하고 진군하였다. 타우루스 산을 넘고 보니 그의 눈앞에 전개된 들판의 푸르른 녹음에 적잖이 실망하였다. 이 지방은 기후가 서늘하여 그만큼 추수철이 늦었기 때문이다.

그러나 타우루스 산에서 내려가 그에게 대항해 온 아르메니아 군을 두서너 번 격퇴한 다음, 그들의 촌락을 약탈하고 태워 버렸다. 티그라네스 군의 군량미로 비축한 양곡을 빼앗아서 적으로 하여금 이번에는 자기들이 아직까지 걱정해 온 그 궁핍 속으로 적을 몰아넣었다.

루쿨루스는 적의 진지를 포위하고 그들 앞에 보이는 촌락들을 태워버림으로써 적을 유인하여 싸우게 하려고 온갖 노력을 다했지만, 전에도 여러 번 패배한 경험이 있는 적을 유인해 낼 수는 없었다. 그러므로 그는 군을 거두어 티그라네스의 여러 왕비들과 그 어린 왕자들이 살고 있는 왕도인 아르타크사타로 진격하였다. 티그라네스가 그 처자를 지키기 위해서라도 일전을 불사하리라 생각하였기 때문이다.

전하는 바에 의하면, 카르타고의 장군 한니발이 로마 군에 의하여 안티오코스가 패배를 당한 후, 아르메니아 왕 아르타크사스를 찾아 이 곳으로 와서 왕을 위하여 여러 가지 좋은 진언을 하였다. 그 가운데 그 곳의 전략적 요새로서의 이점과 그 경관의 아름다움을 보고, 그때는 아직 사람이 살지 않는 곳이었으나 장래를 위하여 수도로 정할 계획을 세우고는 아르타크사스 왕을 그 곳으로 안내하여 보이고서 수도로 삼도록 권고하였다. 이 제안을 왕은 크게 기뻐하며 한니발에게 공사감독을 위촉하여 웅대한 도시를 세우고, 그의 이름을 따서 지명으로 삼고 아르메니아 국의 수도로 삼았다고 한다.

그리고 실제로 루쿨루스가 아르타크사타를 침공하자 티그라네스는 그대로 가만히 있을 수가 없었다. 그래서 그의 군을 이끌고 나흘째 되는 날에 로마 군의 앞으로 와서 아르사니아스 강을 사이에 두고 진을 쳤다. 이 강은 루쿨루스가 아르타크사타로 진군하려면 반드시 건너야 할 강이기 때문이었다.

루쿨루스는 신들에게 제사를 드린 다음, 승리는 이미 얻은 거나 다름없이 제1사단 내의 11대대를 앞세우고, 나머지는 후미에 세워 적의 포위작전을 방어하게 하고서 강을 건너기 시작하였다. 과연 적의 정예기병대 다수가 그에게로 쳐들어왔다. 최전방에는 마르디 인으로 편성된 기마궁수대와 이베리아 인으로 편성된 장창기마대를 앞세웠다. 이들은 가장 용감하여서 티그라네스는 다른 어떠한 외인부대보다도 믿고 있는 터였다. 그러나 그들은 별로 두드러진 전과도 올리지 못하였다. 왜냐하면 그들은 로마 군의 기병대와 좀 거리를 두고서 전초전을 벌였지만, 보병대가 바싹 달라붙는 까닭으로 싸움다운 싸움 한번 못하고서 도망쳐버렸다.

로마 군 기병대가 이들을 추격하였다. 이들은 패주하였지만, 티그라네스가 자기 주위에 숨기고 있던 기병대를 다시 내보냈다. 그 기병대가 맹위를 떨치며 마치 개미 떼처럼 밀려오는 것을 본 루쿨루스는 깜짝 놀라 추격하는 아군 기병대를 도로 불러들였다. 그리고 그 자신이 그의 정예부대를 이끌고 앞장 서서 자기 앞에 맞선 사트라페니 인 부대를 공격하였다. 그러나 적은 접전을 이루기도 전에 공포에 질려 패주하고 말았다.

그가 맞서 싸운 세 왕 중 폰투스의 미트리다테스가 가장 수치스럽게 도망을 쳤다. 그는 로마 군의 함성을 듣기도 전에 도망을 쳤으니 말이다. 추격은 멀리까지 계속되었고, 밤새도록 로마 군은 살인과 포로잡기에 바빴다. 전리품과 보물을 약탈하는 일에도 그만 지치고 말았다. 사학자 리비에 의하면 1차전에서는 포로와 사상자가 더 많았으나, 2차전에서는 신분이 높은 사람도 많이 포로가 되고 전사하였다고 한다.

이 승리에 의하여 기고만장해진 루쿨루스는 적국 깊숙이 쳐들어가 야만족에 대한 그의 정복을 완성하기로 결심하였다. 그러나 때는 추분과 더불어 겨울철이라 예상 외로 폭풍우가 휘몰아치고 눈이 빈번히 내렸다. 가장 청명한 날에도 하얀 서리가 내리고 얼음이 얼어 물이 너무도 차서 말들이 물을 마시지 못하였다. 말이 강을 건너려고 하면 얼음이 깨지고, 얼음에 다리의 근육을 베는 통에 강을 건널 수가 없었다. 사방 일대가 대부분 흐려 있고, 험한 산길이 많고 수목이 울창하며 낮에 행군할 때에는 온몸에 눈이 쌓여 옷이 마를 사이가 없었다. 밤에 누워서 자야 될 땅은 젖어서 축축하였다.

병사들은 전투가 끝난 뒤 며칠은 루쿨루스를 따라다녔지만 이런 심한 고생을 겪자 반항하기 시작하였다. 처음에는 본인들이 직접 루쿨루스에게 청원도 하고, 또는 군사위원들을 그에게 보내 간접적으로 청원도 해보았지만 그것이 허락되지 않자, 밤새도록 한 군데 모여 각 천막에서 함성을 지르며 당장 폭동을 일으킬 기세를 보였다. 그러나 루쿨루스는 아르메니아의 카르타고 즉 아르타크사스를 점령하고, 로마의 가장 큰 원수, 즉 한니발이 건설한 이 수도를 함락시킬 때까지 꾹 참고 있으라고 부하 장병들에게 열심히 간청하였다.

그러나 아무런 효과도 없음을 깨닫자 그는 군을 다시 돌려 다른 길로 해서 타우루스 산을 넘어 미그도니아라는 비옥하고도 기후가 따뜻한 지방으로 내려왔다. 그 곳에는 인구가 많은 큰 도시가 하나 있었는데 야만인들은 그것을 니시비스라고 부르고, 그리스 인들은 미그도니아의 안티오크라고 불렀다.

이 도시를 수비하고 있는 사람은 그 지방의 지사인 티그라네스의 동생 구라스였다. 그러나 그것은 한낱 이름뿐이고, 실제로 지키고 있는 것은 칼리마쿠스의 그 빈틈없는 군사과학기술이었다. 이 칼라마쿠스란 사람은 아미수스 시의 포위전에서 루쿨루스를 매우 괴롭힌 바로 그 사람이었다.

그러나 루쿨루스는 전군을 투입시켜 온갖 술책을 총동원하여 기습작전으로 그리 많은 시간을 들이지 않고서 이것을 점령하였다. 자진하여 투항해 온 구라스에게는 온정을 베풀었지만, 칼리마쿠스만은 용서하지 않았다. 숨겨둔 보물을 가르쳐주겠다고까지 제의하였지만, 그 유혹에 넘어가지 않고 사슬에 묶어 자기 앞으로 끌고 오라고 명령한 다음, 과거에 아미수스 시에 방화한 죄를 물어 그를 처형하였다. 그리스 인들에게 은혜와 온정을 베풀려던 자기의 포부를 수포로 돌아가게 한 칼리마쿠스의 방화에 대한 복수였다.

지금까지는 운이 루쿨루스를 따라다니며 그를 도와 승리로 이끌게 했다고 생각할 수 있으나, 이제부터는 전세가 갑자기 바뀌어 모든 일이 다 순조롭게만 되지 않고 장애에 봉착했다. 그는 확실히 슬기로운 장군의 행위와 인내력을 발휘하였으나, 결국엔 새로운 명예나 명성을 떨치기는 고사하고 병사들과의 관계가 신통치 않고 공연한 분쟁만 생겨 지금까지 쌓았던 공을 잃는 결과가 되었다.

그렇게 된 그 주요 원인은 그 자신에게 있었다. 그는 많은 병사들의 인기를 끌려고 애쓴 사람은 아니었으며, 부하들의 환심을 사려고 굽실거리는 행동은 장군의 위신을 떨어뜨린다고 생각하였다. 그러나 가장 심한 단점은 그와 함께 복무 중인 장군들에게도 천성이 비사교적이었으며, 그 밖의 사람들도 깔보며 자기와 비교하여 문제도 되지 않는 인물이라는 교만한 생각을 가지고 있는 것이었다. 그에게는 훌륭한 장점도 많았으나 이러한 결점들도 있었다고 한다. 그는 체격이 크고 인격이 고상하였으며 달변이었고, 정치에 있어서나 군사에 있어서나 현명한 의논 상대였다.

사가 살루스트에 의하면, 병사들은 전쟁 초부터 키지쿠스와 아미수스에 있는 동안 두 겨울을 연이어 야영을 시켜 그에 대한 불평이 대단하였다고 한다. 그 밖의 다른 겨울들도 그들을 괴롭혔다. 왜냐하면 병사들을 적국에서 지내게 하지 않으면 동맹국의 들판에 친 천막 속에 틀어박아 놓았기 때문이다. 루쿨루스는 한 번도 그의 군을 이끌고 그리스의 동맹국 도시로 들어간 일조차 없었다.

외국에서의 병사들의 이와 같은 불평에 편승하여, 나라 안의 호민관들은 한술 더 떠서 권력과 부를 위하여 전쟁을 연장시키고 있는 것이라고 그를 통렬히 공격하였다. 심지어는 자기 세력을 부식시키기 위하여 킬리키아·소아시아·비티니아·파플라고니아·폰투스·아르메니아·파시스 강 유역 일대를 모두 자기 수중에 넣었다는 세평이 분분하였다. 그리고 이제 와서는 나라의 부강을 위해서 최근 왕들을 굴복시키려는 데 그 사명을 두었다기보다는, 오히려 왕들의 재산을 약탈하여 사복을 채우려는 사람의 소행이라고 공격하였다.

전하는 바에 의하면, 이것은 호민관의 하나인 루키우스 퀸티우스가 한 연설의 내용이며, 그의 발기로 특히 시민들은 그를 루쿨루스의 후임자로 교체하여 현지로 파견하기로 결정하였다. 그리고 또한 그의 산하에 있는 다수의 병사들도 제대 조치를 취하라는 정령도 표결 통과시켰다.

이러한 재난 외에 가장 루쿨루스를 궁지로 몰아넣게 한 것은, 행실이 좋지 못하고 후안무치한 그의 처남인 푸블리우스 클로디우스의 흉계였다. 이 자는 행실이 좋지 못한 그의 누이와 불륜의 관계를 맺고 있다는 의혹을 받고 있었다. 그때 그는 그의 매부인 루쿨루스가 지휘하는 군의 한 장군이었는데, 군대에서 제일 가는 지위를 차지하고 있으면서도 그의 성격 탓으로 많은 사람들보다 승진이 느려서 자기가 기대하고 있던 큰 자리에 앉지 못한 것을 시기하였다. 그래서 그는 몰래 핌브리아 군의 비위를 맞추고 그들을 선동하여 루쿨루스에게 반기를 들게 하려고 과거에도 이런 방법으로 몇 번씩 매수한 적이 있었는데, 이번에 또 그들을 감언이설로 선동하였다. 이들은 과거에 핌브리아의 꼬임을 받고서 집정관 플라쿠스를 살해하고 그 대신 핌브리아를 자기들의 지도자로 삼았던 자들이다. 그러므로 그들은 클로디우스의 말에 귀를 기울이며 그를 군인들의 벗이라고 불렀다. 왜냐하면 그는 그들에게 관심이 있다고 공언하였고, 다음과 같은 말로 병사들을 선동하였기 때문이다.

"당신들은 끝없는 전쟁과 고역의 나날을 보내며 모든 국민들과 싸우고, 전세계를 방랑하며 그 착취당하는 대가로서 금은보화를 가득 실은 루쿨루스의 짐마차와 낙타들이나 지키는 것 외에는 아무런 보수도 받지 못하고 생명만 소모시켜야 한다는 말입니까? 폼페이우스의 군에 입대해 있던 병사들은 벌써 제대해서 기름진 땅과 고향에서 처자들과 함께 행복하게 살고 있지 않습니까? 당신들은 미트리다테스나 티그라네스를 사람이 안 사는 사막으로 몰아내지도 못했고, 소아시아의 많은 왕의 도시들을 전복시킨 것도 아니고, 다만 스페인으로 간 망명자들이나 이탈리아로 도망간 노예들과 싸운 것에 지나지 않습니다. 그래, 그렇게 이 싸움이 끝이 없다면, 그의 병사들이 부자가 되는 것을 가장 큰 영광으로 삼을 다른 장군을 위하여 우리들에게 남은 몸과 마음의 전부를 바쳐보지 않겠습니까?"

이것이 원인이 되어 부패해버린 루쿨루스의 군은 그를 따라 티그라네스와도 또 미트리다테스와도 싸우려고 하지 않았다. 미트리다테스는 그 즉시로 아르메니아로부터 폰투스로 돌아와서 왕국을 재건하는 일에 착수하고 있었다. 그런데도 루쿨루스의 병사들은 겨울을 빙자하여 고르디에네 시에 한가로이 주저앉아 시시각각, 폼페이우스나 다른 어떤 장군이 어서 와서 루쿨루스와 교체해주기만 고대하고 있었다.

그러나 미트리다테스가 이미 파비우스를 쳐부수고 소르나티우스와 트리아리우스를 치기 위하여 진격 중이라는 정보에 접하자, 그들은 수치에 못 이겨 할 수 없이 루쿨루스를 따랐다. 그 때 자기와 아주 가까운 거리에까지 와 있었지만 루쿨루스가 그에게 오기 전에 승리를 독차지하려는 야심에 불탄 트리아리우스는 서둘러 싸웠다가 그만 패배하고 말았다.

전하는 바에 의하면, 그 전투에서 7천 명 이상의 로마 군이 전사하였고, 그 중에는 150명의 백부장과 24명의 군사위원도 포함되어 있었고, 진지마저 빼앗기고 말았다고 한다. 며칠 후에 온 루쿨루스는 성난 군인들이 찾고 있는 트리아리우스를 감춰주었다.

그러나 미트리다테스가 전투를 피하며 대군을 이끌고 진격 중에 있는 티그라네스가 오기만을 학수고대하고 있었을 때, 루쿨루스는 그들이 합세하여 그 공격의 칼날을 다시 한 번 자기에게 돌리기 전에 티그라네스와 먼저 싸우기로 결심하였다. 그러나 진격 도중 핌브리아 군이 반란을 일으키고서 전열에서 이탈하였다. 그리고 자기들은 이미 정령에 의하여 제대하고, 그 임지가 다른 장군들에게 이양되었으니 루쿨루스가 이미 자기들에게 아무런 권리도 없다고 공언하였다.

사태가 이쯤 되자 루쿨루스는 위신이고 뭐고 다 내던지고는, 이 천막에서 저 천막으로 겸손하게 눈에다 눈물을 담고 심지어는 마치 탄원자처럼 병사들 하나하나의 손을 붙잡고서 애원하기까지 하였다. 그러나 그들은 그의 호소에도 아랑곳하지 않고 텅 빈 지갑을 내던지며 전쟁의 덕을 톡톡히 본 것은 루쿨루스 장군 하나뿐이니 전쟁도 혼자 하라고 하였다. 마침내는 다른 병사들, 즉 핌브리아 군의 만류로 겨우 진정한 병사들은 여름까지만 그의 지휘를 받기로 동의하고, 만일 그 동안에 적의 내습이 없을 경우에는 자유행동을 취하겠다고 선언하였다. 루쿨루스는 부득이 이러한 조건이라도 받아들이지 않을 수가 없었다. 그렇지 않다가는 영토를 야만인들에게 내주어야만 하겠기 때문이었다.

실제로 병사들을 자기와 함께 있게는 하였지만, 그들이 자기와 함께 있어주는 것만도 다행한 일이라고 생각한 루쿨루스는 그들에게 장군의 권위를 행사한다거나 그들을 이끌고 싸우러 나간다는 것은 생각도 하지 못하였다. 그때 티그라네스 군이 카파도키아 시를 약탈하고, 또 조금 전에 완전히 굴복시켰다고 원로원에 보고까지 한 그 미트리다테스가 또다시 개선가를 부르며 다시 군을 모으고 있는 것을 보고도 방임하지 않을 수가 없었다.

이제 모든 것이 다 루쿨루스의 수중으로 조용히 들어온 것으로 알고서 로마에서는 이제 폰투스의 여러 사태를 진정시키기 위하여 호민관들을 폰투스로 보내왔다. 그런데 그들이 와서 보니 루쿨루스는 장군으로서의 자기 구실조차 제대로 하지도 못하고, 보잘것없는 일개 병졸들의 경멸과 조롱의 대상이 되어 있다는 것을 알았다. 병사들은 방자하기 끝이 없었고 장군 보기를 우습게 보았으며, 여름이 다 지나자 갑옷을 주워 입고 칼을 뽑아 들고 벌써 오래 전에 적이 가버려서 없는 줄을 뻔히 알면서도 적에게 도전한다고 야유하였다. 그리고는 소리를 고래고래 지르고 칼을 허공에다 휘둘러대며, 자기들이 루쿨루스에게 약속한 기간이 이미 끝났다고 선언하고서 병영을 떠나고 말았다.

남아 있는 병사들은 폼페이우스가 와서 자기 부대에 합류하라는 편지를 받고 모두들 그의 군문으로 달려갔다. 폼페이우스는 인민의 지지와 그 지도자들의 아첨에 의하여 미트리다테스와 티그라네스와 싸울 장군으로 선정되었다. 그러나 원로원과 귀족들은 모두 루쿨루스가 큰 상처를 입게 되었다고 생각하였다. 그는 전쟁을 빼앗긴 것이 아니라 다 이긴 전쟁의 승리를 빼앗긴 것이며, 군의 지휘권이 아니라 그것을 가지고 있는 동안에 거둔 영광을 다른 사람에게 빼앗긴 것으로 생각하였다.

사태가 이렇게 되자 거기 남은 장병들의 입장은 더욱 억울하게 되었다. 전쟁 중에 세운 어떠한 공적에 대하여 상벌을 줄 권한이 루쿨루스에게는 없게 되었기 때문이다. 그뿐만 아니라 폼페이우스는 아무도 그에게 접근해서는 안 된다는 엄명을 내렸으며, 본국에서 파견한 10명의 호민관의 건의를 받고서 루쿨루스가 내린 어떠한 명령이나 포고도 무시하라며 그와는 반대되는 포고를 일부러 내렸다. 이 포고는 그가 더 큰 세력을 가지고 있었으므로 그 효력이 더 컸다.

그러나 양쪽 측근들은 두 장군이 서로 만나는 것이 바람직하다고 생각하고서 중재에 나섰다. 그 결과 두 장군은 갈라티아라는 마을에서 만나 서로의 전과를 축하하며 다정하게 서로 악수를 나누었다. 루쿨루스가 연장이기는 하였지만 명성은 폼페이우스 쪽이 더 나은 편이었다. 왜냐하면 그가 루쿨루스보다는 원정군 사령관으로 임명된 적이 더 많았다. 개선식도 두 번이나 치렀기 때문이다.

두 장군은 승리의 상징인 월계수로 감싼 의장봉을 각기 들고 있었다. 그러나 폼페이우스의 월계수는 무더운 황무지를 멀리 지나오는 동안에 시들어 있었으므로, 루쿨루스의 릭토르가 자기들이 가지고 있는 생생한 푸른 월계수를 몇 가지 폼페이우스의 릭토르에게 주었다. 그것을 보고 폼페이우스의 측근들은 길조라고 생각하였다. 정말로 루쿨루스의 이러한 행위는 폼페이우스의 장군으로서의 명예를 더욱 빛나게 해주었기 때문이다.

그러나 회담은 원만한 협정에 이르지 못하고, 헤어질 때에는 만날 때보다도 두 사람의 관계가 더 험악해졌다. 폼페이우스는 루쿨루스가 제정한 모든 법령을 파기하였으며, 그의 군대를 철수시켰고, 개선식에 쓸 1천6백 정도의 병사만 남겨놓았다. 그러나 그나마도 그를 따라가기를 그다지 좋아하지 않았다.

천성 탓이었든지, 아니면 역경의 탓이었든지 장군에게 있어 첫째이자 가장 중요한 조건인 인화력에 문제가 있어 루쿨루스는 이미 매우 부적당하였다. 만일 그 밖의 많은 뛰어난 그의 덕행, 즉 인내력이니 경계심이니 자애니 정의감이니 하는 것 외에 인화력을 갖추고 있었다면, 로마제국의 국경은 에우프라테스 강이 아니라 소아시아의 아득한 끝과 카스피 해가 되었을 것이다. 왜냐하면 다른 나라들은 그때 벌써 티그라네스의 정복을 받고 쓸모없는 나라들이 되었고, 파르티아 왕국도 루쿨루스의 시대에 있어서는 나중에 크라수스가 깨달은 것처럼 그렇게 강하지 않았다. 나라 안의 불화와 나라 밖의 전쟁 등으로 아르메니아 군의 침공도 막아내지 못하는 형편에 있었기 때문이다.

루쿨루스는 사실은 자기 손을 거쳐서 로마에 이익을 끼친 점보다는 남의 손을 거쳐서 해를 끼친 점이 더 컸다고 생각된다. 왜냐하면 파르티아 국경 가까이에 있는 아르메니아와 티그라노케르타와 니시비스 등 각지에 세운 전승기념비들과, 또 개선식에서 보여준 티그라네스의 왕관과 함께 그 곳에서 가지고 온 많은 보물 등, 그 모든 것들이 마치 그 곳 야만인 왕국들은 약탈품과 전리품 이외에는 아무것도 아닌 듯이 크라수스의 아시아에 대한 야심을 북돋아주었기 때문이다. 그러나 파르티아 인 궁수들의 화살에 맞고 쓰러진 크라수스는, 루쿨루스의 승리는 적이 태만하다거나 나약해서 거둔 것이 아니라, 오직 그의 용기와 전략에 기인하였다는 것을 증명하였다. 그러나 이것은 나중에 할 이야기다.

로마로 돌아온 루쿨루스는 그의 아우 마르쿠스가 술라의 명령을 받고서 재무관으로서 한 일 때문에 카이우스 멤미우스에 의하여 기소되어 있다는 사실을 알게 되었다. 그러나 그가 무죄로 석방되자, 멤미우스가 이번에는 루쿨루스를 물고늘어져 시민을 선동하였다. 그는 많은 전리품으로 사복을 채우고, 그 때문에 전쟁을 길게 끌었다고 비난받는 그런 사람에게 개선식의 영광을 줄 필요성이 어디 있느냐고 하였다.

이 큰 싸움에서 귀족들과 세력가들이 굴복하여 각 종족들을 친히 찾아다니면서 간청하고 수고를 다하여 설득한 결과, 간신히 그들의 동의를 얻어 개선식만은 치르게 되었다. 그러나 다른 장군들만큼 성대하고 보기에 지루한 만큼 행렬이 긴 것도 아니고 전리품의 수량도 많지 않았다. 다만 플라미니우스의 대원형극장을 적에게서 빼앗은 많은 무기와 전쟁용 기계로 장식한 것은 결코 경시하지 못할 광경이었다.

행렬에는 중무장을 한 기병 몇 명과 낫으로 무장한 10대의 전차, 60명의 루쿨루스의 막료들과 장군들, 청동으로 뱃머리를 싼 110척의 군선, 6척 높이의 미트리다테스의 조각상, 보석을 박은 방패 하나, 은그릇을 담은 들것 20개, 금배와 갑옷과 돈을 담은 32개의 들것 등이 그 뒤를 따랐다. 이 모든 것은 군인들이 등에 지고 걸었으나 금으로 만든 침상들은 여덟 마리의 노새들이 끌었고, 은괴는 56마리의 노새가 끌었으며, 그리고 이 밖에 270만 매의 은돈을 실은 노새의 수는 107필에 이르렀다. 또 이 밖에 폼페이우스가 해적을 정벌할 때 그가 제공한 전비 중 국고에 납부한 금액, 병사들에게 950드라크마씩 급료로 지불하였다는 사실 등을 기록한 목판들도 있었다.

개선식을 끝마친 다음 루쿨루스는 로마의 전시민과 비키라고 부르는 로마 주변의 여러 촌락의 촌민들을 위하여 성대한 잔치를 베풀었다.

루쿨루스는 방자하고도 품행이 단정치 못한 클로디아와 이혼하고 카토의 누이동생인 세르빌리아와 재혼하였다. 이번 결혼도 또한 불행한 결혼이었다. 그녀는 오직 클로디아가 그의 오빠들과의 불륜관계로 비난을 받은 그 악덕 하나만을 제외하고는 모든 면에 있어 클로디아에 못지 않은 악녀였기 때문이다. 카토를 존경하는 의미에서 루쿨루스는 얼마 동안 아내의 악덕을 참고 있었으나 마침내는 이혼하고 말았다.

원로원은 루쿨루스에게서 폼페이우스의 찬탈행위를 막을 길을 찾고, 또 그의 지위와 신용이 컸으므로 귀족들의 대표로서 그들의 이익을 옹호해줄 것을 바라며 크게 기대하였다. 그러나 그는 정계에서 은퇴하여 모든 사람들에게 실망을 안겨주었다. 그 이유는 귀족사회가 부패하여 건질 수 없는 상태에 빠졌다고 보았음인지, 아니면 남들도 그렇게 말하고 있듯이 지금까지의 명예에 만족하고, 과거에 겪은 그 많은 수고의 결과가 다행하지만도 않았던 것을 반성한 결과 여생만은 조용하고도 안일하게 보내고자 하였음인지 모르겠다.

그의 인생관이 이렇게 달라진 것을 높이 칭찬하여 말하기를,

그것은 마리우스가 자초한 불행을 이런 식으로 피한 것이라고 하였다. 왜냐하면 마리우스는 그가 킴브리아 족을 정복하여 그 위대하고도 찬란한 승리를 거둔 후, 그 영광 속에서 은퇴하지 않았다. 노년인데도 영광과 권력에 대한 물릴 줄 모르는 욕망에서 젊은 사람들 사이에 끼여 정계에 투신해서 그런 무서운 죄를 남기고, 보다 무서운 고생을 자초하였기 때문이다.

키케로도 카틸리네 음모 사건 이후 정계에서 은퇴하였더라면, 그리고 스키피오도 카르타고와 누만티아를 정복한 다음 정계에서 은퇴하였더라면 복된 노년을 다복하게 보냈을 것이라고 이야기하는 사람들도 있다. 왜냐하면 정치생활도 다른 일과 마찬가지로 그 적기라는 것이 있는 법이다. 씨름꾼뿐만 아니라 정치가들도 힘과 젊음이 자라면 꺾이게 마련이다. 그러나 이와는 반대로 크라수스나 폼페이우스는 루쿨루스가 쾌락과 사치생활에 탐닉하고 있는 것을 보고, 그 나이에 그런 생활을 한다는 것은 정치나 원정에 종사하는 것 못지 않게 그의 나이에 어울리지 않는 일이라고 비웃었다.

그리고 실제로도 루쿨루스의 생애는 고대 희극과 마찬가지로 처음에는 정치와 전쟁의 장면을 보이고, 나중에는 호식과 잔치와 온갖 유흥의 장면만을 보였다. 여기서 내가 온갖 유흥이라고 한 말은 호화로운 주택과 주랑 현관과 목욕탕 등을 가리킨다. 그림이니 조각이니는 말할 것도 없다. 그는 전쟁에서 번 막대한 재산을 골동품을 구입하느라고 물처럼 탕진하였다. 그 결과 모든 사치가 박탈된 오늘날조차도 루쿨루스의 정원은 로마의 황제들이 가지고 있던 가장 호화로운 정원 중의 하나로 꼽히고 있다.

스토아학파의 철학자 투베로는 루쿨루스가 나폴리 해안에 지은 집을 구경하였는데, 산 밑을 파서 산이 넓은 터널처럼 공중에 둥실 떠 있게 하고, 집 주위에는 외호와 고기를 기르는 연못을 파서 바닷물을 끌어넣었으며, 또 바다 가운데에도 별장은 지어놓은 것을 보고서 그를 로마의 크세르크세스 왕이라고 불렀다.

루쿨루스는 또한 투스쿨룸에도 훌륭한 여러 채의 별장을 가지고 있었는데, 조망대와 방마다 앞이 탁 트인 커다란 발코니와 드나들 수 있는 주랑 현관들이 있었다. 폼페이우스가 그를 만나러 이 곳에 왔다가, 여름에는 참 살기 좋게 되어 있으나 겨울에는 살 수 없게 되어 있다며 그를 비난하였다. 이 말을 듣고 루쿨루스는 실실 웃으며 다음과 같이 대답하였다.

"그렇다면 나를 두루미나 황새만도 못한 사람으로 아시오? 계절 따라 집을 바꾸면 되지 않소."

어떤 법정관이 비용도 많이 들이고 애도 많이 써서 시민에게 보여줄 연극을 준비하다가, 코러스 단원들에게 입힐 자색 관복을 몇 벌만 빌려달라고 루쿨루스에게 부탁하였다. 루쿨루스는 집에 가서 찾아보고 있으면 빌려주겠다고 대답하였다. 다음날 그 사람을 만나 몇 벌이나 필요하냐고 물었다. 백 벌만 있으면 충분하다고 법정관이 대답하였다. 그러자 그 갑절을 가져가라고 하였다. 이 말을 듣고 시인 호라케는, 있는지 없는지도 모르는 재산이 눈에 보이는 것보다 더 많지 않은 사람을 루쿨루스는 부자라고 보지 않았다고 말하였다.

루쿨루스의 일상 연회도 보라는 듯이 사치스러웠다. 자줏빛 덮개를 씌운 좌석과 식탁, 값진 보석으로 장식된 접시, 무용과 연극뿐만 아니라 가장 값진 여러 가지 음식, 가장 공을 들이는 조리 방법 등 서민의 감탄과 시기의 대상이 되었다.

폼페이우스가 병이 났을 때 의사가, 메추리를 식사 대신으로 먹으면 병이 나을 것이라는 처방을 내렸다. 그런데 하인들은 다행스럽게도 여름철이라 아무데서도 메추리를 구할 수 없지만, 루쿨루스의 사육장에서는 기르고 있으니 거기 가면 쉽게 구할 수 있을 것이라고 하였다. 그러나 폼페이우스는 그의 의사에게 이렇게 말하였다.

"루쿨루스가 그렇게 미식가가 아니었다면 이 폼페이우스가 죽을 줄 알았던가?"

그는 쉽게 구할 수 있는 다른 것을 구해 오라고 명령하였다.

카토는 그의 친구이자 처남이었으나 그의 생활습관을 매우 못마땅하게 생각하고 있었으므로, 원로원에서 어떤 젊은이가 검약과 절제를 칭찬하며 길고도 지루한 연설을 하고 있는 것을 듣고 있다가 일어서서 다음과 같이 말하였다.

"자, 그만하시지. 당신은 얼마나 오랫동안 크라수스처럼 돈을 벌고, 루쿨루스처럼 살고, 이 카토처럼 말할 작정이오?"

그러나 이 말은 카토가 한 말이 아니라 다른 사람이 했다는 설도 있다.

루쿨루스는 이러한 생활 방법을 좋아하였을 뿐만 아니라 영광스러운 일이라고조차 생각했다는 것은 그의 전기에 나오는 일화로 미루어보아 명백히 알 수 있다. 로마를 찾아온 몇 명의 그리스 인들을 연일 며칠씩 성대히 대접하자, 그리스 인들이 으레 그렇듯이 비용도 너무 많이 드는 그 초대를 부끄럽게 생각하여 사퇴하려고 하였다. 그러자 그는 미소를 지으며 이렇게 말하였다고 한다.

"여러분들을 위하여 그렇게 하는 점도 약간 있기도 하지만, 이 루쿨루스를 위하여 그렇게 하는 점이 더 많습니다."

한때 그가 혼자서 식사를 하게 되었을 때 음식이라고는 단 한 가지만 나왔다. 그러자 그는 그의 식사담당 집사를 불러 책망하였다. 식사담당 집사가 아무렇지도 않은 듯이, 주인님께서 아무도 초청하지 않으셨기 때문에 성대히 음식을 차리지 않아도 되겠다고 생각하여 그렇게 하였다고 대답하자, 루쿨루스는 이렇게 말하였다.

"뭣이라고? 그렇다면 너는 오늘은 루쿨루스가 루쿨루스를 모시고 식사하기로 되어 있다는 것을 몰랐단 말이냐?"

로마 시내 일대로 이 소문이 자자하게 퍼졌다.

어느 날 그가 광장에서 한가로이 거닐고 있노라니까 맞은편에서 키케로와 폼페이우스가 걸어왔다. 키케로와는 절친한 사이였고, 폼페이우스와는 미트리다테스와의 전쟁 때 장군직을 둘러싸고서 알력이 있었던 후로 사이가 좀 멀어졌었다. 그렇지만 그 후 자주 만나 이제는 대화도 나눌 정도로 두 사람 사이가 호전되었다. 키케로는 루쿨루스에게 인사를 한 다음 그에게 이렇게 물었다.

"오늘이 공에게 부탁하기에 알맞은 날이 될는지 어떨는지 모르겠군요."

"어서 말씀이나 해보시오."

루쿨루스는 이렇게 대답하고는 무슨 이야기냐고 물었다. 그러자 키케로가 말하였다.

"그렇다면 바로 오늘 귀하가 혼자서 식사하시는 그대로 준비하여 우리를 맞아주실 수 없겠습니까?"

루쿨루스는 이 말에 당황하여 하루만 여유를 줄 수 없겠느냐고 요구하자 두 사람은 안 된다고 딱 잡아떼었다. 하인에게 연락을 해도 안 된다고 고집을 부렸다. 그가 혼자 식사할 때 이상으로 준비할 기회를 주지 않으려는 생각에서였다. 그러나 세 사람 앞에서 루쿨루스가 그의 하인들에게 오늘은 아폴로에서 식사를 하고 싶다는 말을 전하는 것만은 동의하였다. 그의 가장 좋은 식당의 하나가 그렇게 불렸었다.

이 꾀에 손님들은 감쪽같이 속아넘어갔다. 왜냐하면 방마다 비용의 사정액과 식사의 가격, 그 밖의 모든 것이 이미 결정되어 있었으므로, 주인이 어느 방에서 식사를 하고 싶다는 것만 알게 되면 하인들은 또한 비용이 얼마가 들고 준비해야 할 식사의 모양과 규모가 어느 정도라는 것도 알고 있었기 때문이다.

아폴로의 비용은 5만 드라크마로 책정되어 있었다. 그 날도 그만한 돈이 들었다. 폼페이우스와 키케로는 비용이 많이 든데 놀랐을 뿐만 아니라, 그렇게 빨리 성대한 연회와 여흥을 준비한 데 또한 놀랐다. 루쿨루스가 돈을 이렇게 함부로 물쓰듯 쓰는 것을 본 사람들은, 그가 그의 돈을 포로나 야만인처럼 생각하고서 한 행동이라고 믿었다.

그러나 그가 도서관을 설치하였다는 것은 칭찬하고도 특기할 만한 일이었다. 왜냐하면 그는 엄선된 양서를 다량으로 수집하였으니 말이다. 그리고 그 책들을 활용한 방법이 구입한 방법보다도 몇 배 훌륭하였다. 도서관은 언제나 문이 열려 있었고, 그 주변의 산책로와 열람실이 모든 그리스 인들에게도 개방되어 있어 마치 뮤즈 성전인 양 드나들며 이리저리 거닐기도 하고, 서로 정담을 나누며 세간 피로를 씻기도 하였다.

루쿨루스 자신도 여기서 그의 시간을 보내는 때가 종종 있었고, 산책로에서 학자들과 토론도 하고, 충고를 요구하는 정치가들에게 충고를 주기도 하였다. 그 결과 그의 집은 로마를 찾아오는 사람들에게는 가정과도 같았고, 어떤 의미로는 그리스의 공회당과도 같았다. 그는 모든 종류의 철학을 좋아하였으며, 철학책은 잘 읽어 그 모두에 조예가 깊었다. 그는 처음부터 특히 아카데미파 철학을 좋아하였다. 그러나 그것은 그 당시 카르네아데스의 유파를 따라 필로 밑에서 번성한 신아카데미파 철학이 아니라, 그 시대의 학자이자 웅변가인 아스칼론의 안티오코스가 주창한 구아카데미파 철학이었다.

루쿨루스는 애써 안티오코스를 그의 친구이자 영도자로 삼아 필로파 철학자들과 대항하게 하였다. 키케로는 필로파의 하나였다. 키케로는 그의 파를 변호하는 훌륭한 논문을 썼으며, 그 논문에서 그는 구파의 이해론을 지지하는 논의를 루쿨루스가 주창한 것으로 치고는 자기 나름대로 그 논의를 반박하여 책 이름을 《루쿨루스》라고 붙였다.

이미 말한 대로 두 사람은 아주 친한 사이였으며, 정치에서도 같은 파에 속해 있었다. 루쿨루스는 완전히 정계에서 은퇴한 것은 아니고, 오직 야심과 정계에서 제1인자가 되려면 으레 따라다니는 그 위험하고도 잔인하기 짝이 없는 많은 투쟁에서 물러났을 뿐이다. 그는 그 위험을 크라수스와 카토에게 맡긴 것이다.

원로원 의원들은 폼페이우스의 권력을 직시하고는 이 두 사람을 자기들의 영도자로 삼고 있었다. 루쿨루스가 자기들을 영도해줄 것을 거절하였기 때문이다. 그는 폼페이우스의 야심과 오만을 억제할 필요가 생겼을 때에는 광장이나 원로원에 나가 친구들을 도왔다. 폼페이우스가 왕들을 정복한 후 그가 취한 조처를 루쿨루스는 무효화시켰으며, 폼페이우스가 제안한 그의 병사들에게 토지를 분할해주려는 법안을 카토의 협력을 얻어 좌절시켰다. 그러므로 폼페이우스는 크라수스와 카이사르와 결탁하여 군인들을 시내로 가득히 끌어들이고 카토와 루쿨루스를 광장에서 내쫓고는 강제적으로 그가 제안한 법령의 비준을 얻어냈다.

이 조처에 귀족들이 분개하고 나서자, 폼페이우스 일당은 베티우스라는 자를 내세워 그가 폼페이우스를 암살하려는 흉계를 꾸민 자라고 하였다. 원로원에 끌려 나온 베티우스는 다른 사람들의 이름을 대다가 시민들 앞에서 루쿨루스의 이름을 대고는, 그의 사주를 받고 폼페이우스를 암살하려고 한 것이라고 말하였다.

아무도 그의 말을 믿으려는 사람은 없었다. 그것이 폼페이우스파에서 루쿨루스를 거짓으로 공격하고 고소하기 위하여 일부러 조작한 것임이 곧 판명되었다. 그리고 며칠 후에 음모의 전모가 백일하에 드러났다.

나중에 베티우스의 시체가 감옥 밖으로 내던져졌는데, 병으로 죽었다는 소문이 떠돌았지만 목을 졸라매고 폭행을 당한 흔적이 있었으므로, 그를 이용하려던 자들의 소행임에 틀림없다고 생각되었다.

이러한 일들이 있은 후 루쿨루스는 더욱더 정치에서 멀어져 갔다. 그리고 키케로가 로마에서 추방되고, 카토가 키프로스로 파견된 후로는 정치에서 완전히 손을 떼었다. 또한 전하는 바에 의하면, 세상을 떠나기 전에 지능이 점차 저하되어 갔다고 한다. 이것을 코르넬리우스 네포스는, 나이나 병이 그의 정신을 해친 것이 아니라, 그의 자유노예 칼리스테네스가 그에게 준 약 때문이었다고 주장했다. 이 약은 주인의 총애를 더 받고자 약이 효과를 발휘하리라고 생각하고 하인인 칼리스테네스가 주인에게 준 것인데, 실은 그것과는 아주 정반대로 주인은 정신상태가 차츰 이상하게 되고 마침내는 폐인이 되었으므로, 여생의 모든 일을 동생이 맡아서 하였다고 한다.

그러나 루쿨루스가 세상을 떠나자, 마치 그가 군사생활과 정치생활의 영광의 절정에서 떨어진 한 개의 큰 별처럼 시민들이 크게 애도하며 모여들었다. 그들은 가장 고위층의 청년들에 의하여 광장으로 운구되어 가고 있는 영구를 빼앗아, 술라가 잠자고 있는 군신의 광장에 매장해야 한다고 주장하였다. 그러나 이것은 전혀 예측도 못 한 일이었고, 갑작스런 일이라 그 준비도 간단치 않았다. 따라서 고인의 동생이 애걸복걸하는 바람에 시민들도 승복하고, 이미 지정되어 있는 투스쿨룸에 있는 고인의 사유지에 매장하였다. 동생 자신도 형보다 얼마 더 살았지만 나이나 명성이나 모든 점에 있어서 형만 못했으므로, 미구에 죽음이 와 사랑하는 형의 뒤를 따랐다.

키몬과 루쿨루스의 비교

우리가 루쿨루스의 죽음을 축복할 수 있는 것은, 내란으로 나라를 뒤흔들어놓을 혁명이 일어날 운명에 처해 있던 때에, 비록 어지러운 조국이었을망정 조국이 아직 자유를 누릴 수 있을 때에 생을 마쳤기 때문이다. 그리고 이 점에 있어 다른 모든 것 이상으로 그는 키몬과 흡사하다. 왜냐하면 키몬 역시 그리스의 각국이 아직 서로 싸우지 않고 그 번영의 절정에 있을 때에 역시 생을 마쳤으니 말이다. 그러나 전쟁터에서는 군의 선두에 섰고, 본국으로 소환되거나 겨레의 뇌리에서 잊혀지지도 않았으며, 연일 연회나 열고 주색에 빠짐으로써 군의 영광을 더럽히는 짓을 하지 않았으니 키몬의 생애야말로 모든 장병들의 귀감이며 목표라고 생각된다. 오르페우스가 이제까지 보람있게 살아 온 그 대가로 여생을 방탕하게 보낸 것을 플라톤이 조롱하였음을 생각하지 않을 수 없다.

군사령관직에서 은퇴하여 여생을 편하고도 조용히 심오한 철학이나 연구하며 보낸다는 것은 가장 바람직한 위안이 될 것이다. 쾌락을 추구하는 생활이 인생의 궁극의 목적이라고 생각하고 이제까지 걸어온 덕행을 헌신짝처럼 버린다거나, 또는 장군으로서 군을 지휘하던 그 종말이 결국 사치나 즐긴다는 것은 아카데미파 철학자로서는 물론, 크세노크라테스의 가르침을 따른다고 자칭하는 사람답지 않은 일이다. 이는 오히려 쾌락주의자 에피쿠로스에 기운 사람이라고 아니 할 수 없다. 그리고 이 점이야말로 두 사람을 확연히 구별 짓는 점이다.

키몬은 젊었을 때에는 무절제한 방탕생활을 하였고, 루쿨루스는 절제 있고 근엄한 생활을 하였다. 말할 것도 없이 우리는 선한 방향으로 인생을 바꾼 사람을 더 높이 평가하지 않을 수가 없다. 악덕이 쇠퇴하고 덕행이 더 왕성해지는 천성을 더 높이 평가하기 때문이다.

두 사람이 다 같이 큰 부자였으나 그것을 쓴 방법이 서로 달랐다. 키몬이 전쟁에서 얻은 돈으로 아테네의 아크로폴리스의 남쪽 성벽을 구축한 것과, 루쿨루스가 야만인들로부터 빼앗은 전리품으로 나폴리의 해안에다 호화로운 자기 별장을 지은 것은 비교도 되지 않는다. 더군다나 키몬이 가난한 사람들에게 먹을 것을 나눠준 것과, 루쿨루스의 호화찬란한 동방인다운 식사는 비교도 되지 않는다. 전자는 매일 적은 비용으로 많은 손님들을 초청하였고, 후자는 쾌락을 추구하는 소수의 식객들에게 막대한 비용을 아끼지 않았다.

그러나 이와 같은 차이는 시대가 달라서 그렇게 했다고도 볼 수는 있다. 만일 키몬이 노년에 정치생활과 전쟁에서 은퇴하여 고국으로 돌아와 안이한 생활에 안주하였다면 이보다 더한 사치생활과 방탕생활에 빠지지 않았으리라고 아무도 단언할 수 없다. 그는 술과 친구와 놀기를 좋아하였으며, 이미 지적한 바와 같이 여자들과의 난잡한 관계로 비난을 받았기 때문이다. 그러나 야심이 많은 사람들은 큰 일에 일단 재미를 붙이면 사소한 쾌락 같은 일에는 전연 관심이 없는 법이다. 만일 루쿨루스가 일선에서 천만의 대군에게 호령하는 장군으로 있을 때 세상을 떠났다면 시기와 비난이 그토록 그에게 따르지는 않았을 것이다. 그들의 생활방식에 관한 이야기는 이것으로 그치기로 한다.

전쟁에서 두 장군이 육해전을 막론하고 뛰어난 명장들이었음은 부정할 길이 없다. 그러나 또 같은 날 씨름에서나 판크라티움(권투와 레슬링을 합친 것 같은 고대 그리스의 경기)에서나 다 같이 우승한 사람에게 특등의 호칭과 더불어 월계관을 주듯이, 조국 그리스에게 똑같은 날 육해전에서 승리를 안겨준 키몬이야말로 장군 중의 장군이라고 부르지 않을 수 없을 것이다.

게다가 루쿨루스는 자기 나라인 로마 하나만의 사령관이었으나, 키몬은 다른 나라의 사령관까지 겸임하여 조국을 빛낸 것이다. 루쿨루스는 이미 동맹국들을 지배하고 있던 조국을 위하여 적의 영토를 병합하였다. 그러나 키몬은 처음에는 다른 동맹국의 추종국에 지나지 않았던 자기 조국 아테네로 하여금 그리스의 여러 동맹국들을 지배하게 했을 뿐만 아니라, 적국마저 정복하는 데 앞장섰다. 즉, 페르시아 군을 바다에서 소탕하고 스파르타로 하여금 그에게 굴복하게 하였다.

만일 병사들의 자발적인 복종을 받는 것을 장군의 가장 중요한 일로 친다면, 루쿨루스는 부하 장병들의 경멸의 대상이 되었으나 키몬은 부하 장병들의 칭송의 대상이 되었다. 루쿨루스는 병사들의 버림을 받았으나, 키몬에게는 동맹국들마저 따라왔다. 루쿨루스는 장군으로 임명되어 조국을 떠났다가 부하 장병들의 버림을 받고 로마로 돌아왔다. 그러나 키몬은 다른 사람을 장군으로 섬기고 그 밑에서 일할 임무를 띠고 조국을 떠났다가, 모든 동맹국마저 통솔하는 대장군이 되어 막대한 역경을 극복하고 다음과 같은 3대 성과를 조국에 안겨다준 뒤 아테네로 돌아왔다. 첫째, 적과 휴전협정을 맺었으며 둘째, 여러 동맹국에 대한 지배권을 확립시켰고 셋째, 스파르타와 우호관계를 맺게 한 것 등이 그것이다.

두 장군은 대왕국들을 무찌르고 소아시아 전체를 굴복시킬 목표를 세웠으나 그 웅도가 중도에 실패로 끝났다. 키몬은 장군으로서 성공의 절정에 있을 때 세상을 떠났다는 단명의 악운으로 웅도의 성공을 거두지 못하였다. 그러나 루쿨루스는 부하들의 불평을 다스리지 못하고 마침내는 극심한 미움을 사게 되어 일을 그르쳤으니, 부하들에게 대하여 본인의 잘못이 전혀 없다고 말할 수 없다. 그러나 이 점에 관해서는 키몬도 다를 바가 없다. 왜냐하면 시민들은 계속 그를 규탄하다가, 플라톤이 말한 바대로 10년 동안 그의 말이 듣고 싶지 않아서 패각재판으로 추방해버렸기 때문이다.

원래 심상이 고상한 사람은 서민들의 비위를 맞출 수가 없거나 그들에게 받아들여지지 않는 수가 많다. 왜냐하면 그들은 서민들의 비뚤어진 행동을 고치기 위하여 힘을 쓰는데, 그 힘은 어긋난 뼈를 제자리에 맞추느라고 외과의가 환자들에게 고통을 주듯이 서민들에게 똑같은 고통을 주기 때문이다. 그러므로 이 점에 관해서는 그들 둘 다 조금도 비난할 여지가 없을 것 같다.

루쿨루스는 전쟁에서는 키몬을 훨씬 능가하였다. 그는 로마 장군으로서는 최초로 군을 이끌고 타우루스 산맥을 넘고, 메소포타미아의 티그리스 강을 건너고, 소아시아의 티그라노케르타·카비라·시노페·니시비스 등 여러 나라의 왕궁을 그 왕들이 보는 앞에서 점령하여 불살라버렸다. 북으로는 파시스 강까지, 동으로는 메디아까지, 남으로는 홍해와 아라비아 왕국까지 가서 그 곳을 모두 정복하여 조국을 빛냈다. 그는 왕들의 세력을 분쇄하고 목숨만 겨우 살려서, 마치 야수처럼 그들을 사막과 사람이 지나갈 수 없는 울창한 숲 속으로 쫓아버렸다.

그의 정벌이 얼마나 철저하였는가 하는 실례로서 우리는, 키몬이 사망한 직후 페르시아 군은 패전한 일이 전연 없었다는 듯이 대군을 이끌고 그리스 군에게 공격을 가하여 이집트에 있는 그리스 군의 많은 병력을 무찔렀다는 사실을 안다. 그러나 루쿨루스 이후로 티그라네스와 미트리다테스는 재기의 능력을 끝내 상실하고 말았다.

미트리다테스는 루쿨루스와의 여러 번의 싸움에서 지리멸렬되어 감히 진지 밖으로 나와 폼페이우스와 싸우려고도 못 하고 보스포로스로 도망을 쳐 그 곳에서 죽었다. 티그라테스는 옷을 벗고 무기를 버리고서 폼페이우스 앞에 엎드려 머리에서 왕관을 벗어 그에게 바쳤다. 그리고 폼페이우스에게 찬사를 늘어놓았지만, 정복은 폼페이우스의 것이 아니라 진정으로 루쿨루스의 힘이 컸다고 하였다. 그리고 왕의 표장을 되찾자 전에 그것을 몰수당한 적이 분명히 있었으므로 그는 적이 기뻐하였다. 그리고 장군의 경우에도 씨름꾼의 경우와 마찬가지로, 다음 인계자가 쉽게 이길 수 있도록 적의 기운을 빼서 인계해주는 사람의 공이 가장 크다고 할 수 있다.

더욱이 키몬이 사령관직을 맡았을 때에는 페르시아 왕의 세력은 꺾여 있고, 또 페르시아 군의 사기가 이미 테미스토클레스·파우사니아스·레오티키데스 등과 싸워 크게 패배를 당하고 여러 번 계속 패주하여 침체되어 있었으므로, 정신이 이미 꺾인 사람들의 육체를 정복하기란 아주 쉬운 일이었다. 그러나 티그라네스가 루쿨루스와 싸울 때에는 많은 전투에서 아직 한 번도 패배를 당한 적이 없어 의기충천하고 있었다. 루쿨루스가 싸운 적의 수와 키몬이 정복한 적의 수는 비교도 되지 않는다.

그러므로 모든 일을 올바르게 생각해볼 때, 두 사람의 우열을 가리기란 어려운 일이다. 왜냐하면 천신은 두 장군에게 다 같이 은총을 내려서 한 장군에게는 해야 할 일을, 또 한 장군에게는 해서는 안 될 일을 지시하였으니, 이렇듯 두 장군은 똑같이 고상하고도 거룩한 성격의 소유자들이라고 신들이 판정을 내린 것이 아닌가 여겨진다.

니 키 아 스

기원전 ? ~413년

필자는 크라수스만큼 니키아스와 좋은 대조가 되는 사람도 없으리라고 생각한다. 크라수스가 파르티아에서 겪은 재난과 니키아스가 시칠리아에서 겪은 그것과는 좋은 대조가 되기 때문이다. 그러나 여기서 투키디데스가 감히 아무도 모방할 수 없을 정도로 아름답고 생생하게 묘사한 사실을 다룸에 있어 그와 문재(文才)를 다투려는 생각은 전혀 없다는 것을 필자는 독자들에게 미리 말해두고자 한다.

티마이우스는 그가 쓴 사서에서 문채(文彩)에 있어 투키디데스를 능가하고, 역사 속 인물들이 가장 성공을 거둔 육전이나 해전이나 대중 앞에서 한 연설 등을 장황하게 늘어놓음으로써 필리스투스를 하찮은 풋내기 사가로 보이게 하였다. 그것은 또 핀다로스가 그의 시구에서 노래 부른 것처럼

살같이 달리는 리디아의 수레와 도보로 경주하려는

꼴이 되어 매우 치졸한 사가로 보이게 했고, 디필로스의 시구처럼

시칠리아의 비계로 살찐 둔재

꼴을 만들었다. 따라서 필자는 티마이우스가 범한 어리석은 짓을 되풀이하고 싶은 생각은 추호도 없음을 밝히고자 한다.

티마이우스는 종종 크세나르쿠스의 견해를 빌려, 아테네 인이 승리를 의미하는 이름을 가진 장군(니키아스를 가리킨 말)들로 하여금 시칠리아 원정대 사령관직을 맡지 못하게 한 것은 자기가 보기에는 불길한 징조라고 하였다. 또 헤르마이 신의 초상을 때려부순 죄로 신은 헤르몬의 아들 헤르모크라테스를 시켜 아테네 군을 섬멸시키라는 계시를 내렸다는 등, 헤라클레스는 테메테르 신의 딸 프로세르피네의 도움으로 케르베루스(지옥을 지키는 개. 머리가 셋이고 꼬리는 뱀으로 되어 있다.)을 잡게 해준 프로세르피네를 섬기는 시라쿠사 인들을 도와야 한다는 등, 그가 트로이 왕 라오메돈에게 패배를 당한 원한을 풀기 위하여 트로이 시를 정벌하였으나 트로이 조상들의 후손인 에게스타 인들을 보호하는 아테네에 대하여 노할 것이라는 따위의 허무맹랑한 이야기를 길게 늘어놓았다.

이것은 필리스투스의 용어에서 결점을 찾고, 아리스토텔레스와 플라톤과 같은 대가들마저도 비난하려는 저의가 있음을 보여주는 작은 예에 지나지 않을지도 모른다. 필자의 소견으로는 내용은 접어두고 그저 번드레한 외형만으로 다른 사람의 저술과 경쟁하려는 얄팍한 생각을 어떤 경우에서건 하찮은 현학적인 행위로 생각된다. 더구나 그 목표를 흉내낼 수 없을 만큼 우수한 작품에 두고 있다면 그것은 과연 어리석은 생각일 수밖에 없다고 여겨져서 열외로 하였다.

다만 투키디데스와 필리스투스가 기술한, 니키아스가 일생을 통하여 겪은 여러 가지 행적과 특히 심한 곤궁에 처하였을 때 그가 보여준 행동은 그의 성격과 기질을 잘 나타낸 내용이라고 보아, 소홀한 사가라는 평을 면하기 위해서라도 간단하게 그것을 여기다 열거하기로 한다. 그 밖에 또 일반적으로 알려지지 않았거나, 또는 다른 사가들의 사서에 여기저기 흩어져 있거나, 혹은 오래 된 비문이나 금석문 등에서 발견할 수 있는 사료를 수집하여 학문적인 사료에 그치는 기술적인 내용은 버리고 그 사람의 성격과 생활방식 따위를 드러내는 사실들을 끌어내어 여기 첨가하고자 한다.

무엇보다도 먼저 기술하고자 하는 것은 아리스토텔레스가 니키아스에 관하여 언급한 내용이다. 아리스토텔레스는 아테네에서 시민에 대한 애정과 사랑을 대대로 보여준 가장 두드러진 3대 양민을 꼽는다면 니케라토스의 아들 니키아스, 멜레시아스의 아들 투키디데스, 하그논의 아들 테라메네스를 지적할 수 있다고 하였다. 그러나 맨 나중 사람은 처음 두 사람만 못하였다. 왜냐하면 테라메네스는 케오스 섬에서 이주해 온 외국인으로서 탐탁치 않은 혈통을 가진 사람이었기 때문이다. 정치생활에 있어서도 지조를 지키지 못하고 이쪽 파에 있다가도 때로는 저쪽 파로 옮겨 가는 식이었으므로, 그는 '어느 발에나 맞는 장화'라는 별명을 얻었다.

이 세 사람 중 투키디데스가 가장 연장이었고, 페리클레스는 시민의 지지를 받은 법령을 강력히 반대한 귀족의 대표자였다.

니키아스는 가장 연소자였지만 페리클레스 생존시에도 이미 명성을 떨친 바 있고 그와 동급 장군직에 있을 정도였으며, 단독으로 사령관직을 맡은 것도 한두 번이 아니었다. 그러다가 페리클레스가 세상을 떠나자 주로 귀족과 부유층의 지지를 받아 일약 최고 지위에 올랐다. 이것은 클레온의 횡포를 막기 위하여 그를 자기들의 보루로 내세운 귀족들의 묵계에 지나지 않았다. 그렇더라도 그는 평민들의 지지도 받았으므로, 그들 또

한 그의 출세에 공헌한 바였다고 하겠다. 왜냐하면 클레온이

그를 믿은 평민들에게 아부하여 나라의 돈을 타 먹을 수 있는 기회를 만들어줌으로써

평민들에게 큰 영향력을 구사하기는 하였지만, 그러나 그들조차도 자기들의 이해관계에 따라 또는 니키아스의 환심을 사기 위하여 그의 탐욕과 오만한 태도와 허세를 보고는 그 대다수가 니키아스를 지지하였다.

니키아스는 자부심이 매우 강한 편이었는데, 그는 그러한 성격을 자제하여 시민을 아낄 줄 아는 사람이었다는 인상을 줌으로써 시민의 환심을 샀다. 그리고 천성이 내성적이어서 전쟁에는 자신이 없었지만 행운이 부족한 용기를 가려주어서 그가 사령관직을 맡은 전쟁에서는 한 번도 진 적이 없었다.

그러므로 결점이 남의 눈에 띈 적이 없었고, 또 정치생활에 있어서의 그의 겁 많은 소극적인 태도와 고발자들을 끔찍이 두려워하는 태도는 도리어 자유국가의 시민에게는 아주 어울리는 태도라고 호평을 받았다. 시민들은 자기들을 경멸하는 사람들은 도외시하였지만, 자기들을 두려워하는 것처럼 보인 사람은 극구 찬양하였다. 따라서 그가 시민들로부터 호감을 사고 있다는 사실은, 그들을 지배하는 데 있어 적지 않은 세력을 그에게 주었다. 시민들은 지배자로부터 과히 경멸을 받지 않는다는 사실을 최대의 존경으로 생각하고 있었기 때문이다.

페리클레스는 오직 덕행과 거짓이 없는 웅변으로 아테네를 통치하였으므로, 시민에게 어떤 가면을 쓴다거나 그들에게 아부하는 말을 한다거나 할 필요가 전혀 없었다. 그런 점에서 뒤떨어진 니키아스는 시민의 인기를 얻기 위하여 그의 막대한 부

를 이용하였다. 그에게는 클레온처럼 능란한 농담이나 재미있는 이야기로 아테네 시민들을 즐겁게 함으로써 자기 목적을 위하여 시민들을 조종할 수 있는 재치와 기지도 없었다. 이러한 자질을 타고나지 못한 그는 오직 부만을 이용하여 연극이며 운동경기, 그 밖의 흥행물을 일찍이 보지 못했을 정도로 화려하고도 성대하게 개최하여 시민들의 인기를 끄는 데 힘썼다.

그가 신전에 바친 헌납품 중에서 아크로폴리스 신전에 바친 아테네 여신의 금상은, 오늘날 그것을 덮은 금은 없어졌지만 현재까지도 남아 있다. 그가 개최한 연극이나 운동경기에서 상을 탄 사람들이 헌납한 디오니소스 신전의 델포이의 청동제단 아래에 있는 성체용기(聖體容器)도 그가 헌납한 것이다. 아무튼 그는 연극이나 운동경기를 자주 주최하였으며, 그때마다 개최에 필요한 비용을 거의 전담하다시피 하였다.

이런 이야기도 있다. 언젠가 니키아스가 개최한 연극에 미남인데다가 키도 크고 아직 턱에 수염도 나지 않은 미소년인 그의 노예 하나가 디오니소스 신으로 분장하고 출연한 적이 있었다. 아테네의 시민들은 그 아름다운 모습에 감탄하여 오랫동안 박수갈채를 보냈다. 그때 니키아스가 일어서서 신으로 분장한 미소년을 가리키며 신성한 사람을 노예로 둔다는 것은 불경스러운 일이라고 선언하고는 그 미소년에게 자유를 주었다.

또 기록에 의하면 그의 델로스 섬(아폴론 신의 탄생지)에서의 행사도 정성을 다한 고상하고도 화려한 행사였다고 한다. 이때 각 도시에서는 신에게 찬미의 노래를 부를 합창대원들을 델로스 섬으로 보냈다. 합창대원들이 무리를 지어 도착하면, 그들이 배에서 내리기도 전에 군중들이 몰려와서 그들에게 노래를 불러달라고 고래고래 소리를 질렀다. 그 바람에 합창대원들은 허둥지둥 배에서 내려 화환을 몸에 두르고 옷을 바꿔입는 등 법석을 떨게 마련이었다.

그래서 그 뒤부터는 니키아스가 직접 호송했는데, 이럴 때에는 그는 제물과 그 밖의 정결한 부속물들을 가지고 미리 델로스 섬 가까이 있는 레네아라는 작은 섬에 상륙하였다. 그리고 아테네를 떠날 때 그는 두 섬 사이에 꼭 맞는 나무를 연결해 만든 화려한 부교를 가지고 왔다. 이 부교는 갖가지 색채로 도금하고 값진 비단으로 장식되어 있었다. 그것을 밤 사이에 레네아 섬과 델로스 섬 사이에 설치해 놓고, 날이 밝기를 기다려 그는 일행을 이끌고 화려하게 단장한 합창대를 앞세워 성가를 부르며 부교를 건넜다.

그리고 신에게로 가서 제사를 드리고, 연예를 공연하고, 연회도 베푼다. 그리고는 청동으로 만든 종려나무를 신에게 바치고, 1만 드라크마를 주고 한 구획의 땅을 사서 헌납하는 것이 관례였다. 이 땅에서 나오는 수입으로 주민들을 시켜 신에게 제사를 드리고, 잔치를 열어 축하하며, 사람들로 하여금 자기를 위하여 신의 가호를 빌게 하였다.

그는 이 내용을 모두 돌기둥에 새겨, 델로스 섬에 남겨놓음으로써 그의 유물의 기록으로 삼았다. 그러나 청동 종려나무는 나중에 바람에 밀려 낙소스 인들이 헌납한 큰 초상 위에 떨어져 초상을 땅에 쓰러뜨리기도 했다.

분명히 니키아스의 이러한 행동이 대부분은 허세일 수도 있고, 시민의 인기와 갈채를 얻으려는 생각에서 나온 것에 지나지 않을 수도 있다. 그러나 그 밖의 그의 자질과 몸가짐을 비추어본다면 그의 행동은 신심에서 우러나서 한 것이라고 믿을 수도 있다. 그는 투키디데스가 말한 것처럼 신심이 매우 두터운 사람이었고 신을 대단히 경외한 사람 중의 하나였기 때문이다. 파시폰의 대화록에 의하면 그는 매일 신들에게 제사를 드렸고, 집안에 점술가를 두고 늘 국사에 관하여 점을 치게 하였다고 공언하지만 대부분은 그 자신의 사사로운 일에 대하여, 특히 그가 소유하고 있는 은광에 관한 일에 관하여 점을 치게 하였다는 것이다. 왜냐하면 그는 라우리움에 값이 많이 나가는 은광을 가지고 있었는데, 얼마 동안은 경영상의 위험한 고비를 겪었다.

그는 그 은광에 많은 노예들을 쓰고 있었으며, 그 은광에서 나오는 수입은 굉장한 것이었다. 그러므로 구걸하며 뜯어먹으려는 식객이 그의 주위에는 많았다. 그 가운데에는 직선적으로 협박하듯 그에게 손을 내밀어 돈을 요구하는 사람들도 있었는데, 그는 달라는 사람들에게는 무엇이나 거절하지 않고 다 주었다. 왜냐하면 그에게 해를 끼칠지도 모르는 사람들에게는 그것이 두려워서 주었고, 또 그것을 받을 만한 가치가 있는 사람에게는 의협심에서 그들을 도왔다. 이를테면 그의 겁 많은 마음은 악한들의 재원이었고, 그의 인정 많은 마음은 정직한 사람들의 재원이었다. 우리들은 그 증거를 희극작가들에게서 발견한다.

희극작가 텔레클리데스는 전문적인 협박자에 대하여 이렇게 노래 불렀다.

카리클레스는 그 사나이에게 1파운드를 주었다.
자기가 사생아로 이 세상에 나오게 된 내막을 이야기하지 말라고,
그리고 니키아스도 역시 그에게 4파운드를 주었다. 그 이유를 나는 잘 알지만
그러나 니키아스는 점잖은 사람이라 나는 그것을 말하지 않으련다.

또한 극작가 유폴리스도 그의 희곡 〈마리카스〉에 협박자를 등장시켜, 선량하고도 단순한 가난한 사람들을 공격하고 있다.

"당신과 니키아스는 만난 지 얼마나 되오?"
"이제 방금 거리에서 만났을 뿐이오."
"그 사나이가 그를 보고도 시치미를 딱 떼는 것을 보니 두 사람이 음모를 꾸미고 있는 것이 분명하군."
"그러면 알 수 있지 않나? 니키아스가 현장에서 잡혔다는 것을."
"잡혔다고? 바보들! 그런 훌륭한 양반을 감히 아무도 엄두도 못 낼 나쁜 짓을 했다고 잡다니?"

아리스토파네스의 극에서도 클레온은 니키아스를 다음과 같이 위협한다.

모든 수다쟁이들의 입을 막고 니키아스로 하여금 기겁을 하도록 놀라게 하련다.

프리니코스도 박약한 정신력과 선동분자들의 선동에 쉽게 넘어가는 그의 기질을 빗대어 다음과 같은 시구를 통해서 야유한다.

그가 고상한 사람이었다는 것을 나는 알고도 남음이 있다,
가는 도중 움츠러들며 니키아스처럼 걷지도 않았다.

니키아스는 선동분자들을 경계하고 수줍음이 많았으므로 누구와도 외식을 하지 않았다. 뿐더러 그의 친구들과 담화나 대

화에 몰두하는 일도 없었고, 한가로이 그런 즐거움에 시간을 바치지도 않았다. 그가 장군으로 있을 때에는 밤이 될 때까지 늘 사무실에만 박혀 있었고, 회의가 있을 때에는 맨 먼저 나가고 맨 나중에야 집으로 돌아왔다. 그리하여 공무에 종사하고 있지 않을 때에는 그에게 접근하거나 그와 대화를 나누기가 매우 어려웠다. 그가 거의 두문불출하고 집 안에만 틀어박혀 있었기 때문이다. 그리고 누가 그의 집을 찾아가면, 하인이 친절한 말로 주인은 지금 매우 바쁘니 그냥 돌아가달라고 사정하였다. 주인은 국사와 공무로 눈코 뜰 사이도 없이 바쁘다는 것이었다.

주인을 위하여 이러한 역할을 담당한 사람은 히에로라는 하인이었다. 그는 어릴 때부터 니키아스의 집에 와서 교육을 받으며 성장한 자로, 니키아스는 그에게 문학과 음악도 가르쳐주었다. 그는 자기가 일명 칼쿠스라고도 하는 디오니시우스의 아들이며 자기 아버지가 지은 시는 아직까지도 남아 있고, 자기 아버지는 이탈리아로 이민단을 이끌고 가서 투리이 시를 창건한 사람이라고 공언하였다. 이 히에로는 점술가들과 가까이 지내며 꾀를 내어 니키아스의 생활을 신비롭게 감싸주었다. 니키아스는 나라를 위하여 밤낮을 가리지 않고 수고하여 가여울 정도로 시민을 위한 공무에 열중한다고 시민에게 소문을 퍼뜨렸다.

"나으리께서는 목욕이나 식사를 하시다가도 중대한 공무로 중단하시기가 예사이십니다. 당신의 일은 돌보시지도 않고 공사에만 몰두하시며 다른 사람들이 첫잠을 잔 후까지도 주무시지 않습니다. 그러므로 건강을 잃고, 몸이 말이 아닙니다. 국가에 봉사하느라고 친구분들과도 사귀지 않아 귀중한 친구들과 돈마저 잃으셨습니다. 다른 분들은 공중 앞에서 연설도 하여 사람들을 자기편으로 끌어들이기도 하고 나라돈으로 재산도 모으고 편히 지내며 정치를 재미로 한다는데 말입니다."

사실 이것은 니키아스의 실제 생활태도였으므로, 그는 다음과 같은 아가멤논의 말을 자기 자신에게 적용시키고도 남음이 있었다고 할 수 있다.

> 허울 좋은 세도는 우리의 상전을, 그러나 나는 대중을 상전으로 모시련다.

니키아스는 아테네 인들을 이렇게 말했다. 달변가이건 능력이 뛰어난 사람이건 어떤 필요에 따라 그들의 능력을 이용하다가도, 그들의 권세가 자라면 그것을 시기하고 호시탐탐 그것을 감시하고 있다가, 모든 기회를 이용하여 그의 자존심을 꺾고 그의 명성을 감소시키곤 한다고 했다. 페리클레스에게 재산몰수를 언도하고 다몬을 추방하고, 람누스 인 안티폰을 불신하고, 특히 레스보스를 정복한 파케스가 그의 소행을 해명하라고 시민들이 요구하고 나서자 바로 법정에서 칼을 뽑아 자살한 것 등이 바로 그 좋은 예다. 이러한 점을 고려하여 니키아스는 오래 끄는 전쟁은 피하였으며, 장군직을 맡는 경우에는 되도록 안전한 작전만 취하여 대개는 성공을 거두었다. 그리고 그 성공을 어떠한 지혜나 작전이나 자기 자신의 용기 덕으로 여기지 않고, 남의 시기를 피하여 모두가 다 운이 좋아서 거둔 것이라며 신의 영광으로 돌렸다.

작전 자체에 성공한 것은 그가 운이 좋았다는 증거였다. 그때까지만 해도 아테네는 몇 번의 중대한 패전을 겪었지만, 그는 그러한 패전을 한 번도 겪은 적이 없었다. 아테네 군이 트라케에서 칼키디아 군에게 패배를 당했을 때의 총사령관들은 칼리아데스와 크세노폰이었고, 아이톨리아에서 패전했을 때의 장군은 데모스테네스였다. 히포크라테스의 지휘하에 있던 그들은 델리움에서 1천 명의 시민을 잃었다. 또 아테네에 전염병이 발생한 것은 주로 페리클레스의 책임이라고 공격의 화살을 받았는데, 그것은 그가 전쟁을 수행하기 위하여 지방사람들을 도시에다 이주시켜 가둬놓았기 때문에 장소의 변화와 생활조건의 변동으로 전염병이 발생하게 되었다는 것이었다.

이 모든 재난에 비난을 받지 않은 사람은 오직 니키아스 한 사람뿐이었다. 그의 작전하에 라코니아를 공략하여 가장 광활한 키테라 섬을 점령하였던 것이다. 이 섬은 지금까지 스파르타의 이민들이 점령하고 있던 섬이었다. 이와 같은 작전으로 반란을 일으킨 트라키아의 많은 도시들을 점령하였고, 메가라 인들을 그들의 도시에 가둬놓고 미노아 섬을 점령하였다. 그 뒤 거기서부터 니사이아로 진격하여 점령하였고, 이어 코린트 영토를 공략하여 대다수의 코린트 군을 그들의 장군 리코프론과 함께 죽임으로써 승전하였다. 승리를 기뻐하며 진군하던 니키아스는 전사한 병사 두 명의 시체를 미처 묻지 못하고 온 것이 생각나 그는 진군을 멈추고 전령 하나를 적에게 보내어 그 시체를 돌려달라고 요구하였다.

그러나 휴전에 의하여 시체를 요구하는 측은 그리스의 법과 관례에 따라 승리에 대한 모든 권리를 포기하는 것이 되므로 전승기념비를 세울 수도 없게 된다. 전쟁터를 점령하고 있는 편이 승리자이고, 시체를 요구하는 편은 점령할 힘이 부족한 것으로 여겨져 전쟁에 진 것이 되는 것이다. 그러나 니키아스는 승리의 영광마저도 버릴 각오로 두 부하의 시체를 요구하였다. 그는 또한 아이기네타 인들에게 빼앗겼던 티레아를 점령하고 포로들을 아테네로 호송하였다.

데모스테네스가 필로스에 요새를 구축하고 펠로폰네소스 군이 수륙 양군을 이끌고 쳐들어온 것을 무찌른 이후에도 아직 약 400명의 스파르타 원주민이 스파크테리아 섬 해안에 남아 있었다. 아테네 인들은 이들을 포로로 잡으면 큰 수확이 될 것이라고 생각하였다. 그러나 물이 부족한 그 곳을 점령하기란 매우 어렵고 귀찮을 뿐 아니라 점령한대도 필수품을 배로 운반한다는 것이 여름에는 지루하고 비용도 많이 들며, 겨울에는 그것이 가능할지 의심스러웠다. 아니, 전혀 불가능하리라고 여겨졌다. 일이 이렇게 되자 아테네 군은 이 모든 문제를 해결할 묘책 찾기에 애를 먹었으며, 얼마 전 스파르타 군이 사자를 보내어 제안한 휴전을 거절하였던 것을 후회하였다.

그때 그 제안을 거절한 것은 클레온의 선동에 의한 것이었다. 클레온은 거의 니키아스에 대한 홧김에 그것에 반대하였다. 그의 호적수인 니키아스가 스파르타의 휴전제안을 열심히 지지하는 것을 보고 그는 반대를 위한 반대에 이끌려 시민들을 선동하여 거절하게 하였다. 그러나 포위작전에 지연되고 자기들의 군대가 몹시 고통을 당하고 있다는 소문을 들은 아테네 시민들은 클레온에게 분노하게 되었다. 그러자 클레온은 모든 책임을 니키아스에게로 돌리고, 포위당한 스파르타 군이 아직도 점령되지 않은 것은 니키아스의 유화작전과 그의 겁 많은 태도 탓이라고 공격하였다. 그리고 클레온은 시민들 앞에서 이렇게 장담하였다.

"내가 장군이라면 그렇게 오래 버티게 내버려두지는 않겠습니다."

그러자 아테네 시민들은 아주 자연스럽게 그에게 물었다.

"그렇다면 왜 실제로 군대를 이끌고 적을 치러 안 나가시오?"

그러자 니키아스가 일어서서 필로스 주둔 사령관직을 클레온에게 이양하고는, 그에게 본국에 안일하게 앉아서 큰 소리나 탕탕 하지 말고 어서 나가서 조국을 위하여 공이나 크게 세워 보라고 하였다. 클레온은 예상하지 못했던 이 제안에 당황하여 사령관직을 맡지 않으려고 하였다. 그러나 시민들이 어서 맡으라고 성화를 부리고 니키아스도 큰 소리로 꾸짖는 바람에, 화가 나서 그도 야심에 불타 장군직을 맡았다. 그는 20일 이내로 그 섬에 있는 적을 섬멸하거나 모조리 아테네로 잡아오겠다고 장담하였다. 그러나 클레온의 이러한 허풍은 이것이 처음이 아니었고, 그것을 믿었다가 골탕을 먹은 일이 한두 번이 아니었으므로 시민들은 이 말을 믿기는 고사하고 조롱까지 퍼부었다.

한번은 이런 일까지 있었다. 어떤 문제를 해결해야 할 다급한 일이 있어 시민들이 모여서 클레온이 오기를 오랫동안 기다리고 있었는데, 한참 만에 머리에다 화환을 얹고 겨우 나타난 클레온은 시민들에게 제발 다음날까지 연기해달라고 사정을 하는 것이었다.

"오늘은 바쁩니다. 막 신에게 제사를 드리고 오는 길이고 이제부터는 외국손님을 대접해야 합니다."

시민들은 수선을 떠는 그를 조소하며 각자 흩어지고 말았다.

그러나 이때는 운도 좋고 또 데모스테네스의 협력도 있고 해서 전투에 성공을 거두고, 약속한 날 안으로 전투에서 쓰러지지 않은 모든 스파르타 군을 잡아가지고 아테네로 끌고 왔다. 이 때문에 니키아스는 크게 모욕을 당하게 되었다. 용기가 부족해서 자진하여 장군직을 내놓고, 자기가 좋아서 장군직을 자기의 적수에게 이양함으로써 그에게 공을 세울 기회를 주었으니, 이는 싸움터에서 적에게 방패를 빼앗긴 것 이상으로 더 수치스럽고도 비열한 행동이 아닐 수 없었다.

극작가 아리스토파네스는 그의 작품 〈여러 마리의 새들〉에서 이렇게 그를 조롱하고 있다.

과연 이제는 할 말이 없소이다. 니키아스처럼 하거나 아니면 잠이나 잡시다.

다른 작품 〈농부〉에는 다음과 같은 대화가 나온다.

"나는 고향에 가서 농사나 지으련다, 다음엔 무엇을 하지?"
"누가 당신을 말리겠소, 그대, 나의 동포여."
"나에게 나라일을 맡기지 않고 도시를 떠나라고 한다면 나는 서슴지 않고 1천 드라크마를 그 사람에게 내놓겠소."
"그렇게 하시오. 좋소이다. 그러면 나라일을 맡지 않는 대가로 니키아스가 낸 돈까지 합치면 나라의 수입은 2천 드라크마가 되겠군."

이뿐만 아니라 클레온에게 이토록 큰 명성과 권세를 갖게 함으로써 니키아스는 아테네에 큰 피해를 끼친 결과가 되었다. 이제 클레온은 아주 거만한 태도를 취하여 안하무인이 됐다고나 할까, 참고 봐줄 수 없을 만큼 대담하고 방자한 사람이 되었다. 특히 그는 지금까지 철칙으로 되어 있던 대중연설을 할 때의 그 단정한 예법을 짓밟고 말았다. 전에 없이 연단에서 고래고래 소리를 지르고 옷을 뒤로 젖히고 자기 허벅다리를 툭툭 치는가 하면 연단 아래위를 마구 뛰어 돌아다니기가 예사였다. 말하자면 클레온은 예의를 짓밟고 정사를 어지럽히는 계기를 가져온 최초의 사람이었다.

이때 벌써 알키비아데스도 시민의 지도자로서 아테네에서 세력을 증식하기 시작하고 있었는데, 클레온처럼 행실이 난폭하지는 않았다. 그의 성격은 호메로스가 기록하였듯이

약초와 독초를 다 같이 풍성하게 만들어내는

이집트의 풍요로운 토양처럼 선과 악의 양면에 있어 누구보다도 강하고 아테네의 정사에 중대한 혁신을 이룩하였다.

이렇듯 니키아스가 클레온과 손을 뗀 후에 그는 완전히 아테네를 혼란 속에 빠뜨리는 결과를 초래하였다. 니키아스가 여러 가지 사태를 어느 정도 호전시켰지만, 알키비아데스는 자기의 끝없는 야심을 만족시키기 위하여 일찍이 보지 못한 혼란과 전쟁을 야기시켰기 때문이다. 그것은 다음과 같은 경로로 발생하였다.

당시 평화를 교란시킨 두 인물이 있었는데, 그들이 바로 클레온과 브라시다스였다. 전쟁은 클레온의 덕행을 칭찬해주고 브라시다스의 죄상을 감춰주는 수단이 되어, 클레온에게는 용감한 행위를 성취시키는 요인들을 제공하고, 브라시다스에게는 그에 못지 않은 악행을 범할 기회를 제공하였다. 그런데 이 두 사람이 다 스파르타 군과 싸우다가 암피폴리스 근처에서 전사하였다. 그러자 니키아스는 스파르타가 오래 전부터 평화를 원하였고, 아테네도 이 이상 더 전쟁에 이긴다는 확신을 가지고 있지 않다는 것을 깨닫게 되었다. 다 같이 지칠 대로 지쳐서 두 나라는 이제 평화를 갈망하고 있었다.

그러므로 니키아스는 이때를 놓칠세라 두 나라 사이에 평화관계가 성립되도록 노력을 경주하고, 또 그리스의 다른 모든 나라들도 지금까지 시달려 온 재난과 피해로부터 해방시켜주려

고 진력함으로써 정치가로서의 명성을 오래도록 확고히 하려고 노력하였다. 아테네의 부유층도 연장자들도 지주나 농부들도 모두가 한결같이 평화를 갈망하고 있다는 것을 그는 알았다.

그리하여 전쟁을 부르짖는 일부 사람들에게도 대화와 설득을 통하여 그들의 전쟁욕을 억제하고, 스파르타의 평화욕을 북돋아 그들로 하여금 평화를 위한 대화의 광장으로 나올 것을 권고하였다. 스파르타도 니키아스의 절제 있고 공평하면서도 너그러운 성격을 알고 있었기 때문에 그를 믿었다. 뿐만 아니라 필로스에서 포로가 되어 감금중에 있던 자기 나라 병사들에게 친절과 배려를 아끼지 않았던 그의 과거 처사도 스파르타는 잊지 않고 있었다.

이리하여 두 나라는 우선 1년간의 휴전을 맺기로 합의를 보고, 그 동안에 서로 자유로이 접촉함으로써 평화와 안전 속에서 또다시 친구와 친척들의 자유로운 접촉의 기쁨을 맛보게 되었다. 그래서 예의 그 전쟁의 위협에서 헤어나기를 갈망하여

나는 창을 버리련다,
거미들이여 거기다 줄을 쳐라.

하고 합창대가 노래부르기까지에 이르렀다. 그리고 기쁜 마음으로 격언을 되새겨보게 되었다. 평화시에는 나팔소리가 아니라 닭소리에 잠이 깨는 법이다. 그러므로 사람들은 귀를 막고 운명의 여신이 27년 동안 전쟁이 계속되게 명령하였다고 예언하는 사람들을 큰 소리로 비방하고, 전체 문제를 다각도로 토의한 끝에 휴전을 맺은 것이다.

사람들은 대부분 그제야 과연 전쟁의 재난을 모면하게 되었다고 안심하게 되었다. 그리고 니키아스는 그의 독실한 신앙으

로 모든 축복 가운데에서도 가장 아름답고 가장 위대한 축복을 받게끔 뽑힌 천신의 사랑을 독차지한 사람이라고 모든 사람들의 입에 오르내렸다. 그들은 전쟁이 페리클레스의 사업인 것처럼, 평화는 니키아스의 사업이라고 생각하였기 때문이다. 페리클레스는 공연히 시민을 일대 재난 속으로 몰아넣은 것처럼 생각되었으며, 니키아스는 서로가 서로에게 감행한 모든 재난의 시름을 잊고 또다시 친한 관계를 유지하도록 만든 사람으로 여겨졌던 것이다. 그러므로 오늘날까지도 그때의 평화는 '니키아스의 평화'라고 불리고 있다.

휴전의 조항은 각기 빼앗은 요새와 도시와 포로를 돌려주되 어느 쪽이 먼저 이행하느냐 하는 문제는 제비를 뽑아서 결정하기로 하였다. 테오프라투스가 전하는 바에 의하면, 니키아스는 많은 돈을 뇌물로 써서 스파르타가 먼저 이행하게끔 제비를 뽑게 하였다고 한다. 그러나 나중에 결정된 이런 처사에 코린트와 보이오티아가 불만을 표시하며 불평과 비난을 일삼는 바람에 전쟁이 재연될 기세에 있었다. 이에 니키아스는 스파르타와 아테네를 설득하여, 평화뿐만 아니라 쌍방이 동맹으로서 조약을 체결케 함으로써 평화의 유대를 공고히 하고, 반대하려는 자들에게 더욱 공포감을 갖게 하였다.

이러한 일들이 척척 진행되어 가고 있는 동안 알키비아데스는 전쟁을 선호하고, 스파르타가 니키아스 하나만을 상대로 하여 두둔함으로써 자기를 무시하고 경멸하고 있다는 데에 화가 나서 이러한 모든 평화협정에 불만을 품었다. 그는 처음부터 휴전에 반대하였으나 그때는 별로 영향을 미치지 못하였다. 그러나 이제 스파르타가 아테네를 계속 좋게만 생각하지 않게 되었는데 그것은, 보이오티아와 동맹을 맺고 요새를 돌려주기로 약속했는데도 불구하고 그 요새를 헐지도 않고, 파낙톰 시와 암피폴리스를 아직 반환하지도 않았기 때문에 아테네가 분개하기 시작하였다.

이때를 이용하여 아르기베스는 시민들을 선동하는 한편, 마침내 아르고스를 움직여 사절단을 아테네로 파견하여 두 나라 사이에 동맹관계를 맺게 하였다. 그런데 그때 전권을 가진 스파르타 사절단이 아테네로 와서 우선 원로원에 나가 모든 점에 관하여 공정한 제안을 할 것처럼 보였다. 이에 겁을 먹은 아르기베스는 전체인민대회에서도 그들의 제안대로 될 것을 염려한 나머지 사절단을 만나, 그들이 전권을 가지고 왔다는 것을 전체인민대회에서 부인하면 원조를 아끼지 않겠다고 맹세까지 하며 감언이설로 그들을 속였다. 그는 이것이야말로 그들의 욕망을 달성하는 유일의 길이라고 설득한 것이었다.

그들은 이 말에 감쪽같이 속아 니키아스를 저버리고 그를 따랐으므로 그는 안심하고 그들을 인민회의 장소로 안내한 뒤 모든 일들을 처리할 수 있는 전권을 가지고 왔느냐고 다짜고짜 그들에게 물었다. 그들이 그렇지 않다고 부인하자 아르기베스는 표변하였다. 그는 시민대의원들에게 똑같은 문제를 가지고 한때는 이런 말을 하고, 또 한때는 그 반대의 말을 하는 저들의 말을 어찌 믿을 수 있겠느냐고 반박하였다. 사절단이 이 표변에 당황한 것도 무리는 아니다. 니키아스도 역시 뭐라고 말을 해야 좋을지 몰라 아연실색하고 있었으므로, 시민회의는 곧 아르고스 사절단을 불러 그들과 동맹을 맺으려는 결심을 세웠다.

그러나 바로 그때 지진이 일어나 집회가 열리지 못하게 되어 다행히도 니키아스에게는 천우신조라고 할 수 있을 만큼 큰 도움이 되었다. 다음날 시민들이 다시 모여 서로 토의하고 간청한 끝에 니키아스는 아르고스와 동맹을 맺는 조약을 간신히 연기시키고, 모든 일을 잘 처리하리라는 시민의 기대 속에 스파르타로 사절로서 파견되었다.

그가 스파르타에 도착하자 스파르타 인들은 아테네의 명사이며 자기들의 은인으로 맞아주었지만, 보이오티아를 지지하는 사람들의 방해로 아무런 성과도 거두지 못하고 아테네로 돌아오고 말았다. 이는 말할 수 없을 정도로 불명예를 가져왔을 뿐만 아니라 그와 못지 않게 아테네 시민들이 두려웠다. 그것은 과거에 니키아스가 시민들을 설득하여 그렇게도 많은 포로들을 스파르타로 돌려보낸 일이 있었는데, 그 일에 대하여 시민들은 격노하고 있을 것이 분명하였기 때문이다. 더군다나 필로스에서 포로로 잡아 온 사람들은 스파르타의 최고 명문 출신이었을 뿐 아니라 스파르타의 정치요인들을 친구나 친척으로 두고 있기도 하였으니 말이다.

그러나 시민들은 의외로 니키아스를 공격하지 않았다. 다만 알키비아데스를 장군으로 임명하여 스파르타와 동맹관계를 포기한 엘리스와 만티네아와도 아르고스와 함께 동맹관계를 맺고는 병사들을 필로스 섬으로 보내 이 부근의 라코니아 일대를 약탈하게 하였다. 그 결과 다시 두 나라 사이에는 전쟁이 발발하게 되었다.

그러나 니키아스와 알키비아데스 사이의 불화는 점차 고조되어, 두 사람 가운데 누구 하나를 패각투표에 의해 10년간 국외로 추방하는 길밖에는 다른 방도가 없게 되었다. 아테네 시민들은 명성이나 재산이 너무 많아서 남의 시기를 사게 되고 의심을 받게 되면 10년간 추방하는 것을 패각투표로 결정하는 것이 그 관례였다. 이렇게 되자 두 사람은 다 같이 당황하고 동요하게 되었다. 둘 중 하나는 십중팔구 이 패각투표에 의하여 추방될 것이 뻔하였기 때문이다. 아테네 시민들이 알키비아데스의 생활태도를 미워하고 그 무모한 용기를 두려워하였음은 그의 전기를 다룰 때 소상히 밝힌 바 있다.

한편 니키아스도 많은 재산 때문에 시민들의 시기를 샀고, 아테네 시민들이나 그의 동료들에게서조차 볼 수 없는 생활습관과 그의 비사교적이며 유아독존적인 태도는 많은 적을 만들었다. 그뿐만 아니라 그는 시민들에게 유익한 일이라고 생각되면 지체없이 그들에게 정면으로 충돌하여 시민들의 의사를 무시하고 그것을 강요하였으므로 시민들의 미움을 샀다.

아무튼 이것은 전쟁을 열망하는 청년들과 평화를 애호하는 노인들과의 싸움이어서 시민들은 알키비아데스에게는 추방을, 니키아스에게는 무죄를 선언할 것은 뻔한 노릇이었다. 그러나

세상이 어지러우면 악한도 출세한다

는 말도 있듯이, 공교롭게도 아테네 시는 두 파로 갈라져 가장 파렴치하고도 품행이 방정치 못한 자들도 날뛰는 무대가 되었다. 그 중에 페리토이다이에 사는 히페르볼루스라는, 정말로 권세라고는 권자도 모르는 자가 오직 후안무치 하나만을 무기로 삼고 아테네 시에서 명성을 떨치게 되어 아테네의 추문거리가 되었다. 이자야말로 노예처럼 교수형을 받아 마땅한 자였다. 그러나 이때 본인은 패각투표에 의하여 추방되리라고는 꿈에도 생각하지 못하고, 이들 두 사람 중 누군가 한 사람이 추방되면 남은 한 자리는 자기가 맡을 줄로만 알았다. 니키아스와 알키비아데스의 불화를 보고 공공연히 시민들에게 두 사람 모두 패각투표를 받도록 하라고 선동하며 돌아다녔다. 그의 음모를 간파한 니키아스와 알키비아데스는 비밀리에 서로 손을 잡았다. 자기들의 공동이익을 위한 공작을 꾸며, 자기들 대신

으로 히페르볼루스가 도리어 패각투표를 받고 추방되게끔 하였다.

과연 이 일은 처음에는 재미난 일로 생각되어 시민들도 관심을 보였다. 그러나 나중에는 모욕으로, 아니 이런 보잘것없는 자에게 그런 수단을 적용한다는 것은 수치스러운 일이라고 생각하게 되었다. 벌도 받을 만한 사람이 받아야 그 가치가 있는 것이다. 패각투표로 추방되는 것도 투키디데스나 아리스테이데스 같은 거물급 인물이라면 어울리지만, 히페르볼루스와 같은 보잘것없는 인물에게는 오히려 영광스러운 일이 될 것이다. 그로서는 큰 자랑거리가 되어 마치 그의 악행 때문에 도리어 시대의 거물급 인사와 똑같은 인물이 되었다고 생각할 것이 뻔하였다. 희극 시인 플라톤은 이를 두고 다음과 같이 노래불렀다.

그자가 벌을 받아 마땅하다고
누가 이를 부인하랴만
그러나 아테네 시민이 다 갖고 있는 조개껍질은
그와 같은 자에게 줄 것은 아니었다.

그리고 실제로 아테네에서는 그 후 이러한 종류의 벌을 받은 사람은 아무도 없었다. 히페르볼루스가 마지막이었으며, 폭군인 히파르코스의 친척이며 똑같은 이름을 가진 콜라르기안이 그 첫번째 사람이었다.

사람의 운명이 어떻게 될지 그것은 아무도 예측할 수 없다. 아무리 생각해보아도 그것을 정확히 알 수는 없다. 만일 니키아스가 위험을 무릅쓰고 알키비아데스와 맞섰더라면 둘 중 누군가는 패각재판을 받게 되었을 것이다. 만약 니키아스가 이기고 상대방이 아테네에서 추방되었을 경우 니키아스는 안전하게 그대로 남아서 아테네를 다스렸을 것이다. 반대로 그가 추방되었을 경우, 그의 생애를 망친 그 무서운 재난을 모면하고 가장 위대한 장군이었다는 명성을 남겼을 것이다. 히페르볼루스가 패각재판으로 추방된 것은 니키아스가 아니라 파이악스가 알키비아데스와의 싸움 속으로 끼여들었기 때문이라고 테오프라스투스는 주장하고 있다. 필자도 그것을 모르는 바 아니지만 다른 대부분의 사가들은 그와는 다른 주장을 하고 있다.

아이게스타와 레온티네의 사절단이 아테네에 도착하여 아테네 인들에게 시칠리아 원정을 권유하였을 때, 니키아스가 반대한 것은 그 권유를 지지한 알키비아데스에 대해 반대하기 위해서였다. 알키비아데스의 설득과 야심에 의하여 니키아스가 졌다는 것을 자기 자신도 알았다. 시민대회가 소집되어 그 문제가 논의되기도 전부터 알키비아데스는 시민들의 마음에 희망을 불어넣고 연설로 그들의 판단력을 사로잡고 말았다.

그 결과 청년들은 체육관에서, 노인들은 일터에서 또는 벤치에 앉아서 시칠리아의 지도를 그리거나, 바다와 항구와 아프리카의 건너편 해안의 일반적인 특색이 표시되어 있는 해도(海圖)를 작성하느라고 여념이 없었다. 왜냐하면 그들은 시칠리아를 전쟁의 최종적인 목표로 삼지 않고 오히려 거기서부터 카르타고에 이르는 출발점 내지는 총사령부 정도로 여겼다.

그들은 그 곳을 기지로 삼아 카르타고를 정복하고 지브롤터까지의 지중해 전체를 자기들의 바다로 삼을 계획이었기 때문이다. 여론이 이렇게 되고 보니 그들을 반대해 온 니키아스는 자기를 지지해줄 사람들이나 권력을 가진 사람들을 찾을 길이 없었다. 재력이 풍부한 사람들까지도 공공사업에 쓸 비용과 군선을 건조할 비용을 부담하기 싫어서, 반대한다는 비난을 받을까 두려워 하는 수 없이 자기의 소신을 누르고는 침묵을 지켰다.

그러나 니키아스는 지치거나 자기의 소신을 포기하는 일이 없이 시민들이 전쟁을 하기로 결의하고 그를 알키비아데스와 라마코스와 함께 제1급 장군에 임명한 뒤에도 반전론을 주장하였다. 그리하여 또다시 시민대회가 소집되었을 때 그는 자리에서 일어서서 전쟁을 그만두고 그 결의안을 철회하도록 하라고 항의하였다. 그리고는 알키비아데스를 향하여 자기 개인의 야욕과 야심을 만족시키려는 생각에서 전쟁을 일으켜 나라를 위험과 궁핍 속으로 끌어넣으려 한다고 공격하였다.

그러나 이러한 호소도 아무 소용이 없었다. 전쟁 경험이 많은 니키아스야말로 이번 전쟁에는 최적임자라고 시민들은 생각하였으며, 그의 조심성과 알키비아데스의 용감성과 라마코스의 낙관적인 기질, 이 셋을 합치면 반드시 나라를 반석 위에 올려놓을 것이 확실하였으므로 시민들은 오히려 더욱 굳은 신념을 가지게 되었다. 시민의 지도자 중에서도 시민들에게 가장 열렬히 원정의 필요성을 역설하던 데모스트라투스가 일어서서, 니키아스가 그 이상 더 변명을 하지 못하도록 그의 입을 막아버렸다. 그는 새 장군들에게 국내외를 막론하고 그들이 최선이라고 생각하는 대로 명령하고 행동할 수 있는 절대적 권한을 주자고 동의하자, 시민은 이 동의안을 표결에 부쳐 만장일치로 통과시켰다.

그러나 전하는 바에 의하면, 사제들이 이 원정을 적극 반대하고 나섰다는 것이다. 알키비아데스에게는 그가 부리는 다른 부류의 점술가들이 있었다. 그들은 아테네가 시칠리아에서 큰 영광을 얻으리라는 오랜 신탁을 들고 나왔다. 또 암몬의 제우스 신전으로부터도 사절단이, 아테네 군이 모든 시라쿠스 군을 잡을 것이라는 신탁을 가지고 그에게로 돌아왔다.

한편 불길한 무엇을 알고 있는 사람들은, 불길한 이야기를 미리 떠벌리는 자라고 생각될까 봐 두려워 감추고 있었다. 그것이 뚜렷한 징조라 할지라도 그들의 생각은 좀처럼 흔들리지 않았다. 불길한 징조는 시민들로부터 왔다. 아테네 시내에 세워진 헤르메스 신의 모든 초상이 하룻밤 사이에 파손되고, 안도키데스의 헤르메스라고 부르는, 옛날에 아이게우 인들이 안도키데스의 집 앞에 세운 초상 하나만이 겨우 남았다. 심지어 어떤 사나이는 별안간 12신의 제단으로 뛰어올라가 손수 돌로 제단을 때려 부순 일도 일어났다.

또 델포이 신전에는 종려나무 위에 세워놓은 아테네 신의 금상이 하나 서 있는데 이것은 메디아 인에게서 얻은 전리품으로서 아테네가 세운 것이다. 그런데 그 위를 날고 있던 까마귀들이 계속 며칠씩 쪼아 종려나무 금열매를 따서 땅에 떨어뜨렸다. 그러나 이것은 시라쿠사 인들로부터 뇌물을 받고 델포이 사람들이 모두 꾸며낸 이야기에 지나지 않는다고 아테네 시민들은 말하였다.

한편 클라조메나이에 있는 아테네 여신을 섬기는 여사제를 거기서부터 아테네로 데리고 오라는 신탁이 내렸다. 그 여사제를 불러다 놓고 보니, 그 여사제의 이름이 평정(平靜)을 의미하는 '헤시키아'라는 것을 알았다. 이때 신의 뜻이 아테네 시민들에게 전쟁을 하지 말고 조용히 지내라는 충고를 한 것으로 생각되었다. 그러므로 천문학자 메톤은 이러한 징조를 두려워하였는지, 아니면 그의 이성으로 볼 때 전쟁이 실패(그때 그는 그 전쟁의 사령관직에 있었다.)로 돌아갈 것만 같아서 그랬는지 미친 척하고서 자기 집에다 불을 질렀다.

또 다른 설에 의하면, 그가 미친 척한 것이 아니라 밤에 자기 집에다 불을 지르고서 다음날 아침 깊은 수심에 잠겨 시민회관 앞으로 나가, 자기 집 딱한 사정을 좀 고려하여 시칠리아로 떠나는 군선 한 척의 선장으로 임명되어 있는 자기 아들을 군대에서 제대시켜달라고 간청하였다고 한다. 철학자 소크라테스와 같은 천재는 자주 하늘로부터 계시를 받았는데, 이번 경우에도 원정대가 나라의 파멸을 초래시킬 것이라는 하늘로부터의 계시를 받았다는 것이다. 그의 친구들과 친지들에게 넌지시 들려준 이야기가 그들의 입을 통하여 많은 사람들에게 전하여진 것이다.

함대가 떠나는 그 날이 공교롭게도 바로 아도니스의 죽음을 애도하는 날에 해당되었으므로 많은 사람들은 불안하기 짝이 없었다. 그때 여자들이 가슴을 치며 애도와 탄식에 젖어들고, 돌아다니는 고아들의 초상을 도처에서 볼 수 있었으므로 이러한 미신을 굳게 믿는 사람들은 마음이 극도로 불안해졌다. 또 이토록 장하고도 영광스러운 전쟁을 위한 준비가 삽시간에 수포로 돌아가는 것은 아닐까 하고 두려워하였다.

이번 원정 때 파견에 관한 안건을 표결에 부칠 때에도 반대하였고, 또 희망에 들뜨거나 그 명예로운 사령관직을 맡고도 그의 판단력을 흐려놓을 만큼 현혹되지도 않은 니키아스는, 그 자신이 유덕한 사람이며 지조가 굳은 사람이라는 것을 보여주었다. 그러나 그의 여러 가지 노력도 아테네 시민의 전쟁욕을 막지 못하였다. 시민들은 그가 장군직에서 물러나고 싶어하였지만 그것을 허락하지 않고, 그를 열렬히 지지하며 떠받들었다. 그 바람에 본인이 원하지 않은 장군직이었지만 사퇴하지도 못하고, 맡은 이상 이제는 지나치게 조심하거나 꾸물거리고만 있을 때도 아니었다.

또 마치 어린애가 배를 타고 집을 그리워하듯이, 아테네 쪽만 되돌아보며 자기의 조언이 시민대회에서 참패를 당하게 된 그 연유를 몇 번씩 되새김으로써 동료 장군들의 사기를 꺾고 전기(戰機)를 놓쳐버리는 것은 그로서도 탐탁한 일은 아니라고 여겨졌다. 그러므로 그는 적과 신속하고도 과감하게 싸워 결판을 내고 운명을 결정지어야만 하였다. 그때 라마코스가 곧장 시라쿠사로 가서 적의 성을 공격하자는 의견을 내놓았고, 알키비아데스는 다른 나라들과 우호관계를 맺은 다음에 시라쿠사로 진격하자고 제의하였다. 그러나 니키아스는 두 장군의 제안을 받아들이지 않고 그저 시칠리아 섬 주위를 순항하면서 주민들에게 위세만 보이고, 아이게스타 인들을 돕기 위하여 소수의 병력만을 상륙시켰다. 그런 다음 아테네로 돌아가자고 주장하여 결국 사병들의 전의를 약화시키는 결과만을 초래하였다.

아테네는 얼마 후에 알키비아데스를 반역죄로 재판에 회부하기 위하여 그를 본국으로 소환하였다. 니키아스는 명목상으로는 라마코스와 동등한 지위에 있었으나 실질적으로는 유일한 장군이라고 해도 과언은 아니었다. 그러나 끝없이 빈둥거리고 그저 시칠리아 섬 주위나 순항하고, 작전계획이나 세우며 시일만 허송하고 있었으므로 마침내 처음 시칠리아 섬에 상륙하였을 때의 그 위용으로 적을 당황하게 하고 놀라게 하였던 그 왕성한 사기는 찾을 길이 없었다.

알키비아데스가 아직 함대를 거느리고 있을 동안에는 60척으로 편성된 일개 대대를 이끌고 시라쿠사 섬 앞으로 가서 그 중 50척은 항구 밖에서 대열을 짓고 정박하고 있었고, 나머지 10척은 항구 안까지 들어가서 정찰의 임무를 수행하고 있었다. 그리고 전령을 시켜 레온티니의 시민들에게 모두들 고국으로 돌아가라고 호소하였다.

이들 10척의 정찰함대는 적의 군선 1척을 나포하고 그 배 안에서 명단 하나를 발견하였는데, 그 명단에는 시라쿠사의 모든 주민의 명부가 그 종족별로 적혀 있었다. 이 명부는 시내에서 좀 떨어진 올림피우스의 제우스 신전에 보존하는 것이 습관이었으나 전쟁에 나갈 젊은이들의 명부를 조사하기 위하여 그것을 찾아가지고 온 것이었다. 그런데 그것이 아테네 군에게 입수되어 대다수의 시라쿠사 인들의 이름이 밝혀졌으므로, 점술가들은 그것을 불길하다고 생각하고는 '아테네 인들은 모든 시라쿠사 인들을 잡을지어다'라는 신탁이 바로 이를 가리켜서 한 말이라고 걱정하였다. 그러나 이 신탁은 후일 아테네인 칼리푸스가 디온을 죽이고 시라쿠사를 점령하였을 때에 이루어졌다고 보는 사람도 있다.

그 후 알키비아데스가 시칠리아를 떠나자 사령관직은 그 전권이 니키아스에게 넘어왔다. 라마코스는 과연 용감하고 청렴한 사람이며, 싸움터에서는 공포를 모르고 싸우는 용감한 사람이었다. 그러나 가난하고 단순한 사람이었으므로 장군으로 임명된 뒤에도 공금의 지출을 해명할 때에는 언제나 보잘것없는 계산서를 제출하거나, 아니면 군복과 군화를 사느라고 쓴 돈의 계산서를 제출하곤 하였다. 이와는 대조적으로 니키아스는 다른 이유도 있었지만 역시 그의 막대한 재산과 지위 때문에 존경을 받았다.

이런 이야기가 전해지고 있다. 한때 장군들로 구성된 군사위원회가 열려 작전계획을 의논하고 있을 때, 니키아스는 시인인 소포클레스에게 위원회의 선배이므로 제일 먼저 의견을 말해보라고 하였다. 그러자 소포클레스는 이렇게 대답하였다.

"나이는 내가 제일 많지만 지위는 장군이 제일 높으십니다."

마찬가지로 군사능력에 있어서는 라마코스가 니키아스보다 훨씬 우수했지만 니키아스의 지휘하에 있었으므로 니키아스 자신은 언제나 우유부단하고 위험을 피하기를 좋아하여 처음에는 적에게서 멀리 떨어진 시칠리아 근해를 순항함으로써 적에게 자신감을 주었고, 나중에는 보잘것없는 요새인 히블라를 공격하다가 그것을 점령하기도 전에 후퇴함으로써 톡톡히 멸시를 받게 되었다. 마지막에는 야만족들의 보잘것없는 도시인 히카라를 파괴한 것 외에는 아무 일도 성취하지 못하고서 카타나로 후퇴하였다. 전하는 이야기에 의하면 포로 중에서 아직 소녀에 지나지 않은 라이스라는 기생을 하나 사 가지고 펠로폰네소스 섬으로 보냈다고 한다.

그러나 여름이 지나자 시라쿠사 군이 자신이 생겨서 우선 니키아스 군을 공격할 것이라는 소문이 그의 귀에 들어오기 시작하였다. 또 그의 진지에까지 쳐들어온 적의 기병들이 카타나에 살 셈으로 왔느냐, 아니면 레온티니 인들에게 그들의 도시를 되찾아주기 위하여 왔느냐고 물으며 그의 병사들을 조롱했고 이 말을 들은 후에야 겨우 니키아스는 시라쿠사를 치기로 결심하였다.

아무런 방해도 받지 않고 진지를 안전하게 구축하고 싶었던 그는 첩자 하나를 시라쿠사 시내로 보내어 거짓 정보를 퍼뜨리게 하였다. '자기는 카타나로부터 정보를 가지고 왔는데, 이러이러한 날 전군을 이끌고 카타나로 진격해 가면 무방비상태에 있는 아테네 군의 진지와 그들의 무기를 빼앗을 수 있다. 당신들의 지지자들이 여지껏 협력해 온 카타나의 시내에는 아테네 군이 대부분 들어와 살고 있지만, 그 지지자들이 당신들이 진격해 오는 것을 알게 되면 그 즉시로 성문 하나를 수중에 넣고 무기고에 불을 지를 수 있다. 카타나 인들도 대부분 이 음모에 협력하고 있으며 당신들이 오기만을 기다리고 있다'는 정보를 시라쿠사 인들에게 제공하게 한 것이었다.

이 전략이야말로 니키아스가 그의 원정 중 보인 그의 전체전략 중에서 가장 훌륭한 전략이었다. 적의 전병력을 끌어내어 시라쿠사에는 수비할 병력도 남기지 않게 한 다음, 그는 카타나를 떠나 시라쿠사의 항구로 들어와 자기 병력보다 우수한 적의 공격을 받지 않을 곳에다 진지를 구축하고는 적보다 우수한 병력으로 쉽게 적을 무찌르리라고 생각하였다.

카타나에서 돌아온 시라쿠사 군이 전열을 가다듬고 성문 앞에서 저항하자 그는 신속하게 공격을 가하여 적을 격파하였지만, 적의 기병대가 추격을 방해하는 바람에 많은 사상자를 내지는 못하였다.

니키아스가 아나푸스 강에 놓인 여러 다리들을 파괴해버린 것을 보고서 헤르모크라테스는 시라쿠사 인들을 격려하였다. 그는 니키아스야말로 어리석기 짝이 없는 사람으로, 그의 가장 큰 목적은 전쟁을 하러 온 것이 아니라 전쟁을 피하는 데 있는 것처럼 보인다고 비난하였다. 그러나 이러한 격려에도 불구하고 시라쿠사 인들은 크게 놀라고 당황하여 그 당시 복무 중에 있던 15명의 장군을 셋으로 줄이고는 그들에게 절대권한을 준다는 서약을 하였다.

아테네 군이 주둔하고 있는 진지 가까운 곳에 제우스 올림피우스 신전이 있었는데, 거기에는 금은으로 만든 많은 헌납품이 있었기 때문에 니키아스는 그것을 손에 넣고 싶었다. 그러나 니키아스는 일부러 공격하지 않고서 시일을 질질 끌어 시라쿠사 군이 와서 신전을 수호하기를 기다렸다. 왜냐하면 아군 병사들이 그 보물들을 약탈할 경우 아테네에도 이로울 것이 없고, 자기는 신을 모독했다는 누명을 쓰게 될 것이라고 판단하였기 때문이다.

도처에서 명성을 떨친 이번 승리를 조금도 이용하지 못한 니키아스는 아무 일도 하지 않고 며칠 그대로 있다가 군을 낙소스로 이동시켰다. 거기서 몇 개월을 지내며 대군을 유지하느라 고 막대한 군비만 낭비했는데 그 기간에 한 일이라고는 그에게 반란을 일으킨 보잘것없는 시칠리아의 민병대를 토벌했다는 것 뿐이었다. 그 결과 시라쿠사 인들은 다시 용기를 내어 카타나로 군대를 파견하여 나라 안을 약탈하고 아테네 군의 진지에 불을 질렀다. 병사들은 니키아스의 이러한 처사를 못마땅해하며 오랫동안 신중히 생각만 하고 몸을 사리다가 결국 작전의 기회만 놓쳤다고 비난하였다. 그가 일단 싸우기로 결심하고 행동으로 옮겼을 때에는 용감무쌍하여 아무도 그에게서 나무랄 점을 찾지 못하였다. 그러나 그 행동을 취하기까지의 시간이 오래 걸렸고 싸울 결단이 부족하였음은 인정하지 않을 수 없었다.

그러므로 그가 다시 군을 이끌고 시라쿠사로 왔을 때 그는 아주 신속하고도 안전하게 시라쿠사 군에게 공격을 가하는 작전을 썼다. 그는 그의 군선을 이끌고 탑소스의 해안으로 와서 병사들을 상륙시켰지만 그가 가까이 온 것을 아무도 눈치채지 못했다. 그리고 누군가가 손을 쓰기도 전에 에피폴라이 시에 기습작전을 감행하여 그 곳을 점령하였으며, 또 그 곳을 탈환하려는 적군의 정예부대 300명을 포로로 잡고 불패의 기병대라고 생각되었던 기병대를 패주시키기에 이르렀다.

그러나 시라쿠사 인들을 놀라게 하고 그리스 인들에게 믿을 수 없는 일로 생각된 것은, 아테네보다 그리 작지 않은 시라쿠사 시의 주위에다 성벽을 단시일 내에 쌓은 일이었다. 이 도시는 땅이 고르지 못하고 바다가 가깝고 주위에는 늪지가 많아서 그 주위를 성으로 에워싼다는 것은 여간 어려운 일이 아니었다.

그러나 이때에 그는 신장병을 앓고 있어서 직접 감독하기가 어려운 실정이었기 때문에, 만약 실패하는 경우 신장병 때문이었었다고 핑계를 댈 수도 있었다. 하여간 그런 난공사를 완성시켰다는 것은 놀랄 만한 일이었다. 필자는 그 일을 성공시킨 시라쿠사 장군의 근면과 사병들의 용기를 높이 평가한다. 시인 에우리피데스는 그들이 패망한 후에 쓴 그들의 장례식의 만가에 다음과 같은 일절을 남겼다.

아테네 군은 시라쿠사 군에게 여덟 번이나 승리를 거두었다.
그러나 천신은 무심하여 마침내는 지고 말았다.

사실상 아테네 군은 여덟 번 이상이나 승리를 거뒀지만, 마침내 천신과 운은 아테네 군이 승승장구 영광의 절정에 오르는 것을 방해하였다.

그래서 니키아스는 병든 몸을 이끌고 모든 전투에 참가하였다. 한번은 병이 악화되자 자기의 시중을 들어줄 종 몇 명만 데리고 병사에서 정양하기로 하였다. 그리고 라마코스가 대신 군사령관직을 맡아 시라쿠사 군과 싸웠다. 그때 시라쿠사 군은 아테네 군의 축성공사를 방해하기 위하여 시내에서 외곽 아테네 군 쪽을 향해 반대방향으로 성을 쌓아 오고 있는 중이었다. 그러다가 승리에 도취한 아테네 군이 전열을 가다듬기도 전에 마구 적을 추격하였는데, 라마코스는 자기를 호위해줄 병사들도 없는 가운데 적의 기병대의 습격을 받게 되었다. 그때 다른 병사들 앞으로 아주 용감하고 전술이 능한 적의 기병대장 칼리크라테스가 나왔다. 도전을 받은 라마코스는 일 대 일로 그와 맞붙어 싸우다가 먼저 부상을 당하자 정면공격으로 적에게 일격을 가하여 쌍방이 다 같이 치명상을 입고 쓰러졌다.

시라쿠사 병사들은 라마코스의 시체와 그가 쓰던 무기를 집어들고 전속력으로 아테네 군의 성 쪽으로 달려와, 그들을 막아줄 아무런 병력도 없는 상태에 놓여 있는 니키아스의 진지로 밀어닥쳤다. 그러나 이러한 위급사태를 감지하고 위험이 눈앞에 다가왔음을 깨달은 니키아스는 측근들에게, 축성기를 만들기 위해 준비하여 쌓아두었던 모든 목재와 재료들과 축성기 자체에 불을 지르게 하였다. 이것으로 시라쿠사 인들을 막았으며, 자기의 생명을 구하고, 성벽과 아테네 군의 모든 재산을 구하였다. 시라쿠사 기병대는 이러한 불이 자기들과 성벽 사이에서 활활 타오르는 것을 보자 공격을 포기하고 후퇴하였기 때문이다.

니키아스는 이제는 홀로 장군직에 남게 되었는데 이때 좋은 서광이 보였다. 여러 국가들이 그에게로 와서 동맹을 맺자고 제의하기 시작하였고, 모든 해안에서 곡물을 만재한 배들이 그의 진지로 몰려들었다. 모든 일들이 순조롭게 진행되자 모두들 그를 지지하였다. 그리고 나라를 지킬 자신을 잃은 시라쿠사 인들로부터 항복에 관한 몇 가지 제안이 벌써 그에게 전달되었다.

그리고 실제로 스파르타로부터 소함대를 이끌고 시라쿠사를 도우러 오는 도중이었던 길리포스는, 시라쿠사 시 성벽이 아테네 군에 의해 포위되어 큰 곤궁에 빠져 있다는 소식을 듣고서, 시칠리아를 잃는 한이 있을지라도 그것이 가능하다면 시라쿠사의 각 시에 있는 이탈리아 인들만은 구제해야 되겠다는 생각으로 항해를 그대로 계속하였다. 왜냐하면 아테네 군은 세력이 강하여 파죽지세로 정복을 거듭하고, 전술이나 운에 있어 다같이 패배를 모르는 장군을 가지고 있다는 소문이 파다하게 퍼져 있었기 때문이다.

그리고 니키아스도 또한 자신의 내성적이고 나약한 천성을 잃은 듯이 당장 대운이 이어질 것만 믿고 대담해져서, 시라쿠스 인들 중 자기와 내통하고 있는 자들로부터 입수한 정보에 의하여 시라쿠사 인들이 거의 당장 휴전을 제의해 올 것이라는 것만을 믿고서 길리포스가 그들을 도우러 오고 있다는 것은 전연 염두에도 두지 않았다. 길리포스의 접근을 아예 감시하지도 않고 전연 무시하고 얕보았기 때문에, 길리포스는 니키아스에게 들키지 않고서 해안으로 가서 시라쿠사로부터 가장 멀리 떨어진 곳에 상륙하여 상당히 많은 수의 병력을 소집하였다.

시라쿠사 인들은 그의 도착조차도 몰랐을 뿐 아니라, 그가 오리라고는 꿈에도 생각하지 못하였다. 따라서 집회가 소집되어 니키아스와 체결할 휴전문제가 토의되었다. 아테네 군이 쌓고 있는 성이 시가지를 완전히 에워싸기 전에 모든 것을 민첩하게 처리하는 것이 절대로 필요하다고 생각하고서 몇 가지 휴전안이 실제로 토의 중에 있었다. 왜냐하면 이제 조금만 더 쌓으면 성이 완성될 단계에 놓여 있었고, 건축재료도 모두 현장에 준비되어 있었기 때문이다.

아슬아슬한 이 위기에 곤길로스라는 코린트 인이 갤리 군선을 타고 시라쿠사에 도착하였다. 으레 그렇듯이 모든 사람들이 그의 주위에 모여들자 그는 그들에게 길리포스가 곧 도우러 올 것이며, 또 다른 선박들도 구제하러 오고 있다고 말하였다. 그러나 시민들이 곤길로스의 말을 완전히 믿기도 전에 길리포스 자신으로부터 그들에게 연락이 왔는데, 지금 군을 이끌고 갈 터이니 시민들이 시내에서 나와서 길리포스 자신을 맞아달라는 것이었다. 그래서 시민들도 용기를 얻어 무장하였다.

그리고 길리포스가 즉각 전열을 갖추고서 아테네 군을 공격하려고 나오자, 니키아스도 역시 이들에게 포진하고 맞섰다.

그러나 길리포스는 아테네 군이 보이는 곳에서 군을 멈추고 전령을 아테네 군에게 보내어 지체없이 시칠리아에서 떠날 것을 명령하니 그리 알라고 말하였다. 니키아스는 이러한 모욕적인 언사에 대답도 하지 않았다. 그의 병사 중 몇은 껄껄 웃으며, '스파르타에서 건달 하나가 외투를 뒤집어쓰고 지팡이를 끌고 왔다고 해서 시라쿠사 군이 갑자기 기운이 나서 우리 군을 깔보느냐, 우리는 어디서 굴러먹다 왔는지 그 정체도 알 수 없는 너 따위와는 비교도 안 되는 스파르타 군인을 300명이나 포로로 잡아 가둬두고 있었으나 귀찮아서 다 놓아주었다'고 응수하였다.

티마이우스도 시라쿠사 인들조차도 처음 그를 보았을 때에는 대단하게 생각지 않고 그의 긴 머리와 지팡이를 조롱하였으며, 나중에는 그의 탐욕과 인격이 비열함을 비난할 이유를 알게 되었다고 기록하고 있다. 또한 똑같은 저자는 올빼미 주위를 작은 새들이 따라다니듯이 전쟁에서 그를 섬기며 따라다니는 무리들이 많았었다고 적고 있다. 위에서 든 두 가지 예 중 후자의 경우가 좀더 사실이다. 왜냐하면 지팡이와 외투에서 그들은 스파르타의 상징과 권위를 보고는 그에게 몰려들었기 때문이다. 그리고 사가 투키디데스뿐만 아니라 시라쿠사 인이며 이 전쟁을 직접 목격한 필리스투스도 역시 시라쿠사의 모든 일은 그 하나만의 힘으로 이루어졌다고 주장하고 있다.

그러나 처음 전투에서는 아테네 군이 승리를 거두어 소수의 시라쿠사 군을 죽였으며, 그 중에는 코린트의 곤길로스도 끼여 있었다. 그러나 다음날에는 길리포스가 전쟁 경험이 많은 장군의 진가를 유감없이 과시하였다. 왜냐하면 똑같은 무기와 똑같은 말을 가지고 똑같은 싸움터에서 전날과는 전혀 다르게 전략을 활용하여 아테네 군을 격파하였으니 말이다. 아테네 군이 자기 진지로 도망치자, 그는 시라쿠사 군을 동원하여 아테네 군이 성을 완성하기 위하여 모아놓은 돌과 그 밖의 재료를 빼앗아 그것으로 아테네 군이 쌓던 성에 대항할 성을 더 길게 쌓아 아테네 군이 쌓던 성을 가로막고 그것을 차단하였다. 그러므로 아테네 군은 비록 전투에서 이겼다 하더라도 그 밖에는 아무것도 해낼 도리가 없었다.

그리고 이 일이 있은 후 시라쿠사 군은 용기를 되찾아 군선들의 장비를 갖추고, 한편으로는 기병대를 출동시켜 많은 포로를 잡았다. 길리포스는 손수 각 시를 돌아다니며 시민들에게 자기 군에 입대하라고 호소하여 열렬히 그들의 지지를 받았다. 그러므로 니키아스는 사태가 불리하게 되어 가는 것을 보고 또 다시 그전 생각으로 돌아가 의기소침하여 아테네로 서한을 보냈다. 그는 증원부대를 보내거나 군을 시칠리아로부터 철수시켜달라고 하였다. 그러면서 어느 경우든 간에 신병 때문에 장군직을 더 이상 맡을 수 없으니 장군직에서 해임시켜달라고 호소하였다.

이러한 일이 있기 전에 아테네는 시칠리아에 증원부대를 보내려는 계획을 세우고 있었다. 그런데 니키아스가 초기에 승리를 거두고 또 운이 극히 좋았으므로 그를 시기하는 사람들의 공작으로 그때까지 중지되어 있었다. 그러나 이제는 증원부대를 보내자는 데 모두가 다 찬성이었다. 한겨울이었지만 군자금을 주어 먼저 에우리메돈을 보내고, 이미 니키아스 밑에서 복무 중인 장교 중에서 에우티데모스와 메난데르를 뽑아 니키아스와 함께 합동사령관으로 임명한다는 것을 선포하였다. 데모스테네스는 다음 해 봄에 많은 장비를 가지고 나중에 가기로 결정하였다.

그러는 사이에 니키아스는 갑자기 적의 수륙합동공격을 받았다. 처음에 그는 해전에서 불리하였으나 나중에는 많은 적의 함선을 격퇴하고 침몰시켰다. 그러나 육전에서는 적시에 원군을 얻을 수 없었으므로 길리포스는 기습작전을 감행하여 해군의 군수품과 많은 돈이 저장되어 있는 플렘미리움 항을 점령하여 모든 것을 빼앗았으며 많은 전사자를 내고, 많은 병사들을 포로로 잡았다.

그리고 가장 중요한 것은 지금까지 아테네 군이 플렘미리움 항을 확보하고 있는 동안 그 곳에서 안전하고도 손쉽게 니키아스가 공급받을 수 있었던 군수물자의 공급선을 단절하였다는 사실이다. 그 공급선이 단절된 이상 군수물자의 보급을 받으려면 여간 힘이 드는 일이 아니었고, 그 항구에서 감시하고 있는 적의 함대와 싸우지 않으면 안 되게 되었다. 더욱이 시라쿠사 군은 자기들의 해군이 힘이 열세하여서 진 것이 아니라 추격당하고 있는 동안 잠시 혼란한 틈에 격퇴되었다는 것을 분명히 알고 있었으므로 전번과는 달리 성공을 거두려고 만반의 준비를 갖추었다.

니키아스는 바다에서 싸울 생각은 아예 하지도 않고, 데모스테네스가 강력한 함대와 신예증원부대를 이끌고 아주 바삐 오고 있는 중인데 미리 군선의 수도 적고 그나마 시설도 나쁜 군선을 이끌고 적과 싸운다는 것은 어리석은 일에 지나지 않는다는 의견을 주장하였다. 그러나 새로 임명된 메난데르와 에우티데모스는 라이벌의식과 경쟁의식 때문에 데모스테네스가 도착하기 전에 큰 공을 세워 자기들이 니키아스보다 우수하다는 것을 입증하려고 안간힘을 썼다.

그들이 내세운 구실은 조국의 명예를 위해서라는 것이었다. 시라쿠사 군의 도전을 거절한다면 조국의 명예를 더럽히고 영원히 잃게 되리라는 것이었다. 이렇듯 두 장군은 니키아스에게 해전을 강요하였다. 결국 코린트의 도선사 아리스톤의 전략에 의하여 그들은 참패의 고배를 마셨다(그의 계략은 사가 투키디데스의 〈사나이들의 만찬〉에 잘 묘사되어 있다). 그 결과 많은 부하들을 잃었으며, 전에 단독으로 군을 지휘하던 때에도 많은 피해를 입었는데, 이제 동료 장군들과의 협동작전에서도 또다시 실패를 거듭하자 니키아스는 가장 큰 쓰라린 실의에 젖게 되었다.

그러나 이 무렵, 데모스테네스가 이끄는 이 웅대한 함대가 항구에 그 위용을 드러내었다. 적에게는 공포의 대상이 아닐 수 없었다. 73척의 갤리 군선에다 5천의 보병, 투창병과 투석병과 궁수 등 3천을 싣고 있었다. 갑옷의 번쩍거림과 함께 군선마다 기가 휘날리고, 많은 키잡이와 피리소리에 박자를 맞춰 노를 저어 오는 군선들의 위용은 하늘을 찌를 듯한 기세였고, 적의 간담을 서늘하게 하기에 충분했다. 끝없이 적의 증원부대가 밀려 와 시라쿠사 군은 전투에서의 승리는 고사하고 살아날 가망조차 전연 보이지 않으며, 애써본댔자 아무 보람도 없이 죽어 가고만 있다고 생각하게 되어 시라쿠사 군 자신들이 또다시 극도로 공포에 싸여 있다는 것을 누가 보아도 금방 알 수 있었다.

그러나 니키아스는 증원부대가 왔다고 해서 언제까지 기쁨에만 도취하고 있을 수는 없었다. 데모스테네스는 상륙하는 즉시로 니키아스와 의논하는 마당에서 당장 시라쿠사 군을 공격하자고 건의하였다. 그리고 모든 것을 당장 운에 맡기고 적을 무찌르거나 아니면 싸울 필요도 없이 겁쟁이가 되어 본국으로 돌아가든지 어서 결단을 내려야 한다고 역설하였다.

니키아스는 이렇게 서두르는 그의 대담한 행동에 마음이 놓이지 않아 그에게, 지연작전을 쓰면 적의 군자금이 바닥이 날 것이고, 동맹국들의 결속도 곧 깨지고 말게 될 것이니, 그런 경솔하고도 저돌적인 행동을 삼가달라고 간청하였다. 일단 군자금의 결핍으로 곤궁에 시달리게 되면 적은 그전처럼 그에게 휴전을 제의해 올 것이라고 주장하였다. 왜냐하면 실제로 시라쿠사 시내에는 그와 내통하고 있는 간첩이 많은데 모두들 이구동성으로 시민들은 지금 전쟁에 완전히 지쳐 있을 뿐 아니라 길리포스에게 싫증을 내고 있는 실정이라고 보고하면서 그냥 그대로 버티고 있으라고 권유하였기 때문이었다. 그리고 이 이상 더 궁핍이 심해지면 그들은 항복할 것이라고 보고해 왔다.

니키아스는 이러한 일들을 비밀에 부치고 분명히 말하기를 꺼려하였기 때문에 그의 두 동료 장군들은 그가 겁이 많아서 이렇게 이야기한 것으로만 생각하였다. 그리고 두 장군은 이제 또다시 예전의 실수를 되풀이할 생각이냐, 적이 아군의 대군을 보고 겁에 질려 벌벌 떨고 있을 때 공격하지 않고, 적의 눈에 익어 아무도 무섭게 생각하지 않게 되었을 때 공격을 해본댔자 그게 무슨 소용 있는 짓이냐고 말하면서 데모스테네스 편을 들며 극력 니키아스도 그 뜻을 따르라고 강요하였다.

그러던 중 데모스테네스는 더 기다리지 않고 지상군을 이끌고 야음을 타서 에피폴라이를 공격하였다. 그는 적이 경계태세를 갖추기도 전에 적의 일부를 죽였고, 자신들을 방어하고 있는 그 나머지를 패주시켰다. 그는 이 승리에 만족하지 않고 보이오티아 군과 부딪칠 때까지 적을 추격하였다. 이들이 아테네군에게 저항하고 덤벼들며 대열을 짓고 창을 겨누어 들고 우렁찬 함성을 올리며 맞선 최초의 부대였다. 아테네 군은 이들에게 많은 피해를 입었다. 그러고 나니 전군 사이에 큰 혼란과 공포가 계속해서 꼬리를 물고 일어났다. 승리를 거둔 데모스테네스의 일부 병사들도 도망치는 병사들의 모습을 보자 무서워졌다. 그리고 아직도 배에서 내려 전진하고 있던 병사들이 후퇴하는 병사들과 충돌하여 동족끼리 싸우게 되었고, 도망자를 추격자로 오인하고 우군을 적으로 보았다.

이렇듯 전군이 무질서하게 떼를 지어 몰리고, 공포와 불안에 떨어 마음이 흩어졌다. 게다가 달은 이미 서산으로 기울어 사방이 완전히 컴컴하지도 않고 그렇다고 환하지도 않아 아무것도 똑똑히 알아볼 수 없는 공포의 분위기였다. 이리저리 움직이는 무기와 군인이 어둠에 잠기고, 무엇 하나 분간할 수 없을 정도로 공포에 질려 우군을 적으로 의심케 할 정도였으므로 아테네 군은 완전히 당황하고 절망에 빠지고 말았다. 더군다나 아테네 군은 달을 등지고 있었으므로 자기들의 몸이 그늘에 가려 그 수효도 분간할 수 없었고, 무기가 번쩍이지도 않았다.

한편 적의 방패에 달빛이 반사하는 바람에 적은 그 수가 실제보다 더 많아 보였고 더 웅대하게 보였다. 마침내 사방으로부터 공격을 받고 일단 그것을 감당하지 못하자 도주하기 시작하였다. 도주하는 동안, 더러는 적에게, 더러는 자기편에게, 더러는 바위에서 굴러떨어져서 죽었고, 한편 부대에서 이탈되어 벌판을 헤매던 패잔병들은 다음날 기병대에게 발각되어 피살되었다. 피살된 병사의 수는 2천에 이르렀고, 나머지 병사 중 무기를 가지고 살아서 돌아온 수는 극히 적었다.

그로서는 전연 상상도 못 하던 이러한 재난을 당하자, 니키아스는 데모스테네스의 경거망동을 비난하였다. 그러자 데모스테네스는 자기가 저지른 죄과를 사과하였다. 그리고는 원군이 또 올 것 같지도 않고, 또 현재 남은 군을 가지고서는 적을 무찌를 수도 없으니 어서 서둘러 철수하자고 하였다. 그의 주장대로가 아니고 설사 어떠한 경우 이긴다 하더라도 지금의 진지는 어느 철이나 질병이 많은 곳이고, 특히 지금은 무더운 철이라 전염병이 만연되고 있으니 어서 떠나자는 것이었다. 많은 사병들이 실제 병으로 누워 있었고, 모두가 풀이 죽어 있었다.

철수한다는 말을 들으니 니키아스는 마음이 아팠다. 그는 적이 두려워서가 아니라, 동포가 더 두려웠다. 돌아가서 동포들로부터 받을 탄핵과 형벌이 더 무서웠기 때문이다. 그러면서도 그는 여기서 아무것도 두려울 것이 없다, 설사 두려움이 있다 하더라도 자기는 적의 손에 의하여 죽을지언정 동포의 손에 죽기는 싫다고 공언하였다. 그것은 비잔티움의 레오가 그의 시민들에게 다음과 같이 선언한 의견과는 상반되는 의견이었다.

> 나는 여러분의 손에 의하여 죽고 싶지, 여러분들과 함께 적의 손에 의하여 죽고 싶지는 않습니다.

그들의 진지를 어디로 옮기느냐 하는 문제에 관해서도 천천히 시간을 두고 토의할 문제라고 니키아스는 말하였다. 그러자 데모스테네스는 그의 먼젓번 조언이 성공을 거두지 못한 것이 마음에 걸려 더 이상 니키아스에게 압력을 가하려고 하지 않았다. 다른 두 장군들도 니키아스가 이렇게 완강히 주장하는 것을 보니 무슨 믿는 데가 있는 모양이다, 시내에 있는 간첩들로부터 어떤 확실한 정보가 있어 그것에 의지하고 있나 보다고 생각하였다. 또 이 때문에 그가 진지의 이동을 강력하게 반대하고 있다고 생각하였으므로 그들도 니키아스의 의견에 적극 반대하지는 않았다. 그러나 시라쿠사 군 증원병력이 계속 다가오는 중이고, 또 질병이 그의 진지에서 기승을 부렸으므로, 니키아스도 어쩔 수 없이 그들의 주장을 받아들여 진지의 이동을 승인하였다. 그리고 병사들에게 배에 오를 준비를 하라고 명령하였다.

모든 것이 다 준비되었고, 적을 아무도 감시하지 않고 있을 때 월식이 생겨 니키아스와 그 밖의 장군들은 크게 놀랐다. 이러한 일이 일어나리라고는 꿈에도 생각하지 않았으므로 그들은 더욱 당황했다. 경험이 없었던 탓이었든지 아니면 미신의 탓이었든지 월식에 두려움을 갖게 된 것이었다. 월말경이면 빛을 잃을 수 있다는 것은, 달이 그 빛을 가리기 때문에 생기는 결과라고 보통 사람들도 잘 알고 있었다. 그러나 달 자체가 컴컴해지는 것은 그 원인이 무엇인지 알지 못하였다. 둥근달이 왜 갑자기 빛을 잃고, 색깔까지 변하는 것인지 그 까닭을 몰랐다. 그러므로 월식은 불길한 징조며, 신이 어떤 큰 재난을 암시하는 것이라고 사람들은 믿을 수밖에 없었다.

그 뒤 오랜 세월이 지난 후에, 어떻게 하여 달이 밝기도 하고 그늘 속에 잠기기도 하느냐 하는 월식의 원리를 누구보다도 가장 분명하게, 가장 자신 있게 설명한 최초의 사람은 아낙사고라스였다. 그것도 그가 학자로서 아직 널리 알려지지 않았으며, 또 그의 학설도 그리 널리 알려져 있지 않은 채 불과 몇 사람 사이에서만 내밀하게 오고가는 정도로 비밀에 갇혀져 있었다.

당시의 사람들은 하늘의 별이나 쳐다보는 자연과학자나 이론가들을 미치광이들이라고 조롱하며 거들떠보지도 않았다. 그들은 신의 섭리를 물리적으로 설명함으로써 신의 능력을 감소시켜버리려는 자들이라고 공박하였다. 그러므로 피타고라스는 추방당하였으며, 아낙사고라스는 투옥되었다가 페리클레스의 노력으로 간신히 석방되었다. 그리고 소크라테스는 이러한 종류의 학문과는 무관하였지만, 다만 철학자라는 이름 하나만으로 죄가 되어 사형선고를 받았다.

플라톤의 명성은 그가 일생을 통하여 저술한 철학서에 의하여 빛을 발하고 있다. 그는 자연의 법칙은 그보다 더 심오한 신의 섭리에 따라 움직인다고 주장함으로써 자연과학을 신에 대한 모독이라고 본 폐단을 일축해버리고, 모든 사람들 사이에 자연과학에 대한 연구열을 전파시켰다. 그러므로 플라톤의 친구 디온은 폭군 디오니시우스를 토벌하려고 작정하고 자킨투스 섬을 떠날 때에 월식이 있었으나 조금도 동요하는 일이 없이 그대로 시라쿠사로 가서 폭군을 축출하였다.

한편 이 무렵 니키아스는 유능한 점술가를 데리고 있지 않았으며, 그 동안 그의 미신을 늘 조절해주던 조언자 스틸비데스마저도 얼마 전에 세상을 떠난 상태였다. 그래서 그는 더 불안해하였다. 실제로 월식이라는 이 괴변은, 필로코로스도 지적한 바와 같이 도망을 치려는 자에게는 불운한 것이 아니라 그와는 반대로 대단히 유리한 것이었다. 왜냐하면 두려워하면서 하는 일에 있어서 어둠은 도움이 되고, 빛은 적이 되기 때문이다.

아우토클리데스가 그의 점술에 관한 해설서에서 지적했듯이, 당시의 사람들은 월식이나 일식이 있으면 사흘이 지나야만 무슨 일을 하는 것이 예사였다. 그러나 니키아스는 사람들에게 달이 다시 만월이 되기까지 기다리라고 설득하였다. 그만큼 시일이 지나야만 그 동안 빛을 보지 못한 땅에 있던 불결한 것들이 사라진다고 믿었기 때문이다.

그는 얼마간 다른 걱정거리는 모두 제쳐놓고 오로지 제사드리는 일에만 골몰하였다. 그러는 동안에 적의 보병부대가 공격해 와서 요새와 진지를 포위하고, 군선으로 항구를 둥글게 포위하였다. 군선을 타고 온 정규군인들은 가만히 있는데, 사방에서 몰려온 조무래기들이 어선을 타고 와서 아테네 군에게 도전하며 모욕을 가하였다. 그들 중에 이름이 헤라클레이데스라는 귀족 출신의 병사가 다른 병사들보다 앞으로 나왔다가 쫓아간 아테네 군선에 잡힐 뻔하였다. 그를 염려하여 그의 숙부 폴리쿠스는 그가 지휘하는 열 척의 군선을 이끌고 출격하였다. 나머지 군선들도 폴리쿠스를 구하기 위하여 마찬가지로 출격하여 결국 쌍방간에 격전이 벌어졌다. 결과는 시라쿠사 군이 승리를 거두고, 아테네 군은 많은 병사들과 함께 함대사령관 에우리메돈이 전사하였다.

이렇듯 패전한 아테네 병사들은 더 이상 그 곳에 지체하지 못하겠다고 고래고래 소리를 지르며 자기들의 장군들에게 항의하고, 육로로라도 빠져 나가자고 하였다. 승리를 거둔 시라쿠사 군이 그 여세를 몰아 항구의 입구를 막아 퇴로를 봉쇄하였기 때문이다. 그러나 니키아스는 이에 동요하지 않았다. 그렇게도 많은 수송선과 200척이나 되는 군선을 그대로 남겨둔 채 떠난다는 것은 수치스러운 일이었기 때문이다.

그는 새로운 작전을 구사하기 위하여 보병의 정예부대와 가장 쓸모 있는 투창병을 110척의 군선에다 태웠다. 나머지 군선들은 노가 없었다. 그는 잔여 병사들을 해변가에 집결시키고, 큰 진지와 헤라클레스 신전 옆에 있는 보루들을 모두 포기하였다. 그러므로 헤라클레스 신전을 되찾은 시라쿠사 군은 늘 헤라클레스 신에게 드리던 제사를 오랫동안 못 드리다가 비로소 사제들과 장군들이 모여 다시 제사를 드리게 되었다.

이어 시라쿠스 군이 적을 전멸시키려고 군선마다 병사들을 탑승시켰다. 그러자 점술가들은 제사를 드린 결과 먼저 적을 공격하지 말고 수세를 취하면 시라쿠사 군에게 승리와 영광이 올 것이라고 예언하였다. 왜냐하면 헤라클레스는 싸울 때에는 늘 공격보다는 수비로써 승리를 거두었기 때문이다. 이러한 신념으로 시라쿠사 군은 싸움에 임하였다. 이번 해전이야말로 지금까지 싸워본 해전 중 가장 치열하고 힘든 싸움이었다. 구경꾼들도 전투원 못지 않게 손에 땀을 쥐고 전황을 바라보았다. 왜냐하면 그들은 삽시간에 일어나는 여러 가지 예기치 않은 운의 변동에 따라 변하는 전황을 흥미롭게 바라볼 수 있었기 때문이다.

아테네 군이 고통을 받은 것은 적으로부터의 공격이라기보다는 자신들의 준비부족 탓이었다. 아테네 군은 무거운 군선을 이끌고, 어느 방향에서든지 공격이 가능한 가볍고도 날렵한 적의 군선과 싸워야만 했기 때문이다. 게다가 시라쿠사 군의 실수 없이 던지는 돌세례를 받았다. 아테네 군은 활과 투창으로 응수했지만, 배가 움직이기 때문에 빗나가기가 일쑤였다. 또한 똑바로 조준했더라도 역시 움직이는 배에서는 소용도 없는 노릇이었다. 이런 전법을 시라쿠사 군은 코린트의 도선사 아리스톤에게서 배운 것인데, 그는 분전하다가 승리가 시라쿠사 군에게 기운 하루 전에 아깝게도 그것을 보지 못하고 전사하고 말았다.

막대한 손실과 학살을 당한 아테네 군은 해로로 도망갈 길이 완전히 단절되어 육로를 찾았지만, 육로로 도망치기도 이미 곤란하게 되었다. 눈앞에서 자기들의 군선들이 적에게 끌려가는 것을 멀거니 보고만 있을 뿐 막을 엄두도 내지 못했다. 또 자기들 가운데 있는 병자들과 부상병들을 어떻게 처리해야 좋을지 몰라, 버리고 가는 편이 더 다행한 일로 생각되었다. 따라서 휴전을 요청하여 시체를 찾는다는 생각은 더더욱 하지 못했다. 그들은 심한 고통을 겪으면서 아직 살고는 있지만, 며칠 후에는 결국 자기들도 같은 운명에 도달할지 모른다고 생각하니 이미 죽은 사람들이 오히려 더 부럽기조차 하였던 것이다.

아테네 군은 그래도 그 날 밤 철수할 준비를 하였다. 그것은 길리포스와 그의 막료들이 그 날 밤 시라쿠사 군의 승리와 헤라클레스의 기념일이 겹쳐 헤라클레스 신에게 제사를 드리고 주연을 베풀고 있는 것을 보고서 호기로 삼았던 것이다. 게다가 시라쿠사 군이 축제분위기에 한껏 젖어 있는 병사들을 동원하여 도망치려는 아테네 군을 공격하라고 명령할 처지가 아님을 알고 있었기 때문이다. 그러나 길리포스의 참모장인 헤르모크라테스는 꾀를 내어 니키아스에게 술책을 썼다. 그의 부하 몇을 니키아스에게 보내어, 종전에 그와 내통한 간첩들이 보낸 사람인 척하며 그에게 시라쿠사 군이 복병을 배치시켜 길마다 잠복하고 있으니 오늘 밤을 철수하지 않는 것이 좋겠다고 충고하게 하였다.

이 술책에 감쪽같이 속아 넘어간 니키아스는 그 날 밤을 그대로 묵었다. 그리고는 아침이 되어 그가 염려하였던 것이 현실로 나타나 있음을 알고 크게 뉘우쳤다. 다음날 아침 자기들보다 먼저 행동을 시작한 시라쿠사 군이 일렬 종대로 겨우 빠져 나갈 수 있는 좁은 골짜기를 이미 점령하였고, 강을 건널 수 있는 통로에마다 참호진지를 구축하고 있었다. 다리는 있는 대로 끊어버렸고, 기병대로 하여금 광활한 들판을 마구 휩쓸며 뒤지게 하였다. 이렇듯 시라쿠사 군은 아테네 군이 싸우지 않고서는 전혀 움직일 만한 곳이 아무 데도 없게 만들었다.

아테네 군은 그 날도, 그 날 밤도 진지에 그대로 있다가 다음날에야 겨우 마치 적의 나라가 아니라 자기 나라를 떠나듯 떠나기 시작하였다. 먹을 것이 없어서, 또는 자기들을 도와줄 수 없는 친구들이나 친척들과 헤어지기가 슬프다는 듯이 비통에 젖어 엉엉 울면서 진지를 떠났다. 그러면서 현재 당하고 있는 재난은 앞으로 당하게 될 재난에 비하면 아무것도 아닐 것이라고 스스로 위로하였다.

그러나 진지 여기저기에서 벌어진 많은 비참한 광경 중에서도 니키아스야말로 눈으로 차마 볼 수 없을 만큼 비참한 모습이었다. 병들어 수척한 몸을 이끌고, 그 비참한 가운데서도 철수하는 군의 수라장 속이라 치료는커녕 약도 전혀 얻어 쓰지를 못하고 지친 몸으로 건강한 사람 이상으로 애를 썼다. 이렇듯 그가 수고하는 것은 자기 자신만을 위해서가 아니라 부하들을 위하여 애쓰고 있는 줄을 병사들은 다들 알고 있었다. 사실 다른 사람들도 덩달아 무섭고 슬퍼져서 저절로 울음과 탄식이 나왔는데, 니키아스도 이런 경우가 생길 때는 언제나 그렇듯 성대하던 원정이 처참한 종말로 치닫고 만 것에 대한 원한에서 울음이 나왔다는 것은 숨길 수 없는 사실이었다.

니키아스의 이러한 고상한 모습을 보는 사람들은 그가 과거에 얼마나 심하게 이 전쟁을 반대하였던가를 다시금 생각하게 되었다. 또 남의 실수로 자기가 고생을 당하고 있다는 것을 생각할 때 그에 따라 연민의 정을 금할 길이 없었다. 그토록 신심이 두텁고 또 그토록 정성을 다하여 신을 섬겨 온 장군의 신세가, 가장 사악하고도 천한 일개 병졸보다도 나을 것이 없는 신세가 되어버렸다는 것을 생각해볼 때 사람들은 신을 믿고 싶은 어떠한 생각도 나지 않았다.

그러나 니키아스는 그 동안 온갖 노력을 다하여 다정한 목소리와 온화한 얼굴과 씩씩한 태도로, 이러한 갖가지 불행에 자신이 굴하지 않는다는 의연한 태도를 보였다. 철수하는 8일 동안 적으로부터 공격을 받아 계속 부상자를 내면서도, 그는 자기와 함께 자기 부하들을 철통같이 지켰다. 그러나 데모스테네스는 저항하며 싸우다가 뒤에 처지는 바람에 그가 지휘하는 부대와 함께 폴리젤루스의 시골 집 근처에서 포로로 잡혔다. 부상을 당한 그는 칼을 뽑아 들고 자살하려고 하였으나, 그때 그에게로 재빨리 달려든 적에게 잡혀 뜻을 이루지 못하고 말았다.

이 사실은 곧 니키아스에게 알려져, 니키아스는 기병 몇 명을 보내어 데모스테네스 군이 패배를 당했다는 확실한 사실을 알고 오도록 하였다. 그 사실을 알게 된 그는 길리포스에게 휴전을 제의하였다. 그 조건은 아테네 군이 시칠리아로부터 안전히 철수하는 것을 보장해준다면, 시라쿠사 군이 지금까지 전쟁에서 본 피해를 아테네가 보상하고, 그것을 보증하는 표시로 충분한 인질을 잡히겠다고 하였다.

그러나 시라쿠사측은 이 제안에 귀를 기울이지도 않았다. 그들은 위협을 하며 분노에 찬 모욕적인 언사를 계속 아테네 군에게 퍼붓고, 아테네 군측이 모든 생필품의 부족 때문에 고생을 겪을 때까지 공격을 쉬지 않았다. 그러나 니키아스는 병사들을 격려하며 날이 샐 때까지 후퇴를 계속하였으며, 다음날도 투창병들의 분전에 힘입어 아시나루스 강가에까지 무사히 왔다. 그러나 거기서 기다리고 있던 적으로부터 공격을 받고 일부는 강 속으로 뛰어들었으며, 나머지 일부는 죽을 것만 같은 갈증에 시달려 자진하여 강 속으로 뛰어들어 물을 마시다가 적의 습격을 받고 피살되었다. 여기서 가장 잔인하고도 처참한 살육전이 벌어졌는데, 마침내 니키아스는 길리포스에게 항복하고 말았다.

"불쌍히 여겨주십시오, 길리포스 장군. 승리를 거두신 장군께서, 이 사람이 일찍이 누렸던 영광이 이 꼴이 될 운명으로 태어난 이 사람을 위해서가 아니라, 가엾은 아테네 군 병사들을 위해서 하는 말씀입니다. 장군께서도 알고 계시는 바와 같이 전쟁의 운이란 모두에게 공통적이라는 것을 알아주시고 또 아테네 군이 스파르타 군에게 과거에 승리를 거두었을 때 후대한 적이 있었다는 것도 잊지 말아주셨으면 합니다."

길리포스는 이 말을 듣고서 또 니키아스의 태도에 얼마간 마음이 괴로웠다. 스파르타 군이 최근의 조약에서 니키아스로부터 따뜻한 온정을 입었다는 것을 길리포스는 잘 알고 있었기 때문이다. 또 그는 아테네 군의 총사령관들을 생포해 가지고 본국으로 돌아간다는 것은 그에게는 큰 영광일 것이라고 생각하기도 했던 것이다. 그러므로 그는 니키아스를 정중히 대하고 그에게 기운을 내라고 하였다. 그리고 그의 부하들에게는 아테네 병사들을 죽이지 말고 포로로 잡으라고 하였다. 그러나 이 명령은 전달이 늦어져 살해자는 포로의 수보다도 훨씬 많았다. 그리고 포로 중 대다수는 몰래 특수병들에 의하여 납치되었다.

공공연히 포로로 잡은 아테네 병사들을 급히 한 곳으로 모으고, 그들의 무기와 전리품을 강가의 가장 큰 나무에 걸었다. 정복자들은 머리에 화환을 두르고 자기들의 말들도 화려하게 장식하고, 적의 말들의 갈기와 꼬리를 짧게 자르고 시내로 들어갔다. 그리스 국가 상호간의 대격전에서 인간이 가지고 있는 가장 큰 힘과 극도의 용기와 씩씩함을 발휘하여 완전히 승리를 거두기란 유사 이래 이번이 처음 있는 일이었다.

그 뒤 정치선동 웅변가 에우리클레스는 시라쿠사 인들과 그 동맹국 사이에 열린 전체회의에서 개회 벽두 웅변을 하였다. 그는 니키아스를 사로잡은 그 날을 앞으로 길이 공휴일로 정하고 제사를 드리며, 모든 공적인 일을 쉬고 또 승리를 거둔 싸움터인 아시나리아 강의 이름을 따서 '아시나리아 축제'라고 부르자고 제안하였다. 이 날은 카르네우스 달, 즉 아테네의 메타기트니온 달 26일이었다.

그는 또 아테네 군과 다른 동맹국의 노예들은 팔고, 아테네 병사들과 시칠리아의 보조부대 병사들은 시라쿠사 시에 있는 채석장에 감금하여 노동을 시키며, 장군들은 사형에 처하자고 제안하였다. 시라쿠사 인들은 이 제안을 지지하였다. 그리고 승리를 거둔 후에 자비를 베푸는 것은 승리를 거두는 일보다 더 좋은 일이라고 헤르모크라테스가 연설하였을 때, 시민들은 아우성소리를 치며 노기 띤 목소리로 반대하였다.

길리포스 또한 아테네의 장군들을 죽이지 말고 자기에게 달라면서 그러면 스파르타로 데리고 가겠다고 요구하였을 때 전승에 도취하여 거만해진 시라쿠사 시민들로부터 큰 모욕을 받았다. 이 일이 있기 전에도 시라쿠사 시민들은 그의 거친 행동과 스파르타 인다운 거만한 태도를 탐탁하게 생각하지 않았을 뿐더러 티마이우스도 지적하고 있는 바와 같이 그의 탐욕과 뇌물을 좋아하는 습성과 그 밖의 여러 가지 나쁜 버릇을 이미 알고 있었다. 이 버릇은 그의 아버지 클레안드리데스에게서 이어 내려온 유전적인 것이었을지도 모른다.

왜냐하면 그의 아버지는 뇌물죄로 기소되어 스파르타에서 추방되었기 때문이다. 그리고 길리포스 자신도 이보다 나중에 리산데르가 스파르타로 보낸 1천 탈렌트 가운데에서 30탈렌트를 훔쳐서 자기 집 지붕 밑에 감추었다가 하인의 밀고로 발각되어 수치스럽게 본국에서 쫓겨났다. 이 사건은 리산데르의 전기를 다룰 때 상세히 다룬 바 있다.

티마이우스는 니키아스와 데모스테네스는 투키디데스와 필리스투스가 그들의 사기에 기록한 것처럼 시라쿠사 인들의 명령에 의하여 사형을 당하지는 않았다고 기록하고 있다. 즉 그에 의하면, 시민대회가 아직 진행 중에 있었을 때 두 장군의 감시병들의 묵과로 헤르모크라테스가 그들에게 보내준 전갈로 자기들에게 사형이 확정되었음을 알고 자살하였다고 한다. 그러나 그들의 시체는 성문 앞에 던져져 지나가는 사람들의 구경거리가 되게끔 내버려 두었다고 한다. 필자가 들은 바에 의하면,

시라쿠사의 어느 한 신전에는 오늘날까지도 정밀하게 제작되고 금색과 진홍색을 서로 섞어서 수놓은 니키아스의 방패라고 전해지는 것이 안치되어 있다고 한다.

아테네 군의 대부분은 채석장에서 병과 영양실조로 죽고 말았다. 먹는 것이라고는 하루에 보리 한 파인트에다 물 반 파인트밖에 되지 않았기 때문이다. 그런 중에도 그들의 대다수를 시라쿠사 인들이 몰래 훔쳐다가 노예로 팔아버렸거나, 애당초부터 노예로 팔았다. 이 후자의 경우는 이마에 말 모양의 낙인이 찍혀 있었다. 그러나 그들 가운데에는 노예로 팔려 간 외에도 끝까지 이 고역을 참아낸 자들도 있었다. 그들의 신중하고도 단정한 행동의 덕택으로 오래지 않아 자유를 되찾거나, 또는 주인의 존경을 받게 되어 주인집에서 계속 주인과 함께 살기도 하였다.

더러는 에우리피데스의 시를 알고 있던 덕분으로 목숨을 건진 경우도 있었다. 당시 에우리피데스의 시는 그리스의 이민 시민들 사이에서보다 시칠리아의 원주민들에게 더 인기가 있었던 것 같다. 에우리피데스의 시편 몇 줄을 외울 수 있거나 그의 시 이야기를 할 수 있는 여행자가 시칠리아에 들어와서 그 시를 읊으면, 그것이 곧 전 시민에게 전파되었다.

나중에 많은 포로들이 아테네에 자유의 몸이 되어 돌아와 에우리피데스에게로 가서 그의 시를 외우고 있던 덕분으로 노예의 몸에서 해방되었다는 이야기, 또는 패잔병들이 각지로 이리저리 방랑 중 그의 시를 외운 덕분으로 굶어 죽지 않고 연명하였다는 이야기 등을 전하였다. 그러므로 카우누스 인의 배가 해적들에게 쫓겨 그들의 항구로 들어와 구호를 요청하였을 때 처음에는 입항이 거절되고 강제로 출항명령을 받았다. 그러나 주민 하나가 당신네들 중 누군가 에우리피데스의 시를 알고 있느냐고 물었을 때, 알고 있다고 대답하자 입항이 허용되어 그들의 배가 항구로 들어왔다는 이야기도 의심할 것이 못 된다.

아테네 시민들은 아테네의 원정군이 전멸되었다는 소식이 처음에는 이상한 경로를 통하여 들어왔기 때문에 쉽사리 그것을 믿으려고 하지 않았다고 한다. 어떤 외국인 하나가 피라이우스 항으로 들어와 이발소에서 머리를 깎다가, 아테네 인들이 모두 그 이야기를 알고 있는 줄로만 생각하고서 무심코 그 이야기를 하였던 것이다. 그런 가공할 만한 소식을 비로소 들은 이발사는 깜짝 놀라 죽어라고 시내로 달려가 집정관들에게 전하였다.

그러자 그 이야기는 삽시간에 광장 구석구석까지 퍼졌다. 이 소문을 듣고 모든 시민들이 경악에 사로잡혔으리라는 것은 상상하고도 남음이 있었다. 집정관들은 즉시 시민대회를 소집하고 그 외국에서 온 사람을 불러들여 어디서 그런 소문을 들었느냐고 그에게 물었다. 그가 아리송한 설명을 하자, 거짓 정보를 전파하여 나라에 불안을 조성시킨 자라고 간주되어 고문까지 하였다. 그러나 드디어 사자들이 와서 전체 진상을 상세하게 이야기하였으므로 그 외국인은 목숨만은 건질 수 있었다. 그리고 니키아스가 생시에 그토록 여러 번 예언하였던 그 재난이 이제 비로소 현실로 나타났다고 거의 모두가 믿게 되었다.

크 라 수 스

기원전 115년 ? ~53년

마르쿠스 크라수스는 감찰관을 지내고 개선식을 올린 적도 있는 사람의 아들로 태어나서 두 형과 함께 조그만 집에서 자랐다. 형들은 부모님이 살아 계실 때 장가를 들어 모두 아내를 거느리고 있었다. 크라수스의 생활이 항상 바르고 생각이 늘 깊었던 것은 가족 모두가 한 상에서 식사를 하는 습관이 있었기 때문이었던 것 같다. 형 하나가 세상을 떠나자 크라수스는 형수를 자기 아내로 맞아 그녀와의 사이에 아이 몇을 두었는데, 그의 생활은 누구보다도 태도가 단정했다.

그러나 나이가 든 후 성녀인 리키니아와 각별한 사이라는 비난을 받았는데, 이 여자는 플로티누스라는 사람의 고발로 재판을 받았다. 그녀는 로마 교외에 훌륭한 별장을 가지고 있었는데, 크라수스는 그것을 싼 값으로 구입하려고 늘 그녀를 쫓아다니며 비위를 맞추다가 결국에는 그런 의심까지 받게 된 것이었다. 그러나 그는 돈에 대한 욕심이 강했기 때문에 여자의 유혹에 죄를 짓는 사람이 아니었으므로, 결국은 무죄판결을 받게 되었다. 그러나 그 후에도 그녀의 재산을 손에 넣을 때까지 조금도 리키니아의 곁을 떠나지 않고 따라다녔다.

로마 인들은 크라수스의 많은 장점들이 재물에 대한 지나친 욕망 때문에 가치를 잃었다고 평하였다. 그가 재물에 대해 얼마나 욕심을 냈던가 하는 것은 그가 재산을 모으는 방법이나 그렇게 해서 모은 재산의 규모에서 잘 드러난다. 그의 사유재산은 처음에는 300탈렌트를 넘지 못하였다. 그러나 집정관직에 있는 동안 그는 재산의 10분의 1을 헤라클레스 신전에 바쳤으며 시민들에게 잔치를 베풀었고 또 3개월간에 걸쳐 로마 시민 하나하나의 식비를 부담하였음에도 불구하고 파르티아 원정전에 재산을 계산해보니 7천1백 탈렌트에 이르렀다. 이 재산의 대부분은 화재와 전쟁 속에서 긁어모은 것으로서, 국가의 불행을 이용하여 사적으로 최대의 이익을 거둔 셈이었다.

술라가 로마 시를 점령하고서 자기가 죽인 사람들의 재산을 전리품으로 간주하여 공매에 붙인 적이 있었다. 되도록 많은 세도가들을 역적으로 몰려는 의도에서 그렇게 한 것인데, 크라수스는 그때 그냥 받기도 하고 사들이기도 하느라 분주했다. 또한 로마에는 집들이 빽빽이 들어서서 화재가 잦고, 건물이 무거워서 무너지는 일이 많았다. 그래서 그는 건축기술이 있는 노예를 500여 명이나 사들인 다음 불에 탄 집과 그 옆에 있는 집들까지 쉽게 사들일 수 있었다.

그것은 집주인들이 자기 집도 불에 탈까 봐 불안하여 싼 값으로 마구 팔아버렸기 때문이었다. 그 결과로 로마의 대부분의 집들이 그의 소유가 되고 말았던 것이다. 그러나 그렇게 많은 건축기술자를 가지고 있으면서도 자기가 살 집 이외에는 아무것도 짓지 않았고, 집짓기를 좋아하는 사람은 집이 원수가 되어 망하게 되는 법이라고 입버릇처럼 말하곤 하였다.

이외에도 그에게는 은광과 값비싼 땅, 그리고 그 곳에서 일하는 많은 일꾼들이 있었지만 그가 가지고 있는 노련하고 훌륭한 노예의 가치와 비교하면 그것들은 아무것도 아니었다. 책을 읽어주는 노예, 말하는 것을 받아 쓰는 노예, 은의 품질을 감정하는 노예, 가사를 맡아 보는 노예, 식사시중을 드는 노예 등 훌륭한 노예들이 많았던 것이다. 그는 노예들이 기술을 배우는 것을 가르치고 감독하였다. 한 집안의 살아 있는 살림도구인 노예를 잘 관리하는 것이야말로 주인의 의무라고 생각하고 있었던 것이다.

크라수스가 늘 말했듯이 육체적인 노동은 노예를 통하여 지배한다고 하더라도 그 노예는 주인이 지배해야 한다고 생각한 것은 옳은 일이었다. 왜냐하면 생명이 없는 재산은 경제적으로 다루어야 하지만, 생명이 있는 인간은 정치적으로 다루어야 하기 때문이다. 그러나 개인의 재산으로 군대를 소유할 수 없는 사람은 부자가 아니라고 생각하거나 그렇게 말하는 것은 옳지 못하다. 왜냐하면 아르키다모스도 말했듯이 전쟁에 필요한 비용은 한정된 것이 아니기 때문이다. 이러한 크라수스의 의견은 마리우스와 큰 차이가 있었다. 마리우스는 1인당 14에이커의 땅을 준 다음, 이보다 좀더 많은 땅을 갖고 싶다고 말하는 사람들이 있는 것을 보고는 이렇게 말하였다.

"적어도 로마 인이라면 누구를 막론하고 먹고 살 만한 땅을 가지고 있다면, 자기가 가지고 있는 땅이 적다고 불평해서는 안 된다."

그러나 크라수스는 남에게 늘 관대하게 대하는 사람이어서, 누구에게나 늘 집을 개방했으며, 친구들에게는 이자를 받지 않고 돈을 꾸어주곤 하였다. 그러나 기한이 지나면 채무자에게 가차없이 반환하라고 재촉하였으므로 돈을 꿔 간 그의 친구들은 이자 없이 꾸어주는 그의 호의가 고액의 이자보다도 더 짐이 되었다. 또한 그는 그의 식사에 서민들을 초대하곤 하였는데, 간소하지만 청결한 음식으로 정겹게 대접했기 때문에 성대하게 차린 것보다 더 사람들을 즐겁게 했다.

그는 학문에 있어서는 생활에 유용한 웅변술을 열심히 연마하여 로마의 일류급 인사들과 함께해도 손색이 없을 만큼 명연설을 할 수 있게 되었다. 근면과 각고 끝에, 연설에 뛰어난 소질을 갖고 있던 사람들을 능가할 정도가 되었던 것이다. 그는 또한 아무리 작고 보잘것없는 재판일지라도 반드시 준비를 충분히 한 다음에 임하곤 했다. 폼페이우스나 카이사르, 키케로와 같은 사람들이 변론에 나서기를 주저하였을 때에도 그는 법정에 출두하여 변호의 책임을 다하였다.

그러므로 사람들은 크라수스가 마음을 써서 도와주는 사람이라고 생각하게 되어 폼페이우스나 카이사르, 키케로보다도 인기가 많았다. 그의 인사가 다정하고 서민적인 점도 환영을 받았다. 로마 인이라고만 하면 아무리 이름 없는 평범한 사람이라 하더라도 반갑게 인사를 받고 이름을 부르며 안부를 물었다.

크라수스는 또 역사에 정통하였으며, 철학에도 관심이 많았다고 한다. 아리스토텔레스의 철학에 심취하여 그리스의 저술가인 알렉산드로스에게서 철학을 배웠는데 그는 매우 해박했으며 성품이 온화하고 부드러운 사람이었다. 그가 크라수스에게 오기 전에 더 가난했는지, 아니면 온 후에 더 가난해졌는지 알 수는 없지만, 어쨌든 크라수스의 친구들 중에서 이 사람만이 늘 그와 함께 다녔으며 그때마다 크라수스가 그에게 외투를 빌려주는 것이 예사였으나 돌아오면 곧 반환하라고 요구하였다.

킨나와 마리우스가 전쟁에 이긴 후 로마로 돌아와 정권을 장악한 적이 있었다. 그러나 그때 그들이 조국을 위해서 한 일은 거의 없었고 다만 귀족들을 체포하여 감금했다가는 모두 처형했을 뿐이었다. 그때 크라수스의 아버지와 형도 그 중에 끼여 있었는데 그는 아주 어린 나이였으므로 죽음의 위험은 면했지만 항상 감시를 받았다. 그가 독재자들의 체포의 대상이라는 것을 알게 된 후에는 3명의 친구와 10명의 노예를 데리고 급히 스페인으로 몸을 피하였다. 예전에 아버지가 이 곳에서 법정관으로 있을 때에 따라온 일이 있었으므로 친한 친구들이 있었으나, 모두가 마리우스의 잔인함에 겁을 먹고는 마치 마리우스가 그들 곁에 있기나 한 듯이 불안해했다.

그러므로 크라수스는 누구를 찾아볼 생각도 못 하고 비비우스 파키아누스라는 사람 소유의 해변가에 있는 땅으로 가서 커다란 동굴 속에 몸을 숨겼다. 그 곳에서 식량이 떨어지게 되자 노예 하나를 비비우스에게 보내어 그의 뜻을 알아보게 하였다. 비비우스는 크라수스가 무사하다는 말을 듣고 매우 기뻐하며 동굴 속에 함께 있는 사람들의 수와 자세한 장소를 묻고는, 그 땅의 관리인을 가까이 데리고 가서 날마다 식사를 마련해주라고 명령했다. 그리고는, '먹을 것을 바위 틈에 놓고 얼른 되돌아오라, 까닭을 묻지도 말고 알려고도 하지 말고 시키는 대로만 하라, 쓸데없는 짓을 하면 죽일 것이나 성실히 잘만 하면 자유를 줄 것'이라고 말하였다.

동굴은 바다에서 멀지 않은 곳에 있었다. 좌우 양쪽의 절벽에는 한 줄기의 가느다란 오솔길이 안으로 통해 있고 거기를 지나 안으로 들어가면 안은 놀랄 만큼 넓게 펼쳐져 있었다. 서로 통하는 넓은 장소가 몇 개씩이나 있고 환하게 밝을 뿐만 아니라 물도 있었다. 절벽 가장자리로 맑은 샘물이 흘러내렸고, 양쪽 바위가 바싹 붙어 있는 곳에는 천연의 틈이 있어 밖으로부터 햇빛이 새어들어와 안이 환히 밝았다. 동굴 안의 공기는 습기가 없어 지내기에 쾌적했으며, 바위가 단단하여 스며 나오는 물은 샘으로만 솟아 나왔다.

그 곳에서 지내고 있는 크라수스 일행에게 관리인은 날마다 먹을 것을 날라 왔다. 동굴 사람들의 모습이 보이지도 않고 또 안에 있는 사람들이 누군인지도 알 길이 없었지만, 동굴 안에 있는 사람들은, 밖에 있는 사람을 잘 내다볼 수 있었기 때문에 관리인이 오는 시간을 잘 알 수 있었다. 음식은 양도 넉넉했지만 맛도 훌륭했다. 비비우스는 친절을 다하여 크라수스의 시중을 들어주어야겠다고 생각하고는 크라수스의 한창 나이에 어울리는 즐거움도 느끼게 해주기로 하였다.

그는 아름다운 여자 노예 둘을 데리고 해변가로 가서 그 동굴이 있는 데까지 오자, 오르막길을 가리키며 겁을 내지 말고 안으로 들어가라고 일렀다. 크라수스는 여자들이 다가오는 것을 보고서 사람들에게 들킨 것이 아닌가 하는 걱정을 하면서 그녀들에게 누구냐고 소리치고 어떻게 왔는지 물었다. 그녀들은 주인이 시키는 대로 여기 숨어 계시는 나리를 찾아뵈러 온 것이라고 대답하였다. 그때서야 크라수스는 자기에 대한 비비우스의 장난과 호의를 깨닫고 여자 노예들을 맞아들였다. 그녀들은 그 후 계속 크라수스와 함께 살며, 그가 원하는 것을 비비우스에게 알려주는 역할을 하였다.

크라수스는 여덟 달 동안 이렇게 숨어 있다가 킨나가 죽었다는 소식을 듣자 곧 동굴 밖으로 나왔다. 적지 않은 사람들이 그에게로 몰려왔는데, 그 가운데서 2천5백 명만 골라 각지를 돌아다니며 말라카라는 도시를 약탈하였다고 한다. 후에 이 일에 대해 많은 사람들이 증언했지만 크라수스 자신은 그렇지 않다고 부인하며, 그렇게 말하는 사람들에게 한 걸음도 양보하지 않았다고 한다.

그 후 그는 배를 모아 지중해를 건너 메텔루스 피우스를 찾아 아프리카로 갔다. 명성이 자자했던 메텔루스는 적지 않은 군대를 가지고 있었지만, 크라수스는 그와 불화가 생겨 그 곳에서 오래 있지를 못하고 술라의 진영으로 가서 그의 특별한 대접을 받았다. 술라는 이탈리아로 건너간 후 자기 휘하의 젊은 장교들에게 여러 가지 일을 맡겼는데, 크라수스에게는 마르시 족이 살고 있는 지방으로 가서 군대를 모아 오라고 명령하였다. 그때 그는 그 곳으로 가는 도중에 적의 나라를 지나야 하므로 호위병을 달라고 요구하였다. 그러자 술라는 크게 화를 내며 크라수스에게 말하였다.

"호위병으로는 네 아버지와 형제와 친구와 친척을 붙여주마. 나는 지금 불행히도 억울하게 죽은 그들의 원수와 싸우고 있는 것이다."

이 말을 들은 크라수스는 느끼는 바가 있어 잘못을 뉘우치고는 바로 출발하였다. 그리고는 도중에 만난 적에게 완강히 저항하며 무사히 적지를 벗어난 후, 많은 군대를 모아 가지고 돌아와 술라의 작전에 협력하였다. 이때의 활동이 발단이 되어 그가 폼페이우스와 공명을 다투게 되었다고 한다. 크라수스보다 연하였던 폼페이우스는 아버지가 로마에서 평판이 나빠 시민들의 미움을 산 사람이었지만, 이때 전투에서 찬란한 공적을 세워 명성을 떨치고 있었다.

술라는 폼페이우스와 같은 지위에 있는 연장들을 제쳐놓고, 폼페이우스를 깍듯이 대우하여 그가 가까이 오면 자리에서 일어나 모자를 벗고는 대장군이라고 부르며 맞았다. 이것은 연장자나 지위가 같은 사람에게 흔히 보이는 태도가 아니었다. 이러한 행동이 크라수스를 분개시켰지만 그가 천대를 받는 것도 까닭이 없는 것은 아니었다. 크라수스는 경험이 부족하였으며 전쟁에서 승리를 거두었어도 탐욕과 인색함으로 환대를 받지 못했던 것이다.

그는 움브리아의 도시 투데르티아를 함락시켰을 때 전리품의 대부분을 독차지한 혐의를 받고서 술라에게 항의한 일까지 있었다. 그러나 마지막 전투였던 로마 부근의 치열한 전투에서 술라가 패배하여 그의 휘하에 있던 한 부대가 완전히 격퇴되었는데, 우익을 담당하고 있던 크라수스는 크게 승리를 거두었다. 그는 날이 저물 때까지 적을 추격한 다음 술라에게 사자를 보내어 승리를 알리고 식량을 보내달라고 요구하였다.

이외에도 크라수스는 많은 재산을 싼 값으로 사들이거나 증여해주기를 요구했기 때문에 사람들의 평판이 좋지 못했다. 브루티움 지방에서는 술라의 명령도 받지 않고서, 돈을 뜯어낼 목적으로 재산을 증여해줄 몇 사람의 이름을 공개하였기 때문에 술라는 그 행위를 탄핵하여, 이 후로는 그를 공직에 채용하지 않았다고 한다. 그러나 크라수스는 아첨으로 사람들을 농락하는 데에도 능숙하였으며, 또 반대로 그 자신이 아첨에 쉽게 넘어가곤 하였다. 또한 그는 자신이 매우 탐욕적이면서도 자기와 같이 탐욕적인 사람들을 몹시 미워하며 비난하였다고 한다.

이러한 크라수스에게 폼페이우스는 무척 괴로운 존재였다. 폼페이우스는 군대를 지휘할 때마다 승리를 거두어 원로원 의원이 되기도 전에 개선식을 올렸으며, 시민들로부터 위대하다는 뜻으로 '마그누스'라고 불려졌다. 어느 때인가는 누군가가 위대한 폼페이우스가 온다고 말하는 것을 듣고는 크라수스가 웃으며 얼마나 위대하냐고 물었다고 한다. 그는 폼페이우스와 군사면에서 맞서 싸우는 것을 단념하고는 정치에 투신하여 열의를 쏟았으며, 법정에서 변호도 맡아주고, 남에게 돈을 꿔주기도 하였다. 또한 사람들의 취직과 선거를 도와주거나 그들의 심사를 받을 때에 보살펴주는 등 온갖 성의를 다하여 폼페이우스가 몇 차례의 큰 전투에서 승리를 거둔 것에 못지 않은 세력과 명성을 얻으려고 하였다.

그들 두 사람에게는 각기 나름대로의 사정이 있었다. 즉 폼페이우스는 로마에 있을 때보다 로마를 떠나 원정길에 나가 있을 때에 명성과 권세가 더 드높았다. 로마에 있을 때에는 흔히 크라수스의 명성과 권세에 눌려 있는 수가 많았다. 폼페이우스는 거만한 태도와 허세를 부리는 생활 때문에 시민들을 멀리하고 광장에 나가기를 꺼려하였으며, 자기의 도움을 필요로 하는 사람들을 보살펴주는 일도 별로 없었는데, 간혹 돕는다 하더라도 성의가 부족하였고 형식적인 것에 불과했다.

이와는 반대로 크라수스는 항상 남을 도와주려고 세심하게 신경을 썼으며, 독불장군처럼 사귀기 어려운 사람도 아니었다. 늘 해결해야 할 사건 속으로 뛰어들어 부지런하고도 공정하고 친절하게 일을 처리했으므로 그의 자상함은 폼페이우스의 위엄을 능가하고 있었다. 그리고 늠름한 풍채와 설득력 있는 언변, 그리고 품위 있는 표정 등은 두 사람 모두가 가지고 있는 공통점이었다.

그러나 크라수스가 어떤 적의나 악의를 가지고 폼페이우스와 경쟁을 한 것은 아니었다. 폼페이우스나 카이사르가 자기 이상으로 존경을 받고 있다는 점에 불만을 가지고는 있었지만 그렇다고 적개심을 품지는 않았다. 한때 카이사르가 소아시아에서 해적에게 붙잡혀 감금되어 있을 때

"크라수스여, 내가 해적에게 잡힌 것을 알면 그대가 얼마나 고소하게 생각하겠소!"

하고 말한 적은 있지만 후에 두 사람은 친하게 지냈다. 카이사르가 스페인의 법정관으로 임명되어 떠나려 할 때, 빚을 갚을 능력이 없는 그에게 채권자들이 몰려와서 여행에 쓸 물품을 압

수하려고 한 적이 있었다. 그때 크라수스는 이를 그냥 둘 수가 없어 자진하여 830탈렌트나 되는 빚의 보증을 서서 카이사르를 구해주었다.

당시 로마는 폼페이우스, 카이사르, 크라수스의 3대 세력권으로 분리되어 있었다. 이외에 카토는 그들의 권세를 뛰어넘는 명성으로 사람들의 칭찬을 받고 있었다. 로마 시에서 도량이 깊고 착실한 보수파는 폼페이우스를 지지하였고, 혈기왕성하여 가볍게 움직이는 과격파는 카이사르의 야심에 희망을 걸었다. 중간노선을 걷고 있던 크라수스는 다른 두 파를 적절히 이용하였다.

그의 정치적 입장은 매우 변화무쌍하여 이익을 위해서는 믿을 수 있는 친구도, 또 다루기 힘든 적도 가리지 않았다. 그러므로 그는 이삼일 전에 대중 앞에서 약속했던 정책도 이해관계 앞에서는 헌신짝처럼 저버렸다. 따라서 짧은 기간 내에 똑같은 사람의, 또는 똑같은 법의 지지자가 되었다가 다시 반대자로 되는 경우가 많았다. 온정과 공포를 무기로 세력을 휘둘렀는데 그 중에서도 공포로써 그렇게 하는 경우가 더 많았다. 당시의 정치가들과 고급관료들을 몹시 괴롭혔던 민중선동가 시키니우스도 크라수스만은 공격하지 않았다. 누군가가 그에게

"왜 그 사람만은 공격하지 않고 내버려 두십니까?"

하고 그 이유를 묻자, 그는

"뿔에 건초를 감고 있어서."

하고 대답하였다고 한다. 로마 인들은 뿔로 받으려고 덤벼드는 소에게는 그 뿔에 건초를 감아서 그 앞을 지나가는 사람들에게 주의를 주는 풍속을 가지고 있었던 것이다.

일반적으로는 스파르타쿠스 전쟁이라고 불리는 검사(劍士)들의 반란과 그들의 이탈리아 약탈은 다음과 같은 원인에서 시작

되었다.

렌툴루스 바티아테스라는 사람이 카푸아에서 창과 칼을 써서 무술경기를 하는 검사들을 양성하고 있었는데, 그 대부분이 갈리아 인과 트라키아 인이었다. 그들은 어떤 범죄를 저지른 것도 아닌데 나쁜 주인의 그릇된 생각에서 강제로 한 방에 감금된 채 검술시합에 끌려나와 구경거리가 되곤 하였다. 그 곳에 있던 200명이나 되는 검사들이 탈주를 계획하였으나, 밀고자가 있어서 주인에게 알려지고 말았다. 이것을 미리 눈치챈 78명의 검사가 부엌에서 식칼과 꼬챙이 등을 들고 밖으로 뛰쳐 나와 이웃 도시로 검사들의 무기를 싣고 가는 여러 대의 수레를 약탈한 후 그 무기로 무장하였다.

그리고는 유리한 장소를 점령한 후 세 사람의 수령을 선출하였는데, 그 중에서 제일 가는 사람이 스파르타쿠스였다. 그는 트라키아의 유목민 출신으로 용기와 힘이 뛰어난 사람이었다. 또한 지혜와 온화한 인품도 그가 검술시합이나 하면서 남의 구경거리가 되기에는 너무 훌륭했고, 그의 출신 종족보다도 오히려 그리스 인을 닮은 데가 있었다.

그에 관해서는 이런 이야기가 전해지고 있다. 처음 그가 노예로 로마에 끌려왔을 때 자고 있는 그의 얼굴을 뱀이 둘둘 감고 있었다고 한다. 디오니수스의 비법에 능했던 같은 종족의 여자가 이를 보고 이렇게 예언했다. 그가 처음에는 위대하고도 놀랄 만한 권세를 누리다가 나중에는 불행한 결말에 이를 징조라고 했던 것이다. 이 여자는 반란 당시 그와 같은 집에서 살았고 탈주도 함께 했다고 한다.

스파르타쿠스 일당은 우선 카푸아에서 온 사람들을 격퇴하여 병사들의 무기를 많이 빼앗자, 그것을 검 대신 갖고서 기뻐하며 그들이 가지고 있던 검사들의 무기는 불명예스럽고 야만적인 것이라 하며 던져버렸다. 그 후 로마에서 파견된 법정관인 클로디우스가 3천 명의 병력을 이끌고 와서 스파르타쿠스 일당을 어느 험한 산 위에 가두고 포위하였다. 이 산에는 험하고도 좁다란 산길이 하나 있을 뿐이었는데 그 곳을 클로디우스가 지키고 있었다. 그 밖에는 깎아 내린 듯한 미끄러운 절벽이고, 그 꼭대기에는 야생 포도나무가 무성하게 우거져 있었다.

스파르타쿠스 일당은 그 덩굴 중 쓸 만한 것을 잘라서 튼튼하고 긴 사다리를 만들었다. 그리고는 그것을 땅바닥까지 늘어뜨린 후, 그 곳에 한 사람만을 남겨놓고서 모두가 그것을 타고 아래로 내려왔다. 무기 때문에 위에 남았던 그 사람은 모두가 다 내려간 다음, 무기를 전부 아래로 떨어뜨리고 자신도 무사히 내려왔다. 그러나 이를 전혀 눈치채지 못한 로마 군은 스파르타쿠스 일당에게 포위되어 기습공격을 받고는 그들의 진지마저 점령당하고 말았다. 그 지방의 불한당들과 발이 빠른 소몰이꾼, 양몰이꾼 들이 스파르타쿠스 일당에게 모여들었는데, 그들 중 어떤 자들은 중장보병으로 또 어떤 자들은 척후병과 경장보병으로 가담하였다.

이어 법정관인 푸블리우스는 바리누스가 스파르타쿠스 일당을 토벌하기 위해 왔으나, 3천 명의 병력을 거느린 그의 부관 푸리우스가 그들과의 싸움에서 크게 패하였다. 로마는 코시니우스에게 대군을 주어 바리누스와 협력하여 스파르타쿠스 일당을 정벌하게 하였다. 코시니우스의 동정을 살피고 있던 스파르타쿠스 일당은 그가 살리나이 부근에서 목욕을 하고 있는 것을 습격하였으나 그를 잡기 일보 직전에 놓치고 말았다. 코시니우스는 구사일생으로 위험을 면하였으나, 스파르타쿠스 일당은 코시니우스 군이 버리고 간 군수품을 빼앗고는 추격의 속도를 늦추지 않고서 바싹 따라가 많은 병사들을 죽이고 진영을 점령했는데 이 싸움에서 코시니우스도 전사하였다.

스파르트타쿠스 일당은 이후에도 법정관 바리누스와 여러 번 싸워 이겼으며, 마침내는 그의 호위병과 군마를 사로잡아 막강한 병력을 갖게 되었다. 그러나 스파르트타쿠스는 로마 군을 정복할 생각을 단념하고는 알프스 행을 결심하였다. 알프스 산맥을 넘어 제각기 자기들의 고향을 향해 어떤 자는 트라키아로, 어떤 자는 갈리아로 가면 그만이라고 생각했던 것이다. 그러나 무리의 수가 늘어나고 병력도 강해지자, 자신감을 가지고 알프스 행을 포기한 채 이탈리아 각지를 돌아다니면서 약탈을 계속하였다.

사태가 이렇게 되자, 원로원은 반란으로 입은 굴욕은 그만두고라도 국가의 존망 자체가 위협하다고 판단하고는, 겔리우스 푸블리콜라와 렌툴루스 클로디아누스 두 집정관을 동시에 파견하기로 하였다. 이러한 결정은 가장 힘들고 규모가 큰 전쟁에서나 쓰는 조처였다. 겔리우스는 스파르트타쿠스 일당으로부터 이탈한 게르만 인 부대를 급습하여 전멸시켰고, 렌툴루스는 대군을 동원하여 스파르트타쿠스 일당을 포위하였다. 그러나 스파르트타쿠스는 렌툴루스 군에 반격을 가하여 부관들을 무찌르고 군수품 전부를 빼앗았다. 또한 스파르트타쿠스 일당이 알프스 쪽으로 밀어닥치자, 포 강 유역에 있는 갈리아의 지사였던 카시우스가 1만 명의 병력을 이끌고 와서 그들을 공격하였다. 그러나 크게 패하여 많은 병력을 잃었으며 카시우스 자신은 겨우 목숨만 건졌다.

원로원은 이 사실을 알게 되자 노발대발하여 두 집정관에게 제일선에서 물러나라고 명령하고는 그 대신 크라수스를 이 전쟁의 사령관으로 임명하였다. 그리고 많은 귀족들이 크라수스의 명성과 그 우의를 생각해서 그의 지휘하에 종군하였다. 크라수스는 대군을 거느리고 피케눔 부근으로 가서 그 쪽으로 오고 있는 스파르타쿠스 일당을 기다리며 진을 쳤다. 그리고 부관인 뭄미우스에게 2개 부대를 주어 적의 배후로 돌아 뒤를 쫓되, 절대 가까이 접근하거나 싸움을 걸어서는 안 된다고 단단히 일러두었다. 그러나 뭄미우스는 꼭 이길 것만 같은 예감이 들어 그들에게 공격을 가하였다가 크게 패하고 말았다. 많은 병사들이 전사했으며 겨우 살아 남은 자들은 무기를 버리고 도망을 쳐 왔다.

크라수스는 뭄미우스를 엄중히 문책하고, 병사들에게는 다시 무기를 주되 절대로 버리지 않겠다는 서약을 시키고 보증인을 세우게 하였다. 그리고는, 몹시 겁을 내어 맨 먼저 도망을 친 500명을 10명씩 50개의 조로 나눈 후, 각 조에서 제비를 뽑아서 걸린 자 하나를 사형에 처하였다. 이것은 오랫동안 사용하지 않던 군법이었는데, 모두가 보고 있는 앞에서 갖은 모욕을 당한 후 참혹하게 죽음을 맞이해야 하는 치욕적인 처형이었다.

크라수스는 이렇게 병사들을 징계한 다음 그들을 이끌고 싸움터로 나갔다. 스파르타쿠스는 루카니아를 거쳐 바다 쪽으로 물러갔다. 그리고는 해협에서 킬리키아 인의 해적들을 만나 그들과 함께 시칠리아 섬을 정복할 계획을 세웠다. 시칠리아 섬으로 2천 명의 병사들을 보내 그 곳에서 노예전쟁을 다시 일으키려는 생각이었다. 시칠리아에서는 노예전쟁이 그친 지가 얼마 되지 않아 조그만 반란에도 다시 전쟁이 일어날 수 있는 상태에 있었기 때문이었다. 그러나 킬리키아의 해적들은 스파르타쿠스가 보낸 선물을 받고 협정까지 맺었으나 감쪽같이 속이고는 출항하고 말았다.

그리하여 스파르타쿠스는 또다시 진지를 바다에서 레기움 반도로 옮겼다. 그 곳으로 쳐들어간 크라수스는 지형을 보고서 어떻게 하면 좋을까 생각하다가 지협(地峽)을 횡단하는 성벽을 쌓기로 결정하였다. 병사들을 놀리지 않으려는 것과 동시에 적의 보급로를 차단하자는 생각에서였다. 작업은 규모가 큰 공사였지만 크라수스는 예상을 뒤엎고 단시일 내에 이것을 완성시켰다. 지협을 가로질러 이 쪽 바다에서 저쪽 바다까지 길이 300퍼얼롱, 높이와 깊이가 각각 15피트인 도랑을 파고 그 위에 대단히 높고 튼튼한 둑을 쌓았던 것이다. 스파르타쿠스는 이 작업을 처음에는 장난 정도로 알고 거들떠보지도 않았다. 그러나 반도 안에서 더 이상 약탈할 것이 없어 다른 곳으로 옮겨가려 하다가는, 그때서야 그들이 성벽 안에 갇혀 있다는 것을 알게 되었다. 반도 안에서는 무엇 하나 구할 수가 없었다. 그리하여 눈이 내리고 강풍이 휘몰아치는 밤을 기다려 도랑의 일부를 흙과 목재와 나뭇가지 등으로 메우고서 무리의 3분의 1에 해당하는 병사들을 건너게 하였다.

크라수스는 스파르타쿠스가 로마를 치지나 않을까 걱정하였으나 다행히도 스파르타쿠스 군의 내부에 어떤 불화가 생겨 그 중 일부가 이탈하여 루카니아 호수에 따라 진을 치고 있었다. 이 호수는 때에 따라 수시로 수질이 바뀌어 마시기 좋은 식수가 되기도 하고 짠물로 변하여 마시지 못하게도 된다고 한다. 크라수스는 이탈한 무리들을 습격하여 호수에서 내쫓아버렸으나, 스파르타쿠스가 재빨리 나타나 패주를 막았으므로 그들을 죽이거나 추격하는 일은 실패로 돌아가고 말았다.

그런데 이보다 먼저 크라수스는 원로원에 서한을 보내 트라케에서 루쿨루스를, 또 스페인에서 폼페이우스를 자기 쪽으로 보내달라고 요청한 적이 있었다. 그러나 곧 그는 이것을 후회하고는 두 장군이 도착하기 전에 전쟁을 끝마치려고 전력을 다하였다. 나중에 도우러 온 두 장군에게 승리의 공적이 돌아갈 것을 알고 있었기 때문이었다. 그래서 우선 카이우스 칸니키우스와 카스투스의 통솔하에 행동하고 있는 적을 공격하기로 결정하였다.

그리고는 산을 적보다 먼저 손에 넣기 위하여 적의 눈을 피해 행동하라고 이르고서 6천 명의 병력을 파견하였다. 병사들은 투구에 두겁을 씌워 적에게 들키지 않으려고 애를 썼으나 적을 위하여 고사를 드리던 두 여자에게 발각되고 말았다. 이때 만일 크라수스가 재빨리 달려와서 돕지 않았더라면 그들은 심한 고전을 면치 못하였을 것이다. 이 전투에서 크라수스는 2만 3천 명의 적을 무찔렀는데 그 중 등에 상처를 입은 시체는 불과 둘뿐이었고, 나머지는 모두 전열을 떠나지 않고 로마 군과 싸우다가 죽은 병사들이었다.

이 전투에서 패배한 스파르타쿠스는 페텔리아의 산악지대로 피신하였다. 크라수스는 자기 휘하의 두 부장 퀸투스와 스크로파로 하여금 스파르타쿠스를 추격케 하였다. 그러나 스파르타쿠스 일당이 반격에 나서자 로마 군은 크게 패하여 산산이 흩어졌으며, 부상을 당한 퀸투스를 겨우 구출해 도주하였다.

그러나 스파르타쿠스에게는 이 승리가 오히려 패망의 원인이 되었다. 도망친 노예들이 반란을 일으켰던 것이다. 그들은 전쟁을 피하기만 하는 것에 불만을 품고서 지휘관들의 명령을 따르려 하지 않았다. 행군 중에 있는 무리를 무기로 포위하고는 다시 로마 군과 싸우러 가야 한다고 위협하였다. 이것은 바로 크라수스가 바라던 바이기도 하였다.

왜냐하면 벌써 폼페이우스가 가까운 곳까지 와 있다는 보고가 들어와 있었으며, 그가 오기만 하면 곧 전쟁이 종결을 짓게 될 것이고 그렇게 되면 이 전쟁의 승리는 폼페이우스가 차지하게 될 것이라는 소문이 파다하게 떠돌고 있었기 때문이었다.

그래서 크라수스는 서둘러 적의 전면에 진을 치고서 도랑을 파고 있었다. 그때 난데없이 노예부대가 나타나, 작업을 하고 있던 병사들에게 덤벼들었다.

쌍방에서 계속 많은 원군이 오고 있었으므로 스파르타쿠스도 전투를 피할 수만은 없다고 생각하고는 전군을 전선에 배치하였다. 그러고 나서 말을 자기에게 끌고 오라고 하고는 칼을 빼들고 말하기를 싸움에 이기면 적의 훌륭한 말을 얼마든지 얻을 수 있을 것이고, 지면 말 같은 것은 아예 필요도 없게 될 것이라고 하고는 그 말을 죽여버렸다. 그리고는 많은 무기와 부상자들 사이를 지나 크라수스를 향해 돌진하여 그에게 덤벼드는 두 명의 백부장을 그 자리에서 무찔렀다. 주위의 부하들이 모두 도망을 친 후에도 스파르타쿠스 자신만은 많은 적에게 포위되어 끝까지 싸우다가 장렬한 전사를 하였다.

크라수스는 전쟁이 있을 때마다 사령관의 직책을 훌륭히 완수하였고, 목숨이 위험에 처할 때도 있었다. 그러나 이번 승리에서 폼페이우스가 명성을 떨치게 되는 것을 막을 길이 없었다. 싸움에서 패주한 5천 명의 무리가 폼페이우스와 만나게 되어 전멸을 당하였던 것이다. 폼페이우스는 원로원에 보낸 보고서에서,

"표면적인 싸움에서는 크라수스가 도망친 노예군을 무찔렀지만, 전쟁의 뿌리를 끊은 것은 바로 나다."
라고 하였던 것이다.

폼페이우스는 세르토리우스를 무찌르고 스페인에서 전쟁에 승리해 큰 공을 세웠으므로 성대한 개선식을 올렸으나, 크라수스 자신은 대개선식을 요구하려고도 하지 않았으며, 많은 사람들은 노예와의 전쟁에서 승리했다고 약식의 개선식인 오바티온을 올리는 것조차 떳떳하지 못한 일이라고 생각했다. 오바티온

과 대개선식의 차이점과 그 명칭에 관해서는 마르켈루스의 전기에서 이미 설명한 바 있다.

그 후 폼페이우스가 집정관으로 추대되었을 때, 크라수스가 동료 집정관이 될 가능성이 많았음에도 불구하고 폼페이우스에게 주저하지 않고 그의 협조를 요청하였다. 폼페이우스도 기꺼이 그 요청을 받아들였는데, 그는 무슨 수를 써서라도 크라수스에게 친절을 베풀어 그를 주눅들게 하고 싶었던 것이다. 그래서 그는 시민대회에 나가서 크라수스를 당선시켜준다면 자기로서는 자기가 당선된 것보다 더 기쁘겠다고까지 말하였다.

그러나 두 사람은 집정관이 된 후 이와 같은 우정을 계속 지키지는 못하였다. 거의 모든 문제에 있어 입장을 달리하여 서로 상대방의 의견에 불만을 품고서 경쟁했던 것이다. 두 사람은 집정관 재임 중 서로 다투기만 하여 나라를 침체에 빠뜨리고 말았다. 그들이 의견을 같이했던 문제는 크라수스가 헤라클레스 신에게 큰 제사를 지내고, 1만 명의 식탁을 차려놓고서 민중을 대접하고는 그들에게 3개월간의 식량을 공급한 일 정도였다.

그들의 임기가 거의 끝나갈 무렵, 두 사람은 공교롭게도 함께 시민대회를 소집하였다. 그러자, 재야에 파묻혀 있어 정계에 알려지지 않았던 로마 기사 신분의 오나티우스 아우렐리우스라는 사람이 연단으로 올라와 자기가 자다가 꾼 꿈 이야기를 들려주었다.

"제우스 신께서 나의 베개 맡에 나타나셔서 두 집정관이 사이가 나빠진 채로 집정관직에서 물러나는 것을 가만히 보고만 있지 말고 시민 모두에게 어서 이야기하라고 명령하셨습니다."

그가 이렇게 말하고 시민들도 화해하라고 촉구하자 폼페이우스는 우뚝 일어선 채 입을 다물고 있었다. 그러자 크라수스가 먼저 폼페이우스에게 오른손을 내밀고 말하였다.

"시민 여러분, 이 사람이 먼저 폼페이우스에게 화해를 청했다고 해서 그것이 이 사람에게 어울리지 않는 비굴한 일이라고는 생각지 않습니다. 여러분은 폼페이우스가 수염도 나기 전에 벌써 대폼페이우스라는 칭호를 주었고, 원로원 의원이 되기도 전에 개선식을 올리도록 결의할 정도였으니까요."

크라수스가 집정관으로 있을 때에는 기억해둘 만한 몇 가지 사건이 있었지만, 대정관직에 있을 때에는 그는 전혀 아무 일도 하지 않고 시간만 허비하였다. 대정관은 취임한 즉시 원로원 의원의 명부를 감독하여 불법행위를 한 부적격자를 파면하고 적격자를 보충해야 했다. 또한 기사들을 감사하여 부적격자를 명부에서 제외시키며, 시민 각 호의 구성과 재산을 조사하는 일을 맡고 있었다.

그러나 크라수스는 원로원 명부의 감독도, 기사의 조사도, 시민의 호구조사도 하지 않았다. 그의 동료 대정관은 성품이 매우 온화한 루타티우스 카툴루스였는데, 크라수스가 이집트를 로마의 공납국(貢納國)으로 삼으려는 위험하고도 무리한 정책을 내놓자 그가 완강하게 반대를 하였다. 결국 이것이 원인이 되어 두 대정관 사이에 불화가 생겼으며, 두 사람은 자진하여 대정관직을 사임하였다고 한다.

로마가 전복될 뻔했던 카탈리네의 대음모사건 때는 크라수스도 그 사건과 관계가 있다는 의혹을 받았다. 어떤 사람이 그도 음모에 가담했다고 주장했으나 아무도 그 말을 믿지 않았다. 그래서 키케로는 어떤 연설에서, 분명히 크라수스와 카이사르가 그 사건에 관여했다고 지적하였다. 이 연설은 두 사람이 사망한 후에 발표된 것인데, '집정관 재직시의 치적에 관하여'라는 다른 연설에서 키케로는 크라수스가 카이사르에 관한 사건을 상세하게 적은 편지를 그에게 가지고 왔다고 말했다.

크라수스는 이 일로 늘 키케로를 미워하여 공공연히 그를 제거하려고 하였으나 그의 아들 푸블리우스가 말려서 행동으로 옮기지는 않았다. 푸블리우스는 학문에 대한 열의가 대단하여 키케로를 존경하고 있었기 때문이었다. 푸블리우스는 키케로가 재판을 받고 있을 때 그가 입고 있던 옷과 똑같은 옷으로 바꿔 입었으며, 다른 젊은이들에게도 그렇게 하라고 권할 정도였던 것이다. 그는 마침내 아버지를 설득하여 키케로와 화해하게까지 하였다.

카이사르는 그의 임지에서 돌아오자 집정관이 되려고 갖은 노력을 다하였다. 그러나 그는 크라수스와 폼페이우스가 서로 불편한 관계에 있는 것을 보고는 한 쪽을 돕다가 다른 한 쪽의 미움을 살까 봐 겁이 났다. 그러나 그 두 사람의 후원 없이는 성공할 수 없는 일이었기에 그는 크라수스와 폼페이우스의 관계 조정에 나서기로 하였다.

그래서 그는 두 사람이 싸우다가 둘 다 쓰러지면 키케로나 카툴루스, 카토 등의 세력만 자라게 할 따름이고, 두 사람이 동지들을 규합하여 힘을 합치고 생각을 통일하여 정사(政事)에 임한다면 어느 누구도 대항하지 못할 것이라고 역설하였다. 카이사르가 설득과 조정에 힘쓴 결과 두 사람은 화해하게 되었고, 세 사람의 힘을 규합하여 움직일 수 없는 세력을 만들어 냈으며, 카이사르는 의도했던 바와 같이 이 힘으로 로마의 원로원과 민중을 다 같이 압도하게 되었다.

그러나 카이사르는 크라수스와 폼페이우스가 서로 힘을 합쳐서 보다 더 강해지는 것을 원한 것이 아니라, 이 두 사람을 이용하여 자기의 세력만을 넓히려고 했던 것이다. 그 후 카이사르는 두 사람의 지원을 받아 집정관에 선출되었다. 그리고 두 사람은 투표를 통하여 대원정군의 지휘권과 갈리아의 통치권을 그에게 맡겼다. 그것은 마치 카이사르를 아크로폴리스와 같은 견고한 지위에 앉힌 것이나 다름없었으나, 변두리 지역은 카이사르가 차지하게 하고, 로마의 나머지 노른자의 지역은 자기들끼리 천천히 나누어 가지려는 더 교묘한 음모가 숨어 있었던 것이다.

폼페이우스는 터무니없는 지배욕에서 이러한 계획을 세웠지만, 크라수스는 그의 타고난 탐욕에다 전승기념비와 개선식에 대한 새로운 애착이 생겨나자, 이 계획에 동참하기로 한 것이었다. 그는 카이사르의 온갖 무용에 얽힌 공적 때문에 자극을 받고 있었다. 다른 점에서는 자기가 뛰어나지만, 이 점만은 카이사르에게 뒤떨어져 있다고 생각했기 때문이었다. 이 그칠 줄 모르는 욕망 때문에 크라수스 자신은 불명예스러운 죽음을 맞이하게 되고, 또한 국가는 큰 불행을 맞이하게 되었다.

카이사르가 갈리아에서 루카 시로 나왔을 때 로마에서 많은 시민들이 그를 환영하러 나갔으며, 폼페이우스와 크라수스도 개인적으로 카이사르와 만나서 나라의 전권을 세 사람이 장악하기 위하여 더욱 강력한 조처를 취하기로 결정하였다. 그래서 카이사르는 현재 장악하고 있는 군대의 지휘권을 그대로 유지하고, 폼페이우스와 크라수스는 다른 지방과 군대를 가지기로 하였다. 그렇게 하기 위해서는 그들이 다시 집정관에 선출되어야만 했다. 그래서 폼페이우스와 크라수스는 재선운동에 힘을 썼고, 카이사르는 로마의 친구들에게 편지를 띄워 부하 병사들을 투표장으로 보내어 협력해줄 것을 부탁하였다.

이렇게 세 사람이 합의를 본 후 폼페이우스와 크라수스가 로마로 돌아오자, 그들은 의혹의 눈총을 받게 되었다. 3자간의 회담은 흉계를 꾸미기 위하여 이루어진 것이라는 소문이 사람들 사이에 퍼졌던 것이다. 그러자 원로원에서 마르켈리누스와 도미티우스가 폼페이우스에게 집정관으로 재출마할 의도가 있는지를 물었다. 이에 그는 재출마하고 싶은 생각도 있고, 그렇지 않은 생각도 있다는 애매한 대답을 하였다. 그들이 다시 묻자 다음과 같이 대답하였다.

"올바른 시민들을 위해서라면 취임하고 싶지만, 옳지 못한 시민들을 위해서라면 취임하고 싶지 않소."

폼페이우스가 오만불손한 대답을 한 것처럼 보였기 때문에 크라수스는 겸손한 어조로 다음과 같이 대답하였다.

"국가에 이익이 된다면 취임하고 싶지만, 그렇지 않다면 그만두겠습니다."

이 말을 듣고 도미티우스를 비롯한 몇 사람이 용기를 얻어 집정관 후보로 나서려고 하였다. 그러나 폼페이우스와 크라수스가 입후보할 뜻을 다시 분명히 하자, 다른 사람들은 겁을 집어먹고 주저하였다. 그러나 카토는 친척이자 동지인 도미티우스에게 나라를 위하여 싸우는 것이니 희망을 잃지 말고 끝까지 입후보로 나서라고 격려하였다. 또 폼페이우스와 크라수스가 집정관직에 관심이 있는 것이 아니라 독재에 관심 있는 것이므로, 그 자리를 탐내는 것이 아니라 영토와 군대를 사유화하는 것을 바라는 것이라고 카토는 그들을 비난하였다.

이렇게 하여 카토는 거의 강제로 도미티우스를 광장으로 데리고 나갔다. 그러자 두 사람을 지지하는 많은 사람들이 폼페이우스와 크라수스의 태도를 이상하게 생각하며 의아해했다.

"폼페이우스와 크라수스가 두 번씩이나 집정관 자리를 원하는 것은 무슨 까닭이지? 왜 또다시 함께가 아니면 안 된다는 걸까? 왜 다른 사람과 입후보하면 안 된다는 거지? 크라수스나 폼페이우스와 함께 집정관이 될 만한 사람은 얼마든지 있는

데…….”

이 말을 들은 폼페이우스는 온갖 수단과 방법을 동원하여 질서를 어지럽히고 폭력을 행사하였다. 그러다가는 마침내 새벽에 지지자들과 함께 광장으로 나가는 도미티우스를 잠복시켰던 폭도들로 하여금 공격하게 하였다. 그리하여 앞에서 등불을 들고 가던 사람을 죽이고는 많은 사람들에게 부상을 입혔는데 그 중에는 카토도 있었다. 이 사람들을 모두 집에 가둔 다음, 두 사람은 이 사실을 숨긴 상태에서 집정관에 재선되었으며, 집정관의 선거가 모두 끝난 후에야 이 사실을 시민들에게 공포하였다.

그 후 얼마 지나지 않아, 또다시 무장한 군인들로 연단을 포위한 후 카토를 의사당에서 쫓아내고 이에 저항하는 사람들을 죽였다. 이리하여 그들은 카이사르에게 5년간의 임기를 연장해 주었으며, 자기들은 시리아와 스페인의 위임통치권을 추첨으로 결정하였다. 둘이서 추첨한 결과 크라수스는 시리아를, 폼페이우스는 스페인을 차지하게 되었다.

추첨의 결과는 온 시민의 환영을 받았다. 많은 시민들은 폼페이우스가 로마 시에서 멀리 떨어져 있지 않기를 바라고 있었고, 폼페이우스도 아내를 몹시 사랑하여 로마를 떠나고 싶지 않았기 때문이었다. 한편 크라수스는 추첨의 결과에 크게 만족하여 마음의 평정을 잃을 만큼 기뻐하였다. 함부로 허튼소리나 교만한 태도를 보이지 않던 그가 기쁨에 들떠 마치 어린아이 같은 말을 하곤 했던 것이다. 시리아나 파르티아를 점령하는 것은 문제도 되지 않으며, 루쿨루스가 티그라네스를 무찌르고 폼페이우스가 미트리다테스를 무찌른 것 따위는 아이들 장난에 지나지 않는다고 큰소리를 치고는 바크트리아와 인도, 나아가서는 그 앞의 바다까지 정복할 희망에 부풀어 있었다.

세 사람의 직권에 관하여 제안된 법에는 파르티아와 전쟁을 하라는 조문은 없었다. 그러나 크라수스가 파르티아를 무찌르고 싶은 생각에 들떠 있다는 것은 모든 시민들이 알고 있었다. 카이사르도 갈리아에서 그에게 서한을 보내어 그 뜻을 칭찬하며 파르티아를 공격하라고 부추겼다.

그러나 크라수스가 출발하려고 하자 호민관 아테이우스가 제지하였다. 많은 사람들이 크라수스에게 가세하여 아무런 해도 끼치지 않을 뿐만 아니라, 동맹관계까지 맺고 있는 나라와 전쟁을 한다는 것은 잘못된 일이라고 반대했던 것이다. 반대하는 세력이 많았고, 시민들도 소리 높여 아우성을 치자 크라수스는 겁이 나서 폼페이우스에게 호송해달라고 간청하였다. 많은 사람들이 길을 막고 출발을 방해하려고 하였지만, 민중에게 대단한 믿음을 얻고 있던 폼페이우스가 밝은 표정으로 선두에 서서 나가자, 할 수 없이 군중들은 조용히 그들을 그대로 통과시켜 주었다.

그러나 아테이우스는 크라수스의 말을 막고 처음에는 말로 저지하였으나, 나중에는 부하들에게 크라수스를 체포하여 구속하라고 명령하였다. 그러나 다른 호민관들이 반대하였으므로 크라수스를 놓아줄 수밖에 없었다. 그러자 아테이우스는 성문으로 달려가서 불이 들어 있는 향로를 가져다 놓고는 크라수스가 성문에 도착하였을 때에, 향을 피우고 술을 뿌리면서 일찍이 들어본 일이 없는 무서운 저주를 크라수스에게 퍼부으며 갖은 흉악한 귀신들의 이름을 불렀다.

로마 인들이 전하는 바에 의하면 이와 같은 저주는 예로부터 내려오는 유서 깊은 신비스러운 것으로서, 그 저주를 받은 사람은 누구를 막론하고 액을 면할 수 없었다고 한다. 뿐만 아니라 이 저주를 퍼부은 사람도 불행한 죽음을 당하기 때문에, 웬

만한 경우가 아니고서는 그것을 좀처럼 사용하지 않았으며 또 아무나 그것을 할 수 있는 것도 아니었다. 그러나 아테이우스는 나라를 위하는 마음에서 자기의 목숨을 내걸고 그런 일을 감행한 것이었다. 그러나 당시의 로마 시민들은 오히려 나라에다 저주와 흉악한 귀신들을 불러들였다고 그를 비난하였다.

크라수스가 브룬두시움 항에 도착했을 때는 바다에 아직도 겨울의 강풍이 휘몰아치고 있었는데 그가 냉정하게 대처하지 못한 탓에 많은 군선을 잃었다. 그러나 남은 병력을 이끌고 육로로 갈라티아를 경유하여 길을 재촉하였다. 로마와 항상 우호적이었던 나라의 왕 데이오타루스가 고령인데도 불구하고 신도시를 건설하고 있는 것을 본 크라수스는 웃으며 말하였다.

"전하께서는 12시(일출부터 일몰까지를 나누어 열두시로 한다. 따라서 열두시는 황혼 때를 의미한다)에 건설을 시작하셨군요."

그러자 왕은 대답하였다.

"그러나 대장군, 내가 보기엔 장군께서도 아침 일찍부터 파르티아를 정복하러 나온 것 같지는 않습니다."

크라수스는 이때 60세를 막 지났지만 겉보기에는 나이보다 늙어 보였던 것이다.

목적지에 도착하였을 때 처음에는 모든 것이 다 크라수스가 바라던 대로 순조롭게 진행되었다. 에우프라테스 강에 쉽게 다리를 놓고 군대를 무사히 건너가게 할 수 있었으며, 메소포타미아에서는 많은 도시들이 자진하여 항복해 왔던 것이다. 그러나 아폴로니우스라는 독재자가 다스리는 도시에서 100명의 전사자를 내게 되자, 크라수스는 부대를 이끌고 가서 그 곳을 점령하여 재산을 약탈하고 주민들을 노예로 팔았다. 그리스 인은 이 도시를 제노도티아라고 부르고 있었는데, 이 도시를 점령하고 나서 부하들이 크라수스를 대장군이라 부르는 것을 그가 좋아하는 것을 본 사람들은 비웃었다. 이런 조그만 승리에 만족해하는 것을 보니 큰일에 성공할 것 같지 않아 보였던 것이다.

투항해 온 여러 도시에는 보병 7천 명과 기병 1천 명의 수비대를 두고 자신은 시리아로 물러나와 겨울을 보냈다. 갈리아의 카이사르를 따라 승리의 공헌을 세워 온몸을 훈장으로 장식하고는 1천 명의 정예기병을 이끌고서 그 곳으로 오고 있는 아들 푸블리우스를 기다렸다. 크라수스는 여기서 최대의 실책인 원정 그 자체에 이은 두번째 실책을 범한 것처럼 보였다. 왜냐하면 그는 그대로 진격을 계속하여 파르티아와 항상 적대관계에 있는 도시 바빌론과 셀레우키아를 확보함으로써 적에게 전쟁을 준비할 시간적인 여유를 주지 말았어야 했기 때문이었다.

그러나 그는 전투준비를 하기 위해서가 아니라, 자신의 재산을 모으기 위해서 시리아에 오래 머무르는 실수를 저질렀던 것이다. 병사들의 인원수를 조사하는 것도 아니었고, 그들을 훈련시키는 것도 아니었다. 그저 여러 도시의 수입을 계산하거나 히에라폴리스 신전의 보물을 며칠씩 걸려서 저울로 달아보느라고 세월 가는 줄 몰랐다. 또 각 시의 군주들에게 반드시 병사 등록을 하라 하고는 돈을 내는 자에게는 병역을 면제해줌으로써 사람들의 비난과 멸시를 받았다.

크라수스에게 맨 먼저 불길한 징조가 생긴 것은 히에라폴리스 여신으로부터였다. 이 여신을 어떤 사람은 베누스에 해당한다고 생각했고, 어떤 사람은 유노에 해당한다고 생각했으며 어떤 사람은 세상만물을 만들어내고 인간에게 온갖 이로움을 가져다준다고 생각하였다. 그런데 이 여신의 신전을 나오다가 아들이 먼저 문턱에 걸려서 넘어졌는데, 뒤따라 나오던 아버지가 그 위로 넘어졌던 것이다.

크라수스가 이 곳을 떠나려고 사방의 주둔지로부터 군을 집결시키고 있었다. 그때 파르티아 왕이 보낸 사신들이 짧은 전갈을 가지고 와서 이렇게 말하였다.

"이 군대가 만일 로마에서 정식으로 파견된 것이라면 우리들에게 있어 이번 전쟁은 휴전이나 화해가 불가능한 것이오. 그러나 소문에 들리는 바와 같이, 로마로서는 그런 생각이 전혀 없는데 장군 한 사람의 탐욕으로 군을 파르티아로 끌고 와서 영토를 침범한 것이라면, 우리 왕께서는 온화한 태도를 취하시어 장군의 노령을 측은히 여기시고 포로가 된 것이나 다름없는 이 군대를 로마로 돌려보내셔도 괜찮다고 하십니다."

이에 대하여 크라수스는 셀레우키아에서 그 대답을 하겠다고 말하였다. 그러자 사신들 중 가장 연장자인 바기세스가 웃으며 손을 뒤집어 손바닥을 가리키며 이렇게 말하였다.

"크라수스 장군, 이 손바닥에 털이 나기 전에는 장군께서 셀레우키아를 손안에 넣을 수 없으실 것입니다."

그들은 전쟁 이외에는 다른 방법이 없다는 보고를 하려고 히로데스 왕에게로 돌아갔다. 이때에 메소포타미아의 여러 도시에 수비대로 남겨두었던 주둔군이 참패를 당하고 얼마간의 병사들만이 간신히 도망쳐 와서 불길한 징조를 보고하였다. 이 병사들은 파르티아 군이 여러 도시들로 쳐들어왔을 때 목격한 가지가지의 전투를 패전병의 버릇대로 실제보다 더 과장하여 다음과 같이 말하였다.

"그놈들에게 쫓기는 날엔 피할 길이 없고, 그놈들을 쫓을 때엔 잡을 수가 없다. 화살은 하늘을 가리고 눈에 띄지도 않게 날아와 누가 쏘았는지도 모르는 사이에 어떤 것이나 당장 뚫고 들어가거든. 기병의 무기는 모든 것을 뚫고 들어가도록 만들어져 있고 또 그들의 갑옷은 어떠한 무기로 찔러도 들어가지 않게 만들어져 있단 말이야."

이런 이야기는 그것을 듣는 병사들의 사기를 꺾어놓았다. 그들은 파르티아 군을 루쿨루스 군이 마음놓고 약탈한 아르메니아 군이나 카파도키아 군과 조금도 다를 데가 없다고 믿고 있었으며, 이번 전쟁에서 가장 큰 고생은 끝없는 행군과 도망만 치고 쳐들어오려고 하지 않는 적을 추격하는 일일 것이라고 생각하고 있었던 것이다.

그러나 예상했던 것과는 달리 전투와 위험이 기다리고 있다는 것을 알았기 때문에 어떤 장군들은 크라수스가 진군을 중지하고서 사태를 다시 검토해야 되겠다고 생각하였다. 후에 카이사르를 암살한 무리 중에 속했던 재정관 카시우스도 그 중 한 사람이었다. 점술가들도 제사만으로는 액운을 쫓아버릴 수 없는 불길한 징조가 늘 크라수스에게 따라다니고 있다고 부드러운 말로 전하였다. 그러나 크라수스는 그런 모든 말을 듣지 않고, 그 무리 중에서 진군을 재촉하는 사람들의 말에만 귀를 기울이고 있었다.

아르메니아의 왕인 아르타바스데스가 크라수스에게 큰 용기를 주었다. 그가 기병 6천 명을 이끌고 크라수스의 진영으로 왔기 때문이었다. 왕은 이 병력이 그의 친위병과 호위병에 지나지 않는 것이며, 이 밖에도 나중에 갑옷으로 중무장한 1만 명의 기병과 3만 명의 보병을 보내고, 보급품도 자기가 부담하겠다고 약속하였다. 또 크라수스에게 아르메니아를 경유하여 파르티아로 침입하라고 권유하면서, 자기가 물자를 공급해줄 테니 걱정하지 말고 군대를 이끌고 가라고 말하였다.

그뿐만 아니라 산이 많고 준봉이 연이어 있어, 파르티아 군은 그들의 자랑인 기병을 움직일 수 없을 것이므로 그 공격을 받을 걱정도 하지 말라고 말하였다. 크라수스는 왕의 열의와 협조를 매우 고맙게 생각하였으나, 많은 용감한 로마 군을 수비대로 남겨두고 온 메소포타미아를 지나 진군할 작정이라고 말하였다. 왕은 이 말을 듣자 크라수스가 아르메니아를 경유하지 않을 것을 알고는 떠나버렸다.

크라수스 군이 에우프라테스 강변의 제우그마에서 강을 건너고 있을 때, 큰 천둥이 하늘을 가를 듯이 요란하게 울려 퍼지고 번개가 머리 위에서 여러 번 번쩍거렸다. 폭우를 동반한 강풍이 불어닥쳐 뗏목다리를 산산조각으로 부수어놓고 말았다. 크라수스가 진을 칠 장소로 지목해 둔 곳에도 두 번이나 벼락이 떨어졌다. 눈이 부실 정도로 장식한 장군의 말 한 필이 놀라 고삐를 잡고 있던 졸병을 끌고서 물 속으로 뛰어드는 바람에 강물에 떠내려가고 말았다. 독수리가 그려져 있는 군기 중 맨 앞에 있는 것이 바람에 휘날려 그 머리와 꽁무니의 위치가 뒤바뀌어 꽁무니가 앞을 향하는 모습이었다고도 한다. 그 뿐 아니라 강을 건넌 후 병사들이 식사를 배급받을 때 제비콩과 소금을 제일 먼저 받았는데, 이것은 로마 인들이 죽은 사람의 제사에 쓰는 물건들이었다.

또한, 크라수스 자신이 병사들에게 연설을 하는 가운데 실언을 하는 바람에 병사들이 공포에 휩싸이게 되었다. 강에 걸려 있는 부교(浮橋)를 아무도 후퇴하지 못하도록 끊어버리겠다고 말했던 것이다. 말을 잘못한 것을 깨달았을 때, 그는 말의 진의를 설명하여 벌벌 떨고 있는 병사들은 납득시켜야 했지만, 크라수스는 고집 때문에 그냥 내버려 두고 말았다. 그리고는 늘 하는 관례대로 신에게 제사를 드렸는데, 사제가 제사에 쓴 제물의 내장을 크라수스에게 주었을 때 그것이 그의 손에서 미끄러져 땅바닥으로 떨어졌다. 옆에 서 있던 사람이 아주 언짢아하는 것을 본 크라수스는 웃으며 이렇게 말하였다.

"나이를 먹고 보니 할 수 없군. 그러나 무기는 하나도 손에서 떨어뜨리지 않을 테니 두고 보시오."

이러한 일이 있은 후에 크라수스는 강변을 따라 진군을 시작하였다. 병력은 중장보병 7개 군단과 거의 4천 명에 이르는 기병, 기병과 비슷한 수의 경장보병으로 갖추었다. 척후병 중 몇이 정찰하고 돌아와서는 인기척이 전혀 보이지 않고, 많은 말 발자국이 있는 것으로 보아 적이 돌아서서 후퇴하고 있는 것이 틀림없다고 보고하였다. 그래서 크라수스 자신도 점점 희망을 갖게 되었고, 병사들도 적이 쳐들어오지는 않을 것이라며 파르티아 군을 아주 얕보게 되었다.

그러나 카시우스는 다시 한 번 크라수스와 의논하고, 특히 수비대를 두고 있는 도시 중 어딘가에서 일단 군을 쉬게 하면서 적에 관한 확실한 정보를 얻을 때까지 기다리고 있는 것이 좋겠다고 권했다. 그렇게 하고 싶지 않다면 강을 따라 셀레우키아로 진군하는 것이 좋겠다고도 말했다. 강가에 진영을 만들면 군량 수송선이 지나면서 풍부한 식량을 보급해줄 수 있을 것이며, 포위될 염려가 없는 방어선으로 강을 이용하면 적과 동등한 조건으로 싸울 수 있다는 것이었다.

크라수스가 이 문제를 곰곰이 생각하고 있을 때에 아라비아의 추장인 아리아므네스라는 사람이 왔다. 그는 남을 잘 속여 신뢰할 수 없는 사람이었는데, 나중에 로마 군을 죽음의 골짜기로 몰아넣는 가장 중대하고도 결정적인 역할을 하는 사람인 것이었다. 폼페이우스를 따라서 종군한 적이 있는 사람들 중 몇 사람은 폼페이우스가 그를 후대하던 것을 기억해내고는 로마 군을 도와주러 온 사람으로 알고 있었다.

그러나 그가 온 목적은 파르티아 왕의 장군들과의 밀약에 따라 로마 군을 강과 산기슭에서 끌어내 멀리 널따란 평야로 유인하여 파르티아 군에게 포위되게 하려는 것이었다. 왜냐하면

파르티아 군은 로마 군에 정면으로 도전하여 본격적인 전쟁을 하고 싶은 생각은 조금도 없었기 때문이었다. 그러므로 아리아므네스는 크라수스에게로 와서 폼페이우스를 자기의 은인이라고 칭찬했다.

그리고 크라수스에게는 그 군대를 칭찬한 후에, 꾸물거리며 언제까지 준비만 하면서 시간을 낭비할 것이냐고 비난하는 것이었다. 그것은 마치 가장 값진 재물과 노예를 약탈해 가지고 스키티아와 히르카니아 지방으로 도망치려고 오래 전부터 준비를 하고 있는 적에게 다리만 재빨리 쓰면 그만인데, 그러지 않고 무기와 손을 쓰려고만 하고 있는 것과 같으니 답답한 일이 아니냐고 말하며 다음과 같이 나무랐다.

"그래도 장군께서 싸우실 생각이시라면 왕이 용기를 회복하여 전군을 한 곳에 집결시키기 전에 급히 서둘러 공격하셔야 합니다. 왜냐하면 지금 왕은 자취를 감추었지만, 수레나와 실라케스가 장군의 추격을 저지하려고 그들의 군대를 투입시키고 있기 때문입니다."

그러나 이것은 모두가 거짓말이었다. 히로데스 왕은 곧 군을 둘로 나누어 자신은 아르타바스데스를 응징하기 위하여 아르메니아를 토벌하였고, 수레나 장군에게는 로마 군을 치게 했던 것이다. 몇몇 사람들이 말하는 것처럼, 이러한 작전을 쓴 것은 히로데스 왕의 오만한 태도를 보이기 위한 것은 아니었다. 로마 인 중에서도 제일 가는 세도가 중 하나인 크라수스를 자기가 상대해줄 만한 인물이 못 된다고 생각할 정도로 오만했다면, 아르타바스데스에게 도전하여 아르메니아의 촌락들을 모두 파괴해버렸을 리가 없기 때문이다. 위험을 몹시 무서워하였기 때문에 자기는 앉아서 싸움의 진행을 주시하기로 하고, 수레나 장군에게 첫 출격을 명령하여 이것저것 작전을 시도해서 적의 공격을 다른 곳으로 돌려보려는 의도였던 것이다.

수레나 장군은 정말로 비범한 인물이었다. 재산에 있어서도, 문벌에 있어서도, 또 명성에 있어서도 왕 다음 가는 인물이었다. 또 무용과 지략에 있어서는 파르티아에서 제일 가는 인물이었으며, 늠름한 체구와 준수한 외모에 있어서도 그를 따를 사람이 없었다. 개인적인 볼일로 여행을 떠날 때에는 언제나 1천 마리의 낙타로 짐을 실어 날랐으며, 200대의 전차에 첩들을 태웠다. 또 갑옷으로 무장한 1천 명의 기병과 그보다 많은 경장기병이 그의 호위를 맡았으며, 수행원과 종들을 합치면 모두 1만 명 남짓한 무리를 거느렸다.

또 조상 때부터 파르티아의 왕이 될 새 왕에게 왕관을 씌워 주는 것은 그의 집안에 대대로 내려오는 특권이었다. 또한, 형제인 미트리다테스 3세와 왕위를 다투다가 추방당했던 히로데스 왕을 파르티아로 데리고 와서 왕의 권좌에 복위시킨 것도 그였다. 그때 맨 먼저 성벽 위로 기어 올라가서 덤벼드는 적을 격퇴한 것도 역시 그였다. 그때 그는 서른도 되지 않은 나이였으나, 사려 깊은 판단력에 있어서는 아무도 그를 따를 사람이 없었다. 결국 크라수스도 수레나의 뛰어난 능력에 굴복하고 말았지만, 무엇보다도 크라수스 자신의 오만한 객기와 공포심, 그리고 거듭된 불운에 의하여 쉽게 수레나의 책략에 넘어가 패하고 말았던 것이다.

결국 아리아므네스는 크라수스를 속여 강가에서 들판 한가운데로 옮겨 가도록 유인했다. 처음에는 길이 평탄하여 행군하기 쉬웠지만, 갈수록 점점 험해지더니 나중에는 광막한 사막이 눈앞에 나타났다. 나무도 물도 없고 어느 쪽을 보아도 끝없는 모래의 바다가 펼쳐져 있을 뿐이었다. 그들은 험한 길을 행군한 데다가 갈증까지 겹쳐 심한 피로를 느꼈을 뿐 아니라, 여기다

눈마저 피로해져 전투할 의욕을 완전히 잃어버리고 말았다. 병사들의 눈에는 풀 한 포기 물 한 줄기 산등성이 하나 보이지 않았고, 큰 바다와 같은 광막한 모래언덕만이 그들을 에워싸고 있을 뿐이었다. 이것만 보아도 자기들이 감쪽같이 속아 넘어갔다는 것을 짐작하기에 충분하였다.

그때 아르메니아의 아르타바스데스가 사신들을 보내왔다. 그들의 보고에 의하면, 히로데스 왕이 그들의 나라를 침공해 와 어려움을 겪고 있으므로, 크라수스에게 원군을 보내줄 수 없다는 것이었다. 다만 크라수스에게 다음과 같이 권고하고 싶다고 덧붙였다. 즉, 될 수 있으면 지금의 진로를 바꿔 아르메니아 군과 합세하여 히로데스와 싸우는 것이 좋다, 그것이 불가능하다면 기병에게 진군하기에도 야영하기에도 알맞은 지방은 피하여 구릉지대를 택하는 것이 가장 좋다는 것이었다. 이러한 보고를 받고는 크라수스는 분노와 고집으로 답장을 쓰지 않았다. 지금은 아르메니아 인들을 상대하고 있을 여유가 없으니 나중에 그의 배신 행위에 대한 벌을 아르타바스데스에게 가하겠다고 전하라고 사신에게 호통을 쳤다.

카시우스는 크라수스의 이와 같은 행위를 못마땅하게 생각하였으나, 자기를 탐탁하게 생각하지 않는 크라수스에게 충고하기를 그만두고 아리아므네스를 개인적으로 호되게 책망하였다.

"이 다시 없는 악한 놈아, 어떤 귀신이 너 같은 간악한 놈을 우리에게 보냈단 말이냐? 네놈은 무슨 약과 마법을 써서 크라수스의 정신을 흐리게 하고 사람도 살지 않는 광막한 곳으로 군대를 유인하여, 로마의 대장군이라기보다는 누미디아 도적의 두목이나 다닐 만한 길을 헤매게 하느냐 말이다."

아리아므네스는 이런 정도로는 끄떡도 하지 않을 사나이였으므로 카시우스에게는 머리를 숙여 "힘을 내십시오, 조금만 더 참으십시오" 하고 굽실거렸다. 병사들에게는 그들 옆을 뛰어다니며 무엇인가 도와주면서 웃으며 농담을 하는 것이었다.

"여러분들은 캄파니아를 여행하는 기분으로 샘물과 시냇물과 그늘, 그리고 목욕탕과 여관이 여기저기 있을 것을 열심히 바라고 계시는군요. 아라비아와 아시리아와의 접경을 지나고 있다는 것을 잊고 계십니까?"

이처럼 아리아므네스는 로마 병들을 놀리면서 길을 안내하다가, 계략이 발각되자 말을 몰고 자취를 감춰버렸다. 크라수스는 이것을 눈치챘지만 아리아므네스가 비밀리에 공작을 펴 적의 정세를 혼란에 빠뜨릴 것이라고만 믿고 있었다.

그 날 크라수스는 로마 장군들의 관례대로 붉은 옷을 입지 않고 검은 웃옷을 입고 나왔다가 실수를 깨닫고 바꿔 입었다는 둥, 군기 몇 개가 땅에 박혀 마치 뿌리가 내린 듯이 뽑아지지 않은 것을 애써서 겨우 뽑았다는 둥 하는 이야기가 전해지고 있다. 크라수스는 이러한 이야기에 신경도 쓰지 않고 어서 빨리 가라고 병사들을 재촉하였다. 그는 중장보병들의 대열을 재촉하여 기병대의 뒤를 바싹 따르라고 하였다.

그러나 정찰대로 나가 있던 병사들이 말을 몰고 돌아와서, 다른 병사들은 다 살해되었고 자기들만이 겨우 구사일생으로 도망쳐 왔으며 파르티아 군이 많은 병력을 이끌고 의기충천하여 쳐들어오고 있다고 보고하였다. 이에 병사들은 혼비백산하였으며 크라수스는 너무 놀라 급히 서둘러 전열을 정비하려 하였지만 전혀 묘책이 떠오르지 않았다. 처음에는 카시우스의 건의에 따라 포위전에 대비하여 중장보병의 대열을 길게 펼쳐서 들판에 넓게 흩어져 있게 하고 기병대를 양 날개에 나누어서 배치하였다.

그러나 다시 생각을 바꾸어 병력을 집결시켜 네모꼴 모양의 방형진을 편성하였다. 4면 중 1면이 12개 중대로 구성되어 있었다. 각 중대 옆에는 기병 소대를 배치하여 어느 대열이든지 기병의 충분한 엄호를 받도록 하고 어느 방면이든지 견고히 수비하여 적을 공격하려는 것이었다. 그리고 양 날개 중 하나는 카시우스가 맡고, 다른 또 하나는 푸블리우스가 맡았으며, 크라수스 자신은 중앙부를 맡았다.

이런 대열로 전진하여 발리수스라는 강까지 왔다. 이 강은 그리 크지도 않고 수량도 적었지만, 고된 행군으로 갈증과 더위에 지친 병사들에게는 이 강이 너무나 고마웠다. 대다수의 부대장들은 거기서 야영을 하고 밤을 지내면서 적의 수와 그 동태 등에 관해 많은 정보를 입수한 후에 날이 밝음과 동시에 적을 공격하자고 하였다. 그런데 크라수스는 아들 푸블리우스가 지휘하는 기병대가 자기들도 적과 싸우게 해달라고 몹시 졸라대는 바람에, 식사가 필요한 자는 대열을 떠나지 말고 빨리 식사를 하고 싸울 준비를 하라고 그들에게 명령하였다.

그러나 미처 모두가 갈증을 풀고 식사를 마치기도 전에 대열을 이끌고 행군을 시작했는데, 휴식도 없는 강행군이었다. 드디어 적의 모습이 시야로 들어왔는데, 다행히도 적은 그 수가 많지도 않았고 대단해 보이지도 않았다. 왜냐하면 수레나는 주력부대를 앞에 배치한 부대 뒤에 감춰놓고는 외투와 모피 등으로 그들의 모습을 감추라고 명령하여 무리가 번쩍거리는 것을 막았기 때문이었다.

로마 군이 접근하자 파르티아 군의 총사령관의 명령에 따라 공격하라는 신호의 깃발이 펄럭였으며, 들판 가득히 무섭게 으르렁대는 소리가 울려 퍼졌다. 파르티아 군은 병사들의 사기를 북돋울 때 뿔피리나 나팔을 불지 않고, 가죽을 평평하게 펴서 속을 비게 만든 북 같은 것에 청동방울을 여러 개 달아 그것을 사방에서 일제히 흔들어 댄다. 그러면 우렁차고도 무시무시한 소리가 나는데, 그것은 야수의 울음소리와 요란한 천둥소리가 뒤섞인 것처럼 들렸다. 파르티아 인은 감각 중에서 청각이 가장 사람의 마음을 흔들어 놓는다는 것을 이용하여 마음을 교란시키면 사람이 사고력을 상실하게 된다고 생각하고 있었다.

로마 군이 이 소리에 깜짝 놀라 어리둥절해하는데, 파르티아 군이 별안간 몸에 덮고 있던 것들을 벗어버리고는 마르기아나(히르키니아 동쪽을 흐르는 마르구스 강 유역 지방. 강철의 명산지) 산의 강철로 만든 투구와 갑옷 차림으로 번쩍거리는 무기를 들고는 모습을 나타냈다. 말은 청동과 무쇠 덮개로 온몸을 가리고 있었다. 그 중에서도 가장 뛰어난 모습은 수레나였는데, 그야말로 가장 위풍당당하고 용모가 준수했다. 여자가 아닌가 싶을 정도의 고운 용모는, 용맹스러운 무용에 관한 그의 명성에 어울리지 않는 것이었다. 얼굴은 화장을 하고 머리는 정갈하게 빗어 올려 페르시아풍으로 치장하고 있었다. 다른 파르티아 군인들은 스키타이풍으로 머리를 길게 길러서 이마 위에 상투를 틀어 흉악하게 보였다.

파르티아 군은 먼저 로마 군의 최선봉부대를 무찌르려고 창을 휘두르며 덤벼들었으나, 방형진을 쳐 병사들이 밀집되어 있는 데다가 조금도 동요하지 않는 모습을 보고는 후퇴하였다. 그러나 대열을 흐트러뜨리며 뿔뿔이 도망치는 듯하더니 어느 사이에 로마 군을 포위하고 말았다. 크라수스가 경장보병에게 돌격 명령을 내렸으나, 그들은 얼마 나가지도 못해서 적의 화살 세례를 받자, 각자의 위치를 이탈하여 중장보병 사이로 숨어버렸다. 이 전략은 오히려 로마 군에게 혼란과 공포의 분위기만을 조성케 할 뿐이었다.

병사들은 날아오는 화살의 위력에 간담이 서늘했다. 그들이 쏜 화살은 무구를 깨뜨리며, 두꺼운 갑옷이든 얇은 갑옷이든 가리지 않고 모두를 뚫고 들어갔다. 파르티아 군은 일정한 거리를 지키면서 사방에서 일제히 활을 쏘기 시작했는데 그것도 정확하게 표적을 노리고서 쏘아대는 것이 아니었다. 로마 군의 방형진이 너무도 두터워서 그냥 표적을 정하지 않고 쏘아도 저절로 무언가에 맞았던 것이다. 그들의 활이 세고 큰데다가 힘껏 당겨서 쏘는 까닭에 무언가에 꽂히는 화살의 힘은 대단했다.

이렇게 되자 로마 군의 형세는 꼴이 말이 아니었다. 현재의 대형대로 있으면 피해만 입을 것이 뻔했지만, 그렇다고 해서 적에게 접근하여 반격을 가한다는 것도 쉬운 일이 아니었으므로, 그저 피해만 입고 있을 뿐이었다. 파르티아 군은 화살을 쏘아대는 것과 동시에 후퇴하는 전법을 적절하게 사용하여 안전을 위해 교묘하게 후퇴하며 싸우고 수치스럽지 않게 물러서서 손해를 하나도 보지 않았던 것이다.

로마 군은 파르티아 군이 화살을 다 쏘고 나면 전투를 그만두거나 접근해 오리라는 기대를 품고서 진지를 지키며 버텼다. 그러나 파르티아 군은 화살을 산처럼 실은 많은 낙타들을 옆에 대기시켜 놓고서 화살을 공급받으며 쏘아대고 있었다. 이를 본 크라수스는 끝이 없겠다고 판단하고는 푸블리우스에게 사람을 보내어 포위를 당하기 전에 무슨 수를 써서라도 적과 교전할 대책을 강구해보라고 명령하였다. 적은 특히 푸블리우스 쪽으로 몰려들어 그 배후를 찌를 생각으로 포위하려는 기세를 보이고 있었기 때문이었다.

푸블리우스는 카이사르 군에게서 온 1천 명을 포함한 1천3백 명의 기병과 500명의 궁병, 그리고 바로 옆에 있던 방형진의 보병 8개 중대를 이끌고 공격에 나섰다. 포위하고 있던 파르티아 군은 어느 사가들이 지적하고 있는 것처럼 늪을 만났기 때문이었던지, 아니면 아들 푸블리우스를 그 아버지로부터 되도록 멀리 떨어뜨려 놓으려는 작전에서였던지 돌아서서 후퇴하기 시작하였다. 푸블리우스는 파르티아 군이 더 이상 버텨낼 힘이 없어서 도망친다고 큰 소리로 고함을 치고는 말을 몰아 그 뒤를 추격했는데 켄소리누스와 메가바쿠스가 그 뒤를 따랐다.

메가바쿠스는 용기와 힘에 있어서 따를 사람이 없었으며, 켄소리누스는 원로원 의원으로 웅변에 능한 사람이었다. 두 사람 다 크라수스의 친구며, 그와 거의 나이가 비슷하였다. 기병이 그 뒤를 따랐고, 보병도 희망을 품고서 용감하게 그 뒤를 따랐다. 그들은 적을 격파하며 추격하고 있는 줄로만 알고 있었는데, 깊숙이 쳐들어가고 나서야 적의 계략에 말려들었다는 것을 깨달았다. 도망치고 있는 것처럼 보였던 파르티아 군이 뒤쪽에서 방향을 바꾸자, 그것과 동시에 그보다 많은 수의 적군이 쳐들어왔기 때문이었다. 자기들의 열세를 알본 적이 접근해 오리라 생각하고서 푸블리우스 일행은 그 자리에 멈춰 섰다.

그러나 적은 갑옷으로 무장한 기병을 로마 군의 전면에 배치하고, 다른 기병은 대열을 짓지 않은 채, 로마 군의 주위를 마구 달리며 땅을 걷어차 깊이 파서 모래 산을 만들었다. 이렇게 하여 피어 오른 모래 섞인 먼지는, 온 하늘을 끝없이 뒤덮어 로마 군의 시야를 가리어 앞을 볼 수도 없었고 말도 제대로 할 수가 없었다. 그들은 좁은 곳으로 몰려 서로 부딪치며 쓰러져 화살 세례를 받았다. 그 화살은 끝이 둘로 갈라져 있어서 몸속에 꽉 박혀버리기 때문에 화살을 억지로 뽑으려고 하다가 오히려 상처만 심해져 고통에 시달리게 할 뿐이었다.

이렇게 하여 많은 병사들이 죽었으며, 살아 남은 자들도 어떻게 싸워야 할지 몰라 멍하니 서 있을 뿐이었다. 푸블리우스가 갑옷으로 굳게 무장한 적의 기병대를 공격하라고 명령했지만, 병사들의 손은 화살에 맞고, 발은 땅 속에 박혀 있어 도망칠 수도 제 몸을 방어할 수도 없었다. 그러나 푸블리우스가 기병대를 격려하면서 씩씩하게 공격하여 적에게 접근했지만, 로마 군은 공격도 방어도 다 같이 불리한 조건에 있었다. 로마 군은 약하디 약한 조그마한 창으로 가죽과 쇠로 만든 적의 방패를 때리는 정도인데, 파르티아 군은 긴 창으로 갈리아 병사의 가리지도 않은 맨몸을 사정 없이 찔렀다.

이 갈리아의 기병대야말로 푸블리우스가 가장 믿고 있던 부대였는데, 과연 그들은 눈부신 활약을 하였다. 그들은 긴 창을 붙잡고 맞붙어 싸우며 무거운 갑옷 때문에 동작이 둔한 적을 떼밀어 말에서 떨어뜨렸으며, 또 많은 병사들은 자기 말을 버리고서 적의 말 아래로 기어들어가 창으로 말의 배를 찔렀다. 창에 찔린 말들은 껑충껑충 뛰어오르며 주인도 적도 알아보지 못하고서 짓밟으며 죽어 갔다. 그러나 갈리아 병사들은 익숙하지 못한 더위와 갈증으로 심한 고통을 받았으며, 그들의 말도 대부분 적의 긴 창에 찔려 죽고 말았다.

그러므로 그들은 부상을 입은 푸블리우스를 부축하고서 중장보병 부대로 후퇴할 수밖에 없었다. 그 곳에서 가까운 거리에 있는 모래언덕으로 가서 한가운데에다 말을 매어 놓고, 그 둘레를 긴 창으로 둘러쌌다. 이렇게 해 놓으면 적을 막을 수 있겠다고 생각하였기 때문이었다. 그러나 결과는 그 반대였다. 평탄한 곳에서는 뒤에 있는 자들이 앞에 있는 자들에게 가려져 감춰질 수도 있지만, 이 곳처럼 지면이 언덕으로 되어 있어 뒤에 있는 자들이 앞에 있는 자들보다 더 높은 곳에 있게 되면, 도망칠 길도 없이 모두가 적의 화살 공격을 받아 저항도 못 하고 죽음을 당하는 것은 뻔한 일이었다.

푸블리우스의 휘하에는 그 지방 출신의 그리스 인 두 사람이 있었다. 히에로니무스와 니코마코스가 그들이었는데, 둘 다 카르하이에서 살고 있었다. 그들은 푸블리우스를 설득하여 자기들과 함께 탈출하여 이크나이 시로 피신하자고 권하였다. 이 도시는 로마 군을 지지하고 있었으며, 그 곳에서 그리 멀지 않은 곳에 있었다. 그러나 푸블리우스는,

"안 돼, 죽음이 아무리 무섭다고 하지만, 나는 죽어 가는 사람들을 내버리고 갈 만큼 그렇게까지 무섭지는 않소."

라고 말하고는 두 사람에게 어서 도망치라고 명령하였다. 그리고 자신은 화살이 손에 꽂혀 있었으므로 그 손을 쓸 수가 없었기 때문에 자기의 방패를 들고 다니는 병사에게 자기 허리를 내밀어 칼로 찌르라고 명령하였다. 센소리무스도 같은 방법으로 죽었다고 한다. 메가바쿠스도 자살하였고, 이름 있는 다른 사람들도 함께 자살하였다. 살아 남은 사람들은 싸움을 계속하였지만 파르티아 군의 긴 창에 찔려 죽었으며, 생포된 자는 500명이 넘지 않았다고 한다. 파르티아 군은 푸블리우스의 목을 잘라 들고 크라수스에게로 달려갔다.

한편, 크라수스는 그의 아들인 푸블리우스에게 파르티아 군을 공격하라고 명령했었는데, 적이 멀리 도망을 치는 바람에 맹렬한 기세로 추격전을 벌이고 있다는 보고를 들은 데다가 자기 앞에 있는 적의 공격이 약해진 것을 보고는—대부분이 푸블리우스 쪽으로 갔다.—다소 마음이 놓였다. 그래서 군대를 산비탈로 대피시키고는 아들이 추격에서 돌아오기를 기다리고 있었다. 푸블리우스가 위험에 빠져 있을 때 그가 크라수스에게 제일 먼저 보낸 사신들은 적을 만나 전멸하였고, 나중에 보낸 일행이 간신히 위험을 뚫고 도착하여, 만일 크라수스가 신속하게 많은 원군을 보내주지 않으면 푸블리우스는 전멸을 당할 것이라고 전하였다. 많은 생각이 크라수스의 머리를 어지럽게 하

여 사태를 냉정하게 판단할 수가 없었다. 한편으로는 군 전체를 생각해야 했고, 또 한편으로는 위험에 처한 아들을 걱정해야 했으므로 도우러 가야 할지 말아야 할지 망설였다. 그러나 마침내 아들을 도우러 가기로 결심하고는 군을 푸블리우스 쪽으로 돌리기 시작하였다.

이때, 적이 환성을 지르고 군가를 부르며 무서운 기세로 몰려들었다. 다음 전투의 시작을 기다리고 있는 로마 군의 주위에서 또다시 많은 북 소리가 울려 퍼졌다. 파르티아 군은 푸블리우스의 머리를 창 끝에 꽂아 들고 말을 타고 가까이까지 몰려와서 자랑하며 외쳐 댔다. 그리고는 오만하게 푸블리우스의 부모와 가문을 묻는 것이었다. 크라수스와 같이 비겁한 졸장부인 아버지에게서 이처럼 고귀한 마음과 용맹을 갖춘 아들이 나올 수가 있느냐는 것이었다.

이 광경은 다른 어떤 무서운 일보다도 로마 군의 사기를 떨어뜨렸다. 다시 힘차게 일어나 싸워서 복수해야겠다는 용기는 커녕 모두가 공포에 사로잡혀 벌벌 떨고만 있었던 것이다. 그러나 크라수스는 이 역경에서 더할 나위 없는 용기를 보였다고 한다. 그는 병사들 앞을 왔다갔다하면서 이렇게 외쳤다.

"여러분, 이번의 불행은 나 한 사람의 것이오. 로마의 위대한 명성은 여러분들이 무사하게 살아 있는 한 여러분들의 마음속에 손상되지 않은 채 살아 있을 것입니다. 누구보다도 뛰어난 아들을 잃은 나에게 조금이라도 연민의 정을 느끼고 있다면, 그것을 적에 대한 분노로써 보여주시오. 그들로부터 기쁨을 빼앗고, 그들의 잔악한 행위에 복수합시다. 지금 일어난 일에 당황해서는 안 됩니다. 큰일을 이루려는 사람은 고통을 겪어야 하는 법입니다. 루쿨루스가 티그라네스를, 스키피오가 안티오코스를 정복한 것도 피를 흘려 얻은 것이었습니다. 그 옛날 우리 조상들도 시칠리아 주변에서 1천 척이나 되는 배를 잃었고, 또 이탈리아에서는 많은 대장군과 장군을 잃은 적이 있습니다. 이러한 고통에도 불구하고 우리 로마는 끝내 그 정복자들을 다시 물리치고야 말았던 것입니다. 로마가 이만한 권세를 누리게 된 것도, 행운에 의한 것이 아니라 위험과 맞서 싸워 나간 사람들의 인내와 용기에 의한 것이었습니다."

크라수스는 이렇게 말하며 병사들을 격려하였지만 열심히 귀를 기울이는 자가 그리 많지 않다는 것을 그는 알았다. 다 같이 함성을 올려보라고 명령해보았지만 병사들 사이에서 모기 소리만한 외침이 약간 들려 온 것으로 보아 그들이 얼마나 기가 꺾여 있나를 알 수 있었다. 그러나 적에게서 들려 오는 함성은 용감하고도 우렁차서 대지를 흔들어놓을 기세였다.

전투가 시작되자, 적의 그 기병대는 로마 군의 측면을 빙빙 돌면서 활을 쏘아 댔고, 전면에 배치된 보병들은 긴 창을 휘둘러 로마 군을 좁은 곳으로 몰아넣었다. 화살에 맞아서 죽기를 원치 않는 병사들은 위험을 무릅쓰고 맹렬히 적에게 덤벼들기도 했지만, 적보다는 자기들이 더 치명적인 부상을 입고는 죽어 갔다. 적이 로마 군의 말을 찌르는 긴 창은 쇠로 튼튼하게 만든데다가 그 내뻗는 힘도 강해서 두 병사를 한꺼번에 관통시키기도 하였다. 이렇게 싸우다가 밤이 되자 파르티아 군은 크라수스에게 전갈을 남겨놓고는 자기들의 진지로 돌아갔다. 하룻밤만 살려줄 테니 아들의 죽음을 실컷 애도하고, 좀더 생각을 깊이 해서 생포되고 싶지 않다면 자진해서 파르티아 왕에게 항복해 오라는 내용이었다.

파르티아 군은 로마 군 옆에서 야영하면서 즐거움에 휩싸여 있었지만 로마 군에게는 괴로운 하룻밤이었다. 죽은 자를 묻을 생각도, 부상자를 간호할 생각도 하지 않고 각자가 자기 일만 걱정하며 탄식할 뿐이었다. 밤 사이에 그 곳을 빠져 나와 광막한 들판으로 도망갈 수도, 그렇다고 날이 밝기만을 기다릴 수도 없는 딱한 처지였기 때문이었다. 또한 부상자들이 큰 문제였다. 데리고 가면 재빨리 도망치는 데 방해가 될 것이고, 그냥 두고 가면 살려달라고 외치는 바람에 적에게 들키게 될 것이기 때문이었다. 병사들은 모두가 크라수스 한 사람의 책임이라고 생각하고 있었지만, 그래도 그들은 장군의 얼굴과 목소리를 가까이하고 싶었다.

그러나 그는 혼자 외투를 뒤집어쓰고 어둠 속에 가만히 누워 있었다. 그 모습에서 많은 병사들은 그의 불행한 운명을 보았고, 생각이 깊은 병사들은 그의 명예욕의 결말을 보았다. 크라수스는 지나친 명예욕 때문에, 자기가 수많은 사람들보다 뛰어났다는 것에 만족하지 않고, 카이사르와 폼페이우스 두 사람에게 뒤떨어져 있다고 여겼으며, 그래서 자기를 모든 사람들 중에서 가장 시원치 않은 사람으로 평가하고 있었던 것이었다.

그때 부장 옥타비우스와 카시우스가 크라수스를 위로하려고 하였으나, 완전히 절망상태에 빠진 그를 어떻게 할 길이 없었다. 그러므로 두 부장은 소대장들을 소집하여 협의한 끝에 그 곳을 떠나는 것이 상책이라는 의견에 일치를 보고서 전군에 출발명령을 내렸다. 진군 나팔도 불지 않고 조용히 떠나려 했으나, 자기들만 떼어놓고 떠난다는 것을 부상병들이 알게 되자, 진영은 비탄과 통곡이 뒤섞인 무질서와 혼란으로 가득했다. 그 때문에 적이 추격해 오지나 않을까 하는 걱정으로 진군 중이던 병사들마저 혼란과 공포 속에 휩싸였다. 그래서 가끔 진로를 바꾸기도 하고, 대열을 정비하기도 하면서 부상자 중에서 바로 뒤를 쫓아오는 자들을 실었다 버렸다 하는 동안에 많은 시간을 빼앗기고 말았다.

그런 중에도 다행히 300명의 기병을 거느리고 선두에 가던 이그나티우스가 한밤중에 카르하이에 도착하여 성벽을 지키고 있는 병사들에게 라틴 말로 이야기를 걸어, 대장 코포니우스에게 크라수스와 파르티아 군 사이에 큰 전투가 벌어지고 있다는 것을 전하라고 일렀다. 그리고는 아무 말도 하지 않은 채 자기가 누구라는 것도 알리지 않고서 전속력으로 제우그마로 달려가 자기 자신과 부하들은 살아났지만, 장군을 버리고 갔다는 오명을 씻을 수는 없었다.

그러나 그가 코포니우스에게 급하게 전하고 떠난 말이 크라수스를 살려냈다. 왜냐하면 코포니우스에게 이렇게 분명치 않은 소식을 남기고 사라진 것은 반드시 사태가 위급하여 그랬을 것이라는 짐작을 하게 했기 때문이었다. 코포니우스는 그 즉시로 병사들에게 무장을 명령하고는 크라수스가 진군 중에 있다는 것을 알게 되자마자 곧 나아가 맞이하여 시내로 호위해 들어왔다.

파르티아 군은 밤중에 로마 군이 도망치는 것을 알고 있었지만 그것을 추격하지 않고 날이 밝기를 기다렸다가 진영에 남아있던 4천 명의 병사들을 습격하여 죽인 다음, 들판을 헤매고 있던 많은 로마 병사들을 쫓아가서 죽였다. 또한 부관인 바르군티누스가 지휘하는 4개 중대가 밤중에 본대와 갈라져 헤매는 것을 어느 언덕에서 포위하여 20명만 남겨 놓고 섬멸하였다. 이 20명은 칼을 뽑아 들고 휘두르며 죽기를 각오하고 파르티아 군의 한가운데를 뚫고 나가자 그 용기에 감탄한 파르티아 군이 길을 비켜주며 카르하이로 가도록 내버려 두었던 것이다.

그때 수레나의 귀에 잘못된 소문이 전해졌다. 크라수스가 막료들과 함께 도망을 쳤으며, 카르하이로 간 부대는 상대할 만한 가치도 없는 형편없는 무리들이라는 것이었다. 수레나는 완벽한 승리를 놓치고 말았다고 생가하였지만 더 확실한 사정을 알고 난 후에 카르하이에 머무르면서 크라수스를 포위하든지, 카르하이는 내버려 두고 적을 추격하든지 그 중 하나를 결정짓기 위하여 두 나라 말을 할 줄 아는 부하를 몰래 성벽 쪽으로 보냈다. 그는 로마 말로 수레나가 크라수스나 카시우스와 회담하기를 원한다고 전해달라고 소리쳤다.

이 말이 크라수스에게 보고되자 그는 그것을 수락하였다. 얼마 후에 파르티아 군으로부터 아라비아 인 몇이 왔는데, 그들은 싸움 전에 로마 군의 진영에 있었던 사람들로 크라수스나 카시우스와도 안면이 있었다. 그들은 성벽 뒤에 있는 카시우스의 모습을 알아보자 이렇게 말하였다.

"수레나는 휴전을 맺기를 원하고 있습니다. 만약 당신들이 왕과 화해하겠다고 약속한다면, 당신들이 메소포타미아를 떠날 때 안전을 보장해주겠다고 합니다. 그렇게 하는 것이 최후의 수단을 쓰는 것보다 쌍방에게 다 이익이 될 것이라고 보고 있기 때문입니다."

카시우스는 이 제안을 수락하고, 수레나와 크라수스가 서로 회담할 장소와 시각을 알려달라고 말하자, 아라비아 인들은 그렇게 하겠다고 하고는 물러났다.

수레나는 적이 그들의 포위망 속에 갇혀 있는 것을 기뻐하고는 날이 밝자, 파르티아 군을 이끌고 몰려와서 여러 가지 모욕적인 말을 퍼부으며, 만일 로마 군이 평화를 원한다면 크라수스와 카시우스를 자기들에게 인도하라고 요구하였다. 로마 병사들은 감쪽같이 속아 넘어간 것이 분해서 발을 구르며, 아르메니아에서 원군이 오기를 고대하고 있던 크라수스에게 헛된 희망을 버리라고 말하고는, 그 곳에서 도주할 것을 강력히 요구했다.

이 계획을 카르하이 인들이 사전에 눈치채지 못하도록 신중을 기해야 했는데, 크라수스는 안드로마쿠스라는 믿을 수 없는 사람에게 이 비밀을 말하고는 길 안내까지 부탁하였다. 안드로마쿠스가 로마 군의 계획을 일일이 보고했기 때문에 파르티아 군은 로마 군의 비밀을 낱낱이 알고 있었다. 크라수스는 밤에 카르하이를 탈출하였는데, 파르티아 군은 예전부터 밤에 하는 전투를 싫어했으며 또한 익숙하지도 못했다. 그러므로 안드로마쿠스는 파르티아 군이 멀리 뒤떨어지지 않고 추격해 올 수 있도록 계략을 써서 로마 군을 차례차례 서로 다른 길로 안내하다가 결국은 깊은 늪과 도랑이 많은 곳으로 유인해 갔다.

로마 군 중에는 안드로마쿠스가 방향을 바꾸거나 빙빙 도는 것이 어떤 흉계일 것이라는 것을 깨닫고서 더 이상 따라가지 않는 사람들도 있었다. 카시우스도 안드로마쿠스를 따라가지 않고 카르하이로 되돌아왔다. 카시우스에게 아라비아 인인 안내자들이 달이 전갈자리를 지날 때까지 기다리는 것이 좋겠다고 말하자, 그는

"하지만 나는 전갈자리보다는 궁수자리(전갈자리 동쪽에 있는 별자리)가 더 두렵소."

하고는 500명의 기병대를 이끌고 시리아로 가버렸다. 또한 옥타비우스가 지휘하는 약 5천 명의 병력은 믿을 만한 안내자를 고용하여 신나카라는 산악지대에 도착한 후 안전한 곳에 진을 쳤다.

그러나 크라수스는 날이 밝을 때까지 안드로마쿠스에게 이끌려 늪으로 황야로 방황하고 다녔다. 긴 방패로 무장한 보병 4개 중대와 아주 소수의 기병과 다섯 명의 호위병이 그를 따를 뿐이었다. 크라수스는 이 병력을 거느리고 온갖 고생을 다한 다음 간신히 큰 길로 나오기는 하였지만, 이미 적이 뒤에 바싹

따라와 있었으므로 옥타비우스와는 1마일 반 쯤 떨어진 곳에서 다른 산으로 몸을 피하였다. 이 산은 기병에게 불리한 곳도 유리한 곳도 아니었지만, 가느다란 산줄기로 신나카 산과 연결되어 있었다.

크라수스가 위험에 빠져 있다는 것은 옥타비우스가 보아도 곧 알 수 있었다. 그래서 급한대로 먼저 옥타비우스가 소수의 병력을 이끌고 크라수스를 도우러 내려갔으며, 이어 다른 병사들도 가만히 있을 수 없어 그 뒤를 따랐다. 그들은 적에게 덤벼들어 산에서 적을 격퇴시킨 후 크라수스를 한가운데에 놓고 장방형의 방패로 에워쌌다. 그리고는,

"우리가 싸우다가 모두 죽기 전에는 대장군의 몸에 파르티아 놈들의 화살이 한 개도 못 오게 할 것이다."

하고 소리쳤다.

수레나는 파르티아 군의 전투력이 예전만 못 하고, 또 밤이 되어 로마 군이 산악지대로 들어가버리면 전혀 잡지 못하게 되리라 여기고는 하나의 계략을 생각해 냈다. 먼저, 병사들로 하여금 다음과 같은 말을 일부러 떠들게 하였다.

"우리 왕은 로마와의 전쟁이 계속되는 것을 원치 않으신다. 그러므로 크라수스를 친절하게 대하여 호의를 보임으로써 로마와 우호관계를 맺기를 원하신다."

그리고는 이 말이 로마 군 포로들의 귀에 들어가게 한 다음 포로 몇 명을 일부러 놓아주었다. 그러고 나서 전투마저 중지시키고는 수레나가 막료들과 함께 천천히 산으로 말을 몰고 올라가 그의 활을 거두고 오른손을 내밀어 크라수스에게 휴전을 요청하였다. 그리고는

"나는 우리 왕의 뜻을 거역하여 그대의 용기와 힘을 시험해 보았소. 그러나 이제는 로마 군에게 친절과 우정을 보일 작정

이오. 그대들이 귀국하기를 원한다면 휴전을 맺고 돌아갈 때까지 무사히 철수할 수 있도록 안전을 보장하겠소."
라고 말했다.

이 말을 들은 로마 병사들은 매우 기뻐하였으나, 크라수스는 그때까지 파르티아 인에게 늘 속아만 왔고, 또 수레나가 갑자기 태도를 바꾼 것이 의심스러워 들으려고도 하지 않았다. 그러나 병사들은 큰 소리를 지르며 수레나의 제안을 받아들이고 휴전에 응하라고 요구하였으며, 싸울 용기도 없어 무기를 버리고 회담하러 온 적과 싸워 자신들이 죽기를 바라냐고 비난하였다. 그래서 크라수스는 해질 무렵까지만 이대로 있다가 어두워지면 다시 행군할 수 있다고 설득하고는 눈앞에 보이는 길을 가리키며 "곧 살아날 수 있을 텐데 이 꼴이 무엇이냐?"며 희망을 버리지 말라고 타일렀다.

그러나 병사들은 크라수스에게 화를 내고 무기를 두드리며 위협했으므로 크라수스는 겁이 나서 하는 수 없이 수레나 쪽으로 걸어갔다. 그리고 뒤돌아보며 이런 말만은 남겨놓았다.

"옥타비우스, 페트로니우스 그리고 거기 있는 로마 군의 지휘관과 여러분, 그대들은 내가 하는 수 없이 걸어가고 있는 것을 보고 있소. 그리고 내가 수치스러운 학대를 받으며 본의 아닌 일을 당하고 있는 것도 모두 알고 있소. 그러나 여러분이 살아서 고국의 땅을 밟게 되면 동포들에게 크라수스는 적의 속임수에 빠져서 죽은 것이지 병사들의 위협에 져서 죽은 것은 아니라고 전해주시오."

그러나 옥타비우스와 그의 부하들은 뒤에 남지 않고 크라수스와 함께 산에서 내려왔다. 크라수스는 호위병들이 뒤를 따라오려고 하는 것을 돌려보냈다. 파르티아 군측에서는 그리스 인의 피가 섞인 두 명이 크라수스의 일행을 맞으러 나왔다. 그들은 말에서 뛰어내려 크라수스에게 머리를 숙여 공손히 인사하고는 몇 사람을 먼저 보내어 수레나와 그의 부하들이 무기는커녕 쇠붙이 하나 갖고 있지 않음을 확인해보라고 그리스 말로 전하였다. 그러나 크라수스는 대답하기를

"만일 내가 살겠다는 생각을 조금이라도 했더라면, 그대들에게 제 발로 걸어 나왔을 리가 없지 않겠느냐?"

하였다.

그러나 대답은 이렇게 하면서도 로스키우스 형제를 보내어 어떠한 조건을 또 얼마만한 인원수로 쌍방이 서로 만나는 것인지 묻게 하였다. 수레나는 곧 이 두 사람을 사로잡고는 막료들과 함께 말을 타고 앞으로 나와

"이게 어찌 된 일이십니까? 로마 군의 대장군께서는 발로 걸으시고 우리들은 말을 타고 있다니!"

하고 크라수스에게 말을 주라고 명령하였다. 그러나 크라수스는 말하기를,

"이 사람이나 장군이나 조금도 잘못한 것이 없습니다. 각자 조국의 관례에 따라 회담하려고 하고 있으니까."

하였다.

그러자 수레나는 자기네 왕과 로마 사이에 맺게 될 휴전조약문을 유프라테스 강까지 가서 작성해야 되겠다고 말하였다.

"로마 인들은 협정을 곧잘 잊어버리는 수가 있으니까요."

하고서 오른손을 크라수스 쪽으로 내밀었다. 크라수스가 부하에게 말을 가져오라고 보내려 하자, 수레나는 그럴 필요가 없다고 하면서

"말은 대왕께서 드릴 테니까요."

하고 말하였다.

그 말과 동시에 황금을 박은 마구로 단장한 말과 말에 오르

는 것을 도와줄 마부들이 나왔다. 그들은 크라수스를 부축하여 말에 태우고는 그의 옆을 따랐다. 그리고는 말에 채찍질을 가하며 걸음을 재촉하자, 옥타비우스와 군무위원인 페트로니우스가 말고삐를 잡고 말을 세웠으며 다른 로마 병사들은 크라수스를 둘러싸고 말을 막으며 그의 양편으로 다가선 적의 병사들을 떼밀었다. 엎치락뒤치락 실랑이가 벌어지더니 나중에는 난투극으로 번졌다.

옥타비우스가 칼을 뽑아 들고 적의 병사를 죽이자, 다른 병사가 옥타비우스를 등 뒤에서 칼로 치는 바람에 쓰러지고 말았다. 무기를 갖고 있지 않았던 페트로니우스는 가슴 쪽에 칼을 맞고 말에서 굴러떨어졌지만 아무 상처도 입지 않았다. 크라수스를 죽인 것은, 포마크사트레스라는 이름의 파르티아 병사였다. 다른 설에 의하면 크라수스를 죽인 것은 다른 병사였으며, 포마크사트레스는 쓰러져 있는 크라수스의 머리와 오른팔을 잘랐을 뿐이라고 하는데 확실한 것은 아니다. 그 곳에 있던 사람들 중 더러는 크라수스 옆에서 전사하였고, 더러는 곧 산으로 되돌아갔기 때문에 직접 본 사람은 없었다.

그 후 파르티아 병사들이 산으로 와서는 수레나 장군의 말이라고 하면서 크라수스는 천벌을 받았으나, 나머지 병사들은 두려워하지 말고 조국으로 돌아가라고 외쳤다. 그러자 어떤 병사들은 산에서 내려와 투항하였고, 어떤 병사들은 야음을 이용하여 사방으로 흩어졌는데, 이들 중 살아 남은 자는 몇 사람 되지 않았고 다른 병사들마저 아라비아 인들에게 잡혀 살해되고 말았다. 이렇게 하여 2만 명이 죽었고, 1만 명이 생포되었다고 한다.

수레나는 크라수스의 머리와 팔을 아르메니아에 출정 중인 히로데스 왕에게 보냈다. 그리고 자신은 사신을 셀레우키아로 보내 크라수스를 생포해 온다는 소문을 퍼트리게 하고는 이상한 행렬을 지어 입성하면서 그것을 개선식이라고 불렀다.

포로 중에서 크라수스를 닮은 가이우스 파키아누스에게 왕비가 입는 옷을 입히고는, 구경꾼들이 환호성을 치면 크라수스 또는 대장군이라고 대답하라는 지시를 미리 내린 다음, 말을 태워 가지고 끌고 나갔다. 그의 앞에는 몇 명의 나팔수와 호위병이 낙타를 타고 앞서 갔다. 호위병들이 든 장대 끝에는 돈주머니가 매달려 있었고, 장대 중간에 달려 있는 도끼에는 갓 죽은 로마 병사들의 머리가 매달려 있었다. 그 뒤에는 셀레우키아의 기녀들이 추잡스러운 노래를 부르며 따르고 있었는데, 이는 크라수스가 여자보다 못한 겁쟁이라는 것을 나타내려는 것이었다. 이 광경을 시민 모두가 지켜보고 있었다.

수레나는 셀레우키아의 원로원을 소집하고 아리스테이데스가 지은 '밀레시아카'라는 음란서적을 보여주었다. 이것은 루스티우스라는 로마 군인의 소지품 속에서 발견한 것이었다. 이 책은 수레나에게 로마 인들을 마음껏 모욕하고 비웃을 구실을 주었다. 로마 군인들은 싸우러 나가서도 그런 추잡한 물건을 가지고 다니는 놈들이라고 비난하였던 것이다. 그러나 셀레우키아의 시민들은 수레나가 '밀레시아카'를 앞세우고, 그 뒤에는 파르티아의 첩들을 태운 수레들을 끌고 다니는 것을 바라보며 아이소프의 우화를 떠올렸다.

사람은 앞뒤로 두 개의 주머니를 가지고 다니는데, 앞주머니에는 남의 잘못을, 뒷주머니에는 자기의 잘못을 넣는다는 이야기로 자기의 결점은 잘 보지 못하나, 남의 결점은 눈에 잘 띈다는 것을 아이소프가 풍자한 것이었다. 수레나가 벌인 행렬의 앞부분은 창과 활로 무장하여 제법 용맹스러워 보였으나, 뒷부분은 춤과 장고와 창녀와 피리 따위가 음탕하게 뒤섞여 밤새도록 계속됐으니 그야말로 용두사미 격이었다. 루스티우스가 한 짓은 비난받아 마땅하지만, 파르티아 인들이 '밀레시아카'를 비난한 것도 떳떳한 일은 못 되었다. 대부분의 파르티아 왕은 아르사케스 가문 출신이었는데, 밀레시아와 이오니아 창녀들의 피를 이어받고 있었던 것이다.

이러한 일들이 벌어지고 있는 동안에 히로데스 왕은 아르메니아의 아르타바스데스 왕과 휴전협정을 맺었다. 그리고 아르타바스데스의 누이동생을 자기 며느리로 맞이하기로 약속하고는 서로 주연을 베풀었다. 이때 그리스의 연극을 많이 상연했는데, 이는 히로데스 왕이 그리스 말과 그리스 문예에 조예가 깊었고, 아르타바스데스도 문학에 관심이 많아 희곡을 쓰고 연설문과 사서를 저술하고 있었기 때문이었다. 아르타바스데스의 작품 중 그 몇은 오늘날까지도 전해 오고 있는 정도다.

크라수스의 머리가 문간까지 운반되어 왔을 때에는 연회의 식탁이 치워지고 트랄레스 출신의 야손이라는 비극배우가 에우리피데스의 연극 '바코스 제' 중에서 아가베가 등장하는 장면을 연기하고 있었다. 그가 사람들의 박수갈채를 받고 있을 때, 실라케스가 방으로 들어와서 절을 하고는 크라수스의 머리를 방 한가운데로 던졌다. 파르티아 인들은 기쁨의 환성을 올리면서 손뼉을 쳐 댔고, 시종들은 왕의 명령을 받고 실라케스를 자리에 앉혔다. 야손은 합창단의 한 사람을 펜테우스로 분장시키고 크라수스의 머리를 집어들고는 신들린 사람처럼 우렁차게 아가베의 대사를 읊었다.

지금 막 자른 포도덩굴을
훌륭한 짐승으로 알고
집으로 가지고 왔어요.

이 대사는 아가베가 아들 펜테우스의 머리를 짐승의 것으로 잘못 알고 기쁘게 부르는 노래로, 포도덩굴은 곱슬머리를 가리키는 것이었는데, 이 노래는 모두를 기쁘게 하였다.

합창단 : 누가 죽였나요?
야손 : 영예는 나의 것이오.

디오니소스를 따라온 여자들 역을 맡은 합창단과 아가베 역을 맡은 야손이 서로 노래를 주고받자, 우연히 향연에 참석하고 있던 포마크사트레스가 벌떡 일어나서 그런 대사는 야손이 부르기보다는 자기가 부르는 것이 어울린다는 듯이 크라수스의 머리를 빼앗으려 하였다. 왕은 즐거워하며 포마크사트레스에게는 관례대로 상을 주었고, 야손에게는 1탈렌트를 주었다. 크라수스의 원정은 이 비극처럼 불행하게 끝을 맺고 말았다.

그러나 후에, 히로데스 왕과 수레나가 저지른 만행에 대한 보복이 그들에게 내려졌다. 수레나의 명성을 시기한 히로데스 왕이 그를 사형에 처했고, 히로데스 왕의 태자인 파코루스는 로마와의 전쟁에서 패하여 세상을 떠났던 것이다. 히로데스 왕 자신도 수종병에 걸렸는데, 그의 또 다른 아들인 프라아테스가 그를 죽이려고 독약을 먹였다. 다행히 살아나기는 했으나, 결국 프라아테스에 의해 교살되고 말았다.

크라수스와 니키아스의 비교

니키아스와 크라수스의 재산을 비교해보면, 니키아스의 재산은 정직한 방법에 의하여 얻어진 것이라고 말할 수 있다. 물론 엄격히 말하자면 광산을 경영하여 재산을 모은다는 것이 바람직한 일은 못 된다. 왜냐하면 그것은 죄수나 야만인들을 사슬에 매어 건강에 아주 해로운 지하에서 강제로 노동을 시켜야만 하기 때문이다. 그러나 이러한 방법으로 치부한 것이 떳떳하지는 못하다 할지라도, 크라수스가 재판에서 압수한 땅이나 불에 타다 남은 집들을 헐값으로 사들여 그것을 다시 비싼 값에 팔아 치부한 것과 비교해보면 그것은 한결 떳떳한 것이라고 할 수 있다.

그러나 크라수스는 이러한 짓들을 양심의 가책을 조금도 느끼지 않고 버젓이 하였을 뿐만 아니라, 뇌물을 받고 국사를 그르쳤으며 돈이라면 로마의 동맹국을 속이는 일을 다반사로 하였다. 또한 세력 있는 여자들에게 아부하여 그녀들의 힘을 이용하기도 하고, 또 그녀들이 하는 말을 감쪽같이 믿고 죄인들을 석방해주기도 했다가 세인들로부터 적지 않은 비난을 받기도 하였다.

니키아스는 이러한 비난은 받지 않았지만, 남들의 입에 오르내리는 것이 두려워서 다른 사람들의 권력이 강하면 그 중상을 일삼는 자들을 매수하여 그들의 입을 막아놓았다.

만약 페리클레스나 아리스테이데스 같은 사람들이 이러한 짓을 하였다면 수치스러운 일이라고 모두에게 생각되었을지 모른다. 그러나 소심한 성미를 타고난 니키아스로서는 그럴 수밖에 없었다. 또한 정치가 리쿠르고스는 어떤 사람이 그의 죄상을 폭로하겠다고 위협하자, 오히려 그에게 뇌물을 주어 입을 막았다. 후에 이 사실이 알려져 사람들에게 많은 비난을 받았는데 리쿠르고스는 이때 이렇게 말하였다.

"나처럼 오랫동안 정치생활을 한 사람이, 뇌물을 받아서 비난을 받는 것이 아니라 오히려 남의 입을 막기 위하여 뇌물을 써서 말을 듣는 것을 다행한 일로 생각합니다."

니키아스는 주로 신들에게 제사를 드리고, 운동대회나 연예경연대회 등을 개최하는 데 돈을 썼는데 이것은 모두 대중의 인기를 얻기 위하여 한 것이었다. 그가 이렇게 사용한 돈과 그의 재산 전체는 크라수스가 로마에서 수만 명의 시민들에게 잔치를 베풀고, 그 후 한동안 그의 사재를 털어 그들의 생계를 도와준 것에 비하면 아무것도 아니다. 이렇듯 옳지 못한 수단에 의하여 얻어진 재산이 무가치한 일에 탕진되는 것을 볼 때 죄악이란, 사람이 양심을 잃었을 때에 서슴지 않고 자행되는 것이라는 것을 쉽게 알 수 있다.

재산에 관한 두 사람의 비교는 이것으로 그치고, 다음은 두 사람의 정치생활에 관한 이야기를 하기로 하자. 알키비아데스의 책략의 희생자였고, 소심하여 대중을 다루는 데 늘 양심의 가책을 느꼈던 니키아스는 부정하거나 독단적인 행동은 절대로 하지 않았다. 이와 반대로 크라수스는 우정과 적의를 마음대로 바꿔 가며 부정을 서슴지 않았으며, 사람을 사주하여 카토와 도미티우스를 암살하라고 시키고 그 대가로 집정관의 자리를 얻은 사실도 부인할 길이 없다. 영지를 분배하기 위하여 중앙 광장에서 대회가 열렸을 때에도 많은 사람들이 서로 충돌하는 바람에 부상자가 생겼고 살해된 사람도 넷이나 있었다.

그의 전기에서는 빠뜨린 이야기지만, 크라수스는 자기 의견에 반대하였다고 하여 원로원 의원의 한 사람인 루키우스 아날리우스를 주먹으로 때려 얼굴을 피투성이로 만든 적도 있었다. 니키아스가 소심하고 겁이 많은 탓으로 대중들로부터 심한 비난을 받았지만, 크라수스는 정치생활에 있어서 이렇듯 오만불손하였기 때문에, 니키아스 그 이상으로 그 자신도 대중들로부터 심한 비난을 받은 것이다.

크라수스가 이렇듯 호기당당하게 누구 하나 꺼리지 않고 행동하고 있을 때에 그의 적수는 클레온이나 히페르볼루스 정도가 아니라 천고의 영웅 율리우스 카이사르와 세 번이나 개선식을 올린 폼페이우스였는데, 그는 이들과 비교해 조금도 손색이 없을 정도의 세력을 가졌을 뿐만 아니라 대정관의 지위에까지 올랐으므로 폼페이우스를 능가하였다. 대정치가가 되려면 세평에 신경쓰지 않고 자기 쪽에서 그것을 지배할 수 있을 만한 세력과 명성을 얻도록 투쟁해야 한다.

그러나 니키아스는 조용하고도 안전한 생활을 갈망하였으며, 정계에서는 알키비아데스를, 필로스에서는 스파르타 인들을, 트라케에서는 페르디카스를 두려워하였다. 그러나 니키아스는 어느 철학가의 말처럼 '평화의 꽃줄을 엮으며' 아테네에서 고요한 생활을 즐길 수 있는 조건도 갖추고 있었다. 그는 정말로 평화를 사랑하였는데, 펠로폰네소스 전쟁을 종식시키기 위하여 그가 쏟은 노력만 보더라도 그가 얼마나 그리스 전체의 평화를 위하여 전력하였는가를 알 수 있다. 나라의 평화를 위하여 공헌한 이 부분에 있어서는, 크라수스가 비록 로마의 판도를 카스피 해와 인도양까지 확대하였다고는 하더라도 도저히 니키아스를 능가할 수는 없는 것이다.

자신의 역량을 잘 알고 있는 큰 인물은 권력의 절정에 도달하였을 때에, 자격이 없고 무능한 사람에게 자기의 자리를 넘겨주어서는 절대로 안 된다. 그러나 불행히도 니키아스는 아무런 자격도 없고 뻔뻔스럽기 짝이 없는 클레온에게 총사령관직을 넘겨주고 말았다.

그러나 크라수스의 경우에도 스파트라쿠스를 치러 나갈 때 너무 조급히 서두르다 위험에 빠지고 만 것도 칭찬할 만한 일은 못 된다. 그렇지만 폼페이우스가 도우러 와서 승리의 종지부를 찍게 되면 승리의 영예를 그에게 빼앗길까 봐 그렇게 했을 거란 점에선 동정이 간다. 한 예로 메텔루스도 크라수스의 경우와 비슷한 상황이 벌어져서 끝내 코린트를 정복한 영광을 뭄미우스에게 빼앗겼던 것이다.

그러나 니키아스의 행동에는 크라수스처럼 그러한 이유가 있었던 것도 아니었으니 비난을 면치 못하는 것이다. 그가 명예로운 사령관직을 내놓은 것은 승리의 희망이 크고 나라가 평화로울 때에 한 일이 아니었다. 그는 필로스에서 전투를 지휘하는 사령관이 자칫 실수하면 큰 위험이 뒤따를 것을 뻔히 알면서도 무능한 사람에게 사령관직을 인계함으로써 나라가 큰 시련에 부딪치게 될 계기를 만들었다. 이때 테미스토클레스는 무능한 클레온이 페르시아와의 전쟁을 총지휘하는 권한을 맡은 것을 보고 그것은 나라를 위하여 아주 위태로운 일이라고 생각하고는 뇌물까지 써 가면서 그 자리를 내놓게 하였다. 또한 이 상황에서 카토도 위기에 처한 나라를 구하려는 생각에서 군무위원직을 맡았다.

하지만 니키아스가 미노아라는 작은 마을이나 키테라 섬, 또는 약한 멜로스 인들을 정벌할 때에는 자진하여 사령관직을 맡아 전선에 나갔음에도 불구하고, 스파르타와의 전쟁에서는 사령관의 중책을 버리고 경험도 없고 계획성도 없는 클레온에게 국운을 맡긴 것은 나라의 이해를 생각하지 않고 자기의 명예마저 저버린 경거망동이라고 아니 할 수 없다. 그러던 그가 나중에는 승산이 없다고 자신마저 반대한 시라쿠사 원정에서 시민들에게 떠밀려 할 수 없이 나가 사령관직을 맡고 출정하여 적과 대치하고 있으면서도 공격할 생각은 하지도 않고 있었으니, 그러면서도 과연 승리할 수 있다고 생각했는지는 의심스러운 일이었다.

그러나 늘 전쟁을 반대하며 사령관직을 사퇴하고 있던 그가 국민들의 요청에 못 이겨 싸우러 나간 것은 그만큼 국민들의 존경을 받고 있었다는 증거가 되지 않을까 한다. 이와는 반대로 크라수스는 자기가 단독으로 사령관직을 맡겠다고 나섰으나 그 뜻을 달성하지 못하고 겨우 노예전쟁의 사령관직을 맡게 되었는데, 그것도 폼페이우스나 메텔루스, 루쿨루스 등의 장군들이 외국에 나갔기 때문에 맡게 된 것이다. 당시 크라수스는 권력의 절정에 있었으나 그를 지지하는 사람들의 눈에도 그는 어느 풍자시인의 말처럼 크라수스 자신이, 다음 시처럼밖에 보이지 않았던 것 같다.

다른 일은 척척 잘해내지만 전쟁만큼은 서투른 장군.

그는 사령관으로서 최선을 다해 전쟁을 혼자 지휘하였지만, 나라에는 아무런 이익이 되지 않았다. 아테네는 니키아스 본인의 싫다는 의사를 무시하고 그를 시칠리아 원정에 내보냈으며, 한편 크라수스는 로마의 반대에도 불구하고 파르티아 원정을 자기 마음대로 감행하여, 니키아스는 본인의 의사를 무시한 경솔한 행동을 한 아테네의 실수로 고배를 마셨고, 로마는 크라수스의 실수로 고배를 마셨다.

그러나 결론적으로 보면, 크라수스보다 니키아스를 더 높게 평가할 수밖에 없다. 니키아스는 장군으로서의 경험과 건전한 판단으로 자기 나라의 국력으로 시칠리아를 정복할 능력이 없다는 것을 깨닫고는 전쟁을 하지 말자고 극력 반대하였다. 그러나 크라수스는, 자기 동포들인 로마 인들에게 파르티아와 전쟁할 것을 극력 종용하여 전쟁만 하면 파르티아 같은 나라는 문제없다고 기고만장하였으나, 실제로는 참패를 당하고 말았다.

그의 야심은 실로 대단하였다. 카이사르가 갈리아, 게르마니아, 브리타니아와 서부유럽 전체를 정복한 것을 보고는 자기도 야심에 불타 동쪽으로 인도양까지 진출하여 폼페이우스와 루쿨루스 같은 대장군이 일찍이 큰 야심을 갖고 정복하려 했던 것과 마찬가지로 그들과 똑같은 야심을 품고 아시아 전체를 정복하려고 했던 것이었다.

그러나 다른 대장군들의 야망도 크라수스가 자국민들로부터 받았던 것과 똑같은 반대에 부닥치기는 하였다. 폼페이우스가 동방 여러 나라를 정복할 권한을 자기에게 달라고 원로원에 요청하였을 때 원로원은 이를 거절하였다. 한편, 카이사르가 게르마니아 인 30만을 정복하였을 때 그가 정복한 게르마니아에게 그를 넘겨줌으로써 동맹관계를 저버린 천벌을 로마가 받을 것이 아니라 카이사르로 하여금 받게 해야 한다고 카토는 주장하였다. 그러나 로마 인들은 카토의 이 주장을 무시했으며, 카이사르가 게르마니아를 정복하였다는 승전이 국내에 전해지자 나라 안은 기쁨에 들떠 행사들로 보름 동안이나 들끓었다. 그러므로 만일 크라수스가 바빌론을 점령한 다음 메디아, 페르시아, 히르카니아, 수사, 박트리아 등의 여러 나라들을 점령하였다면 그 경축행사가 며칠이나 계속되었을지 가히 짐작이 간다.

그러나 크라수스는 기질적으로 평화를 즐기며 살 수 있는 인물이 아니고 늘 전쟁을 일으켜야만 직성이 풀리는 사람이었다. 에우리피데스가 말한 바와 같이 이왕 실수를 저지를 바에는 차라리 큰일을 저지를 것이지, 스칸데이아나 먼데 같은 초라한 곳을 점령하거나 아에기나 같은 작은 도시의 주민에게 싸움을 걸고 둥지에서 새를 쫓는 듯한 장난이나 할 것이 아니라 대담하게 큰일을 해야 했다. 남자가 이왕 불의를 저지른다면 쩨쩨하게 저지를 것이 아니라 알렉산드로스나 크라수스를 모범으로 삼아야 한다. 그렇지만 알렉산드로스는 모든 전쟁에서 승리를 거뒀고, 크라수스는 실패하였다는 그것 하나만으로 알렉산드로스를 칭찬하고 크라수스를 비난하는 것은 두 사람을 정당하게 평가하는 것이라 할 수 없다.

실제로 나라를 위하여 공헌한 면에 있어 니키아스는 높이 평가받을 만하다. 많은 전과를 거두었을 뿐만 아니라 시라쿠사도 거의 점령 일보 직전까지 이르렀던 것으로 보아 시칠리아 원정의 참패의 모든 책임이 그에게만 있는 것은 아니었다. 그 참패의 원인에는 그의 신병과 본국의 정치인들의 뿌리깊은 시기심도 적지 않게 작용하였다. 그러나 이에 비해 크라수스는 너무도 많은 실책을 범하였기 때문에 운명조차 그를 외면하였다. 그의 어리석음 때문에 파르티아 군에게 패배를 당하였을 뿐만 아니라 로마의 국운을 일거에 잃고 마는 결과를 초래하고 만 것이다.

그런데 모든 종교적 행사나 징조를 등한히하지 않고 존중한 니키아스나 그것을 일체 무시해버린 크라수스나 다 같이 망하였으니, 여기서는 누가 더 현명하게 처신하였다는 결론은 내릴 수 없다. 여기서 단정하고 싶은 것은, 자고로 법을 지킨 사람이 법을 무시하고 행동한 사람보다 낫지 않을까 하는 생각이다.

끝으로 두 사람의 죽음을 비교해보면 크라수스가 한 수 위라고 하지 않을 수 없다. 왜냐하면 그는 마지막 순간에 사(私)를 죽이고 국민들의 간청과 적의 배신의 제물이 되었지만, 니키아스는 자기의 목숨을 건지기 위해 끝까지 비굴하고도 비겁한 수단을 쓰다 결국 자기의 삶을 끝마쳤기 때문이다.

세르토리우스

기원전 130년？～72년

오랜 세월이 흐르는 동안, 행운의 여신이 이리저리 다니다가 수많은 우연의 일치를 동시에 빚어내는 것은 흔히 있는 흥미로운 일이다. 소재의 수와 종류가 무한정으로 많다면 운명의 여신은 그 소재들을 가지고 비슷한 결과를 얼마든지 만들어낼 수 있을 것이다. 또 다른 한편으로는 우연히 발생한 여러 사건들에 어떤 계기가 생겨서 결합이 이루어진다면, 동일한 수단에 의하여 동일한 결과가 만들어지는 경우가 많을 것이다. 그러므로 우연한 일이지만 운명적인 뜻이 내포되어 있다고 생각되는 것이 있으므로 그런 경우들을 수집한 사람들이 있었다. 그 하나의 예를 들어보면 다음과 같은 것이 있다.

시리아 인과 아르카디아 인 중 동명이인으로 아티스라는 이름을 가진 두 사람이 있었는데 공교롭게도 이들은 둘 다 산돼지에게 물려 죽었다. 또 아크타이온이라는 이름을 가진 사람도 둘이 있었는데, 한 사람은 자기가 기르는 개에게 물려 죽었고, 다른 한 사람은 경솔한 행동 때문에 자기의 많은 애인들에게 짐승에게 물리듯이 그렇게 뜯겨서 비참하게 목숨을 잃었다. 유명한 스키피오도 둘이 있었는데 한 사람은 카르타고 군을 전쟁에서 물리치고, 또 한 사람의 스키피오는 그들을 완전히 소탕하였다.

트로이 시는 세 번이나 점령을 당하였는데, 처음에는 라오메돈이 약속하고도 주지 않은 말 때문에 헤라클레스에게 점령되었고, 두번째는 나무로 만든 큰 말 때문에 아가멤논에게 점령되었고, 세번째는 말이 성문 앞에서 쓰러지는 바람에 미처 성문을 닫지 못해 밀어닥친 카리데무스에게 점령되고 말았다. 그리고 가장 향기로운 식물의 이름을 따서 그 이름으로 삼은 두 도시, 즉 제비꽃을 의미하는 이오스와 몰약(沒藥)을 의미하는 스미르나가 그것인데 그 중 전자는 호메로스의 출생지가 되었고 후자는 그의 사망지가 되었다.

그리고 이러한 예에 하나 더 추가하자면, 장군으로서 가장 용감하고 그 전술이 뛰어나 그 이름을 후세에 남긴 필리포스와 안티고노스와 한니발, 그리고 이 전기의 주인공이 될 세르토리우스는 공통적으로 모두 외눈이었다. 세르토리우스는 필리포스 왕보다도 여자를 더 멀리하였고, 측근들에게 신의를 지키는 데는 안티고노스보다 더 믿음직스러웠다. 또 적에 대하여 인정이 많기는 한니발보다 각별하였다.

세르토리우스는 두뇌가 앞에 예를 든 어느 장군보다도 더 명석하였으나 안타까울 정도로 행운의 여신은 그에게 등을 돌렸다. 적과 정정당당히 싸울 때조차도 운명의 여신은 그의 편을 들어주지는 않았지만, 그는 메텔루스의 전략과 폼페이우스의 대담성과 술라의 승리욕과 로마 인의 권세 때문에 어쩔 수 없이 추방자이자 이방인의 신세가 되어 야만인들의 선두에 서서 모든 운명과 싸워야만 했다.

그리스 여러 나라의 명장 중에서 그와 비슷한 장군을 들자면 카르디아의 에우메네스를 들 수 있다. 두 장군은 다 같이 전략과 용맹성과 지혜를 타고난 천재들이었다. 그러나 이상하게도 두 사람 다 자신들의 조국에서 추방되어 남의 나라의 장군이 되었으며, 만년에는 자신들을 도와서 적을 무찌른 부하들의 배신에 의하여 행운의 여신의 저버림을 당하여 살해되고 말았다.

퀸투스 세르토리우스는 사비니라는 나라의 누르시아 시의 명문집안에서 태어났다. 그는 어려서 부친을 잃고 편모슬하에서 세심하고도 예의바른 교육을 받으며 성장하였다. 그는 그의 모친 레아를 지극히 사랑하고 존경하였다고 한다.

그는 법정에서 많은 사람들을 위하여 변호해줌으로써 웅변술을 연마하여 일찍부터 명성을 떨쳤다. 그러나 그의 화려한 군사행동과 전쟁에 있어서의 성공적인 공훈은 그의 야심을 웅변이나 연설보다는 전술과 계략이 있는 전쟁터로 몰고 갔다.

킴브리 족과 튜톤 족이 갈리아로 침공해 들어왔을 때 그는 처음으로 카이피오 군에 입대하여 복무하였다. 패주할 때 말을 잃고 부상을 입었으나, 갑옷을 입고 방패를 든 채로 론 강에 뛰어들어 빠르고 위험한 격류를 헤엄쳐 건넜다. 이처럼 그는 체력이 강하였고, 또한 그 체력을 유지하기 위한 평소의 훈련도 대단하였다.

그가 두번째 종군하였을 때에도 똑같은 적을 상대로 하여 싸운 전쟁이었는데, 수십만의 적군이 파도처럼 침공해 왔으므로 로마 군이 질서를 지키며 명령에 따라 작전을 수행하기란 쉬운 일이 아니었다. 이때 세르토리우스는 로마 군의 사령관 마리우스로부터 적군 속으로 잠입하여 정보를 빼내라는 임무를 받았다. 적군 켈트 인의 복장으로 갈아 입은 세르토리우스는 그들의 말을 배운 다음, 적군 속으로 잠입하여 필요한 정보와 적의 동태를 자세히 탐지해 가지고 무사히 마리우스에게로 돌아왔다. 그 공훈으로 마리우스로부터 인정을 받은 세르토리우스는 이 전쟁이 끝날 때까지 전략과 용맹을 떨침으로써 마리우스로부터 각별한 존경과 신임을 받았다. 전쟁을 승리로 이끌고 시민들의 열렬한 환영 속에서 개선한 그는 당시 이베리아 총독으로 부임하고 있는 디디우스의 군무위원으로 임명되어 켈티베리족의 수도 카스툴로에서 그 해 겨울을 보냈다. 병사들은 물자가 풍부하고 큰 싸움이 없는 탓에 군기가 문란하고 밤낮 술에 취하여 나날을 보냈기 때문에 그 곳 주민인 야만족의 원망을 사게 되었다. 그러나 마침내는 주민들이 이웃에 사는 기리소이니 인들과 결탁하여 야간에 로마 군의 진영으로 침입하여 로마군을 학살하는 사태에까지 이르렀다. 구사일생으로 그 곳을 탈출해 나온 세르토리우스는 자기가 데리고 나온 소수의 병사들과 다른 탈주병들을 규합하여 카스툴로 시를 포위하였다. 그리고 야만족이 시내로 들어갈 때 열어 놓은 성문에 파수병을 세워 놓고 빠져 나오지 못하게 한 다음, 사방에서 시내로 침입하여 적령기에 도달한 야만족의 청년들을 닥치는 대로 죽여버렸다. 그리고는 부하들을 야만인으로 위장시켜 다른 곳에서 카스툴로를 도우러 온 야만인들의 도시로 갔다. 그 곳 야만인들은 세르토리우스의 군대가 자기들과 똑같은 무장을 하고 있었기 때문에 감쪽같이 속아 성문을 열어 놓고 그들을 환영해주었다. 그리하여 세르토리우스 군대는 성문에 서 있던 많은 적을 죽이고, 나머지는 생포하여 노예로 파는 큰 성과를 올렸다.

이러한 공으로 세르토리우스는 스페인에서 명성을 떨쳤으며, 로마로 돌아온 즉시 내(內) 알프스에 위치하고 있는 갈리아 지방의 재정관으로 임명되었다. 그런데 그때는 바야흐로 동맹전쟁이 발발하기 일보 직전이었다. 이런 긴장과 군장비를 재정비해야 할 시기에 그는 군대를 징집하고 무기를 공급할 임무를 맡은 다른 청년들보다 매우 민활하고도 근면하게 맡은 일에 충실하게 임하였기 때문에 사람들에게 세르토리우스는 장래가 크게 촉망되는 청년이라고 생각되었다. 그는 장군이 된 후에도 자기의 몸이나 편안함을 돌보지 않고 병졸과 어깨를 나란히 하여 눈부신 활약을 하다가 치열한 전투 속에서 마침내 눈 하나를 잃었다. 그러나 그는 그것을 큰 영광으로 생각하였을 뿐만 아니라 전공의 명예스러운 흔적으로 여겨 다음과 같이 말하곤 하였다.

"다른 사람들의 전공의 상은 사슬이나 창이나 왕관 따위다. 따라서 어디를 갈 때 그것들을 가지고 다닐 수는 없지만, 나는 이 기념물을 늘 몸에 간직하고 있으므로 이것을 보는 사람은 과거의 나의 용기를 짐작할 수 있을 것이다."

과연 시민들은 변함없이 그를 존경하여 그가 극장 같은 곳에 들어가면 박수를 치며 그를 환영하곤 하였다. 이러한 영광은 그보다 나이도 많고 지위가 훨씬 높은 사람이라 할지라도 좀처럼 받지 못하는 일이었다.

그러나 그는 호민관이 되지는 못하였다. 그것은 그가 출마하였을 때 큰 권력을 지니고 있던 술라가 방해하였기 때문이었다. 그가 그의 일생 동안 술라를 미워하게 된 것은 자신이 호민관이 되지 못한 가장 큰 원인이 바로 술라에게 있기 때문인 것으로 생각된다.

술라는 그의 정적인 마리우스의 세력을 물리치고 그 여세를 몰아 미트리다테스를 정벌하러 떠났다. 그때 집정관의 하나인 옥타비우스는 술라파를 지지하고, 또 다른 집정관인 킨나는 이미 기울어진 마리우스파를 선동하여 혁명을 일으키려고 하였다. 세르토리우스는 옥타비우스를 무능하다고 생각하였고 마리우스파를 불신하였던 킨나파에 가담하였다. 그러나 중앙광장에서 두 집정관이 싸워 결국 옥타비우스가 이기고 킨나와 세르토리우스는 지고 말았다. 그 결과 킨나와 세르토리우스는 1천 명 가량의 병사를 잃고 도주하였다. 그러나 두 사람은 빠른 시간 안에 이탈리아 각지에 흩어져 있는 많은 병사들을 규합하여 또다시 옥타비우스와 싸울 채비를 갖추었다.

한편, 아프리카에서 로마로 돌아온 마리우스는 자신은 킨나를 집정관직에서 몰아 내려는 생각은 조금도 없고 다만, 개인 자격으로 그와 협력하겠다고 제안하였다. 대부분의 장군들은 그 제안을 수락하는 것이 킨나에게는 이로울 것이라고 생각하였으나 세르토리우스만은 반대하였다. 그 이유는, 자기보다 더 세력이 강한 장군을 맞아들이면 킨나가 자기를 전보다 소홀히 대우할지도 모른다고 생각했었는지, 아니면 원한에 사무친 마리우스가 닥치는 대로 불법을 자행하여 모처럼 자기가 얻은 승리를 수포로 돌아가게 할 수도 있다고 생각하였는지, 그것은 알 길이 없다.

이유야 어쨌든 세르토리우스는 마리우스의 협력에 대한 제안을 과히 달갑게 생각하지 않았다. '지금은 승리를 완전히 얻은 것이나 다름없으니 마리우스의 협력은 필요없다. 마리우스를 맞아들이면 모든 영광과 군대마저 그에게 빼앗겨 버릴 수도 있다. 마리우스는 누구와 권력을 나눠 갖고 만족할 사람이 아니다. 신의를 지키지 않는 사람이다'라고 그를 극구 비난하였다. 킨나는 세르토리우스의 이 말이 옳은 말이라고 생각은 하였지만, 이미 마리우스의 협력을 받아들이기로 한 이상 이제 새삼스럽게 그것을 거절할 수도 없는 일이 아니냐고 대답하였다. 그러자 세르토리우스는 이미 사태의 흐름이 마리우스를 받아들이는 것으로 결정이 난 것을 깨닫고는 이렇게 대답하였다.

"나는 마리우스가 자기 의사로 로마에 돌아온 줄로만 알았습니다. 그래서 나는 그것이 국가에 이로운가, 이롭지 않은가만을 생각하고 있었습니다. 그러나 이 쪽에서 초청하셨으니 이제 새삼스럽게 이렇다저렇다 할 것이 못 됩니다. 이미 영접했어야 마땅한 일이었습니다. 일단 약속한 일이니 재고의 여지도 없습니다."

그러므로 킨나는 마리우스를 불러서 군을 셋이서 나누어 가지기로 하였다. 전쟁은 승리로 끝났지만 여전히 킨나와 마리우스 사이에는 까닭 모를 원한이 불타고 있었다. 이 사태를 보고 시민들은 둘 사이가 안 좋기는 하지만 다행히도 전쟁은 끝이나 과거의 일이 되었으므로 불행 중 다행이라고 생각하였다. 자신의 원한을 풀기 위하여 누구를 사형에 처하거나 권력을 남용하지 않은 것은 세르토리우스 하나뿐이었다고 한다. 그는 마리우스의 만행을 극히 미워하였으며, 킨나에게는 절제를 지키라고 사적으로 자주 충고하였다.

마리우스에게 승리를 안겨준 노예출신의 병사들은 그 공으로 전쟁이 끝난 후에도 마리우스의 호위병이 되어 그를 섬기고 있었다. 그러나 마리우스가 묵인하고 있는 것을 기회로 삼아 마치 그의 허가라도 얻었다는 듯이 재산을 약탈하고, 자기들의 주인을 학살하고 그 부인과 정을 통하고 그 자녀들을 유린하는 등 행패를 자행하였다. 이것을 본 세르토리우스는 이 참상을 차마 모른 체하고만 있을 수가 없었을 뿐더러 참을 수 없는 분노로 그들의 부대를 습격하여 4천 명을 하나도 남기지 않고 모두 죽여버렸다.

마리우스가 세상을 떠나고 이어 권력을 지녔던 킨나도 살해되자, 세르토리우스의 기대와는 달리 마리우스의 아들이 부정한 수단을 써서 집정관으로 당선되었다.

한편 카르보와 노르바누스와 스키피오 등이 로마로 진군해 오고 있는 술라와 싸우고는 있었지만 모두 비겁하고 태만하여 협력하기는커녕 서로 배반만을 일삼고 있는 것을 알게 되자 세르토리우스는 국내에는 술라만한 장군이 없음을 깨닫고, 국내에 더 이상 머물러 있을 필요성을 느끼지 못했다. 한편, 술라가 스키피오의 진영 곁에 진을 치고 휴전을 제의하면서 다른 한편으로는 스키피오의 병사들을 매수하자, 세르토리우스는 스키피오에게 사자를 보내어 술라의 휴전 제의를 경계하라고 경고하였다. 그러나 스키피오는 이 세르토리우스의 충고를 강물에 물 흘려 보내듯이 흘려버리고는 전혀 귀담아 듣지 않았다. 그러자 세르토리우스는 로마에 이 이상 머물 필요가 없다고 판단하고는 스페인으로 떠났다. 적이 선수를 치기 전에 그 곳에 망명 중인 동지들을 규합하여 힘을 길러 기회를 엿보자는 생각에서였다.

가는 도중 산에서 야만족의 무리가 길을 막고 통행세를 내라고 하였다. 로마의 장군이 일개 야만족의 무리들에게 통행세를 낸다고 하는 것은 수치스러운 일이라고 부하들은 분격하였으나 세르토리우스는 이들을 달래었다.

"나에게 필요한 것은 시간이다. 큰 뜻을 품은 사람에게 제일 귀중한 것은 시간이다."

그는 야만인들에게 돈을 주고 급히 스페인으로 가서 자리를 잡았다.

스페인은 인구가 많아 군대에 징집할 수 있는 장정이 많았다. 그러나 백성들은 로마에서 파견한 역대 총독들의 탐욕과 학정에 시달려 왔기 때문에 대체로 로마의 통치를 달갑게 생각하지 않고 있었다. 이러한 사실을 안 세르토리우스는 족장들과 사귀어 은근히 그들의 환심을 사기에 마음을 썼으며, 백성들에게는 세금을 면제해줌으로써 신망을 얻었다. 그리고 전에 이 곳에 주둔하던 장군들이 병사들을 민가에 민박시킴으로써 백성들의 원성을 사고 있던 것을 알고 있는 그는, 이번에는 병사들을 민박시키지 않고 시외에 천막을 치고 월동케 하여 백성들의 열렬한 환영을 받았다.

그리고 그는 야만인들이 복종해 오기만을 기다리지 않고 솔선하여 이베리아에 살고 있는 로마 인으로서 군무에 종사할 수 있는 사람은 모두 징집하여 군사훈련을 받게 하고, 각종 무기와 군선을 건조하는 한편 백성들에게는 온건한 행정을 펴는 등 적에 대한 만반의 준비를 서둘렀다.

한편, 술라는 그 사이에 로마를 완전히 점령하고 마리우스의 아들과 카르보의 세력을 무찔렀기 때문에 세르토리우스는 이제 언제 누가 자기를 치러 올지 모른다는 불안으로 인해 자기 심복 유니우스 살리나토르에게 6천 명의 군대를 주어 피레네 산맥의 봉우리를 지키게 하였다.

예상한 대로 술라는 카이우스 안니우스 장군을 파견하였으나 안니우스는 유니우스의 강한 진지를 공략할 길이 도저히 없음을 깨닫고서 할 수 없이 산기슭에 머물러 있기로 하였다. 그런데 칼푸르니우스, 일명 라나리우스라 불리는 자가 유니우스를 암살하였으므로 피레네 산맥을 지키고 있던 병사들은 모두 패주하고, 안니우스의 대군은 산을 넘어 노도와 같이 밀려 내려왔다. 적을 물리칠 길이 없는 세르토리우스는 부득이 3천의 병력을 이끌고 제1차 카르타고 전쟁후(BC 235년) 카르타고 인들이 지중해 해안의 스페인에 건설한 도시인 신카르트타고 시로 피신하여 거기서 배를 타고 바다를 건너 아프리카의 마우리타니아 지방으로 도망쳤다.

그러나 여기서도 세심한 경계를 소홀히한 채 군마들에게 물을 먹이다가 야만족들의 기습을 받아 큰 손해를 입고는 다시 바다를 건너 스페인으로 돌아왔다. 그러나 해안을 지키고 있는 스페인 수비대의 공격을 받고 상륙하지 못한 채 위기에 빠져 있다가 킬리키아 해적선단을 만나 그들의 협력을 얻어 피티우사 섬을 습격하여 그 곳 안니우스의 주둔군을 축출하였다.

그러나 안니우스는 곧 대 함대와 5천의 병력을 이끌고 반격해왔다. 세르토리우스의 함선들은 가볍게 만든 것이어서 행동은 민활하였으나 실제 해전에는 안니우스의 함대에 비해 크게 불리했다. 게다가 강한 서풍이 불어 파도가 심하였으므로 세르토리우스의 배들은 암초에 부딪쳐 뒤집히고 말았다. 바다에서는 풍랑이 심하여 다른 곳으로 갈 수도 없고, 육지에서는 적이 버티고 있으니 상륙할 수도 없어 그대로 바다에 떠 있을 수밖에 없는 진퇴양난의 상황이었다.

마침내 풍랑이 잔잔해졌으므로 세르토리우스는 대양 위에 흩어져 있는 몇 개의 조그마한 무인도에 상륙하였다. 그러나 거기에는 물이 없었으므로 그 섬을 떠나 오늘날의 지브롤터 해협인 가데스 해협을 지나 스페인의 해안을 오른쪽으로 바라보며 거슬러 올라가 대서양으로 나온 다음 바이티스 항구를 조금 지난 곳에 도착하였다.

이 곳에서 대서양 멀리 있는, 오늘날의 카나리아 제도 북단의 두 섬에서 왔다는 선원들을 만났다. 그 섬들은 아프리카 해안에서 1만 퍼얼롱 떨어진 곳에 나란히 있으며 기후가 매우 좋아 지상천국으로 알려져 있었다. 그 곳은 적당한 강우량의 혜택을 입고 있고, 부드러운 바람이 간간이 비를 내려주고, 땅은 비옥하여 경작하기에 알맞으며, 자생하는 과일 나무가 많아 애써 일하지 않아도 전 도민이 풍족하게 맛있는 것을 먹으며 살 수 있고, 4계절의 기후차가 심하지 않고 공기도 맑다. 왜냐하면 우리가 살고 있는 북동쪽에서 불어 온 사나운 바람은 그 섬까지 도착하는 동안 미풍으로 바뀌며, 그 미풍은 남서쪽에서 불어 오는 바람과 부딪혀 가끔 비로 바뀌고, 섬의 공기는 늘 시원하고 맑아 온갖 초목이 무성하다.

이러한 이야기를 듣자 야만인까지도 그 섬이야말로 호메로스가 노래한 지상천국 엘리시움이라고 생각하게 되었다. 호메로스의 지상천국 엘리시움은 《오디세이아》 제4부에 다음과 같이 묘사되어 있다.

사람마다 시름이란 모르고 사는
그 곳에는 눈도 비바람도 없고
대양이 보내주는 서풍이 향기롭다.

세르토리우스는 그 섬들이 지상천국이라는 이야기를 듣자, 거기 가서 평화롭고 고요하게 살며 포악함과 그칠 줄 모르는 전쟁을 다 잊어버리고 싶었다. 그러나 평화를 원하지 않고 전쟁과 약탈을 일삼는 킬리키아 인들은 세르토리우스가 그렇게 생각하고 있는 것을 알고는 이프타의 아들 아스칼리스를 도와 다시 그를 마우리타니아의 임금 자리에 앉히려고 아프리카로 떠났다.

그러나 세르토리우스는 낙심하지 않고 아스칼리스를 공격할 결심을 하였다. 그리하여 그는 부하 장병들에게 새로운 희망을 주며 서로 흩어지지 말고 결속하라고 촉구하였다. 이윽고 그는 아프리카의 마우리타니아에 도착하여 무어 족의 열렬한 환영을 받고 아스칼리스 군을 격파한 다음 포위하였다. 사태를 파악해 다급해진 술라는 강력한 증원부대를 파키아누스에게 주어 아스칼리스를 돕게 하였으나, 세르토리우스는 그를 맞아 용맹스럽게 싸워 그를 죽이고 그의 전 부대를 항복케 한 다음, 아스칼리스 형제들이 도망을 친 틴기스 시를 점령하는 큰 승리를 거두었다.

아프리카 인들이 전하는 전설에 의하면, 틴기스 시는 안타이우스의 무덤이 있다는 곳이다. 역대의 장군이었던 안타이우스의 키가 터무니없이 컸다는 이야기가 도저히 믿어지지 않아 세르토리우스는 견딜 수 없는 호기심으로 이 무덤을 파헤쳐보게 하였다. 그랬더니 실제로 유골의 길이가 60큐빗이나 되었으므로 깜짝 놀라 제사를 드리고 무덤을 다시 덮었다. 그리하여 이 전설을 다시 확신하게 된 세르토리우스는 안타이우스를 기념하여 그의 명복을 빌었다.

또 아프리카 인들이 전하는 전설에 의하면, 안타이우스가 죽은 후 그의 아내 틴가는 헤라클레스와 결혼하여 그와의 사이에서 소팍스라는 아들을 두었는데 소팍스는 후에 아프리카 여러 나라의 왕이 되었으며, 이 곳 지명을 어머니의 이름을 따서 틴가라고 지었다고 한다. 그리고 소팍스의 아들 위대한 정복자인 디오도로스는 헤라클레스가 올비아 인과 미케네 인의 여러 영지에서 이 지방에 이민시킨 그리스 군으로 하여금 리비아의 여러 종족들을 정복하였다는 것이다. 이 말은 여러 왕 중에서도 가장 사학에 조예가 깊었던 유바 왕을 높이려는 뜻에서 한 말이라고 해석해도 좋을 것이다. 왜냐하면 유바 왕의 조상들은 소팍스와 디오도로스의 후손들이라는 설이 있기 때문이다.

세르토리우스는 나라 전체를 완전히 자기 수중에 넣은 다음에, 그의 가호를 바라고 따르는 주민들에게는 그들의 재산과 도시들과 정권들을 되돌려주었으며, 그들이 자발적으로 바치는 공물만을 받아들였다.

어느 정도 틴가 시에 안정과 질서가 유지되자, 세르토리우스가 다음에는 어느 나라를 공격할까 하고 궁리하고 있을 때 오늘날의 포르투갈 지방인 루시타니아에서 그에게 사절단을 보내 그들의 장군이 되어달라고 요청하였다. 로마의 강대한 세력에 기가 꺾인 그들은 전쟁에서 높이 명성을 떨치고 경험이 많은 사령관을 모셔서 로마의 직접적인 침략에서도 벗어나고, 다른 전쟁에서도 나라를 지켜야겠다는 생각에서 절실한 필요성을 느끼고 있었다. 그런데다가 세르토리우스를 전부터 잘 알고 있는 사람들이 그의 능력과 용맹성을 인정하였으므로 그들은 만장일치로 그를 자기들의 사령관으로 모시기로 하였다.

세르토리우스는 본래 어떠한 쾌락과 극심한 공포에도 굴하지 않는 기질의 사람이었으며, 위험에 빠졌을 때에도 전혀 겁을 모르는 천성을 타고났으며, 승리를 거뒀을 때에도 결코 교만을 부리지 않는 사람이었다. 저돌적인 전투에 있어서는 당대의 어느 사령관보다도 대담무쌍하였으며, 전략적으로 필요한 어떤 지점을 점령해야 한다거나 어떤 용병을 신속하게 써야 한다거나 할 경우의 지혜롭고 뛰어난 기계(奇計)나 묘책에 있어서 그를 당해낼 장군은 아무도 없었다. 그뿐만이 아니라 전공이 많은 장병들에게 내리는 포상은 지극히 후하였고, 형벌은 비교적 가벼웠기 때문에 자연히 병사들과 시민들의 존경을 받았다.

그러나 그도 만년에는 스페인의 인질들을 가혹하게 다스렸다. 이 때문에 그의 본성은 본시 인자하지 않았으며 이해타산과 필요에 의하여 온화한 가면을 쓴 것에 지나지 않았다고 어떤 사람들은 생각할 수도 있었다. 사견을 말하면, 이성이나 판단에 의한 진정한 덕행이란 어떠한 불운을 당하였다고 해서 그 본질이 변하거나 왜곡되는 것은 결코 아닌 것이다. 그러나 제 아무리 선한 의도나 천성이라 할지라도 재난에 의하여 억울하게 계속적으로 시달리고 보면 운이 바뀔 때마다 천성이 조금씩 자신도 모르는 사이에 나빠질 수도 있다. 세르토리우스가 운이 기울어짐에 따라 자기에게 해를 끼친 자들을 가혹하게 처단하였음은 아마 이 때문이 아니었을까 하고 필자는 생각한다.

세르토리우스는 루시타니아의 초빙을 받고 아프리카를 떠나 루시타니아로 가서 전권을 가진 장군이 되어 모든 질서를 잡고 스페인의 이웃 나라들을 연이어 굴복시켰다. 그러나 대부분의 종족들은 큰 싸움 없이 그의 너그러움과 그의 용맹성의 명성을 듣고 귀순해 왔다. 그러나 때로는 어느 정도 계획된 꾀를 부려 민심을 수습할 때도 있었다. 교묘한 꾀를 써서 사슴을 잡은 것도 그 중의 하나다.

스파노스라고 하는 한 원주민이 사냥꾼들에게 쫓겨 새끼를 데리고 도망치는 사슴을 만났다. 어미는 놓치고 새끼만 잡게 되었는데, 신기하게도 그 빛깔이 순백색이어서 모두 경탄하였다. 그때 세르토리우스는 그 원주민의 이웃에 와서 살고 있었는데, 그 지방에서 나는 과일이나 짐승이나 조류 등을 선물하면 기꺼이 받고는 세르토리우스는 그것들을 선사한 사람들을 후히 대접한다는 소문이 퍼져 있었다. 스파노스라는 원주민은 그 순백색의 새끼사슴을 세르토리우스에게 선물로 갖다 바쳤다. 세르토리우스는 처음에는 그 사슴에 별다른 관심을 보이지 않았다.

그러나 시간이 흐름에 따라 그 사슴은 사람을 따르게 되어, 그가 부를 때에는 그를 따라와서 어디를 가든지 졸졸 따라다녔다. 그리고 진영 내의 소란스러움과 혼란스런 동요 속에서도 잘 지냈다. 그러자 세르토리우스는 이 사슴을 달의 여신 디아나가 준 것이라는 소문을 항간에 퍼뜨리고, 그 증거로는 이 사슴이 자신에게 여러 가지 비밀을 미리 가르쳐준다고 하였다. 야만인은 본래 미신을 믿는다는 것을 알고 있었으므로 그는 신기스러운 풍문으로 이 사슴을 조금씩 조금씩 초자연적인 것으로 만들었던 것이다.

그는 적이 어느 지방으로 침입하였다거나, 어느 도시에서 반란을 일으키려고 공작하고 있다는 비밀 정보에 접하면, 자기가 자는 동안 사슴이 가르쳐주어서 알게 되었다며 사슴의 신기한 능력을 큰 소리로 떠들고는 군대에 출동 명령을 내려 시민들이 그것을 곧이곧대로 믿게 하였다. 그리고 부하 장군 중에서 누가 승리를 거뒀다는 소식을 전해 오면 그 소식을 가지고 온 사자를 숨기고는, 꽃으로 장식한 사슴을 군중들 앞으로 끌고 나와서는 '신들에게 기쁜 소식을 보내달라고 제사를 드려라, 이제 좋은 소식이 올 테니 두고 보라'고 말하곤 하여 승리의 소식을 전해 시민들을 기쁘게 했다.

이러한 교활한 꾀를 써서, 그는 사람들이 자신이 하는 일에 순종케 하였다. 사람들이 순종하게 되는 것은, 자신들은 이제야말로 외국인의 지배를 받는 것이 아니라 오히려 진정으로 신의 지배를 받고 있다고 믿고 있었기 때문이었다. 또한 세르토리우스의 세력이 급성장하였다는 사실 그 자체만을 보더라도 신과 자신들을 연결해주는 신이 보낸 사람이라는 것을 믿고도 남을 만한 충분한 이유가 있었다.

그가 소위 로마의 정규병 2천6백 명, 처음 루시타니아에 입국할 때 데리고 온 7백 명의 아프리카 병, 4천의 루시타니아의 궁수와 7백의 기병을 이끌고 있고, 겨우 20군데의 도시를 지배하고 있는 데 불과했다. 그러나 상대편은 12만의 보병과 6천의 기병, 2천의 궁수와 투석수를 거느리고 있고, 무수히 많은 도시들을 지배하고 있었는데도, 세르토리우스는 로마의 장군 네 명을 상대로 하여 싸워 모두 이기고 그들의 부속물인 많은 영토와 도시를 점령하였다.

그를 토벌하러 온 장군 중 코타는 멜라리아 시 부근의 해전에서 격파하고, 바이티카의 총독 푸피디우스는 바이티스 강둑에서 격파하여 2천의 로마병을 살해하였다. 뿐만 아니라 스페인의 다른 지방의 부집정관 루키우스 도미티우스는 그가 파견한 부장(副將)의 한 사람에 의하여 격파되었고, 메텔루스가 파견한 다른 장군 토라니우스도 정복하였다. 또 당시 로마에 가장 이름을 날리던 메텔루스의 아버지 메텔루스 누미디쿠스에게까지도 몇 차례씩 공격을 가했으므로 루키우스 만리우스가 원군을 이끌고 멀리 갈리아의 나르보넨시스에서 달려오고, 로마 정부는 뜻하지 않은 세르토리우스의 연이은 승리에 놀라 허겁지겁 대폼페이우스에게까지 많은 병력을 주어 그를 격파하라는 명령을 내렸을 정도였다.

그는 뛰어난 계략으로 넓은 들에서 결전을 벌이려는 적의 작전에는 말려들지 않았고, 스페인의 가벼운 차림의 경장보병대를 이끌고 지형을 이용하여 신출귀몰하게 적의 의표를 찌르고 기습작전을 감행하였는데, 그것에는 적의 명장 메텔루스도 속수무책이었다. 갑옷으로 늘 몸을 완전히 무장하고 철통 같은 대열을 짓고서 일 대 일로 싸우는 정공법만을 쓰는 로마 병으로서는 신출귀몰하는 적과 싸우고, 또 불기도 없는 천막 속에서 한겨울의 추위를 참자니 그 어려움은 이만저만이 아니었다.

그뿐만이 아니었다. 메텔루스는 너무나 많은 전투와 위험한 투쟁을 해 오는 동안 지쳤는지 이제는 무기력해졌고 안이한 사치생활에 물이 들었다. 그래서 전쟁터에서의 용맹스러운 그의 무용담은 이제 과거의 일이 되어버렸다. 그러나 세르토리우스는 힘과 용기의 절정에 있었고, 심한 고역과 긴 행군과 연야의 불면을 예사로 알았고, 전쟁 중의 풍족하지 못한 음식도 달게 먹었다. 그는 전투가 없을 때에도 술을 취하도록 마시는 일은 절대로 없었고, 한가할 때에는 늘 산야로 수렵을 다니며 산야의 지형을 살펴두어 산이 막히고 트인 곳을 다 알고 있었다.

그래서 세르토리우스는 적에게 쫓길 때에는 곧 피하고, 적을 쫓을 때에는 마음대로 포위하곤 하였다. 그러므로 메텔루스는 전쟁의 흐름은 항상 유리하고 전의(戰意)는 왕성하면서도 패전한 것과 다름없는 손해를 보았으며, 세르토리우스는 전선에서 도주하면서도 승리자와 마찬가지의 전과를 거두었다. 왜냐하면 그는 적의 식량과 음료수의 보급로를 차단하였을 뿐만 아니라, 적이 전진하여 오면 어디론가 숨었고, 적이 어떤 곳에 주둔하여 야영이라도 할라치면 계속 출몰하여 편히 쉬지 못하게 방해하였다. 또 적이 어느 도시를 포위할 기미가 보이면 그는 곧 출몰하여 다시 적을 포위하였다. 그러고는 군사물자의 보급을 끊었다. 이렇게 하여 그는 로마 군을 극도로 지치게 하였다.

세르토리우스가 메텔루스와 일 대 일로 싸우자고 제의하자, 병사들은 한 로마 인이 한 로마 인과 싸운다는 것, 한 장군이 한 장군과 싸운다는 것은 공정한 도전이라고 환영하였다. 그러나 메텔루스가 그것을 거부하자 병사들은 그를 비난하였다. 메텔루스는 이 도전을 일소에 부치고 거절하였는데 메텔루스에게 결과는 이미 정해졌으므로 자신을 위해서는 잘한 일이었다. 왜냐하면 테오프라스투스의 말과 같이, 장군이란 장군답게 죽어야 하며 한낱 병졸처럼 죽어서는 안 되기 때문이다.

메텔루스는, 세르토리우스를 적극 원조하고 있는 랑고브리타이 시의 시내에는 우물이라고는 하나밖에 없지만 포위군인 자기 병사들은 교외에 있는 시냇물을 마시면 될 것이라 생각했다. 그리하여 메텔루스는 이틀이면 이 도시를 함락시킬 수 있을 것이라 생각하고 5일분의 군량만 가지고 갔다. 그러나 세르토리우스가 곧 구원하러 달려와, 2천 개의 가죽자루에 물을 채우게 하고, 그 자루를 나르는 삯으로 많은 돈을 주기로 약속하였다. 많은 스페인 인들과 무어 인들이 지원하였으므로 세르토리우스는 건강하고 걸음이 가장 빠른 사람들만 골라서 그들로 하여금 랑고브리타이 시에 있는 주민들에게 물자루를 갖다 주게 한 다음, 싸움에 도움이 되지 않는 주민을 몰래 데리고 오도록 하여 방위를 맡을 시민들이 물을 오래 쓸 수 있도록 하게 했다.

이 소식이 메텔루스의 귀에 들어가자, 군량의 대부분이 소모되었다는 사실을 알고 있던 메텔루스는 매우 걱정이 되어 아퀴누스에게 6천 명의 군대를 주어 군량을 새로 얻어오게 했다. 그 사실을 알게 된 세르토리우스는 3천 명의 병사들을 울창하게 숲이 우거진 시냇가에 미리 잠복시켜 놓았다가 돌아오는 아퀴누스 군의 후미를 공격케 하고, 자기 자신은 아퀴누스를 전면에서 공격하여 적의 일부를 무찌르고 나머지는 포로로 잡았다. 아퀴누스는 말도, 갑옷도 다 잃은 채 구사일생으로 진영으로 돌아왔다. 그리하여 메텔루스는 치욕 속에서 포위군을 철수시켜 시민들의 조소를 받으며 철수하였다. 이 일로 세르토리우스는 한층 더 시민들의 존경과 숭배의 대상이 되었다.

세르토리우스는 또한 야만인들을 잘 숙련된 노련한 병사들로 질서정연하게 훈련시켰기 때문에 그 이름이 널리 알려졌다. 왜냐하면 그는 그들의 난폭한 전투방식을 혁신하여 로마식 무기로 무장시켰고, 신호와 암호를 사용케 하였으며, 군내에서 질서를 지키도록 하였기 때문이다. 그뿐 아니라 포학무도한 산적의 무리들을 잘 훈련된 군대로 만들었다. 그는 또 금과 은을 아끼지 않고 그들에게 풍부히 주어 그것으로 투구에 금박을 입히고 장식케 하였으며, 방패도 여러 가지 무늬와 의장으로 치장케 하였다. 군복에도 꽃을 수놓게 하여 그 비용을 치러주었으며, 모든 개혁에 그들과 함께 참여함으로써 그들의 절대적인 신망을 얻었다.

그러나 그 중에서도 그들의 환심을 가장 깊게 사게 된 것은, 그가 그들의 자녀들에 대하여 깊은 관심을 기울였다는 사실이었다. 그는 명문 집안의 자제들을 오스카라는 대도시에 모아 놓고 교사들을 임명하여 그리스와 로마의 학문을 가르쳐주었다. 말로는 그들의 자제들에게 교육을 시켜 성인이 되면 정치에 참여시키겠다고 하였으나 실제로는 그들을 인질로 잡아둔 것이었다. 그러나 그 아버지들은 자식들이 진홍색으로 단을 두른 가운을 단정하게 입고 질서정연하게 매일같이 학교에 다니는 것을 보고 매우 기뻐하였다. 세르토리우스는 그들의 수업료를 대주었으며, 가끔 시험을 보아 성적이 가장 우수한 아이들에게는 상을 주었고, 로마인들이 '불로이'라고 부르는 금목걸이를 걸어주었다.

스페인에는 장군이 싸움을 하다가 전사할 경우, 장군을 섬기는 부하들은 장군을 따라 죽을 때까지 싸우는 습관이 있었는데, 주민들은 이 행사를 성스러운 것으로 생각하고는 헌납 또는 헌주라고 불렀다. 다른 장군들에게는 그다지 많지 않은 병사들이 따랐지만, 세르토리우스의 경우에는 그를 따라다니며 장군과 함께 생사를 같이하려는 자가 수천에 이르렀다. 떠도는 소문에 의하면, 그의 군이 스페인의 한 도시 근처에서 패배를 당하고 적의 추격을 받았을 때 스페인 병사들은 자기 목숨은 전연 돌보지 않은 채, 장군을 구하기 위해 모두 달려와서 어깨에다 메고 교대교대로 시내에까지 들여보낸 뒤에야 제 목숨을 건지려고 각자가 도망쳤다는 것이다. 이렇듯 세르토리우스는 병사들에게 덕망을 얻고 있었다.

스페인 병사들뿐만 아니라 이탈리아에서 온 로마 병사들도 스페인 병사들 못지 않게 세르토리우스를 따르며 그의 지휘를 받기를 갈망하였다. 세르토리우스와 같은 파 출신인 페르펜나

벤토가 많은 군자금과 병사들을 이끌고 와서 메텔루스와 전쟁을 하려고 하였을 때, 그의 병사들은 이것을 반대하였다. 병사들은 그가 막대한 재산을 가진 명문집안 출신이라는 것을 불쾌히 여기며 자기들의 장군에 대하여 불만을 품고, 세르토리우스를 칭찬하였다.

폼페이우스의 군대가 피레네 산맥을 건너오는 중이라는 소문을 들은 페르펜나의 병사들은 무장을 하고 군기를 휘날리고 나서서 페르펜나에게 어서 자기들을 세르토리우스 장군에게 데리고 가 달라고 요구하며, 만일 자기들의 요구에 응하지 않으면 자기들끼리 찾아가겠다고 위협하였다. 페르펜나는 할 수 없이 53대대나 되는 병력을 이끌고 세르토리우스에게로 갔다.

에브로 강 기슭에 있는 모든 도시들이 세르토리우스의 산하로 모여들고, 또 사방에서 군대가 밀물처럼 몰려들었으므로 그 병력수는 참으로 막강한 것이 되었다. 그러나 많이 모여든 병사들이 공격하라는 명령이 떨어지지 않는 것에 대해 불만을 품고 어서 적을 공격하게 해달라고 아우성을 치며 졸라대는 무질서한 경거망동을 하자, 세르토리우스는 큰 골칫거리를 안게 되었다. 세르토리우스는 처음에는 이성과 조언을 아끼지 않고 그들의 경거망동을 억제하려고 애썼지만 그들은 영 말을 듣지 않았다.

세르토리우스는 병사들을 진정시킬 수 없음을 깨닫고는 그 요구를 얼마쯤 들어주어 패전의 맛을 단단히 보여준 다음, 군기를 지키는 군대가 얼마나 필요한가를 체험을 통하여 보여주리라고 결심하였다. 그리하여 마음대로 적을 공격해보라고 내버려두었다. 그랬더니 아니나 다를까, 과연 그가 예측한 대로 그들은 중구난방으로 전투에 뛰어들어 전투에서 격파되어 모두 뿔뿔이 흩어져 도주하기에 바빴다. 그 광경을 본 세르토리우스는 군을 이끌고 나가서 능란하게 그들을 구출해 가지고 무사히 진지로 데리고 왔다.

이 일이 있은 며칠 후, 군의 사기를 북돋울 생각에서 전군을 모아놓고 그들 앞으로 두 필의 말을 끌어오게 하였다. 한 필은 몹시 여위고 늙었으나, 또 한 필은 크고 기운이 센 말로서 굉장히 살이 찐데다 꼬리도 길었다. 여위고 늙은 말 옆에는 키가 크고 몸이 건강한 사람을 세워 두고, 기운이 세고 젊은 말 옆에는 키가 작고 볼품이 없는 사람을 세워 두었다. 신호가 떨어지자, 힘이 센 사람은 전력을 다하여 여윈 말의 꼬리를 한꺼번에 뽑아버리려는 듯이 끌어당기기 시작하고, 약한 사람은 힘센 말의 꼬리에서 털을 하나씩 하나씩 뽑기 시작하였다. 강한 사람은 아무리 애를 써도 꼬리를 잡아뽑을 수는 없었다. 구경하고 있던 병사들을 웃기기만 하다가 그만 지쳐서 포기하고 말았다. 그러나 힘이 약한 사람은 단시간 내에 힘도 얼마 들이지 않고 강한 말의 꼬리 털을 전부 뽑았다. 이때에 세르토리우스는 일어서서 전군에게 다음과 같은 연설을 하였다.

"전우 여러분, 지금 여러분이 본 대로입니다. 인내는 폭력보다 강한 것입니다. 한 번에 꺾지 못할 것도 꾸준한 노력으로는 이를 정복할 수 있습니다. 인내야말로 가장 강한 정복자입니다. 근면과 인내는 제아무리 큰 세력이라 할지라도 이를 침식 정복해버립니다. 시간은 신중히 기회를 노리고 있다가 자기들의 판단을 사용하는 사람들의 좋은 벗이나 조력자가 됩니다. 그리고 이치에 닿지 않게 조급히 서두는 사람들에게는 가장 큰 적이 됩니다."

세르토리우스는 이러한 수단을 수시로 씀으로써 야만인들의 난폭성을 무마하고, 그들에게 기회를 놓치지 말도록 일깨워주었다.

그의 놀라울 만한 모든 전공 가운데서 특히 칭송을 받을 만한 것은 카라키타니아 인과의 전투에서 거둔 전공이었다. 카라키타니아 인이란 타구스 강 건너편에 살고 있는 종족으로, 도시나 촌락을 이루고 살고 있는 것이 아니라 높은 바위산의 깊은 동굴에서 살고 있는데, 동굴의 입구는 모두 북쪽을 향하여 뚫려 있다. 그 산 아래에 펼쳐져 있는 땅은 부드러운 진흙 비슷한 토양으로 되어 있는데, 밟으면 발이 땅 속으로 움푹 빠지고, 재나 석회가루처럼 흙가루가 일었다. 아무리 위험스런 전쟁이라 할지라도 이 야만족들이 전리품과 먹이를 가지고 동굴 속으로 들어가서 가만히 있으면 어떠한 적의 공격이라도 모면할 수가 있었다.

세르토리우스가 메텔루스를 피하여 얼마간 이 동굴 근처로 와서 진을 쳤을 때, 그들은 메텔루스 군에게 패하여 이 동굴 근처로 와서 숨은 것이라 생각하고는 세르토리우스를 경멸하였다. 세르토리우스는 화가 나서 그랬는지, 분개한 나머지 그랬는지, 아니면 적에게 쫓긴 것이 아님을 보여주기 위하여 그랬는지, 아무튼 새벽에 이 산으로 올라와 지형을 살폈다. 그러나 어느 방향으로도 그 산에 이르는 길이라곤 없음을 알고는 말을 몰고 왔다갔다하며 공연한 위협만 했다.

그러다가 그는 바람에 먼지가 일어 그것이 야만족들 쪽으로 휘몰아치는 것을 보았다. 앞서 이야기한 바와 같이, 동굴은 모두 입구가 북쪽을 향하여 뚫려 있는데 이 지방에서는 바람이 대개 그 쪽에서 불어왔으며, 풍속도 매우 강하였다. 카이키아스라고도 부르는 이 바람은 축축이 젖은 들과 눈덮인 산에서 불어오는 바람이었는데, 이때는 바로 한여름이라 먼 북방에서 얼음을 녹인 다음 세차게 이 산의 동굴로 불어와, 동굴에서 살고 있는 야만족과 그들의 가축들로 하여금 하루종일 매우 서늘하게 지내게 하였다.

세르토리우스는 주민들이 제공한 정보와 자기 자신이 직접 얻은 경험이 그에게 가르쳐준 모든 사정을 잘 생각해본 뒤 카라키타니아 인을 보호해주는 동굴을 역으로 이용하여 그들이 동굴을 나오지 않고는 못 배길 꾀를 생각해 내고는 명령을 내렸다. 그는 병사들에게 가벼운 그 흙을 삽으로 많이 파서 수북이 쌓아 올린 다음, 그 야만족들이 살고 있는 산 반대쪽으로 운반하게 하여 또다시 수북이 쌓아 놓았다. 이것을 본 야만인들은 자기들을 공격하기 위해 성을 쌓는 것으로 생각하고서, 어림도 없는 수작이라고 조롱하며 비웃었다. 그러나 세르토리우스는 이 일을 저녁때까지 계속한 다음 병사들을 데리고 숙소로 돌아왔다.

다음날 아침, 부드러운 미풍이 일자 가벼운 흙이 겨처럼 날렸다. 그러나 카이키아스가 심하게 불기 시작하고 해가 높이 떠오름에 따라 야만인들이 살고 있는 산은 온통 먼지 속에 싸이고 말았다. 병사들이 성처럼 수북이 쌓아올린 흙산 위에 올라가 발로 걷어차거나 그 위를 돌아다니거나 하여 먼지를 피우기도 하고, 심지어는 말을 타고 그 위를 달리기도 하며 먼지를 피우니 그 먼지는 카이키아스를 맞으려는 듯이 입을 크게 벌리고 있는 동굴 속으로 날아 들어갔다.

구멍이라고는 하나밖에 없는 동굴 안에 살고 있는 야만인들은, 그 구멍으로 먼지가 계속 날아 들어왔으므로 눈앞이 캄캄해지고 숨이 막혀서 겨우 이틀 동안 지탱한 다음, 견디다 못해 셋째 날에 가서 항복하고 말았다. 이 승리로 세르토리우스가 특별히 얻은 것은 없었으나 난공불락이라고 이름난 곳을 전략에 의하여 정복할 수 있다는 것을 세상에 보여줌으로써 더욱 명성을 떨쳤다.

세르토리우스가 메텔루스를 상대로 하여 싸울 때 그가 늘 승리를 거둔 것은 메텔루스가 너무 늙어서 박력이 없었기 때문이라고 생각되었으며, 메텔루스가 이러한 상태로는 정규군은 고사하고 산적의 무리 같은 나약한 군대나 지휘할 장군의 담력에도 못 미칠 것은 뻔한 일이었다. 그러나 폼페이우스가 피레네 산맥을 넘자, 이에 대항하기 위해 세르토리우스가 그의 진지 곁에 진을 치게 되어 두 장군은 서로 온갖 전략을 부리며 싸우게 되었다. 이때 세르토리우스가 계략과 치밀한 전술로 폼페이우스의 의표를 찔러 그를 궁지에 몰아넣자, 세르토리우스는 당대의 가장 유능한 명장이라는 명성을 널리 로마에까지 떨치게 되었다.

그러나 폼페이우스의 명성 또한 대단한 것이었다. 그는 술라를 위한 여러 번의 전쟁에서 수훈을 세워 이미 큰 명성을 떨쳤다. 그는 술라로부터 마그누스라는 칭호를 받았고 대폼페이우스라고 불려졌으며, 얼굴에 수염이 나기 전인 어린 나이에 이미 개선식을 올렸었다. 그리하여 한때는 세르토리우스의 지배하에 있던 많은 도시들이 반란을 일으키고 폼페이우스의 산하로 달려갈 기세를 보였다. 그러나 세르토리우스가 여러 도시들에서 세운 공훈, 그 중에서도 특히 라우론 시 근처에서 그가 보인 혁혁한 그 위대한 전공에 의하여 시민들은 깜짝 놀라고 그런 생각을 버렸다.

세르토리우스가 라우론 시를 포위하였을 때, 폼페이우스는 그 도시를 구제하기 위하여 전군을 이끌고 왔다. 그 도시 근처에 있는 그리 높지 않은 산이 전략적으로 매우 중요한 지점에 위치하고 있었으므로 양 군은 이 산을 먼저 점령하려고 안간힘을 썼다. 세르토리우스가 그 산을 먼저 점령하였으므로 폼페이우스는 부득이 그의 군을 멈추고는 자기 군대와 라우론 시 사이에 세르토리우스가 포위되었다고 생각하고 매우 잘된 일이라고 반색을 하였다. 폼페이우스는 라우론 시민들에게 사자들을 보내어, 모두들 용기를 잃지 말고 성벽 위로 올라가서 세르토리우스 군이 포위되어 있는 꼴을 구경하고 있으라고 일렀다.

세르토리우스는 폼페이우스의 의중을 꿰뚫고 미소를 지으며, '장군의 임무란 자기 앞만 볼 것이 아니라 자기 뒤도 볼 줄 알아야 한다는 것을 술라의 제자놈(세르토리우스는 비웃으며 폼페이우스를 그렇게 불렀다)에게 가르쳐주어야겠다'고 말했다. 그는 자기 병사들에게, 만일 폼페이우스가 그를 공격하면 그의 후미를 치라고 먼젓번 진지에 남겨 두었던 6천 명의 중무장군에게 말해 두었었다. 폼페이우스도 이 사실을 알게 되었으나 때는 이미 늦었다. 그는 시민들을 구하러 가고 싶었지만 포위당할 것이 두려워서 감히 공격에 나서지 못하였다. 극도의 위험에 빠진 그의 우군과 동맹군을 저버린다는 것도 수치스러운 일이었지만, 그는 부득이 그들이 자기 눈앞에서 죽어 가는 것을 수수방관할 수밖에 없었다.

포위된 시민들은 구제될 것을 단념하고는 세르토리우스에게 항복하였다. 세르토리우스는 그들을 살려주고 그들에게 자유는 허용해주었으나 시가지만은 불살라버렸다. 그가 도시를 불태운 것은 분해서 또는 마음이 잔인해서 그런 것이 아니라 폼페이우스를 칭송하는 사람들에게 수치와 혼란을 주고, 또 폼페이우스는 그의 동맹국의 도시를 돕지 않고 도시가 타오르는 불로 몸을 데우고 있었다고 하는 소문을 스페인 사람들 사이에 퍼뜨리고 싶은 의도에서 그렇게 한 것이었다.

그러나 세르토리우스도 싸움에서 패전한 적이 여러 번 있었다. 그가 직접 지휘하는 부대와 그와 합동작전을 편 부대는 패전한 적이 없었으나, 그의 부하 장군들 때문에 간접적으로 패전을 겪은 적은 있었다. 그렇지만 그러한 경우도 상대방 장군들이 이기고 얻은 것보다 더 큰 명성을 얻었다. 수크로 강변에서 폼페이우스와 싸웠을 때의 전투와 투티아 강변에서 폼페이우스와 메텔루스의 합동군을 상대로 하여 싸웠을 때의 예가 바로 그것이다.

수크로 강변의 전투는 메텔루스가 도착하기 전에 승리를 독차지하려던 폼페이우스가 먼저 도전해 온 싸움이었다. 세르토리우스도 메텔루스가 도착하기 전에 폼페이우스를 먼저 무찔러 버리려는 생각에서 저녁때까지 출병을 늦추었다. 그는 적을 쫓게 되든 적에게 쫓기게 되든, 적군은 그 지방의 지리에 어둡기 때문에 밤의 어둠이 적군에게는 불리할 것이라고 생각한 것이다. 싸움이 시작되고 나서야 세르토리우스는 자신이 폼페이우스와 직접 대치하는 것이 아니라 로마 군의 좌익을 지휘하고 있는 아프라니우스와 대치하고 있다는 것을 알게 되었다. 그때 세르토리우스는 자기 군의 우익을 지휘하고 있었다.

그러나 그의 군의 좌익이 무너져 폼페이우스의 공격에 굴복하기 시작하였다는 보고에 접하자, 그 곳을 다른 장군에게 맡기고 우군을 지원하러 갔다. 그가 이미 도주하는 병사들과 아직 교전 중에 있는 병사들을 추격해 오는 적에게 새로운 공세를 가하니, 전세는 일변하여 이번에는 적이 패주하기 시작하였다. 이 전투에서 폼페이우스는 목숨마저 잃을 뻔한 위험에 빠졌었으나 다행히 부상만 당하고 말을 잃었을 정도로 간신히 위험을 면하였다. 그러나 애석하게도 세르토리우스의 아프리카군이 금으로 장식한 값진 마구를 걸친 말에게 덤벼들어 그것을 빼앗으려고 서로 싸우는 사이에 세르토리우스는 그만 폼페이우스를 놓치고 말았다.

세르토리우스가 다른 부대를 지원하기 위해 그의 군의 우익을 떠나자, 아프라니우스는 자기와 맞선 적군을 격퇴하였다. 아프라니우스는 적을 그들의 진영 내에 몰아넣고 캄캄한 밤이 될 때까지 진영 내에서 약탈하기 시작하였다. 아프라니우스는 폼페이우스가 도주한 것을 모르고 있었고, 그의 병사들의 약탈을 막을 수가 없었다.

이때 승리를 거둔 세르토리우스가 진영으로 돌아와 그와 그의 부하들에게로 덤벼드는 적의 대다수를 죽여버렸다. 다음날 아침 무장을 재정비하고 전선으로 나가 도전하였으나 메텔루스가 가까이 온 것을 알고는 후퇴하였다. 그는 진영으로 돌아가면서 이렇게 중얼거렸다.

"이 늙은이만 오지 않았다면 저 풋내기 어린애를 단단히 때려서 로마로 쫓아버렸을 텐데."

세르토리우스는 폼페이우스를 전멸시키고 싶었지만 메텔루스가 전군을 몰아 진격해 온다면 승리를 장담할 수 없기 때문에 안타깝지만 할 수 없이 진영으로 되돌아온 것이었다.

이때 세르토리우스는 또한 그의 흰사슴을 잃고 크게 상심하였다. 야만인들을 고무시킬 수 있는 가장 귀중한 물건을 잃었기 때문이었다. 그런데 어떤 사람들이 밤에 일을 보러 나갔다가 우연히도 그 흰사슴을 보고 그것이 세르토리우스의 흰사슴임을 알아보고서 데리고 왔다. 세르토리우스는 그들에게, 이 이야기를 아무에게도 하지 않으면 많은 돈을 주겠다고 약속하고는 곧 그 흰사슴을 가두어 두었다.

며칠 후, 세르토리우스는 아주 명랑한 표정으로 사람들 앞에 나타나 야만인의 족장들에게 신들이 그의 꿈 속에서 예언하기를, 며칠 안으로 크게 운이 틀 것이라고 약속하였다고 말하였다. 그리고는 자리에 앉아 야만인들의 청원에 일일이 대답하였다. 이때 그리 멀지 않은 곳에서 흰사슴을 데리고 있던 사람들이 그것을 놓아주었다. 그러자 사슴은 세르토리우스에게 달려와 그의 무릎에다 얼굴을 갖다 대고 비비며 전에 늘 하던 대로 그의 두 손을 핥았다. 세르토리우스는 눈에 눈물까지 글썽이며 사슴의 머리를 부드럽게 쓰다듬어주고 애무하였다. 그러자 그 곳에 모여 있던 사람들은 모두 경탄의 마음에 사로잡혀 기쁜 함성을 올렸다. 사람들은 세르토리우스의 집까지 따라가며, 그야말로 보통사람이 아니라 신의 특별한 은총을 받고 있는 사람이라고 생각하며 장래에 대하여 큰 희망을 걸었다.

세르토리우스는 적을 극도의 군량부족 상태로 몰아넣는 작전을 썼다. 그러자 기아상태에 빠진 적이 군량을 얻으러 나왔으므로 세르토리우스는 사군툼 근처의 들판에서 적과 결전을 벌이게 되었다. 양 군은 명예를 걸고 용감하게 싸웠다. 이 전투에서 폼페이우스의 명장 멤미우스가 죽느냐 사느냐의 치열한 백병전을 벌이다가 장렬한 전사를 당하자, 세르토리우스는 승세를 타고 적군을 모두 무찌르고 메텔루스에게로 육박해 갔다. 메텔루스는 나이도 잊은 채 분전하다가 마침내 창에 찔려 부상을 당하였다.

그러자 그 광경을 직접 목격한 병사들과 그 소문을 들은 병사들은, 불행에 처한 장군을 버리고 도망치는 것은 너무나 수치스러운 일이라고 생각하고는 일제히 달려와 메텔루스 주위에 방패의 담을 쌓아 그를 구출하고, 용감히 반격하여 스페인 군을 격퇴하였다. 전세가 돌변하자, 세르토리우스는 작전상 그의 군대를 더 안전한 곳으로 후퇴시키고, 거기서 증원부대를 징집하여 반격을 시도할 계획을 세웠다. 그는 산중에 있는 도시로 일단 물러나서, 적을 계속 포위하려는 생각에서가 아니라 적을 속이려는 생각에서 성벽을 수리하고 성문을 더 견고하게 만들기 시작하였다. 과연 그의 예상은 적중하였다. 적은 성문 앞에서 진을 치고 지키고만 있으면 그다지 큰 저항을 받지 않고서도 수월하게 성을 빼앗을 수 있을 것이라고 생각하였다.

그 동안 세르토리우스는 각 도시로 장군들을 파견하여 병사를 모으게 하고, 그 수가 충분히 차면 자기에게 연락하라는 명령을 내려두었다. 그리하여 충분한 병력을 확보하였다는 연락이 오면, 용약 출진하여 적의 포위망을 뚫고 나가 새로운 부대와 합류할 계획을 세웠다. 이렇게 해서 상당히 많은 수의 증원부대를 확보하게 되자, 그는 또다시 로마 군을 강타한 다음 신속하게 그들에게 공격을 가하였다. 사방에서 기습작전을 감행하기도 하고 함정에 빠뜨리기도 하며, 우회작전을 쓰기도 하고 복병을 쓰기도 하는 등 갖가지 방법을 총동원하여 적의 지상보급로를 차단하고, 각지에 신출귀몰하여 적을 괴롭혔다.

한편 그의 해적선을 동원하여 모든 해안선을 봉쇄하여 바다로 오는 적의 모든 보급로도 차단하였다. 그가 로마의 장군들의 연락망을 교란시켰으므로 그들은 뿔뿔이 갈라졌다. 즉, 메텔루스는 갈리아로 물러가고, 폼페이우스는 바카이아 인들이 사는 지방으로 가서 그들 사이에 끼여 비참한 상태로 월동하였다. 그는 원로원으로 서한을 보내어, '하루속히 군자금을 보내주지 않으면 철수할 위기에 몰려 있다, 이탈리아를 보호하느라고 사재마저 다 탕진하였다고 말하였다. 세르토리우스의 전략에 의하여 당대의 로마 명장들이 이 꼴이 되고 만 것이다'라고 전했다. 그리하여 로마에서는 이러다가는 폼페이우스보다 세르토리우스가 먼저 로마로 쳐들어올지도 모르겠다는 소문이 파다하게 퍼졌다.

메텔루스가 세르토리우스를 얼마나 두려워하였고, 또 어느 정도까지 그를 중요시하였는가는 그가 다음과 같은 포고문을 선포한 사실로도 알 수 있다. '즉, 세르토리우스를 죽이는 로마 인에게는 돈 100탈렌트와 땅 2만 에이커를 주겠다. 만일 그가 추방자의 경우라면 그의 귀국을 허용하겠다'고 말하였다. 이것은 그가 세르토리우스와 싸워서 이길 자신이 없으니 모략을 써서 그를 암살하려는 술책이라고밖에 볼 수 없다.

메텔루스는 세르토리우스와 싸워서 한 번 이긴 적이 있었는데, 그때 그는 행운이 자신을 따른다고 기뻐하며 자신을 스스로 대장군이라고 선포하고, 각 시는 자기가 도착하면 자신을 위하여 제단을 만들고 제사를 드리도록 하라고 지시하였다. 또 그는 자기 머리에 승리의 관을 얹고 성대한 연회에 나가 개선장군의 차림으로 앉아 술을 마셨다. 그러면 기계로 조종하게끔 되어 있는 승리의 초상들이 내려와 금으로 만든 전승기념물과 관을 그에게 바치고 젊은 남녀들이 그의 앞에서 춤을 추고, 환희의 노래와 개선의 노래를 부르게 하였다고 한다.

메텔루스의 거만하고 사치스러운 이러한 행동으로 그는 많은 사람들에게 빈축의 대상이 되었는데 그것은 당연한 일이었다. 왜냐하면 세르토리우스를 가리켜 술라에게 쫓겨난 종놈이니 카르보도당의 일원이니 하고 조롱하던 메텔루스가, 로마에서 견디다 못 해 이 곳으로 유랑의 신세가 되어 온 세르토리우스에게 겨우 한 번 이겼다고 해서 메텔루스가 지나칠 정도로 거만하게 굴었기 때문이었다.

그러나 세르토리우스는 다음과 같은 행동을 함으로써 도량이 넓은 인물이라는 것을 세상에 과시하였다. 첫째로 그는 로마에서 이 곳으로 망명해 온 원로원 의원들을 모두 한 곳에 모아 그들과 함께 살며 그들에게 원로원 의원의 명칭을 주는 아량을 보였다. 그리고는 그들 중에서 군의 재무관이나 재판관을 임명하고, 그의 정부를 로마의 법률과 제도에 따라 수립하였다.

다음으로는 그가 스페인의 무기와 재물과 여러 도시들을 이용하였지만, 그들에게는 결코 국가의 요직을 주지 않고 로마의 장교나 장군에게 스페인을 지배하게 함으로써 스페인 인이 세력을 강화하여 로마 인에게 대항하지 못하게 하고, 로마 인에게 자유를 회복시켜주겠다는 뜻을 암시하였다. 왜냐하면 그는 진정으로 조국을 사랑하는 애국자였으며, 언젠가 고국으로 돌아가고 싶은 강한 욕망을 가지고 있었기 때문이었다.

세르토리우스는 역경에 처하게 되었을 때에도 결코 용기를 잃지 않았으며 적에 대하여 비굴한 행동을 취하지 않았다. 그러나 그는 자신이 승리를 거두어 번영의 절정에 있을 때 흔히 메텔루스나 폼페이우스에게 사람을 보내어, 그들이 자기의 귀국을 허용해준다면 무기를 버리고 조국의 품 안으로 돌아가 일개 평민으로 살겠다는 뜻을 전하였다. 유랑민의 신세로 로마 이외의 모든 나라들의 전권을 손에 쥐고 있는 최고사령관으로 있기보다 조국으로 돌아가 미천한 천민으로 살고 싶다는 뜻을 선언하였다. 그가 조국을 이토록 그리워한 것은 홀로 그를 키워준 모친에 대한 사랑의 마음이 지극하였기 때문이라고 한다.

그 후, 그의 친구들이 스페인으로 사람을 보내 그에게 자기들의 장군이 되어달라고 요청하였을 때 그는 모친의 부보(訃報)를 접하고 슬픔에 못 이겨 침식을 끊고 죽기를 원하였다. 7일 동안이나 막사 안에 틀어박혀 아무 말도 하지 않았을 뿐만 아니라 측근마저 만나기를 거부하였다. 군의 최고사령관과 저명인사들이 막사로 모여들어 간곡히 설득한 뒤에야 겨우 밖으로 나와 병사들에게 연설도 하고 밀린 정무도 보살폈다. 이렇듯 그의 모친에 대한 사랑은 각별했다.

이런 점으로 해서 세르토리우스는 많은 사람들에게 본래 성격이 온화하고 인정이 많고 또 천성이 유순하고 고요하여 조용한 생활을 할 사람으로 보였다. 그렇기 때문에 사람들은 그가 전쟁에서 살생을 하는 것을, 어쩌다가 본의 아니게 장군이 되었다가 일신의 안전을 지키느라고 자기도 모르는 사이에 창검을 손에 잡고 전쟁을 하게 된 사람이라고 생각하였다.

미트리다테스 왕의 제의를 받았을 때 그가 보여준 태도는 그의 마음이 얼마나 위대한가를 잘 보여준다. 미트리다테스가 술라에게 당한 패배에서 어느 정도 회복하여 아시아에서 다시 한번 그의 세력을 뻗쳐보려고 마음먹고 있을 때, 세르토리우스의 명성이 도처에서 세상을 진동시키고 있었다. 마침 유럽의 서쪽에서 온 상인들이 그들이 가지고 온 진기한 상품 사이에 이 소문을 섞어 가지고 와서 미트리다테스의 나라 폰투스에다 세르토리우스가 세운 그 혁혁한 전공의 소문을 퍼뜨렸다.

또한 미트리다테스는 세르토리우스를 한니발에, 자기를 피루스 왕에 비교하는 아첨도배들의 말을 그대로 믿었다. 그리하여 가장 용감한 천하의 명장인 세르토리우스와, 현존하는 왕 중 가장 세력이 강한 자기의 권세를 합하여 양편으로부터 로마를 공격한다면 제아무리 강하다는 로마도 당해내지 못하고 패망할 것이라고 생각한 나머지, 세르토리우스에게 사절단을 보내고 싶은 강한 욕구에 사로잡혔다.

미트리다테스는 곧 스페인에 있는 세르토리우스에게 사절단을 보내, 만일 세르토리우스가 자기의 아시아에서의 권리를 인정하고, 술라와의 협정에 의하여 로마에 빼앗긴 그의 모든 권익을 도로 찾을 권위를 인정해준다면, 전쟁에 쓸 군자금과 군선들을 제공하겠다고 약속하는 서한과 훈령과 권한을 전해 왔다. 세르토리우스는 원로원 회의를 소집하여 의원들에게 의견을 물었다. 그러자 모든 의원들이 한결같이 미트리다테스의 제안을 대단히 만족스럽게 여기며 수락하라고 권고하는 것이었다. 원로원 의원들은, 미트리다테스가 명칭만에 불과한 것을 요구하며 그 대가로 세르토리우스에게는 지극히 필요한 군자금과 군선을 주겠다는 것이니 그것을 거절할 아무런 이유가 없지 않느냐며 그 제안을 받아들이라고 권고하였다.

그러나 세르토리우스는 원로원 의원들의 제안을 완강히 거절하며 다음과 같이 단호하게 말하였다.

"나는 미트리다테스가 비티니아와 카파도키아 같은 나라에서 그의 왕권과 권위를 휘두르는 것을 환영합니다. 그 두 나라는 예로부터 왕정에 익숙해 온 나라들이니 로마로서는 관여할 바가 아닙니다. 그러나 로마가 정당하게 소유하고 있던 식민지이며, 미트리다테스가 불법으로 침략 점유하였다가 핌브리아와 싸운 끝에 나중에 잃었고, 다시 술라와의 휴전조약에 의하여 포기하였던 아시아를 다시 차지하겠다고 나오는 것은 용서할 수 없는 일입니다. 나는 천하무적인 나의 군대로 조국 로마의 영토를 확대하고 싶지, 조국의 영토를 축소시키면서까지 내 영토를 확장하고 싶지는 않습니다. 마음이 고결한 사람은 승리가 명예롭게 올 때에만 그것을 기꺼이 받아들이는 법이며, 명예롭지 않은 것은 자기의 생명을 버리는 한이 있더라도 바라지 않습니다."

이것은 세르토리우스가 조국 로마를 얼마나 사랑하였고 또한 자신의 이익을 내세우지 않았는가를 잘 알 수 있는 말이었다. 이 이야기가 미트리다테스에게 전해지자 미트리다테스는 깜짝 놀라 그의 측근 신하들에게 말하였다.

"현재 로마에서 쫓겨나 스페인에 와서 우리 나라와 동쪽에서 접경을 이루며 지내는 세르토리우스가 우리가 아시아를 다시 손안에 넣으면 우리와 전쟁을 하겠다고 위협하는 실정이니, 만약 저 세르토리우스가 로마의 정권을 잡는 날에는 우리에게 무엇을 하라고 명령할 것인가?"

미트리다테스는 세르토리우스가 못마땅하기도 했지만 두려운 존재이기도 했다. 결국 쌍방은 협정을 체결하고는 다음과 같이 서약하였다. 즉, 미트리다테스는 카파도키아와 비티니아를 점유하고, 세르토리우스에게 3천 탈렌트의 군자금과 40척의 군선을 제공한다는 내용이었다.

세르토리우스는 로마를 버리고 자기에게로 와서 심복이 되어 있던 로마의 원로원 의원 마르쿠스 마리우스를 장군으로 임명하여 아시아로 파견하였다. 다행히도 미트리다테스는 마리우스와 협력하며, 아시아의 여러 도시들을 공략하고 마리우스가 장군의 위엄을 갖추고 입성할 때마다 자진하여 제2의 자리에 만족하며 그를 섬겼다. 마리우스는 이들 도시 중 몇 개의 도시에는 자유를 주고, 그 나머지 도시에는 세금을 면제해주었다. 그리고 이 특혜는 세르토리우스의 은총에 의하여 이루어진 것이라고 선포하였다. 그러므로 세금 청부업자들과 주둔군의 탐욕과 행패로 신음하던 아시아는 새로운 희망에 부풀어 어서 정권이 하루빨리 바뀌기를 기쁜 마음으로 기대하였다.

한편, 스페인에 있는 세르토리우스 주변의 소위 그 원로원 의원들과 그 밖의 귀족출신 의원들은 자기들의 힘이 적을 무찌를 수 있을 만큼 강해졌음을 깨닫게 되자, 공포심이 사라지고 세르토리우스의 권세를 시기하고는 질투심에 사로잡혔다. 그 중에서도 특히 페르페나라는 자는 귀족 출신이라는 자부심에서 우쭐하여 전군을 장악하려는 어리석은 생각에 사로잡혀 자기와 생각을 같이하는 무리들과 함께 반란을 일으킬 공작을 꾸미며 이렇게 말하였다.

"우리에게 무슨 나쁜 귀신이 달라붙어서 신세가 이렇게 자꾸 나빠져만 가는 거지? 우리는 육지와 바다의 통치자인 술라의 독재가 싫고 자유가 그리워서 이 곳까지 왔는데, 그것도 뜻대로 되지 않아 떠돌아다니는 세르토리우스의 종이 되었으니 말이야. 이것도 남이 시킨 것이 아니라 자의로 선택한 노릇이니 따분한 신세지. 우리를 원로원 의원이라고 부르기는 하지만 종 못지 않게 부려먹으며 힘든 일만 시키고, 스페인이나 루시타니아의 야만인들처럼 오만불손한 명령에 복종하게끔 강요당하고 있는 것이 아니냔 말이야."

이러한 폭언으로 그들을 선동하였으나 대다수의 사람들은 세르토리우스의 세력이 두려워서 감히 반란을 일으키지는 못하였지만, 속으로는 그의 세력을 꺾으려는 생각을 버리지 않았다. 그리하여 그들은 스페인과 루시타니아의 야만인들을 엄하게 처벌하고 지독하게 세금을 부과하고는, 이 모든 것이 세르토리우스의 엄명에 의하여 이루어졌다고 헛소문을 퍼뜨렸다. 이리하여 각 도시에서는 소요와 반란이 일어났다.

세르토리우스는 이 소요와 반란을 진압시키려고 사람들을 보냈으나 도리어 스페인과 루시타니아의 야만인들의 비위를 건드려, 적의 수는 늘어만 가고 사태는 더욱 악화되었다. 이 모든 사태에 화가 난 세르토리우스는 이제까지의 유화정책을 버리고 일변하여 오스카 시에서 교육시킨 스페인 인들의 아들들을 붙잡아 더러는 잔인하게 죽이고 나머지는 노예로 팔았다.

그 동안 페르페나는 음모가담자의 수를 늘려 나갔는데 그 무리 속에 세르토리우스의 막료 가운데 하나인 마리우스 장군을 포섭하는 데 성공하였다. 그런데 그때 마리우스 장군은 어떤 미소년에게 반해 있었다. 그는 이 미소년의 사랑을 더 한층 차지하기 위하여 이 비밀을 그에게 털어놓고는, '너에게만 이 비밀을 털어놓는 것이니 다른 사람은 무시하고 나만 사랑해달라'고 간곡히 부탁하였다. 며칠만 있으면 큰 세력을 가진 사람이 될 테니 두고보라고 장담까지 하였다.

그러나 이 미소년은 아우피디우스를 사랑하고 있었기 때문에 이 비밀을 모두 그에게 털어놓았다. 이 말을 들은 아우피디우스는 깜짝 놀랐다. 왜냐하면 자기도 그 음모사건의 일원이었지만, 마리우스까지 그 음모사건에 끼여 있으리라고는 꿈에도 생각하지 못했기 때문이다. 그러나 이 미소년이 페르페나와 그라키누스와 그 밖의 많은 사람들이 그 음모사건의 맹우의 일원이라고 말하자 그는 더더욱 놀랐다. 그렇지만 그 미소년에게는 아무렇지도 않은 듯한 태도를 지어보이며, 마리우스는 거짓말쟁이니 상대도 하지 말라고 일렀다. 그리고는 그 길로 페르페나에게로 달려가서, 사태가 매우 긴박하게 되었고 시간이 없으니 어서 계획을 실행하자고 졸랐다. 모든 음모가담자들의 의견이 일치되자 일동은 사자로 하여금 거짓편지를 세르토리우스에게 전달케 하였다. 그것은 세르토리우스의 부장(副將) 하나가 승리를 거뒀으며 많은 적을 죽였다는 내용의 편지였다.

세르토리우스는 매우 기뻐하며 신들에게 감사의 제사를 드렸다. 페르페나는 연회를 베풀어 세르토리우스와 그 모두가 음모자들인 그의 친구들을 초대하였는데, 사실은 페르페나가 안 나오려는 세르토리우스를 집요하게 졸라서 연회에 나오게 한 것이었다.

세르토리우스가 나가는 만찬회나 연회에서는 질서와 규율이 한결같이 잘 지켜지는 것이 관례였다. 왜냐하면 세르토리우스는 거친 언동을 일체 허락하지 않았고, 참석자들로 하여금 조용히 유쾌하게 즐기게 하였기 때문이었다. 그러나 이번 연회가 이루어지고 있는 중에 싸울 구실을 찾고 있던 음모가담자들 사이에서는 방탕한 대화가 공공연히 오갔다. 또한 그들은 취한 척하며 고의로 무례한 짓을 범하여 세르토리우스의 화를 돋구었다. 세르토리우스는 좌중이 문란해진 데 대한 불쾌감 때문인지, 아니면 사람들 사이에서 방탕한 대화가 공공연히 오가는 무례한 태도 때문인지, 사람들의 이야기가 듣기도 싫다는 듯이 앉아 있던 자리에서 비스듬히 누워버렸다.

그러자 페르페나가 마시던 술잔을 떨어뜨리며 소리를 질렀다. 그들 사이에서 미리 짜놓은 신호였다. 세르토리우스의 곁에 있던 안토니우스가 별안간 칼로 세르토리우스를 쳤다. 그 순간 세르토리우스는 몸을 돌려 일어서려고 하였으나 안토니우스가 그의 가슴에 올라타 두 손을 붙잡았다. 많은 사람들이 동시에 덤벼들어 마구 공격하는 바람에 많은 권력을 가진 장군인 세르토리우스는 저항 한 번 못 해보고 그만 숨을 거두고 말았다.

세르토리우스가 죽었다는 소식이 퍼지자 대부분의 스페인 인들은 음모자들을 저버리고 폼페이우스와 메텔루스에게 사절단을 보내 항복하겠다는 뜻을 전하였다.

페르페나는 잔류병력을 가지고 저항해보려고 하였으나 오래 버티지도 못하고 폼페이우스의 메텔루스에게 지휘능력도 없고 복종할 줄도 모르는 위인이라는 비난만 듣고 그들이 싸우러 왔을 때 곧 격퇴되어 포로가 되고 말았다. 그는 용기를 내어 싸워보았으나 결국 마지막 난국을 이겨내지 못하고, 자기가 가지고 있던 세르토리우스의 문서를 폼페이우스에게 보이겠다고 제의하였다. 그 중에는 집정관 급의 사람들이나 로마의 최고급 인물들이 세르토리우스에게 이탈리아로 돌아오라고 친히 써 보낸 서한과, 많은 사람들이 현 정권을 전복시키고는 새로운 정부를 수립하려고 한 증거품이 있는데 제공할 용의가 있다고 제의하였다.

이때 폼페이우스는 젊은 청년답지 않게 행동하지 않고 확고하고도 성숙된 굳은 판단력이 있는 사람처럼 행동하였다. 로마를 유혈참변의 위험에서 구하였다. 그는 세르토리우스의 모든 서류를 모은 다음 그것을 하나도 읽지 않고, 또 아무에게도 보이지도 않은 채 불살라버렸다. 그리고는 페르페나를 즉각 사형에 처하여 그 서류의 장본인들의 이름이 화근이 되지 않도록 방지하였다.

페르페나와 함께 음모사건에 가담한 나머지 사람들 중 일부는 폼페이우스의 명령에 의하여 살해되었고, 아프리카로 도망친 잔당은 무어 인들에게 잡혀 창에 찔리어 죽었다. 미소년을 놓고 마리우스와 경쟁을 벌이던 아우피디우스를 제외하고는 누구 하나 목숨을 건진 사람은 없었다. 아우피디우스도 재빨리 숨어버려서인지 아니면 대수롭게 생각되지 않아 추적당하지 않았기 때문인지, 아무튼 목숨을 건져 스페인의 어느 벽촌으로 은신하여 극도의 빈곤 속에서 사람들의 미움을 받으며 살다가 그 곳에서 늙어 죽었다.

✽ 옮긴이 소개

김병철

1921년 개성 출생.

보성전문, 중국 국립중앙대학 · 대학원 졸업(미국 소설사 전공).
중앙대학교 영문과 교수, 문과대학장 및 대학원장 역임. 문학박사.
한국영어영문학회 회장 역임(1979~1981).
제7회 한국번역문학상, 대한민국학술원상 수상.
저서 : 《헤밍웨이 문학의 연구》, 《한국근대 서양문학이입사 연구》 외.
역서 : 《생활의 발견》, 《누구를 위하여 종은 울리나》, 《미국의 비극》, 《톰 소여의 모험》, 《아라비안 나이트》, 《포 단편선》 등이 있음.

플루타르크 영웅전 ❹

발행일 | 2022년 6월 10일 초판 1쇄 발행

지은이 | 플루타르코스
옮긴이 | 김병철
펴낸이 | 윤형두 · 윤재민
펴낸곳 | 종합출판 범우(주)
교 정 | 이정가
인쇄처 | 태원인쇄

등록번호 | 제406-2004-000012호 (2004년 1월 6일)
(10881) 경기도 파주시 광인사길 9-13 (문발동)
대표전화 | 031-955-6900
팩 스 | 031-955-6905
홈페이지 | www.bumwoosa.co.kr
이메일 | bumwoosa1966@naver.com

ISBN 978-89-6365-023-4 04890

* 책값은 뒤표지에 있습니다.
* 잘못된 책은 바꾸어드립니다.